Des retrouvailles bouleversantes

*

Une île pour deux

*

Une parenthèse enchantée

LOUISE FULLER

Des retrouvailles bouleversantes

Traduction française de
LOUISE LAMBERSON

HARLEQUIN

Titre original :
CLAIMING HIS WEDDING NIGHT

Ce roman a déjà été publié en 2017

HARPERCOLLINS FRANCE
83-85, boulevard Vincent-Auriol, 75646 PARIS CEDEX 13
Service Lectrices — Tél. : 01 45 82 47 47 - www.harlequin.fr
ISBN 978-2-2804-7394-1

Composé et édité par HarperCollins France.
Imprimé en mai 2022 par CPI Black Print (Barcelone)
en utilisant 100% d'électricité renouvelable.
Dépôt légal : juin 2022.

FSC
www.fsc.org
MIXTE
Papier issu de sources responsables
FSC® C159065

Pour limiter l'empreinte environnementale de ses livres, HarperCollins France s'engage à n'utiliser que du papier fabriqué à partir de bois provenant de forêts gérées durablement et de manière responsable.

1

Addie contempla la photo sur laquelle elle souriait avec enthousiasme. L'article de presse à cent pour cent élogieux qui l'accompagnait aurait dû l'enchanter. Ce genre de publicité ne pouvait que profiter à l'association qu'elle avait créée un peu plus de cinq ans plus tôt, dont la vocation consistait à faire découvrir la musique à des enfants issus de milieux défavorisés.

Si tout se passait bien, son équipe et elle pourraient bientôt ouvrir un deuxième centre. Et un article aussi positif ne pourrait que donner un coup de pouce à leur projet, songea Addie en posant le journal à plat sur son bureau.

Alors pourquoi se sentait-elle aussi morose ? Elle se concentra de nouveau sur la photo. Parce que cette Addie-là, vibrante d'énergie, lui rappelait celle qu'elle avait été autrefois, l'espace de quelques mois. La femme qu'elle serait peut-être encore si Malachi ne lui avait pas brisé le cœur avant de le fouler aux pieds.

Arrête tout de suite ! s'ordonna-t-elle. Le journaliste louait son travail et sa détermination. Sa vie actuelle n'avait plus rien à voir avec le salaud dont elle s'était séparée ; ni avec leur mariage stupide et voué d'avance à l'échec. Tout cela appartenait au passé. Elle était sortie complètement du gouffre dans lequel elle avait sombré après avoir quitté Malachi. Et elle avait traversé des épreuves bien plus dures que le rejet de celui-ci.

Un frisson la parcourut au souvenir de l'accident de voiture qui avait fait s'écrouler son rêve de devenir pianiste professionnelle. Le coup avait été terrible, mais elle n'avait pas renoncé et maintenant, le but qui l'animait était encore plus exaltant. Son travail avec les enfants comptait désormais bien davantage à ses yeux qu'une hypothétique carrière de soliste.

Addie soupira. Si elle désirait que l'association continue à vivre et à se développer, elle avait intérêt à se mettre au boulot…

Après avoir allumé son ordinateur portable, elle parcourut ses e-mails. Quinze minutes plus tard, elle tendit la main vers la pile de courrier lorsque, retenant son souffle, elle reconnut le logo imprimé en relief sur le coin supérieur de l'enveloppe posée sur le dessus.

King Industries. La société dont le propriétaire était son richissime et superbe époux, auquel elle n'était plus liée qu'officiellement.

Son pouls lui martelait les tempes. Addie envisagea un instant de déchirer l'enveloppe sans l'ouvrir et de tout balancer par la fenêtre. Finalement, les mains un peu tremblantes, elle la décacheta et en sortit le contenu.

Il lui fallut s'y reprendre à trois fois pour comprendre le sens des mots imprimés sur la feuille de papier au toucher satiné. Non que la lettre ait été maladroitement rédigée, au contraire : en termes succincts et polis, on l'informait que, après cinq ans de subventionnement, King Industries mettait un terme à son soutien financier au Miami Music Project.

Le cœur battant à tout rompre, Addie contempla la grande signature racée apposée au bas de la lettre.

Elle redressa les épaules et se força à contrôler sa respiration. S'agissait-il d'un petit jeu cruel ? se demanda-t-elle en dominant à grand-peine sa colère. Malachi ne lui avait pas fait signe depuis cinq ans ! Pas le moindre appel, message ou SMS. Rien. C'était la première fois qu'il reprenait contact avec elle depuis leur mariage raté, et il lui envoyait une lettre standard pour lui annoncer qu'il leur retirait son soutien ! Non seulement son attitude était révoltante, méprisable, mais il n'avait même pas eu le cran de le lui dire en face !

Une douleur aiguë lui traversa la poitrine. Tremblant de la tête aux pieds, Addie fut envahie par une horrible sensation d'impuissance. Ne suffisait-il pas à Malachi d'avoir détruit ses rêves romantiques ? Comptait-il maintenant supprimer la seule chose positive ayant survécu à leur mariage ?

Le ventre noué, elle se rappela le jour où Malachi, en la regardant dans les yeux, lui avait promis de l'aimer. Il y avait eu une telle chaleur dans son regard, une telle passion qu'Addie avait senti son cœur frémir. Elle y avait cru.

Oui, elle avait cru qu'il l'aimait.

Addie se raidit. Elle avait toujours su qu'il était un play-boy, un homme à femmes, qu'il jouait avec les cœurs comme il jouait aux cartes. Mais comment aurait-elle pu ne pas le croire sincère alors qu'il lui souriait, de ce sourire sublime, irrésistible. En réalité, il s'était servi d'elle pour améliorer son image de *bad boy*. Leur mariage n'avait été qu'un coup de pub.

Elle redressa le menton. Malachi adorait gagner ? Eh bien, il était grand temps de lui faire découvrir ce que cela faisait de perdre ! Fixant le numéro de téléphone imprimé en haut de la lettre, Addie souleva son téléphone.

— King Industries, bonjour, fit une voix mélodieuse à l'autre bout de la ligne. Que puis-je faire pour vous ?

Addie inspira à fond.

— Je voudrais parler à M. King.

— Vous êtes madame… ?

Elle serra le combiné entre ses doigts. Elle pouvait encore changer d'avis…

— Addie Farrell.

Silence.

— Je regrette, madame Farrell, mais apparemment, vous n'avez pas pris rendez-vous.

— En effet, acquiesça Addie d'une voix étonnamment ferme. Mais je dois absolument lui parler, c'est très important !

— Je comprends, madame Farrell, et j'aimerais pouvoir vous aider, mais M. King ne prend les appels que sur rendez-vous.

Évidemment, les appels du P-DG de King Industries étaient filtrés.

— Dites-lui qui je suis et il acceptera de me parler, répliqua lentement Addie. J'en suis certaine.

Nouveau silence, plus long que le premier.

— Je suis désolée, mais je ne peux vraiment pas vous le passer, madame Farrell. En revanche, je peux vous donner un rendez-vous. Ou lui transmettre un message.

— Très bien. Dites-lui que sa femme souhaiterait simplement lui rappeler que c'est l'anniversaire de leur mariage, demain.

Cette fois, le silence qui lui répondit parut glacial.

— Vous voulez bien lui transmettre mon message ? reprit-elle d'une voix douce. Je peux patienter…

Derrière le hublot du jet privé, le ciel s'étalait à l'infini, bleu pâle. Très pur et très beau, comme vision, songea machinalement Malachi en détournant les yeux pour se concentrer de nouveau sur les colonnes de chiffres sur son écran d'ordinateur.

— Que s'est-il passé à la table vingt-cinq ?

— Il y a eu un incident, répondit l'homme trapu installé en face de lui. Quelques types venus fêter un enterrement de vie de garçon ont fait un peu de raffut. Je m'en suis occupé, monsieur King. En douceur, comme d'habitude.

— Vous êtes payé pour cela, Mike, répliqua Malachi en redressant la tête. Pour que tout se passe en douceur.

Il esquissa un léger sourire crispé. Si seulement il pouvait gérer la vie chaotique de ses parents aussi facilement… Malheureusement, Henry et Serena King ne semblaient pas prêts à renoncer à leurs habitudes décadentes et, en tant que fils unique, il lui incombait régulièrement de réparer les dégâts.

Après avoir frappé discrètement à la porte de la cabine, Victoria, une ravissante hôtesse brune, apparut. Elle s'avança vers lui d'un air décontracté.

— Votre café, monsieur King. Désirez-vous autre chose ?

Malachi promena son regard sur les hanches rondes, puis le postérieur ferme moulé par la jupe bleu marine. Désirait-il *autre chose* ? Lorsque l'on possédait un jet privé, on pouvait s'offrir le genre de caprice que représentait cette jeune femme très belle et fort désirable. Mais il ne coucherait pas avec elle. Pas seulement parce qu'elle travaillait pour lui, mais aussi parce qu'elle était trop disponible. Il n'y avait aucun plaisir, aucun défi à posséder ce genre de femme.

— Non merci, Victoria, répondit-il d'un ton poli et neutre.

Il tourna les yeux vers son chef de la sécurité.

— Très bien, Mike, tout me semble parfait. Je vais me détendre dix minutes, maintenant. À tout à l'heure, dit-il en fermant les yeux.

Comprenant aussitôt qu'il souhaitait être seul, Mike se leva et sortit. Dès qu'il entendit la porte se refermer, Malachi rouvrit les yeux et saisit son téléphone.

— Plus d'appels jusqu'à nouvel ordre, Chrissie.

Puis, fermant le capot de son ordinateur, il tourna les yeux vers le hublot. Maintenant, il pouvait savourer la vue.

Le ciel était d'un bleu plus intense, dégageant une sérénité puissante. Malachi fronça les sourcils. D'où lui venait cette sensation inconnue ? Cette petite douleur dans la poitrine ? Un souvenir lui traversa soudain l'esprit, celui d'yeux de ce même bleu, capable de passer d'une nuance claire et lumineuse à une teinte plus sombre, plus dense…

Il serra les poings. Il faisait en sorte de ne jamais penser à Addie. Sa femme. Mais à cette époque de l'année, durant ce mois précis, à l'approche d'un certain jour — le lendemain, en fait —, il se sentait toujours gagné par une tension inhabituelle. Et malvenue.

Malachi sursauta dans son fauteuil de cuir lorsque sonna son portable. Sourcils froncés, il contempla l'écran avec incrédulité, puis saisit l'appareil d'un geste vif.

— Vous avez intérêt à m'annoncer une bonne nouvelle, dit-il sèchement.

— Je… Excusez-moi, monsieur King, commença nerveusement son assistante. Je suis vraiment désolée de vous déranger, mais je ne voulais pas commettre d'erreur. Elle a insisté et dit que c'était très important…

Sa mère, évidemment ! songea-t-il avec colère. Mais il ne pouvait en vouloir à Chrissie : Serena King aurait été capable de faire passer un ongle cassé pour un incident diplomatique.

— Vous avez bien fait, Chrissie. Je prends l'appel.

Sinon, Serena le harcèlerait jusqu'à ce qu'il lui réponde, de toute façon.

— Très bien, monsieur King. Et… Joyeux anniversaire pour demain.

Ses mâchoires se crispèrent si violemment qu'une sorte de vibration se déclencha dans sa tête, puis se propagea sous son crâne. Hormis lui-même, une seule personne connaissait la date de son mariage. Et ce n'était pas sa mère… Il avait bien veillé à ce que ses parents ne soient au courant de rien.

— Je crois qu'il y a un malentendu, Chrissie. De qui s'agit-il, exactement ?

Son assistante s'éclaircit la voix.

— Je… Je… suis désolée, monsieur King, bredouilla-t-elle, fébrile. Je croyais que vous aviez compris. C'est votre femme.

Malachi contempla le ciel, à présent d'un blanc immaculé. Le même blanc que la robe que portait Addie ce jour-là. Sa gorge se noua. Il l'avait épousée un peu par intérêt, comment le nier ? Mais de son côté, elle avait fait vœu de l'aimer, de le chérir, de l'honorer ; avant de lui démontrer que ses promesses étaient aussi ténues et fragiles que les nuages s'effilochant lentement derrière le hublot.

Pourquoi maintenant ? Pourquoi, après tout ce temps, choisissait-elle ce moment pour reprendre contact ?

— Quelle bonne surprise, dit-il d'une voix doucereuse. Ne la faisons plus attendre, Chrissie. Passez-la-moi.

Un petit clic résonna à son oreille, puis, pour la première fois depuis leur mariage, il entendit la voix de sa femme et tressaillit malgré lui :

— Malachi ? C'est moi, Addie.

— Ah… Addie…

Il ne trahirait rien du trouble que sa voix faisait naître en lui. Des années de poker lui avaient appris l'art de ne rien laisser transparaître. Le poker, et le fait d'être le fils de Henry et de Serena. Dommage qu'il l'ait oublié le jour où il avait rencontré Addie !

— Cela faisait si longtemps, trésor, murmura-t-il. Que me vaut cet honneur ?

Addie eut l'impression que les murs de son bureau basculaient, que l'espace se rétrécissait autour d'elle. Dans sa hâte, elle n'avait pas réfléchi à la façon dont Malachi pourrait réagir. Mais à entendre maintenant sa voix, elle se retrouvait en proie à une confusion totale et perdait sa belle assurance. Alors que lui faisait preuve d'une parfaite maîtrise de lui-même, comme autrefois. À tel point qu'on aurait dit que les cinq dernières années n'avaient pas existé.

Mais à quoi s'était-elle attendue ? À de la colère ? De l'indignation ? De l'émotion ? Malachi King ne faisait *jamais* dans l'émotion.

Les mains soudain moites, Addie ferma brièvement les yeux en resserrant les doigts autour du téléphone. Elle ne l'avait pas appelé pour évoquer le passé, se répéta-t-elle en s'interdisant de regarder en arrière. Il s'agissait de l'avenir de l'association, et de celui des enfants qu'ils y accueillaient.

— Que me vaut cet honneur ? répéta-t-elle en tâchant de maîtriser sa colère. Comment oses-tu me le demander après ce que tu as fait ? Et ne fais pas semblant d'être surpris de m'entendre : je t'ai envoyé un e-mail il y a dix minutes !

Elle s'interrompit, submergée par la fureur. Une douleur sourde la taraudait, aussi vivace que cinq ans plus tôt. C'était stupide de réagir avec une telle intensité, mais elle n'avait jamais vraiment surmonté sa cruelle déception. Rien, pas même son travail, n'était parvenu à combler le vide laissé par sa rupture avec Malachi.

Elle se ressaisit. Il était hors de question qu'il soupçonne ce qu'elle ressentait.

— Je sais que l'empathie n'est pas ton fort, Malachi, reprit-elle avec calme, et que tu as une mentalité de requin. Mais je ne pensais pas que tu irais jusque-là.

L'avion perdait de l'altitude. Ils allaient bientôt atterrir. Plissant le front, Malachi ouvrit son ordinateur, appuya sur quelques touches, puis parcourut ses e-mails.

— Je comprends ton désarroi, trésor, commença-t-il d'une voix suave. Et j'aimerais pouvoir t'aider. Mais il faudrait d'abord que je sache ce que tu me reproches.

En réalité, la colère vibrait en lui. Après cinq ans de silence, Addie décidait tout à coup de l'appeler pour lui faire la leçon et lui reprocher son manque d'empathie ? De façon absurde, elle avait réussi autrefois à chambouler son univers ; il constatait avec stupeur qu'elle avait conservé ce pouvoir.

Lorsqu'il lut le message en effet envoyé dix minutes

plus tôt, Malachi s'appuya à son dossier en fixant le nom de jeune fille de sa femme. Ainsi, c'était *cela* qui avait motivé cet appel impromptu et l'indignation courroucée d'Addie Farrell ? En principe, cette conversation aurait dû en rester là ; il n'aurait eu qu'à demander à son directeur de la communication de conclure l'affaire. Mais cela aurait manqué de piquant, de fantaisie…

— Comme tu t'en souviens sans doute, je dirige une vaste entreprise, poursuivit-il avec la même onctuosité. Alors tu pourrais peut-être m'expliquer de quoi il s'agit ?

Addie retint un soupir d'impatience. Après lui avoir retiré son soutien financier, il prétendait ne pas être au courant ?

— Oh ! je t'en prie ! Tu me crois *vraiment* aussi stupide ? Nous ne jouons pas aux cartes, alors le bluff, ça ne prend pas !

— Non, il ne s'agit pas de cartes, en effet. Ces jeux-là sont encadrés par des règles, et non seulement les joueurs ne crient pas, mais ils ne se lancent des accusations infondées à la figure.

— Elles ne sont pas infondées, et je ne crie pas, riposta-t-elle sèchement.

Seigneur, il était si irritant ! Il retournait tout contre elle, comme autrefois. C'était tellement facile…

— Tu as signé la lettre, Malachi. Je l'ai sous les yeux.

— J'en signe des dizaines chaque semaine, répliqua-t-il de sa voix insupportablement douce. Factures de blanchisserie, de tailleur…

Il se moquait d'elle, fulmina Addie. Elle l'avait appelé en cédant à un accès de colère, sachant qu'elle était dans son bon droit. Et maintenant, il se débrouillait pour lui donner l'impression d'être déplacée, voire ridicule.

Soudain, elle eut du mal à respirer. Une foule de

souvenirs se mit à déferler dans son esprit. Des souvenirs de l'homme qu'elle avait aimé. À cause de sa beauté stupéfiante, mais aussi parce qu'il était décontracté, drôle. Et attentionné.

Un nouveau frisson la parcourut. Brûlant. L'espace d'un instant, Addie se laissa aller à imaginer son beau visage, la lueur malicieuse pétillant au fond de ses yeux gris, le sourire arrondissant sa belle bouche sensuelle… Cette bouche qui lui avait susurré tant de mensonges.

— Comme tu le sais, il s'agit du Miami Music Project. Alors cesse de prétendre que tu n'es pour rien dans la décision de nous retirer ton soutien.

Malachi contempla l'écran en silence. Jusqu'à deux minutes plus tôt, la lettre en question n'avait été qu'un courrier parmi d'autres, de ceux qu'il voyait passer sur son bureau chaque semaine. Et il l'avait signée, en effet. Mais croyait-elle vraiment qu'il avait agi par méchanceté ? Il se raidit. Sans doute. Et elle avait de bonnes raisons de le penser. Néanmoins, il n'appréciait pas qu'elle puisse avoir une aussi piètre opinion de lui.

— Tu as raison, je l'ai signée, acquiesça-t-il avec calme. Mais, comme je viens de te le dire, j'en signe beaucoup. Et souvent sans les lire. Ce n'est pas moi qui les rédige, sauf mon courrier personnel.

— Celui que tu envoies à ta femme, par exemple ? riposta-t-elle d'une voix aigre.

Malachi serra les poings.

— Je l'ai cherché, je suppose.

— Oui, acquiesça Addie après un léger silence.

Comment avait-il pu ne pas remarquer son nom ? Ni se souvenir de celui de son association ?

— Je peux comprendre ce que tu as ressenti, reprit-il, mais c'est très simple, en réalité. Nous offrons notre soutien financier à des associations pour favoriser leur développement durant une durée déterminée — cinq ans, dans le cas de la tienne. Nous estimons en effet que le projet est alors devenu capable de fonctionner par ses propres moyens et qu'il peut se passer de notre soutien. Ma signature n'était qu'une simple formalité.

Addie faillit s'étrangler. Une *formalité* ! Comme leur mariage, qui, pour Malachi, n'avait représenté qu'une démarche stratégique et intéressée.

— C'est tout ? reprit-il de la même voix douce. Ou souhaites-tu parler d'autre chose ?

Elle sentit son cœur faire un petit bond. Qu'entendait-il par là ? Avait-il posé la question par politesse ? Une chaleur importune se déploya en elle. Dans la voix de Malachi, elle avait perçu une note de défi, qui flottait désormais entre eux en dépit de la distance qui les séparait.

S'il souhaitait discuter de leur relation, il n'avait qu'à faire le premier pas. De son côté, elle n'en avait pas l'intention.

Ses joues s'embrasèrent. Elle se mentait à elle-même. En effet, elle aurait très bien pu passer par un avocat pour prendre contact avec King Industries. Ou encore s'adresser au responsable du service concerné et non à Malachi en personne. Si elle l'avait appelé, c'était parce qu'au plus profond d'elle-même, sous le ressentiment et la souffrance, elle avait *désiré* lui parler. Elle avait agi de façon inconsidérée et imprudente.

Cependant, cela ne signifiait pas qu'elle était disposée à parler de son mariage raté avec l'homme qui lui avait brisé le cœur. Pas plus que, cinq ans plus tôt, elle n'avait souhaité lui donner de détails précis sur l'accident qui avait changé le cours de son existence. Pour cela, il aurait fallu qu'il y ait de la confiance entre eux. Alors qu'il n'en existait aucune.

— Non, ce n'est pas tout. Je veux bien croire que tu n'aies pas décidé personnellement de mettre un terme à la subvention, mais cela ne change rien au fait que celle-ci nous est retirée.

Addie s'interrompit, le cœur battant à tout rompre. Garder une attitude belliqueuse ne la mènerait pas bien loin. Si elle voulait amener Malachi à reconsidérer la question, elle devait s'y prendre plus en douceur, avec plus de diplomatie.

Reste neutre et limite-toi aux faits, s'intima-t-elle en se passant nerveusement le bout de la langue sur les lèvres. Le soutien de King Industries était vital pour le centre.

— Par conséquent, reprit-elle, j'aimerais que tu prennes le temps de réfléchir avant de la supprimer définitivement.

— Tu dois bien te douter que je reçois une quantité impressionnante de demandes de ce genre, dit-il. Et tu es bien placée pour savoir qu'à Miami, nous ne manquons pas d'associations caritatives méritantes.

— En effet. Mais le travail que nous effectuons avec les enfants est d'une valeur inestimable, et unique.

Après s'être redressé sur son siège, Malachi se leva et s'étira lentement en étouffant un bâillement. La somme en question était dérisoire par rapport aux bénéfices quotidiens de King Industries, aussi aurait-il pu faire établir une nouvelle subvention en deux minutes, la signer et en terminer avec Addie pour toujours. Ou refuser de céder à sa requête et confier l'affaire à ses avocats.

Sauf que maintenant qu'Addie avait enfin repris

contact avec lui, il n'avait pas du tout l'intention de lui dire adieu…

— Vous faites du bon travail, c'est vrai, finit-il par répliquer. Mais il faudrait néanmoins des circonstances exceptionnelles pour que nous envisagions de renouveler cette subvention.

— Qu'entends-tu par « circonstances exceptionnelles », au juste ?

Malachi tourna les yeux vers le hublot. Le soleil avait pris une nuance d'or pâle, présageant une nouvelle belle journée.

— Je ne sais pas, dit-il avec un léger sourire. Il faudrait que j'étudie la question de plus près…

Il s'interrompit, savourant la tension qu'il sentait vibrer à l'autre bout du fil.

— De très près, même. Et pour cela, je devrais en parler directement avec toi. En personne.

Addie retint son souffle, le corps en guimauve soudain.

— Non ! Je ne crois pas que ce soit une bonne idée.

— Je ne donne pas de l'argent à n'importe qui, trésor.

— Je ne suis pas n'importe qui ! s'emporta-t-elle d'une voix tendue et terriblement haut perchée. Je suis ta femme !

Seigneur… Elle se serait giflée. La bouche sèche, elle se passa de nouveau la langue sur les lèvres.

— Raison de plus pour nous rencontrer, asséna-t-il lentement. Ainsi, nous pourrons parler de notre mariage.

Parce qu'il souhaitait *parler de leur mariage* ? songea Addie, les nerfs tendus à craquer. Avait-il perdu l'esprit ?

— Non, c'est hors de question ! s'exclama-t-elle, vibrante. Fouiller dans le passé ne changera rien au présent, Malachi. Il suffit de reconnaître que ce mariage était une erreur.

— Vraiment ?

Cela avait même été une catastrophe, et il le savait aussi bien qu'elle.

— Oui, repartit-elle à la hâte. Je me demande ce qui m'est passé par la tête.

— C'est sans doute que ce que nous avons vécu ensemble n'avait pas grand-chose à voir avec la tête, ironisa-t-il d'une voix caressante. Cela avait plutôt à voir avec le désir irrépressible de nous mêler *physiquement*, tu ne crois pas ?

Un halètement échappa à Addie. Une chaleur délicieuse émanait de la voix de Malachi, se répandait inexorablement en elle. Elle s'obligea à contrôler la spirale de crainte et de désir qui se déroulait en elle, impitoyable, brûlante.

— Je ne m'en souviens pas, chuchota-t-elle.

— Menteuse !

Un violent frisson la parcourut. Elle se revit avec lui, se rappela la main chaude et avide se faufilant sous sa robe, tandis qu'elle creusait les reins et défaisait fébrilement la ceinture du pantalon de Malachi…

Elle se força à revenir au présent.

— Non seulement cela ne concerne en rien notre discussion, mais non, je ne m'en souviens pas, se défendit-elle. Je ne suis pas comme toi : ma vie ne tourne pas exclusivement autour du sexe.

— Ah bon ? répliqua-t-il d'un ton amusé. Dans ce cas, ou bien tu es d'une naïveté impressionnante, ou tu mens très mal. Parce que le sexe est à la source de tout, et pour tout le monde. Sur quoi pensais-tu que notre relation était basée, trésor ? Sur notre goût commun pour les fruits de mer ?

— Je n'aime plus les fruits de mer, rétorqua aussitôt Addie. Et ton point de vue sur les relations humaines ne m'intéresse pas. Alors, tu comprendras que je n'aie pas envie d'en discuter personnellement avec toi. Ni d'aucun autre sujet, d'ailleurs.

— Quel dommage..., commença-t-il avec ce timbre qui la faisait fondre. Tu vois, j'espérais que tu viendrais déjeuner avec moi afin que nous puissions discuter tranquillement de cette subvention. Parce que tu désires que je la renouvelle, n'est-ce pas ?

Addie se leva et repoussa son fauteuil en arrière, si brutalement qu'il tomba à la renverse. Elle s'en rendit à peine compte tant elle paniquait. La voix de velours l'hypnotisait, faisait naître des sensations insensées partout en elle.

— Je n'irai pas déjeuner avec toi, Malachi !

— Tu préférerais un dîner ? Pas de problème, je suis à ta disposition. De quoi as-tu envie ? Nourriture française ? Sud-américaine ? Il y a un restaurant péruvien fabuleux qui vient d'ouvrir...

— Ni française ni péruvienne, coupa-t-elle d'une voix suraiguë. Et je ne désire ni déjeuner ni dîner avec toi !

— Eh bien, tant pis. Pourtant, c'est la seule façon d'obtenir ta subvention.

— Pas de problème. Je trouverai de l'argent ailleurs.

— Je n'en doute pas, murmura-t-il. Tu as toujours eu beaucoup *d'imagination.*

Cette allusion déplacée fut la pique de trop pour Addie.

— Tu me dégoûtes ! lança-t-elle avec mépris. Et je ne veux plus jamais parler avec toi.

— Je n'ai pas bien compris, répliqua-t-il en riant. Nous nous sommes mis d'accord sur un déjeuner ou un dîner ?

Malachi laissa tomber son téléphone sur la table en acajou. Addie lui avait raccroché au nez, mais cela n'entamait pas sa bonne humeur. Elle avait eu beau protester, refuser, ils se reverraient, il n'en doutait pas un instant.

Et ce n'était pas de la haine qui l'avait poussée à le rembarrer. C'était de la peur. Addie avait été effrayée par l'intensité des réactions que cette reprise de contact avait déchaînées en elle.

De son côté, il n'était pas resté indifférent, loin de là. Sa libido s'était embrasée et, au lieu de se calmer, elle continuait de se manifester, sans la moindre équivoque…

2

Après avoir ouvert le fichier, Addie fit défiler lentement les colonnes de chiffres sur son écran d'ordinateur, puis laissa échapper un long soupir. C'était sans espoir. En dépit de tous ses efforts, il restait à peine de quoi régler le loyer du mois suivant ainsi que les factures d'électricité et d'eau. Même en y ajoutant ses maigres économies, il n'y aurait pas de quoi payer le personnel.

S'appuyant au dossier de son fauteuil, elle se mordilla la lèvre. Si elle leur disait ce qu'il se passait, ses collègues renonceraient aussitôt à leurs salaires, elle en était persuadée. Mais au nom de quoi auraient-ils dû pâtir d'une situation dont elle était la seule responsable ?

Son cœur se mit à battre sourdement dans sa poitrine — pas seulement à cause des difficultés financières que traversait l'association. Le fait d'avoir reparlé à Malachi avait fait resurgir des sentiments qu'elle croyait enfouis au plus profond d'elle. Pendant cinq ans, elle avait fait comme si son mariage n'avait jamais existé. Et maintenant, elle se retrouvait face à un flot d'émotions aussi déstabilisantes que dangereuses.

Soupirant de nouveau, elle se força à réfléchir à ce qu'était devenue sa vie privée. Depuis qu'elle avait quitté Malachi, elle avait investi toute son énergie dans son travail. Elle avait bien fait quelques rencontres, mais aucun des hommes qu'elle avait fréquentés ne pouvait rivaliser avec lui.

Autrefois, elle était tombée follement et éperdument amoureuse de Malachi King. Non seulement il l'avait fascinée et elle avait été envoûtée par son charme irrésistible, mais avec lui, Addie avait eu l'impression d'être elle-même. D'être vraie. De retrouver celle qu'elle avait découverte à travers la musique, et perdue brutalement le soir de son accident. Grâce à la musique, au piano, elle avait pu s'exprimer telle qu'elle était vraiment. Être libre. Et avec Malachi, elle avait ressenti la même chose.

Pas longtemps, hélas…

Elle se redressa soudain sur son siège. Tout cela appartenait au passé, désormais. Alors pourquoi étaient-ils encore mariés ? De son côté, Malachi l'avait sans doute complètement oubliée jusqu'à ce coup de fil de la veille.

Addie rougit. Elle était restée mariée avec lui par lâcheté. Au cours des mois suivant leur séparation, elle s'était promis de demander le divorce, mais la perspective de le revoir avait été trop douloureuse. Aussi avait-elle toujours trouvé une raison de repousser le processus. Et peu à peu, les mois s'étaient transformés en années.

Elle se rappela soudain le jour de son mariage, la tension de Malachi et sa propre confusion en comprenant qu'il n'avait pas invité ses parents.

Entre eux, il ne s'était agi que d'attirance physique, rien de plus, songea Addie avec une immense tristesse. Avant de froncer aussitôt les sourcils : au lieu de se lamenter, elle ferait mieux de se concentrer sur son besoin de trouver rapidement de l'argent. Et s'il suffisait de déjeuner avec Malachi pour en obtenir, pourquoi ne pas s'y résoudre ? Tant pis pour son amour-propre, l'avenir de l'association passait avant tout. Mais au lieu de s'abaisser à le rappeler, elle n'aurait qu'à le suivre lorsqu'il sortirait de ses bureaux à l'heure du déjeuner…

Ravie, Addie imagina l'air stupéfait de Malachi lorsqu'il la verrait s'installer tranquillement en face de lui. Cette fois, ce serait elle qui dominerait la situation, et non l'inverse !

Autrefois, il suffisait d'un regard de cet homme pour la faire fondre. *C'est terminé*, se dit-elle résolument. Avant de se rappeler la façon dont son corps avait réagi lorsqu'elle avait entendu la belle voix basse et profonde au téléphone…

Eh bien, elle n'était peut-être pas devenue insensible à son charme, mais elle avait mûri durant ces cinq années. Et il était hors de question qu'elle retombe amoureuse de lui !

Baissant les yeux sur sa montre suisse, un modèle unique conçu spécialement pour lui, Malachi laissa échapper un soupir. À peine midi… Décidément, cette journée semblait passer au ralenti, impression qu'il ressentait rarement, voire jamais. En outre, il avait un mal fou à se concentrer sur son travail : son esprit persistait à se focaliser sur sa conversation de la veille avec Addie.

Il sourit au souvenir de l'irritation manifestée par celle qui était toujours sa femme. Car il avait décelé autre chose dans sa voix courroucée.

Une image jaillit dans son esprit, faite de lèvres pulpeuses et douces, de boucles cuivrées, de longues jambes fuselées, le tout agrémenté d'un air rebelle tandis qu'elle le défiait du regard en redressant le menton.

Malachi remua sur son siège, troublé par un flot de sensations d'une vivacité inouïe. La bouche sensuelle d'Addie effleurant la sienne, la chaleur se déployant entre eux, dense, brûlante…

Un autre souvenir s'imposa soudain à lui. Durant presque toute sa vie, il avait vu son père et sa mère user de la passion et des émotions sans se soucier des conséquences. Devenu adulte et indépendant, Malachi s'était juré de ne jamais suivre leur exemple, de gérer sa vie privée selon les seules lois de la raison.

Sauf que lorsqu'il avait rencontré Addie, il avait rejeté toute prudence et tout contrôle, dérogeant à toutes ses règles, tous ses principes.

Son fauteuil lui parut soudain trop étroit. Il étouffait. Il se leva et se dirigea rapidement vers l'immense baie vitrée qui donnait sur la salle de jeu principale du fleuron de ses casinos. Puis il contempla le vaste espace en inspirant profondément. Près de sept cents tables de jeu, chacune d'entre elles représentant pour les joueurs agglutinés autour un possible revers de fortune, un redémarrage à zéro, l'espoir d'une vie meilleure… Quand il en voyait certains miser tout ce qu'ils possédaient sur une carte ou un jet de dés, Malachi avait l'impression de voir l'être humain dans sa plus pure essence. Il trouvait ce spectacle fascinant, stimulant. Mais pas autant que la perspective de revoir la femme qui l'avait quitté.

Observant l'expression concentrée des joueurs, hommes et femmes, il fut parcouru par un frisson d'anticipation. Addie lui avait dit qu'elle ne voulait plus jamais lui parler, mais il n'en croyait pas un mot. Elle n'avait pas le choix. Et pas seulement à cause de l'argent. Il sourit lentement. Alors, où déjeuneraient-ils ensemble ?

Il s'empara de sa veste posée sur le dossier de son fauteuil et l'enfila en traversant son bureau. Il connaissait l'endroit idéal.

Quand il ouvrit la porte, il tomba nez à nez avec son assistante.

— Je vais déjeuner, Chrissie.

— Mais… vous avez rendez-vous avec Andy ici à midi et demi, monsieur King.

— Eh bien, prévenez-le que j'ai eu un empêchement. Table huit, comme d'habitude.

— Voulez-vous que je demande à votre chauffeur de vous attendre devant l'immeuble, monsieur ?

— Non merci, Chrissie. J'ai besoin de prendre l'air.

En réalité, il aurait plutôt eu besoin d'une douche bien froide, songea-t-il en passant un doigt sous son col de chemise. Mais il se contenterait d'un mojito frappé !

Comme d'habitude, le restaurant était empli d'un élégant mélange d'hommes d'affaires et de ravissantes créatures au charme glamour, constata Malachi en se dirigeant vers sa table. Située un peu à l'écart, celle-ci offrait une vue superbe sur l'océan et le ciel, où se rassemblaient d'épais nuages sombres. Il y allait avoir de l'orage. Juste après 15 heures, d'après les prévisions météo. Ce qui ne le dérangeait pas le moins du monde : les orages, et le mauvais temps en général, étaient bons pour les affaires.

Son téléphone vibra dans sa poche. Il le sortit et contempla l'écran. Un SMS de Henry lui demandant de le rappeler. Son cher père patienterait !

Malachi souleva son verre et le porta à ses lèvres, avant de le reposer aussitôt, ébloui par la vision qui s'offrait à lui.

Tous les hommes tournaient les yeux sur *elle*, remarqua-t-il, fasciné lui aussi par sa démarche souple et aérienne et le doux balancement de ses hanches.

Regardant droit devant elle, Addie traversa l'immense espace sans rien voir. Quand elle était entrée dans le restaurant, elle avait été assaillie par un accès de panique. Décider de venir surprendre Malachi dans un accès de colère était une chose, mais se retrouver en face de lui en était une autre…

Elle s'était répété en chemin qu'il s'agissait uniquement de la subvention et de l'avenir de l'association, et que cet homme lui avait menti et brisé le cœur. Cela ne l'avait pas empêchée de tout oublier dès qu'elle avait tiré la porte du restaurant et s'était avancée dans la vaste salle lumineuse.

Celle-ci avait beau être comble, elle avait repéré Malachi au premier coup d'œil, installé un peu à l'écart près de la paroi vitrée, les yeux tournés vers l'océan.

Il était encore plus somptueux que dans son souvenir, avec ses cheveux brun foncé lui tombant sur le front, son beau profil ténébreux qui se découpait sur un fond de ciel orageux. Vêtu d'un costume raffiné gris anthracite, il avait l'air calme et détendu, son charisme viril exsudant de lui comme une aura.

Un vertige s'empara d'Addie ; les bruits de la salle lui parurent soudain distants, assourdis. Elle se força à se ressaisir. De toute évidence, Malachi avait gardé le pouvoir de la déstabiliser, mais il était hors de question qu'il s'en rende compte.

Il tourna ses yeux gris vers elle et leurs regards se rencontrèrent, puis restèrent soudés l'un à l'autre, tandis qu'elle continuait d'avancer, le cœur battant à un rythme sauvage. Lorsqu'elle s'arrêta devant sa table, ils se dévisagèrent quelques instants en silence.

— Tu désirais déjeuner avec moi, dit-elle enfin, la voix rauque. Eh bien, me voici.

Malachi promena le regard sur sa petite robe noire — ou plutôt sur les courbes ravissantes moulées par l'étoffe.

— Tu es délicieuse, trésor. Et ça a l'air d'aller plutôt bien pour toi. J'ai presque l'impression que c'est moi qui devrais te demander de l'argent.

— Qui sait ? riposta-t-elle en redressant le menton. Ce sera peut-être le cas un jour.

Une lueur de défi au fond de ses yeux bleus, elle posa une main sur sa hanche.

— Tu pourrais peut-être me proposer de m'asseoir ? À moins que tu n'aies changé d'avis ?

— Mais non, au contraire, répondit-il en tapotant la banquette à côté de lui. Tu es bien trop appétissante.

Elle s'assit en face de lui, l'air crispé et les joues roses.

— Qu'il n'y ait pas de malentendu, commença-t-elle à la hâte. C'est moi qui t'invite.

Leurs regards se croisèrent un instant, puis elle baissa les yeux.

— C'est la moindre des choses, ajouta-t-elle.

— Si tu y tiens..., répliqua Malachi avec un haussement d'épaules. Je te préviens : je prends toujours le plus cher.

— Pas de problème, acquiesça-t-elle d'un ton guindé.

— Permets-moi au moins de t'offrir un verre. Tu aimes toujours les Bellini ?

Addie déglutit avec peine.

— Tu t'en souviens...

— Bien sûr. Je me souviens de tous les détails te

concernant, et de chacun des instants que nous avons passés ensemble.

Qu'avait représenté leur mariage aux yeux de Malachi ? se demanda-t-elle en tressaillant. Évaluait-il les moments partagés avec elle en nombre de jours, d'heures ?

— Dans ce cas, tu dois te rappeler que mon association est vitale pour les enfants que nous accueillons. Et non, merci. Je ne veux pas de Bellini.

— Un verre de vin, alors ? proposa-t-il avec un geste insouciant de la main. Sauf si ma présence est pour toi une source suffisante d'ivresse…

— Je ne bois pas lors de mes déjeuners de travail.

— Moi non plus, renchérit-il en portant son verre de vin à ses lèvres. Mais je tiens à fêter l'événement.

— Quel événement ? s'exclama-t-elle en écarquillant les yeux. Je ne vois vraiment pas de quoi tu parles.

— Oh mais si, tu vois très bien, au contraire. Puisque c'est toi qui m'y as fait penser.

Dans l'éclairage sophistiqué, ses yeux gris paraissaient plus clairs, presque transparents. Il tendit son verre vers celui d'Addie, empli d'eau minérale.

— Joyeux anniversaire, trésor !

Un frisson glacé la traversa. Au fond du regard de Malachi, une lueur scintillait, qu'elle ne parvenait pas à identifier. Aussi préféra-t-elle tourner les yeux vers l'océan, faisant mine de contempler la vue. Jusqu'à l'arrivée du serveur, qui prit leur commande en souriant.

Dès qu'il fut reparti, elle commença d'un ton neutre :

— Même si c'est notre anniversaire, je préfère que nous nous concentrions sur la vraie raison de ma présence ici.

— Mais oui, bien sûr, murmura-t-il. Si cela peut t'aider à te sentir plus à l'aise.

Addie le foudroya du regard. Elle se trouvait là, en

face de lui, pour une seule et unique raison : les enfants et ses collègues. Sinon, elle se serait empressée de se lever sur-le-champ, avant de s'éloigner le plus rapidement et le plus loin possible de Malachi King et ses milliards !

Se forçant à contrôler sa respiration, elle serra les poings sur ses cuisses. Dans cette tenue chic et glamour, avec ses talons d'une hauteur vertigineuse, elle n'avait pas l'air de quémander une faveur. Par conséquent, elle n'avait plus qu'une chose à faire : se concentrer sur son but. Mais quand Addie leva les yeux et rencontra le regard étincelant de Malachi, son cœur fit un drôle de bond dans sa poitrine.

— Tu es bien silencieuse, fit-il en se renfonçant dans la banquette en cuir. Je croyais que tu avais une requête à me présenter ?

— Je réfléchissais, lança-t-elle d'un ton détaché.

— Ah… Dans ce cas, je ferais mieux de partir, répliqua-t-il avec un petit sourire en coin. Une femme silencieuse équivaut à une grenade sur le point d'exploser. Une femme silencieuse qui *réfléchit*, à une grenade déjà dégoupillée.

Addie se passa le bout de la langue sur les lèvres. Malachi la regardait en souriant franchement, à présent, attendant sa réaction. De plus en plus nerveuse, elle sortit une feuille de papier de son sac et la lui tendit.

— C'est la convention de départ.

Les traits indéchiffrables, il prit le document, le déplia et le parcourut rapidement. Puis il la regarda dans les yeux.

— C'est étrange, tu ne trouves pas ? Nous deux. De nouveau ensemble.

Désarçonnée, Addie s'efforça de refouler le chaos qui se déclenchait en elle.

— Il n'y a pas de *nous deux*, protesta-t-elle d'une voix mal assurée. Et nous ne sommes pas ensemble.

Un lent sourire se dessina sur les lèvres de Malachi.

— Pourquoi as-tu peur, alors ?

— Je n'ai pas peur ! Je suis un peu inquiète, c'est tout.

— Te sentirais-tu plus rassurée si je te promettais de ne pas laisser tomber ma serviette ? demanda-t-il d'une voix douce.

Une marée incandescente déferla en Addie. Les joues en feu, elle regarda fixement la nappe de lin blanc.

— J'aurais préféré que tu ne fasses pas allusion à cela. C'est totalement déplacé.

Sa peau brûlait, son cœur battait si fort qu'elle avait l'impression de l'entendre résonner dans tout le restaurant.

Il haussa une épaule, les traits impénétrables.

— Je ne me souviens pas que tu t'es plainte, à ce moment-là.

L'avait-elle *vraiment* laissé faire ? Dans un *restaurant* ? La chaleur se transforma en onde liquide, se répandit au plus intime de son corps. Un souvenir rejaillit dans son esprit, fabuleux, chacun de ses instants se déployant dans une lumière dorée. L'acte avait été si excitant, si osé…

Malachi avait raison : ce qu'ils avaient partagé avait peu à voir avec la tête. Leur relation avait été tout entière basée sur une passion charnelle. Dans ses bras, elle s'était sentie téméraire, farouche, avide de la moindre de ses caresses. Il avait éveillé en elle une créature sensuelle, insoupçonnée jusque-là.

Addie le regarda droit dans les yeux.

— Tu veux que je m'en aille ? Maintenant ?

Un éclat argenté traversa ses prunelles grises, puis il tendit la main pour prendre un petit pain avant de mordre dedans avec appétit.

— Ne serait-ce pas un peu prématuré ? Si tu pars maintenant, trésor, ce sera les mains vides. En outre…

Cette fois, le sourire qu'il lui adressa était purement sensuel. Sexuel, même, songea-t-elle tandis que son intimité pulsait de manière presque gênante.

— Je suis certain que tu ne veux pas rater le dessert, conclut-il.

Addie enrageait. Malachi la mettait au pied du mur. Il savait qu'elle n'avait pas le choix. Qu'elle devait rester. Bon sang, comme elle le détestait ! De toutes ses forces.

En es-tu vraiment sûre ? susurra une petite voix sous son crâne. Elle se sentait certes désarmée, vaincue, mais aussi follement excitée.

Voyant une lueur de triomphe éclairer les traits de Malachi, elle eut un sursaut de rage.

— Je sais ce que tu fais, commença-t-elle dans un souffle. Tu essaies de me pousser à bout pour que je m'en aille. Mais tu prends ton temps, pour mieux savourer ta victoire.

— Tu le penses vraiment ? fit-il en haussant les sourcils. Les femmes me surprendront toujours par leur capacité à interpréter des paroles insignifiantes et à les déformer complètement.

— Les *déformer* ?

— Je ne faisais que rappeler un fait historique…

Une telle malice pétillait au fond de ses yeux qu'Addie eut du mal à ne pas lui lancer le contenu de son verre à la figure. Malachi King était décidément *impossible* ! Et ce rendez-vous n'était qu'une farce.

— Êtes-vous satisfait, monsieur King ? demanda le serveur en réapparaissant soudain devant eux.

— Tout était parfait, merci. Les noix de Saint-Jacques étaient sublimes et ma femme a beaucoup apprécié sa salade de homard. N'est-ce pas, trésor ?

« Ma *femme* ! » Suffoquée, Addie tourna les yeux vers le serveur et lui adressa un sourire artificiel.

— C'était délicieux, en effet.

Puis, dès le jeune homme reparti, elle foudroya Malachi du regard.

— Pourquoi m'as-tu appelée ainsi ?

— Parce que tu *es* ma femme. Tu ne pensais tout de même pas réapparaître dans ma vie après un silence de cinq ans pour me demander de l'argent sans que nous évoquions notre mariage ?

Lorsqu'il baissa les yeux sur sa main dépourvue d'alliance, Addie frissonna.

— Je ne veux pas en parler, dit-elle en redressant le menton, décidée à ne pas se laisser déstabiliser.

— C'est évident. Sinon, tu aurais repris contact avec moi plus tôt.

— Rien ne t'empêchait *toi* de reprendre contact avec moi, riposta-t-elle. Et si je suis ici, c'est uniquement parce que *tu* as insisté pour que nous déjeunions ensemble. Maintenant, tu voudrais me forcer à parler de ce dont *tu* désires parler ?

Entendant sa voix résonner dans l'espace, elle regarda autour d'elle avec stupeur. Le restaurant s'était vidé sans qu'elle s'en rende compte. Il n'y avait plus que Malachi et elle dans l'immense salle, et deux hommes d'affaires installés au bar.

— Il faut nous en aller, dit-elle à la hâte en voyant un serveur débarrasser une table. Ils ont terminé leur service.

— Ils attendront, affirma Malachi avec une moue désinvolte.

— Toujours aussi méprisant ! Les membres du personnel ont aussi une vie. Tu ne peux pas leur demander de passer leur après-midi à attendre que tu te décides à les laisser faire leur travail.

— Pourquoi pas ? Ils sont payés pour cela.

— Peut-être, mais ils…

Addie s'interrompit brusquement.

— Ce restaurant t'appartient, c'est cela ?

Il hocha la tête.

— C'est pour cela que j'ai choisi de t'y rencontrer.

Elle le dévisagea, de plus en plus perplexe.

— Mais… tu n'as rien choisi du tout, bredouilla-t-elle. Nous n'avions même pas rendez-vous. Je t'ai suivi jusqu'ici.

Jetant un coup d'œil du côté du bar, elle observa les deux hommes en secouant la tête. Comment avait-elle pu être aussi naïve !

— Tu m'as fait suivre, dit-elle d'une voix blanche. Par ces deux types.

Malachi eut le culot de sourire.

— C'est leur boulot. Ils t'ont repérée devant nos bureaux.

Le salaud ! Il s'était bien moqué d'elle, jouant la surprise alors qu'il savait qu'elle allait venir le rejoindre. Pourquoi était-elle étonnée ? Malachi avait toujours maîtrisé à la perfection l'art du faux-semblant, réussissant même à la persuader qu'il l'aimait.

Écœurée, elle se leva avec une telle vivacité que les deux hommes bondirent de leurs tabourets.

— Je n'aurais jamais dû venir ici ! Comment ai-je pu penser que tu serais capable de te conduire en adulte mature et responsable ?

Malachi se pencha en avant.

— Assieds-toi.

Il avait prononcé ces deux mots avec calme, mais aussi avec une telle autorité qu'Addie resta figée.

— Pourquoi ? Je ne désire pas parler avec toi.

— Tu mens. C'est pour cela que tu m'as suivi.

Il s'adossa à la banquette, parfaitement maître de lui-même — et de la situation, fut-elle forcée de reconnaître. Il détenait le pouvoir, comme autrefois.

— Allez, Addie, détends-toi, reprit-il d'une voix plus douce. Je vais te le donner, cet argent ; comme j'en ai toujours eu l'intention.

Glissant la main dans sa poche de veste, il en sortit une feuille de papier, qu'il posa sur la table puis poussa vers Addie.

— C'est le double de l'attestation de virement. L'argent a été transféré sur ton compte…

Il baissa les yeux sur sa montre.

— … il y a environ vingt minutes.

Un léger sourire s'esquissa sur sa bouche sensuelle.

— Détends-toi, répéta-t-il. Tu as obtenu ce que tu désirais.

Son sourire s'élargit, découvrant ses dents blanches et régulières.

— Parce que c'est bien ce que tu désirais, n'est-ce pas ? Alors, pourquoi ne te rassieds-tu pas, afin que nous essayions de nous comporter tous les deux en « adultes matures et responsables » ?

Se raccrochant au peu de dignité qu'il lui restait, Addie se rassit et baissa les yeux sur le document.

— Vas-y, prends-le, murmura-t-il.

Elle tendit la main avec réticence et prit la feuille de papier. Mais, lorsqu'elle le déplia et découvrit le montant de la somme imprimé dessus, elle blêmit.

— Tu t'es trompé, commença-t-elle en battant des paupières. C'est le double de ce à quoi je m'attendais.

— Considère cela comme un cadeau d'anniversaire.

Un frisson parcourut Addie tandis que, lentement, elle reposait l'attestation sur la table.

— C'est très généreux de ta part, dit-elle d'une voix rauque.

— Ravi que tu apprécies ce petit présent.

Il s'était exprimé d'un ton léger et aimable, mais la lueur couvant au fond de ses yeux gris n'augurait rien de rassurant.

— L'argent sera disponible dans deux heures, reprit-il en tournant les yeux vers la vitre. Mais je dois d'abord préciser quelques points.

— Bien sûr, acquiesça-t-elle aussitôt. Veux-tu que je signe un contrat ? Je peux le faire maintenant.

Il tourna tranquillement la tête vers elle et sourit.

— Ce ne sera pas nécessaire, Addie. Parce que vois-tu, cet argent ne provient pas de King Industries mais de mon compte personnel. Et mes conditions sont tout aussi *personnelles*.

— Qu'entends-tu par « personnelles » ? s'étrangla Addie.

Un courant chaud sembla vibrer entre eux, palpiter…

— J'ai été très patient, trésor. Mais tu me dois toujours une lune de miel.

Sa voix avait conservé le même accent onctueux, alors qu'un éclat dur brillait maintenant dans ses iris.

— Je… Je ne comprends pas…, bredouilla-t-elle.

Malachi promena un regard paresseux sur son cou, sa gorge, son buste…

— C'est très simple, pourtant. Je veux que tu partes avec moi et que tu sois ma maîtresse. Pendant un mois.

Interloquée, elle le dévisagea, les yeux écarquillés, incapable de prononcer une parole.

— Si tu acceptes, tu pourras garder cet argent. Qui sait ? Il pourrait même y avoir un petit bonus pour toi, à la fin…

3

Le silence s'installa entre eux, lourd et chargé de sous-entendus. Le cœur battant, Addie continuait de dévisager Malachi avec incrédulité. Ses mots résonnaient dans sa tête en tous sens, comme les morceaux d'un puzzle qu'elle s'efforçait de réarranger autrement. Mais en aboutissant toujours au même motif.

Il lui proposait de devenir sa *maîtresse* !

Le mot rebondit, passa et repassa en boucle dans son esprit. Elle avait peut-être mal compris. Ou peut-être plaisantait-il. Mais à en juger par l'expression implacable de ses traits virils, la proposition était sérieuse.

— Aurais-tu perdu la tête ? demanda-t-elle d'une voix tremblante.

— Dans ma vie, tout a un prix, répondit-il d'un ton désinvolte.

— Tu m'offres de l'argent en échange de sexe ? s'offusqua-t-elle.

— Quelle crudité ! Je te croyais plus romantique, ironisa-t-il. Et moi qui pensais t'offrir la lune de miel dont nous avons été privés…

Addie n'essayait plus de sa colère.

— Oh ! je t'en prie ! Ta proposition n'a absolument *rien* de romantique !

Il poussa doucement le verre d'eau vers elle.

— Bois, trésor. Sinon, tu risques…

— Je n'en veux pas, coupa-t-elle. Je ne veux *rien* de toi !

Malachi posa avec nonchalance le bras sur le dossier de la banquette.

— Vraiment ? Entendrais-tu par là que tu souhaites que j'annule le transfert d'argent ?

Addie le décapita du regard. Elle aurait tellement aimé pouvoir le lui balancer à la figure, son argent ! Mais sans cette aide, comment l'association s'en sortirait-elle ? Non seulement elle ne pouvait abandonner les enfants, mais son travail représentait tout pour elle.

Les mâchoires crispées, elle soutint son regard tandis qu'il lui souriait tranquillement.

— Tu vois ? Tout a bien un prix, trésor.

Il arborait une expression si triomphale qu'Addie eut envie de hurler.

— Et puis, tu as déjà expérimenté la chose, n'est-ce pas ? ajouta-t-il d'un ton provocant.

— De quoi parles-tu ? Du fait de coucher avec un homme pour de l'argent ?

Un petit muscle tressaillit sur la joue de Malachi.

— Je te demande simplement de reprendre notre liaison.

— Non ! Tu profites de la situation, ce n'est pas pareil !

— Pas du tout. J'essaie de passer un arrangement avec toi.

— Il ne s'agit pas d'arrangement mais de chantage ! Un chantage humiliant ! s'écria-t-elle en poussant la feuille de papier vers lui. Je ne suis pas une *escort girl* que l'on paie à la journée, Malachi, je suis ta femme !

— Ah… parce que maintenant, tu es disposée à parler de notre mariage ?

Son regard gris fouilla le sien, si sombre et froid

qu'Addie n'avait plus qu'une envie : s'en aller. Échapper à cette situation abjecte et indigne d'elle.

— Non, répondit-elle d'un ton neutre. Je ne veux discuter de rien avec toi. J'ai même une nouvelle proposition à te faire : tu gardes ton argent et moi ma fierté.

Se levant, elle arracha son sac à main du dossier où elle l'avait suspendu.

— Bonne lune de miel ! lança-t-elle avec mépris.

Addie s'élança et traversa le restaurant la tête haute. Elle passa à côté des gardes du corps interdits puis poussa la porte. Elle déboucha dans la rue, au moment où une violente bourrasque se soulevait, sous un ciel de plomb. La pluie n'allait pas tarder à tomber.

Resserrant les pans de sa veste courte sur son buste, elle s'avança à pas rapides sur le trottoir, où se hâtaient de rares passants. Mieux valait prendre un taxi : si elle attendait le bus, elle serait trempée, songea-t-elle en scrutant le ciel.

Levant le bras, elle accéléra le pas en pestant contre ses hauts talons. Une voiture ralentit à sa hauteur. Soulagée, Addie se retourna en agitant la main…

… et vit, horrifiée, une limousine noire avec chauffeur s'arrêter au bord du trottoir.

Au moment où elle s'apprêtait à faire demi-tour, l'une des portières s'ouvrit et un garde du corps bondit hors du véhicule. L'espace d'un instant, Addie crut qu'il allait s'emparer d'elle ; mais il se retourna rapidement et ouvrit la portière arrière.

Pétrifiée, elle vit alors Malachi poser les pieds sur le trottoir, avant de se redresser de toute sa hauteur.

— Tu ne devrais pas être en train de préparer tes bagages ? lui lança-t-elle, venimeuse.

— Addie, s'il te plaît. Tu tiens vraiment à faire une scène ? Ici ? L'orage va éclater d'un instant à l'autre. Un *gros* orage. Nous ferions mieux d'aller nous réfugier à l'abri.

— C'est bien pour cela que je vais prendre un taxi.

— Il n'y en a pas, répliqua-t-il en se plantant devant elle.

Un coup de vent lui souleva les cheveux.

— Il va pleuvoir, reprit-il en plissant les paupières. Et pas qu'un peu…

Comme pour confirmer ses paroles, les premières gouttes tombèrent sur le visage d'Addie, en même temps que Malachi lui prenait doucement la main.

— Laisse-moi te raccompagner chez toi, d'accord ?

En dépit de la pluie, elle perçut sa chaleur virile se répandre dans tout son corps, irrépressible, délicieuse. Se reprenant aussitôt, Addie dégagea sa main et la referma sur son col de veste.

— Je croyais avoir été claire, tout à l'heure.

Le vent faisait un tel vacarme qu'elle fut obligée de crier :

— Je n'ai besoin de rien, Malachi ! Alors, si tu veux bien…

— Non, je ne veux pas. Et si quelque chose t'arrivait en chemin ? Imagine ce que les…

— Ah, je vois ! l'interrompit-elle, blessée malgré elle par ses paroles. Il ne s'agit même pas de ma sécurité, mais seulement de toi et de ta stupide image publique !

— Tu te trompes, je songe à ta sécurité.

— Moi aussi ! riposta-t-elle. Par conséquent, je ne monterai pas dans cette limousine avec toi.

Une sorte de calme sembla soudain s'abattre sur eux.

Comme si le charisme puissant de Malachi avait suffi à dompter la violence du vent.

— Très bien. Que préfères-tu ? demanda-t-il en souriant. La banquette arrière, ou le coffre ?

— Parce que, après avoir tenté le chantage, tu comptes m'enlever, à présent ?

Addie regretta aussitôt ses paroles. Connaissant Malachi, il n'aurait aucun scrupule à l'enfermer dans le coffre de sa limousine... Après avoir jeté un dernier coup d'œil derrière elle et constaté que tous les taxis semblaient avoir déserté le quartier, elle redressa le menton.

— D'accord, dit-elle d'une voix crispée.

Une lueur de triomphe éclaira les yeux gris tandis que, réprimant sa colère à grand-peine, Addie passait devant Malachi sans le regarder.

— Mais je te préviens : cela ne change rien, déclara-t-elle, bravache.

Puis, le menton haut, elle s'assit sur la banquette recouverte de cuir gris perle, en regrettant déjà d'avoir accepté qu'il la raccompagne jusque chez elle.

Après s'être installé à son tour, Malachi indiqua l'adresse au chauffeur, puis se tourna vers elle.

— Tu trembles ? remarqua-t-il en fronçant les sourcils.

— Qu'est-ce que ça peut te faire ?

— J'allais te proposer ma veste.

Addie eut l'impression que son cœur fondait.

— Merci. Je n'ai pas froid.

— Ces frissons auraient-ils quelque chose à voir avec moi, alors ? demanda-t-il, un sourire dévastateur aux lèvres.

Addie leva les yeux au ciel. Malachi savait que, en dépit de ses efforts pour garder ses distances avec lui, elle ne pouvait empêcher son corps de réagir à sa présence.

Comme autrefois. Dès le premier instant où ils s'étaient rencontrés.

— Désolée de te décevoir, mais voilà longtemps que je ne suis plus sensible à ton charme.

Il pencha légèrement la tête de côté, laissa descendre le regard sur ses seins, faisant naître aussitôt une myriade de sensations malvenues en elle.

— Il n'y a pas de mal à le reconnaître, trésor, murmura-t-il. Je sais que tu me désires aussi sauvagement que je te désire.

Avait-il déjà oublié sa proposition abjecte ? Sans doute. Malachi était expert dans l'art de profiter de tout et de tous pour arriver à ses fins.

— Tu te flattes, riposta-t-elle avec dédain. Ce que je désire le plus au monde, c'est sortir de ce véhicule et m'en aller, le plus loin possible de toi.

Malachi éclata de rire.

— Désolé, mais tu es coincée avec moi.

— Jusque chez moi, c'est tout !

— Nous verrons. Nous…

— C'est tout vu, Malachi !

— Je voulais simplement dire qu'ensuite, nous pourrions bavarder un peu.

— Écoute, ce n'est pas parce que j'ai accepté que tu me raccompagnes que j'ai envie de bavarder avec toi. Aurais-tu déjà oublié que tu m'as insultée, tout à l'heure ?

Malachi regarda Addie en silence. En lui proposant de devenir sa maîtresse, il avait cédé à une impulsion subite. Quand elle s'était avancée vers lui, son corps ravissant moulé dans cette robe noire qui mettait en valeur les courbes dont le souvenir lui demeurait gravé dans l'esprit, les mains, dans toutes les fibres de son corps, il avait résolu de la posséder.

Or à présent il ne savait plus très bien pourquoi il avait poursuivi son idée et lui avait fait cette proposition. Le désir jouait certes un grand rôle dans sa décision, mais pas seulement. Lorsque Addie avait surgi dans sa vie, cinq ans plus tôt, il avait vu cru à l'impossible. Avant de la rencontrer, il n'avait jamais envisagé de se marier. Mais rapidement, il n'avait pu se résoudre à la laisser sortir de son existence.

Ensuite, comprenant qu'elle représentait un atout fabuleux pour son image, il n'avait eu aucun mal à se persuader qu'elle serait l'épouse idéale. Il l'avait vue, elle et la place qu'elle occupait dans le monde caritatif, comme le yin ; lui était le yang, avec son profil d'entrepreneur égoïste et impitoyable. Grâce à leur association, il assurait un accueil plus positif au nouveau casino qu'il allait ouvrir, en plein centre de Miami.

Cependant, elle avait en l'espace de six mois réussi à chambouler complètement son existence, lui dérobant son cœur puis son nom, avant de rejeter les deux en bloc. Pire, leur mariage raté avait fait naître en Malachi une sensation d'intranquillité, de doute, qu'il n'était jamais parvenu à éradiquer complètement.

Une fois Addie sortie de sa vie, il n'avait plus jamais été le même.

Quand il l'avait revue, il s'était senti gagné par une frustration insupportable, qui l'avait conduit à lui proposer de devenir sa maîtresse. C'était la solution parfaite, qui lui permettrait à la fois d'assouvir le désir qui le dévorait et d'annihiler le sentiment d'impuissance né de l'échec de leur relation.

Malachi détestait ce sentiment, qui lui rappelait son

enfance dominée par le sombre chaos caractérisant la vie de ses parents. Quand il avait rencontré Addie, il avait vu en elle l'opposé total de cet univers malsain. Pétillante, intelligente, indépendante, elle était en outre ravissante et irrésistiblement sexy. Et quand elle l'avait quitté… Il serra les mâchoires au souvenir du choc ressenti, de l'humiliation.

Il pouvait encore se raviser, se dit-il soudain. Mais en renonçant à elle, il se condamnait à la frustration éternelle.

— J'ai envie de toi, Addie, dit-il lentement. Et je suis prêt à payer le prix pour te posséder.

Lorsque leurs regards se croisèrent, Addie sentit se hérisser les cheveux sur sa nuque. Elle aurait dû se sentir outragée — elle l'était en partie. Pourtant, elle ne pouvait nier qu'elle tremblait d'un désir pur et incandescent. Elle n'aimait plus Malachi, mais il conservait le pouvoir de la faire vibrer tout entière.

Une image resurgit soudain dans son esprit. Elle se revit les yeux rouges et gonflés à force d'avoir pleuré, recroquevillée sur le sofa, sous la couette. *Souviens-toi de ces jours horribles !* s'ordonna-t-elle en silence. Aucune somme d'argent, aucune volupté, même la plus fabuleuse, ne valaient un tel désespoir.

— Peut-être que tu as envie de moi, mais tu ne m'achèteras pas ! répliqua-t-elle d'une voix sourde. Alors je crois qu'il vaudrait mieux que tu me déposes ici. Je me débrouillerai toute seule.

Malachi sentit sa libido rugir. Des émotions contradictoires se succédaient dans le regard d'Addie : elle désirait la même chose que lui, mais refusait de l'admettre.

— Tu veux me prouver que tu es indépendante ? Ou serait-ce plutôt que je te rends nerveuse ?

Elle le dévisagea en plissant les paupières.

— Nerveuse ? Pourquoi serais-je nerveuse ?

Ses joues s'empourprèrent, ses yeux bleus s'assombrirent.

— Parce que tu es ici avec moi, murmura-t-il. Que nous sommes seuls tous les deux. À une certaine époque, nous profitions de chaque instant de solitude, toi et moi.

Un petit halètement franchit ses lèvres pulpeuses. Elle était plus que nerveuse : elle était *excitée.*

— C'était il y a longtemps, dit-elle d'une voix tendue. Beaucoup de choses ont changé, depuis.

— Mais d'autres sont restées les mêmes…

Malachi s'interrompit, contempla le pouls qui battait à la base du cou gracieux d'Addie. Tendant la main, il lui effleura la tempe.

— Tes cheveux, par exemple. Ils sont toujours aussi magnifiques.

Lorsqu'il saisit une mèche et se l'enroula autour du doigt, Addie recula vivement la tête, le cœur battant la chamade.

— J'envisage de faire une coloration et de devenir blonde, le provoqua-t-elle. Et de les faire couper court. Très court.

Pensait-il vraiment qu'il suffirait d'un semblant de caresse pour la faire céder ? Qu'elle allait fondre dans ses bras et oublier sa tentative de chantage répugnante ? Malachi était tellement habitué à voir les femmes se jeter à ses pieds ! Et à en juger par la façon dont son propre corps palpitait, réclamait, elle ne valait pas mieux que ses prétendantes…

— Je peux très bien continuer à pied. Il pleut moins, à présent.

Elle se tourna vers lui, avant de le regretter aussitôt, fascinée par le regard intense dardé sur son visage.

— Qu'est-ce qu'il y a ? demanda-t-elle d'une voix rauque. Pourquoi me regardes-tu ainsi ?

— À ton avis ?

Lentement, avec une grâce féline, il se pencha vers elle et lui prit la main. Addie entrouvrit les lèvres, mais les mots restèrent bloqués dans sa gorge.

— Peu importe ce que je pense, dit-elle enfin. Rien de tout ceci n'est réel.

— Peut-être. Pourtant, *tu* me sembles très réelle, et ce que je ressens aussi.

La chaleur des doigts de Malachi sur les siens lui montait dans le bras, se propageait dans tout son corps. Hypnotisée par ses iris gris, Addie aurait voulu fermer les paupières et s'abandonner à cette merveilleuse chaleur, aux effluves virils inondant ses sens, se laisser aller à croire que Malachi disait la vérité. Quand il prenait cette voix…

Lentement, elle dégagea sa main. Il ne mentait pas. Il la désirait, mais il s'agissait uniquement de désir sexuel. Et il lui avait prouvé autrefois à quel point il était capable de douceur *et* de dureté. Voire de cruauté.

— C'est peut-être réel, en effet. Mais cela n'implique pas que ce soit approprié, dit-elle avec calme.

— C'est mieux qu'approprié, c'est parfait. Cette fois-ci, les conditions idéales sont réunies : il n'y aura ni attentes, ni promesses, ni pression.

À l'entendre, tout paraissait si simple. Si *parfait*. La voix de Malachi vibrait de passion, avec une telle intensité qu'Addie en avait le souffle coupé. Soudain, elle comprit ce qu'elle savait déjà mais qu'elle refusait d'admettre :

Malachi avait toujours une emprise sexuelle sur elle et il comptait bien le lui prouver…

— Ne t'approche pas de moi. Je ne veux pas que tu me touches.

— Parce que tu te méfies de toi-même. C'est la seule raison. Pourquoi luttes-tu contre ce que tu ressens ? Tu me désires autant que je te désire, Addie. Dis-moi que ce n'est pas vrai. Dis-moi que je me trompe.

Elle aurait dû nier, protester. Mais les mots ne venaient toujours pas. Tout se bousculait dans son esprit, en un chaos épouvantable.

Soudain, Addie eut envie de céder à la volupté délicieuse qui se déployait en elle. De cesser de lutter contre le désir qui la consumait. Malachi referma les mains autour de sa taille, l'attira inexorablement vers lui.

Il allait l'embrasser. Et elle ne résisterait pas…

Doucement, Addie posa un doigt sur les lèvres de Malachi. Puis elle laissa retomber sa main. Lorsque leurs bouches se rencontrèrent, une sensation de pur plaisir se répandit dans son bas-ventre, puis elle ferma les yeux tandis que Malachi approfondissait leur baiser.

Quand il écarta sa bouche de la sienne, elle laissa échapper une plainte. Elle l'entendit murmurer son prénom, sentit la main ferme se poser sur sa cuisse, puis glisser sous sa robe. Haletante, Addie creusa les reins pour mieux s'offrir à la caresse. Tout son corps semblait s'épanouir sous les doigts de Malachi. Mais lorsqu'elle referma la main sur son érection, il la repoussa en murmurant :

— Doucement, trésor…

Le visage en feu et l'esprit en proie à une confusion

totale, elle rouvrit les yeux, puis aperçut son reflet dans la vitre. Comment avait-elle pu se laisser aller ainsi ? se demanda-t-elle, horrifiée. Avait-elle perdu l'esprit ? S'efforçant de contrôler les battements désordonnés de son cœur, elle se tourna avec réticence vers Malachi.

— Nous n'aurions pas dû, dit-elle d'une voix rauque.

Il la regarda un instant en silence tandis qu'elle lissait sa robe sur ses cuisses.

— Et pourtant nous l'avons fait.

— C'était une erreur.

— Les erreurs ont du bon, répliqua-t-il nonchalamment en lui prenant la main. Elles nous font avancer.

Lorsqu'elle voulut se dégager, il resserra les doigts autour des siens avant de l'attirer de nouveau contre lui. Puis, penchant la tête, il reprit sa bouche. Addie s'abandonna malgré elle. Le désir qui la possédait était encore plus puissant, plus intense…

— Pars avec moi, murmura-t-il contre ses lèvres. Nous devons parler de certaines choses, mais dans un endroit tranquille, seuls tous les deux. Dis oui, s'il te plaît.

Le souffle court, elle le regarda en silence, en proie à une véritable ivresse, un besoin de lui irrésistible, impérieux. Elle hocha lentement la tête. À quoi bon nier l'attirance qu'ils ressentaient l'un pour l'autre ?

— Dis-le ! insista-t-il, les yeux étincelants. Je veux entendre le mot franchir tes lèvres.

Elle hésita. Si elle acceptait vraiment sa proposition, elle s'engagerait en sachant que Malachi ne l'aimait pas. Un frisson la traversa. Peut-être serait-ce mieux ainsi. De cette façon, elle ne courrait pas le risque de ressortir de l'aventure le cœur brisé, ni de voir ses rêves s'écrouler. Au contraire de ses projets, qui eux continueraient à se concrétiser au profit des enfants qui avaient redécouvert la confiance et l'espoir grâce à la musique.

Cette fois, elle *déciderait* de vivre une aventure avec Malachi, au lieu de se laisser entraîner par la passion comme cinq ans plus tôt.

Et puis, Carmen, son assistante, serait ravie de la remplacer, elle qui répétait sans cesse à Addie qu'elle devrait faire une pause...

— Oui, dit-elle en redressant le menton. Je partirai avec toi.

Les yeux luisant d'un éclat étrange, Malachi l'embrassa en lui caressant les cheveux. Quand il écarta son visage du sien, elle réalisa que la limousine s'était arrêtée.

— Il n'est pas trop tard pour changer d'avis, Addie.

— Je ne reviendrai pas sur ma décision, affirma-t-elle d'une voix ferme. Tu as raison : nous devons parler. Et j'ai besoin de vacances, en plus.

— Tu en auras peut-être de nouveau besoin à notre retour, dit-il avec un petit sourire en coin. Celles-ci pourraient s'avérer... épuisantes.

Il se pencha en avant et frappa légèrement sur la vitre de séparation.

Lorsque le chauffeur lui ouvrit sa portière, Addie sortit du véhicule et leva les yeux vers le ciel. La pluie s'était arrêtée et un soleil timide se profilait derrière les nuages.

— Et maintenant ? demanda-t-elle, soudain embarrassée.

Malachi l'enlaça en souriant d'un air moqueur.

— Tu vas rentrer chez toi et préparer tes bagages. Nous partons lundi.

— Lundi ! répéta-t-elle en écarquillant les yeux.

— Oui. Mon chauffeur passera te prendre à 9 heures. Tâche de ne pas le faire attendre trop longtemps.

Brusquement, Addie se sentit dépassée. Tout s'enchaînait si vite… Mais pour les gens aussi fortunés que Malachi, les problèmes matériels se résolvaient d'un simple claquement de doigts. Décidée à ne pas lui montrer son désarroi, elle se contenta de hocher la tête.

— Et où irons-nous ? À New York ? Paris ? Sur la Lune ?

— Aux Caraïbes. Je possède une île au large d'Antigua.

Elle le dévisagea en écarquillant les yeux.

— Tu… Tu possèdes une île ? Quel genre d'île, exactement ?

— Une île normale, répondit-il en haussant les sourcils. Sable blanc, palmiers : le paradis sur terre, quoi !

Il se réinstalla à l'arrière de la limousine.

— Hé… Attends ! s'écria Addie en se penchant vers lui.

— Qu'y a-t-il ? demanda-t-il avec un sourire dévastateur. Je te manque déjà ?

— J'aimerais savoir ce que je dois emporter.

Il se mit à rire, les yeux pétillant de malice.

— Nous partons en lune de miel, trésor. Inutile de prendre des vêtements !

4

Immobile à côté de son lit, Addie contemplait le sac de voyage ouvert sur le drap. Après s'être réveillée tôt et être restée allongée pendant presque une demi-heure dans l'obscurité, elle avait fini par se lever, déterminée à être prête et sûre d'elle lorsque la limousine viendrait la chercher.

Or non seulement elle n'était pas prête, mais elle se trouvait dans un état de panique avancée.

— Tout va trop vite, soupira-t-elle à voix haute en s'asseyant sur son lit.

Trois jours plus tôt, elle était bien loin de s'attendre à revoir Malachi. Et maintenant, elle allait passer un mois seule avec lui. Sur une île paradisiaque.

Un courant électrique la traversa de part en part, la rappelant à l'ordre. Se levant d'un bond, Addie commença à plier ses vêtements avant de les déposer dans le sac.

Avait-elle vraiment accepté de partir avec Malachi ? se demanda-t-elle pour la énième fois. Elle sentit ses joues s'empourprer. S'il ne s'était pas écarté d'elle, elle l'aurait laissé lui faire l'amour à bord de la limousine, sur la banquette arrière… L'intensité du désir qui l'avait embrasée l'avait choquée. Et, à sa grande stupeur, au lieu d'en éprouver de la honte, elle avait exulté de s'abandonner ainsi dans ses bras. Tout son corps s'était réjoui, comme si ses sens se réveillaient d'un long sommeil.

Depuis sa séparation d'avec Malachi, elle s'était laissé absorber presque entièrement par son travail. Elle faisait un peu de sport, sortait parfois avec des amis, mais la plupart du temps, elle prenait son dîner sur le sofa avant d'aller se coucher. Seule. Alors que dans quelques heures, elle se retrouverait sur une île privée des Caraïbes. Avec Malachi King, l'homme le plus sexy qu'elle ait jamais rencontré et dont la simple proximité suffisait à la faire fondre.

Addie exhala un lent soupir tremblant. Dans un mois, voire quelques jours, elle regretterait sans doute d'avoir accepté sa proposition. Mais ce qu'il s'était passé à bord de la limousine avait bien confirmé ce qu'elle savait déjà, et niait depuis longtemps : elle n'en avait pas terminé avec Malachi. De façon absurde, elle était toujours sa femme.

Cette « lune de miel » ne représentait néanmoins pas une ultime tentative de sauver leur mariage. C'était même plutôt le contraire. Il s'agissait d'une sorte de point final amer et approprié à une union qui n'en avait jamais été une. Cette fois, leur relation serait plus franche, plus simple, équivalant en fait à une banale transaction : du sexe en échange d'argent. De *beaucoup* d'argent.

Addie fit glisser la fermeture du sac d'un geste déterminé. En acceptant cet arrangement, se comportait-elle en femme bassement intéressée, vénale ? Faisait-elle preuve d'amoralité ? Non, trancha-t-elle. Car elle n'avait jamais rien demandé à Malachi pour elle-même. Pas un cent. Et elle ne lui demanderait rien. Il s'agissait de l'association. Mais en le revoyant, elle avait compris qu'elle ne pouvait fuir éternellement le passé. Grâce à cette aventure, elle allait enfin tirer un trait sur ces années passées à s'interroger, espérer, souffrir.

Dans un mois, tout serait vraiment terminé entre eux.

Par ailleurs, Addie attendait de lui qu'il la traite avec respect. Et puis si la situation devenait insupportable, elle pourrait toujours rentrer à Miami.

Son portable vibra soudain sur le lit. Elle le prit et contempla le message qui s'affichait : le chauffeur serait en bas de l'immeuble dans vingt minutes. Par conséquent, il lui restait tout juste le temps de se sécher les cheveux, de dénicher son passeport et de s'assurer que Carmen avait bien compris toutes ses instructions.

Assise à l'arrière de la limousine, vêtue d'une jupe portefeuille bleu marine assortie d'un chemisier brodé en soie couleur ivoire, Addie s'efforçait de paraître aussi à l'aise que si elle se rendait sur une île privée tous les jours.

Baissant les yeux sur ses escarpins à hauts talons, elle fronça les sourcils. Elle ne les portait quasiment jamais en dehors de son travail, et ce n'était pas vraiment les chaussures idéales pour ce type de séjour ; elle les avait choisies pour se rappeler qu'il s'agissait d'un voyage d'affaires. En outre, quelques centimètres supplémentaires ne seraient pas superflus face au mètre quatre-vingt-huit de Malachi.

Le véhicule ralentit. Elle jeta un coup d'œil par la vitre et constata qu'ils pénétraient dans un vaste aérodrome privé. Puis elle aperçut le jet racé posé sur le tarmac, d'un blanc immaculé et brillant sur lequel ressortait le logo de King Industries. Et, formant une haie impeccable, des stewards et des hôtesses en uniforme, qui semblaient sortir tout droit des pages du magazine *Vogue*.

La limousine s'immobilisa ; le chauffeur lui ouvrit la portière. Dès qu'Addie posa le pied sur le tarmac, le steward le plus proche s'avança vers elle, le sourire aux lèvres.

— Bonjour, mademoiselle Farrell. Je suis John, chef de cabine. C'est moi qui m'occuperai de vous. Je vous souhaite la bienvenue à bord, au nom de King Industries.

Une fois à l'intérieur du jet, Addie regarda autour d'elle avec un mélange de stupeur et d'émerveillement. Elle avait déjà pris l'avion, et même voyagé une fois en *business class*, mais ce luxe…

Au lieu de rangées de fauteuils séparés par un couloir central, un vaste espace ouvert occupait toute la largeur de l'appareil, au fond duquel trônait un bar au design ultra-contemporain. Une atmosphère de confort et de bon goût se dégageait de l'ensemble, depuis les impressionnants fauteuils et sofas de cuir, jusqu'aux magnifiques freesias en pots disposés çà et là sur de petites tables basses à effet miroir.

Quelques minutes plus tard, installée sur l'un des sofas, elle sirotait un cappuccino lorsqu'une porte s'ouvrit au fond de la cabine. Malachi s'avança vers elle d'un pas nonchalant.

— Désolé de t'avoir fait attendre, trésor. Notre voyage impromptu m'a posé quelques problèmes de dernière minute.

Sans lui demander son avis, il s'assit à côté d'elle et lui prit sa tasse des mains, la posa sur la table, puis souleva Addie dans ses bras et l'installa sur ses genoux. L'instant d'après, il l'embrassait avec une ardeur à couper le souffle.

La bouche de Malachi avait un goût de soleil et d'orange, délicieusement exotique et familier à la fois. Et terriblement grisant.

— Tu m'as manqué, murmura-t-il en écartant ses lèvres des siennes.

Il était si beau, si irrésistible et si sexy que durant quelques instants, elle en perdit l'usage de la parole.

— Tu es censée répliquer : « Toi aussi, tu m'as manqué », reprit-il avec un sourire dévastateur.

Un frisson délicieux naquit au creux des reins d'Addie, se propagea dans les moindres cellules de son corps. Mais, bien décidée à ne pas laisser transparaître son trouble, elle haussa un sourcil, l'air faussement détaché.

— Cela ne fait que deux jours. Alors que tu as survécu sans difficulté à cinq ans de séparation.

— Comment sais-tu que j'y ai survécu sans difficulté ? répliqua-t-il d'un ton neutre. Je me morfondais peut-être dans mon coin, en proie à un profond désespoir.

— Dans ce cas, tu as un sosie qui est apparu à ta place dans toutes sortes de manifestations publiques. Tu devrais peut-être te renseigner, en rentrant…

Les yeux de Malachi étincelèrent.

— Je suis flatté d'apprendre que tu as suivi mes faits et gestes de loin.

— Pas du tout ! se défendit-elle.

Mais sa voix avait tremblé au moment où la main de Malachi lui caressait le sein à travers la soie.

— Ce chemisier me plaît beaucoup, murmura-t-il. Classique, mais follement sexy.

Son regard descendit lentement sur ses jambes, s'arrêta sur ses escarpins.

— Ça aussi, j'aime. *Énormément…*

Ses doigts glissèrent sous l'étoffe, sur sa peau, la faisant frissonner. Puis, brusquement, Malachi laissa échapper un juron étouffé et souleva de nouveau Addie dans ses bras avant de la réinstaller sur le sofa.

— Nom d'une pipe ! s'exclama-t-il en se passant la main dans les cheveux.

— Qu'y a-t-il ? demanda-t-elle, confuse.

— Des gens sont là, à côté. Ils attendent que j'aille les rejoindre pour signer des documents importants, et moi je perds la tête au point que je me demande si je serais seulement capable d'épeler mon nom.

Et maintenant, c'était elle qui allait devoir l'attendre, comprit Addie. Malachi comptait-il lui rappeler sans cesse que c'était lui qui menait le jeu ? Sans doute, mais elle n'avait pas le choix. Durant ce séjour, elle serait à son entière disposition, en quelque sorte.

Elle serra les mâchoires. Il n'y avait qu'une façon de réagir à cet état de fait : ne pas lui montrer qu'elle brûlait pour lui. Et lui faire comprendre que même si elle avait accepté de partir avec lui, elle ne lui obéirait pas au doigt et à l'œil.

Ils se dévisagèrent en silence, puis Addie répliqua d'un ton détaché qu'il n'y avait *aucun* problème. Ensuite, elle saisit son sac à main et en sortit un épais livre de poche.

— J'ai de quoi m'occuper, reprit-elle d'une voix suave.

— *Intelligence émotionnelle et adolescence*. Ça a l'air passionnant, murmura Malachi.

— Oui, cet ouvrage est très intéressant et instructif.

— Je n'en doute pas, dit-il d'un ton moqueur.

Puis, après l'avoir embrassée rapidement sur le front, il se leva d'un bond et disparut par la porte du fond.

Moins d'une demi-heure plus tard, Malachi réapparut. Il traversa la cabine d'un pas alerte, sa haute silhouette débordant d'énergie bouillonnante.

— Fini ! lança-t-il d'un air triomphant.

Il se laissa tomber à côté d'elle sur le sofa et se pencha pour prendre une poignée de fraises, qu'il dévora avec gourmandise.

— À présent, je suis tout à toi, poursuivit-il.

Il lui prit son livre des mains et le posa sur la table basse.

— Où en étions-nous, exactement ? demanda-t-il.

Il laissa descendre le regard sur sa bouche, son cou…

— Ah, oui… Si tu revenais t'installer sur mes genoux ?

Retenant la riposte cinglante qui lui montait aux lèvres, Addie le dévisagea en silence. Croyait-il vraiment qu'il lui suffisait de réapparaître pour qu'elle se plie à tous ses caprices ? Qu'elle renonce à ce qu'elle était en train de faire pour le bon plaisir de monsieur King ? C'était le moment de reprendre le contrôle.

— J'ai une meilleure idée, dit-elle en se levant. Pourquoi ne pas nous rendre dans un endroit plus intime ?

Le regard de Malachi prit un tel éclat qu'Addie sentit son ventre frémir de façon incontrôlable. Toutefois, ignorant les réactions de son corps, elle sourit lentement.

— J'essaie les portes au hasard ou tu préfères me montrer le chemin ?

Après lui avoir pris la main, il l'entraîna vers l'escalier flottant qui s'élevait en spirale. Elle le suivit, le cœur battant à tout rompre. Elle désirait follement Malachi, mais elle voulait avant tout le rendre fou d'elle. Avoir du pouvoir sur lui, l'atteindre au plus profond, malgré le masque derrière lequel il se protégeait.

Addie tressaillit. Ils avaient atteint le haut des marches.

Il y eut un court silence tendu, puis Malachi poussa une porte et s'effaça. Après avoir hésité une fraction de seconde, elle passa devant lui et découvrit une cabine aux dimensions un peu plus réduites que celle du bas.

Agrémenté de deux miroirs aux cadres dorés suspendus aux parois, le salon comprenait plusieurs petites tables de bois clair, sur lesquelles s'élevaient des piles de livres les unes à côté des autres. Levant les yeux, Addie tressaillit en voyant le regard de Malachi dardé sur elle, presque noir.

— Eh bien, commença-t-il d'une voix douce. Nous sommes *dans un endroit plus intime.*

S'efforçant de dissimuler son trouble, elle hocha lentement la tête.

— C'est différent. Moins…

— Tape à l'œil ? termina-t-il à sa place.

Tout à coup, il avait l'air plus jeune, plus sincère.

— J'allais dire moins formel, répondit Addie.

— Quelle diplomatie ! s'exclama-t-il en riant. La cabine du bas est une extension de mon bureau, en quelque sorte, si bien qu'elle reflète le côté professionnel de ma personnalité. Alors qu'ici, je suis chez moi.

— Et là, qu'est-ce que c'est ? demanda-t-elle en désignant une porte située à l'extrémité du salon.

— Une salle de musculation et un sauna.

— Et ici ?

Un autre escalier s'élevait sur la gauche, comme suspendu dans l'espace par magie. Malachi la contempla un instant en silence.

— Viens, je vais te montrer.

Le cœur battant, Addie baissa les yeux sur la main tendue. *Vas-y, fais-le, mais en imposant tes conditions,* s'enjoignit-elle farouchement. *Prends le contrôle !*

Les doigts enlacés à ceux de Malachi, elle s'avança vers l'escalier, puis s'arrêta et se tourna vers lui.

— Je crois que je trouverai le chemin, maintenant.

Sans lui lâcher la main, elle monta devant lui tandis

qu'il la suivait en silence. Arrivée en haut des marches, elle aperçut… un lit. Immense. Faisant volte-face, Addie referma les mains sur la chemise de Malachi, en tira les pans hors du pantalon, défit les boutons, effleura la toison brune et douce de son torse. Lorsqu'elle posa les paumes sur la peau chaude et que Malachi trembla sous ses doigts, elle comprit qu'elle l'avait surpris.

Addie ne savoura pas longtemps son triomphe : déjà, Malachi penchait la tête et l'embrassait avec passion.

Enivrée par l'odeur mâle de sa peau, elle referma les bras autour de son cou en creusant les reins pour mieux sentir son érection. Et lorsqu'il laissa échapper une plainte rauque, une véritable ivresse la gagna.

Elle ferma les yeux et ne résista pas quand il la poussa en arrière en glissant une jambe entre les siennes. Puis elle tomba à la renverse sur le lit, l'entraînant avec elle.

— Malachi ! chuchota-t-elle, haletante.

Il se redressa au-dessus d'elle et la regarda dans les yeux ; les siens luisaient de reflets argentés.

— Qu'y a-t-il ? murmura-t-il. Tu as perdu ton chemin ?

Addie tressaillit au plus intime de sa féminité. Les doigts experts de son amant écartaient son chemisier, erraient sur son ventre, effleuraient, caressaient, s'aventuraient sous sa jupe, de plus en plus bas, faisant naître une spirale de plaisir qui se déroulait dans tout son corps.

Elle déglutit, luttant contre la marée brûlante qui montait en elle.

— Addie…

Son prénom sembla flotter entre eux tandis qu'elle ne pouvait s'empêcher de le supplier du regard. Avec une lenteur délibérée, Malachi pencha la tête pour lui lécher l'épaule. Sa langue suivit la clavicule, taquina le petit creux à la base du cou, jusqu'à ce qu'Addie se mette à trembler de la tête aux pieds.

Il lui souleva le buste pour lui dégrafer son soutien-gorge, libérant ses seins tendus de plaisir. Éperdue, captive du regard incandescent de Malachi, Addie souleva les hanches et les fit bouger contre les siennes avec impatience. Il lui effleura un sein du bout des lèvres, puis lécha le mamelon avec un art qui la fit gémir sans retenue avant de reporter son attention sur son autre sein.

Incapable de supporter plus longtemps les tourments exquis qu'il lui infligeait, elle enfouit les doigts dans les cheveux de Malachi pour lui redresser la tête, puis referma la main sur son érection. Le souffle précipité, il reprit sa bouche avec fièvre. N'y tenant plus, elle défit la ceinture de cuir d'une main fébrile…

— Attends, trésor…, dit-il en posant la main sur la sienne.

— Que… Qu'y a-t-il ?

— Pas ici. Pas maintenant.

En proie à une frustration insensée, le corps vibrant de désir, Addie faillit le *supplier* de lui faire l'amour. Les traits indéchiffrables, Malachi lui caressa quelques instants la nuque, puis se redressa au-dessus d'elle et s'allongea à son côté.

Une sensation de froid envahit aussitôt Addie. Où avait-il trouvé la volonté de s'arrêter ? Comment avait-il eu le sang-froid d'interrompre leur étreinte passionnée, alors qu'en dépit de ses résolutions, elle-même s'était laissée complètement submerger par le désir ?

Les joues en feu, elle s'écarta de lui et se rajusta à la hâte, puis fit redescendre sa jupe sur ses cuisses. Malachi la regardait faire en silence. Une fois encore, il venait de démontrer qu'il contrôlait parfaitement la situation…

Un son se fit soudain entendre, une sorte de vibration discrète mais insistante. Roulant sur le flanc, Malachi appuya sur une touche située dans une petite cavité quasi invisible, à côté de la table de nuit.

— Oui ?

— Excusez-moi de vous déranger, monsieur King, fit la voix du chef de cabine dans un haut-parleur. Je souhaitais seulement vous informer que nous nous rapprochions maintenant d'Antigua et qu'il faudrait rattacher vos ceintures de sécurité.

— Bien sûr, acquiesça aussitôt Malachi.

Il se retourna vers Addie.

— Nous ferions mieux de redescendre.

Après s'être passé la main dans les cheveux, il reboutonna sa chemise, redevenant aussitôt le riche homme d'affaires élégant et efficace. Puis il lui désigna une porte.

— Tu désires peut-être t'arranger un peu ? Tu peux utiliser la salle de bains, si tu veux.

Debout devant le miroir, Addie se passa machinalement un peigne dans les cheveux. Non seulement elle n'avait pas de rouge à lèvres sur elle, mais sa main tremblait tellement qu'elle n'aurait pas été capable d'en remettre, de toute façon.

Devant son reflet, elle s'efforça de prendre une expression détachée. Comment Malachi faisait-il pour garder cette maîtrise de soi ? s'interrogea-t-elle de nouveau. Parce que de son côté, même avec son chemisier reboutonné jusqu'au cou, elle ne parvenait toujours pas à contrôler les frémissements qui la parcouraient des pieds à la tête.

Et pourtant, elle avait été bien déterminée à lui démontrer qu'en dépit du gouffre social et financier qui les séparait, ils étaient égaux en matière de sexe, et qu'ils le resteraient durant tout le séjour. Le problème, c'était que, ne possédant pas la force mentale de Malachi, elle ne pouvait fermer son esprit à la passion, au désir. De toute évidence, coucher avec lui ne serait pas aussi simple qu'elle l'avait anticipé. Pas parce qu'elle l'aimait, mais parce qu'elle semblait incapable de contrôler le chaos d'émotions qui se déclenchait en elle dès qu'il la prenait dans ses bras.

Et alors ? se demanda-t-elle soudain en plissant le front. Souhaitait-elle vraiment ressembler à Malachi ? Devenir comme lui, tout en charme et suavité extérieurs, mais complètement fermé à tout sentiment authentique ? Certainement pas ! Se séparer de son mari lui avait beaucoup coûté. Il lui avait fallu beaucoup de temps pour émerger du désespoir dans lequel elle avait sombré. À l'époque, elle avait perdu six kilos.

Aujourd'hui, il était hors de question qu'elle sacrifie l'essence même de son être. Par conséquent, elle survivrait à ce séjour. Après tout, elle avait traversé bien pire.

Addie redressa le menton. Elle ressortirait peut-être éprouvée de l'aventure, rompue sur le plan physique et émotionnel, mais en gardant intacte son identité profonde.

5

Installé à côté d'Addie dans le hors-bord qui fendait les eaux turquoise, protégé par ses lunettes de soleil, Malachi contempla le beau profil qui se découpait sur le ciel d'azur, les longs cheveux de feu qui flottaient au vent, les jambes fuselées…

Finalement, leurs rapports risquaient d'être un peu plus compliqués qu'il ne l'avait prévu, mais il n'avait plus aucun doute : elle le désirait. Follement. Au souvenir des grands yeux bleus qui s'étaient assombris tandis qu'elle creusait les reins pour mieux sentir son érection, Malachi fut envahi par un véritable sentiment de triomphe ; doublé d'une pointe de soulagement, car il avait bien failli la prendre sur-le-champ, lui qui détestait ce genre d'affolement de tous les sens. Cela lui rappelait trop les égarements de ses parents, à l'époque où, se morfondant seul dans son coin, il attendait que leurs fichues soirées s'achèvent enfin.

Quant au désir qui le consumait, il serait bientôt apaisé. En attendant, c'était *elle* qui avait perdu tout contrôle.

Comme si elle avait deviné ses pensées, Addie tourna brièvement la tête pour lui asséner un regard glacial.

— Tout va bien ? demanda-t-il d'une voix suave.

— Oui. Très bien, même.

En réalité, Malachi devinait qu'elle était tendue à

craquer. Mais dans cette aventure, il n'y avait pas de place pour les sentiments. Il avait appris très jeune, et de façon radicale, que la vie en général, et les relations humaines en particulier, étaient beaucoup plus simples lorsque les émotions ne faisaient pas partie de l'équation.

Il tourna les yeux vers l'île dont les contours se profilaient au loin. Il sourit, du sourire détaché qu'il affichait en voyant un joueur malchanceux surpris en train de transgresser les règles dans l'un de ses casinos. Car Addie avait transgressé la règle la plus importante : elle agissait comme si ce n'était pas lui, le maître du jeu. Et il s'était laissé surprendre quand Addie lui avait pris la main pour l'entraîner vers l'escalier, dans le jet. Il s'était senti complètement désarçonné. Et ce n'était rien comparé à ce qu'il avait ressenti lorsqu'elle l'avait embrassé… Le contact de ses lèvres avec les siennes l'avait littéralement embrasé. Une véritable tornade s'était déclenchée en lui, emportant tout sur son passage.

Avant de rencontrer Addie, sa vie tournait autour de deux axes : le travail et le jeu. Grâce à des principes auxquels il ne dérogeait jamais, il avait sauvé l'affaire familiale du chaos et de la faillite, la transformant en une entreprise en perpétuelle expansion. Au lieu de se limiter à quelques casinos aux États-Unis, King Industries possédait désormais des établissements réputés dans le monde entier.

Et côté détente, il y avait les femmes. Toutes ravissantes, sexy et disponibles. Jusqu'à sa rencontre avec Addie. À ce moment-là, Malachi avait foncé tête baissée et l'avait épousée, alors qu'il était parfaitement conscient des dégâts que pouvait causer le mariage. Cinq ans plus tard, il ne comprenait toujours pas pourquoi il avait agi de façon aussi inconsidérée. C'était absurde. Après avoir assisté impuissant aux débordements divers qui avaient perverti l'existence de ses parents — et la sienne en même temps —, il s'était juré de ne jamais s'enchaîner à une femme.

Mais Addie était si belle, si attirante avec sa somptueuse chevelure flamboyante ondulant sur ses épaules, ses magnifiques yeux bleus, ses courbes sensuelles… Aveuglé par le désir, il avait renoncé à tous ses principes, préférant se fier à l'ardeur de sa libido. En épousant Addie, il accomplissait en outre un geste commercial, s'était-il convaincu à l'époque. Il scellait un partenariat en joignant l'utile à l'agréable, en quelque sorte.

Tout avait semblé si parfait que Malachi s'était persuadé qu'il avait pris la bonne décision. Avant de se rendre compte de l'étendue de son erreur, et de comprendre que le sexe avait totalement obscurci son jugement.

Mais cette fois, il ne commettrait pas la même bévue. Il détenait *toutes* les cartes et, dans un mois, il serait exorcisé de l'emprise purement sexuelle qu'elle avait toujours sur lui.

Réprimant un soupir satisfait, Malachi se tourna vers Addie et lui désigna les palmiers dont la taille augmentait à vue d'œil.

— Bar Jack Cay. Notre destination finale.

Addie se fendit d'un léger sourire, même si elle était gagnée par un vertige au souvenir de la scène torride qui s'était déroulée à bord du jet. Elle s'était ridiculisée en se comportant comme une chatte en chaleur — il n'y avait pas d'autre terme !

Mais le pire, c'était qu'une fois de plus, elle s'était laissé manipuler par Malachi. Car une chose était claire :

en dépit des conditions sur lesquelles ils s'étaient mis d'accord, il s'agissait davantage de pouvoir que de désir. Du pouvoir qu'il exerçait sur elle.

Le hors-bord ralentit soudain.

— Que se passe-t-il ? demanda-t-elle d'un ton brusque.

Après tout, elle n'avait pas à prendre de gants avec Malachi. Il la payait en échange de sexe, pas pour qu'elle joue le rôle de la jeune épouse follement éprise de lui. En outre, il ne risquait pas de lui faire des remarques sur son attitude : dès que la conversation prenait un tour intime ou personnel, il se fermait totalement.

Addie se rappela la façon dont il avait refusé de l'écouter lorsqu'elle avait voulu lui expliquer ses doutes. Ou encore celle dont il avait réagi quand elle avait cherché à comprendre pourquoi il n'avait pas invité ses parents à leur mariage. Au début, il s'était contenté d'ignorer ses questions, mais quand elle lui avait bien fait comprendre qu'elle ne laisserait pas tomber le sujet, il était parti, tout simplement. La mort dans l'âme, elle avait alors compris que leur mariage ne pourrait jamais fonctionner.

— Il y a des rochers, aux abords de l'île, répondit-il soudain, la faisant presque sursauter. Tu ne les vois pas, mais ils pourraient endommager le hors-bord. Nous allons changer d'embarcation.

Ignorant la main qu'il lui tendait, elle passa devant lui et prit place à bord du petit canot à moteur contre lequel ils venaient de se ranger. Malachi s'installa aussitôt à côté d'elle, tout contre elle, et pressa sa cuisse musclée contre la sienne. Puis, d'un geste désinvolte, il lui passa le bras autour des épaules.

— Pourquoi persistes-tu à fixer l'océan, trésor ? Tu ne désires pas jeter un coup d'œil au paradis qui nous attend ? la taquina-t-il.

Les mâchoires serrées, Addie tourna les yeux vers l'île. La vision qui s'offrait à elle ne ressemblait pas tout à fait à ce qu'elle s'était imaginé. L'endroit était ravissant, avec un petit côté sauvage, certes, mais elle s'attendait à quelque chose de plus mystérieux, de plus dépaysant, façon île déserte à la Robinson Crusoé. En fait, celle de Malachi était sans doute un lieu plus paradisiaque, au vrai sens du terme.

— C'est beau, dit-elle d'une voix crispée.

Malachi lui prit la main.

— J'aime voir cette île comme un petit morceau du jardin d'Éden, dit-il en la regardant dans les yeux. Un refuge idéal où je peux me débarrasser de toute inhibition.

Envoûtée par la chaleur colorant sa voix, Addie soutint son regard en frémissant au plus profond de son être. Ces quelques mots en apparence anodins renfermaient tellement de sous-entendus, de promesses de plaisir — et de danger…

Lorsque le canot s'engagea dans une faille étroite entre les rochers, elle oublia néanmoins tous ses doutes et interrogations en découvrant une plage absolument superbe. Au fond d'un lagon aux eaux paisibles et d'un bleu transparent, une large bande de sable s'étalait, couleur d'or pâle et bordée de palmiers, comme dans les luxueux magazines de voyage.

Durant quelques instants, Addie contempla en silence le tableau idyllique qui s'offrait à ses yeux, incapable de traduire en mots ce qu'elle éprouvait. D'autant qu'elle sentait le regard de Malachi braqué sur elle.

— C'est bien un lagon ? demanda-t-elle enfin.

Il hocha la tête, les traits indéchiffrables, mais une lueur cristalline couvait au fond de ses yeux. Puis il sourit, d'un sourire chaud et lumineux qui ébranla profondément Addie.

— Voici Terri Clarke et sa femme, Leonda, dit-il en agitant la main vers le couple qui attendait à l'extrémité du ponton. Ils s'occupent de tout : entretien, lessive, ménage... Et Leonda adore cuisiner. Tu peux lui demander n'importe quoi, elle te le préparera !

Il regarda Addie d'un air malicieux.

— Mais ne t'inquiète pas, trésor, reprit-il, nous passerons tout le temps que nous voudrons seuls, tous les deux.

L'enlaçant, il l'attira contre lui.

— Rien que toi et moi, au paradis, murmura-t-il. Nous livrant à tous les délices possibles et imaginables...

Une chaleur traîtresse se répandit en elle. Depuis qu'elle avait revu Malachi, au restaurant, tout se déroulait comme dans un film sensuel, presque au ralenti. Dieu merci, le canot accosta doucement et elle put se lever pour débarquer la première, soulagée d'échapper au magnétisme viril et sensuel que dégageait Malachi.

Terry et Leonda les accueillirent chaleureusement. Ayant grandi tous deux à Antigua, expliquèrent-ils bientôt à Addie après lui avoir souhaité la bienvenue, ils connaissaient bien les Caraïbes et se sentaient chez eux sur l'île de Malachi.

Et de toute évidence, ils vénéraient leur employeur, comprit-elle rapidement.

Quand les Clarke se furent éclipsés, Malachi repoussa la végétation exubérante, puis s'effaça pour laisser Addie s'avancer devant lui.

— La villa, c'est par là !

Elle fit un pas avant de s'immobiliser, médusée. La construction qui se dressait devant elle était d'une beauté… magique.

De style résolument contemporain, construite sur une vaste terrasse en bois naturel, ses lignes sobres et pures se fondaient parmi les arbres au feuillage dense. Elle donnait sur un autre lagon, plus petit.

— À l'origine, il y avait une maison coloniale traditionnelle. Hélas, après le passage de l'ouragan Elena, nous avons dû tout reconstruire. En fait, je préfère la nouvelle villa, qui s'intègre mieux à l'environnement. Viens, je vais te faire visiter.

À l'intérieur, Addie se trouva plongée dans un luxe inouï. Cinq ans plus tôt, Malachi était déjà riche, mais King Industries commençait seulement à se développer. À en juger par la technologie de pointe dont la cuisine était équipée, par l'élégance raffinée de l'immense salon ouvert, par la sophistication de la salle de bains aux murs et au sol pavés de marbre clair, elle comprit qu'en cinq ans, son empire avait pris des proportions gigantesques.

Malachi trouvait amusant, voire charmant, d'entendre Addie s'extasier sur la vue qui s'offrait depuis la baie vitrée de la chambre. Dans le même temps, son attitude lui rappelait la cause de l'échec de leur relation, pourquoi cela n'aurait jamais pu marcher entre eux, de toute façon. L'enthousiasme de la jeune femme, sa spontanéité ne posaient pas de problème *à condition d'être canalisés avec soin*. Comme il avait envisagé de le faire en lui demandant de l'épouser. La générosité d'Addie l'avait même servi aux yeux des médias, donnant de lui une nouvelle image, plus ouverte, plus altruiste. Mais il aurait dû en rester là. À des manifestations publiques.

Malachi n'avait que faire d'états d'âme ou de débordements d'émotions dans sa vie privée.

— Et qu'est-ce que c'est, là-bas ?

La voix d'Addie le ramena au présent. Il tourna les yeux dans la direction qu'elle pointait du doigt.

— Je crois que c'est une chute d'eau.

Elle se retourna vers lui en plissant le front.

— Comment cela, tu *crois* que c'est une chute d'eau ?

— Je sais qu'il y en a une. Mais je ne me souviens pas de l'endroit précis où elle se trouve. Je n'ai pas fait le tour de l'île depuis une éternité. Quand je viens ici, je ne sors pas de la villa, en général. Je n'en ai pas besoin : il y a tout ce dont j'ai besoin, ici.

De la compagnie féminine, notamment, songea Addie en serrant les dents. Les paroles de Malachi la faisaient redescendre brutalement sur terre alors que, pourtant, elle n'avait jamais imaginé qu'il ait pu rester célibataire durant les cinq dernières années. Cependant, il aurait pu s'abstenir d'y faire allusion maintenant !

— Si tu t'attends à une sorte de marathon sexuel, je crains que tu ne sois déçu, dit-elle d'une voix crispée. Tu aurais peut-être dû choisir une autre compagne pour t'accompagner dans ton petit paradis privé.

Il la regarda en silence, puis sourit lentement.

— Tu es la première femme que j'amène sur mon île, trésor. La première et la seule avec laquelle j'aie jamais *désiré* venir ici.

C'était la stricte vérité. Malachi ne séjournait sur son île que lorsqu'il partait en voyage d'affaires ou en revenait, et il n'y avait jamais amené de femme.

— Je viens ici quatre ou cinq fois par an, pour me ressourcer après avoir participé à d'interminables discussions et négociations.

Quand il lui sourit de nouveau, Addie sentit sa bouche devenir sèche et les battements de son cœur s'accélérer de façon incontrôlable. Elle ne pouvait détourner les yeux de ses traits parfaits, de ses magnifiques yeux gris, de son profil arrogant, de son sourire dévastateur…

La montre de Malachi émit soudain deux petits bips. Addie en profita pour se libérer du trouble qui l'avait envahie. Elle lui prit le poignet et le retourna doucement.

— Déjà ? s'exclama-t-elle. Pas étonnant que je meure de faim ! Je devrais peut-être aller voir à la cuisine si je peux nous bricoler quelque chose à manger, non ?

— Bon sang ! J'avais complètement oublié que Leonda m'avait averti qu'elle avait préparé le déjeuner ! Rien d'extraordinaire, a-t-elle dit, mais je suis sûr que ce sera délicieux.

Le buffet froid de Leonda comprenait trois plats très joliment présentés, accompagnés d'un menu détaillé rédigé à la main énumérant tous les ingrédients utilisés.

— Quand je pense que j'avais proposé de nous cuisiner quelque chose…, murmura Addie.

— De nous « bricoler » quelque chose, corrigea Malachi, avant de mordre dans un travers de porc grillé à la goyave et au tamarin.

— C'est vrai, reconnut-elle sans pouvoir s'empêcher de sourire. Mais tu m'as menti en disant que Leonda adorait cuisiner : ces plats sont dignes d'un véritable cordon-bleu !

— Elle est très douée, en effet. Et sa spécialité consiste à « créer des plats conjuguant les influences coloniales et typiquement caraïbes ». C'est ce qui est écrit sur son CV, en tout cas. Et ce que tu as choisi, c'est comment ?

— Divin..., soupira Addie en prenant le menu. Tempura de crevette à la noix de coco. Je crois que j'ai déjà mangé pour quatre...

— Leonda croit sans doute que je ne mange pas entre mes séjours sur l'île, répliqua-t-il en riant. Alors, elle cuisine pour une armée de convives !

Reposant son couteau et sa fourchette sur son assiette, Addie lui adressa un petit sourire méfiant. À vrai dire, elle n'avait pas prévu de se retrouver à savourer un repas délicieux en bavardant tranquillement avec Malachi, sur une terrasse enchanteresse, au milieu d'un décor de rêve. Assise ainsi en face de lui, elle avait beaucoup de mal à ne pas apprécier sa compagnie. Malachi était beau comme un dieu, et elle se sentait merveilleusement bien avec lui. Car non content d'être riche et célèbre, il était intelligent et cultivé, et possédait une réserve inépuisable d'histoires drôles et piquantes.

Toutefois, même si Addie était forcée d'admettre qu'elle ne le détestait pas autant qu'elle l'aurait dû, elle veillerait à ce que leur relation reste dans des limites bien établies. Le sexe requérait forcément une certaine intimité, mais quand il s'agirait d'être ensemble dans des situations quotidiennes, comme celle-ci, elle devrait se surveiller et se borner à une attitude plus formelle.

— Merci, dit-elle en levant son verre d'eau.

Il fronça légèrement les sourcils, l'air surpris.

— Merci ?

— Oui, de m'avoir amenée ici. C'est vraiment charmant. Je suis sincère, appuya-t-elle en tournant les yeux vers le lagon. Comment as-tu découvert cet endroit ?

— Par hasard, répondit-il avec un haussement d'épaules. En fait, je cherchais à acheter un yacht.

Il parlait d'acquérir un yacht comme s'il s'agissait d'aller chercher un litre de lait ; comme s'il n'y avait aucune différence entre le prix d'une île et celui d'un yacht…

— Et que s'est-il passé ?

— Je suis allé nager.

Addie le dévisagea, de plus en plus perplexe.

— Pas ici, reprit-il en secouant la tête. Dans le bassin d'un hôtel, à Las Vegas.

— Quel rapport avec cette île ? demanda-t-elle, interloquée.

— Je jouais au poker avec Teddy Chalmers. Tu te souviens de lui ?

Addie opina du chef. Elle avait rencontré le milliardaire texan en compagnie de Malachi, au cours d'une soirée mondaine. Elle se souvenait d'un homme dégingandé d'une cinquantaine d'années, ayant fait fortune dans l'immobilier et passionné de poker.

— Teddy a parié cette île que je ne sauterais pas dans le bassin pour aller en toucher le fond.

— C'est idiot ! s'exclama-t-elle. N'importe qui pourrait le faire ! Pourquoi pensait-il que tu ne le ferais pas ?

— Sans doute à cause des requins ! répondit Malachi en riant.

Estomaquée, Addie le regarda soulever tranquillement la bouteille de vin et remplir son verre.

— Pas de panique, trésor. J'ai gagné le pari.

— Et s'ils t'avaient attaqué ?

— Je suis touché de voir que tu t'inquiètes pour moi, dit-il en souriant.

— Ce n'est pas du tout cela, se défendit-elle aussitôt. Je n'arrive pas à croire que tu aies pu risquer ta vie d'une façon aussi stupide !

— J'aime gagner. Et puis, il ne s'agissait que de bébés requins barbotant dans une espèce d'aquarium géant.

Franchement, je ne courais pas grand risque. Je n'ai eu qu'à me concentrer sur mon but : gagner le pari.

Dans ce cas, Teddy Chalmers était plus stupide qu'il n'en avait l'air, songea Addie. Malachi pouvait se montrer des plus charmant en société, mais il ne dissimulait pas sa farouche détermination. Par conséquent, le riche Texan aurait dû savoir qu'il ne perdait *jamais*.

— Je ne fais pas non plus ce genre de chose tous les jours, poursuivit-il d'un ton désinvolte. Mais j'avais vingt-quatre ans, à l'époque, et je passais quasiment toute l'année à jouer au poker ; or dans ce milieu, tout se transforme vite en pari.

Il leva son verre et le vida d'un trait.

— Néanmoins, je reconnais que lorsque je me suis décidé à venir faire un tour sur mon île, j'ai été épaté. Ce qui m'impressionnait le plus, ce n'était pas tant la plage et les palmiers, ni même les lagons. C'était le calme, la sérénité.

S'interrompant un instant, il eut un sourire qu'Addie ne lui avait encore jamais vu, puis poursuivit :

— Il y a quelque chose de tellement pur, dans le murmure des vagues, la brise dans les branches, le chant des oiseaux…

Elle le regarda en retenant son souffle. Depuis quand Malachi se souciait-il du *chant des oiseaux* ? Que lui cachait-il encore ? Au fond, ils ne se connaissaient pas. Sans doute parce qu'ils n'avaient pas suffisamment eu confiance l'un dans l'autre pour se dévoiler. Elle ne lui avait pas raconté grand-chose non plus, au fond. Notamment à propos de son accident ou de sa vie passée.

— D'ordinaire, je ne suis pas très fan du calme ou du silence, commença-t-elle d'une voix hésitante. Mais ceux qui règnent ici sont très agréables, c'est vrai.

— Parce qu'il y en a qui sont désagréables, d'après toi ? demanda-t-il, l'air intrigué.

Addie se rappela qu'il ne s'intéressait pas *vraiment* à elle. Il ressentait pour elle une attirance purement sexuelle, rien de plus.

— J'aurais plutôt dû dire qu'ils n'étaient pas ennuyeux, corrigea-t-elle. Comme je suis en train de le devenir moi-même, alors je ferais mieux de me taire…

Durant un instant, il garda le silence, puis tendit la main et lui repoussa une mèche derrière l'oreille.

— Tu es beaucoup de choses, trésor, murmura-t-il. Mais je peux t'affirmer que je ne t'ai jamais trouvée ennuyeuse.

Son sourire l'hypnotisait malgré elle, lui faisait battre le cœur…

— Nous n'en sommes qu'au début, répliqua-t-elle d'un ton léger.

Le sourire de Malachi s'élargit, éclairant tout son visage.

— Allez, raconte. Tu es obligée, maintenant que tu as commencé.

— D'accord ! s'exclama-t-elle en riant. Mais ce n'est vraiment pas excitant, je te préviens.

Elle s'interrompit en se mordillant la lèvre.

— C'est sans doute le fait d'être ici. Cela me rappelle les vacances que je passais autrefois avec mes parents.

— Où alliez-vous ?

— Chez mon oncle et ma tante, qui vivaient dans une ferme du Dakota du Sud. Nous y allions tous les ans. Le matin, ma mère et ma tante s'adonnaient à des travaux de couture, pendant que mon père et mon oncle bricolaient, réparaient des trucs. L'après-midi, ils jouaient tous au bridge.

— Et toi, qu'est-ce que tu aimais faire, à l'époque ?

— Aider ma tante à nourrir les animaux. Ensuite je faisais mes exercices sur le vieux piano que mon oncle avait installé dans la grange. En fait, ce n'était pas vraiment différent de ce qui se passait à la maison. Mais c'était plus calme. Encore plus qu'à Wichita.

— J'ai eu l'occasion d'aller là-bas. Wichita n'est pas Las Vegas, certes, mais ce n'est pas non plus une ville fantôme.

Gênée, Addie but une gorgée d'eau. Elle n'avait jamais beaucoup parlé de sa famille à Malachi. Comparée au milieu où il avait grandi, sa propre enfance lui avait paru si terne, si ordinaire... En fait, elle avait eu peur de lui en parler. Peur qu'il réalise brusquement à quel point elle était *elle-même* ordinaire. Parce que, au fond, elle n'avait jamais vraiment cru qu'il la désirait pour ce qu'elle était réellement.

— Wichita est une ville sympathique, expliqua-t-elle en souriant. C'est à la maison que l'atmosphère était très calme. Tu comprends, mes parents n'étaient plus tout jeunes quand ils m'ont eue. Mon père approchait la soixantaine lorsque ma mère est tombée enceinte. Je ne me souviens pas de l'avoir jamais vu en bonne santé. Je devais toujours faire attention à ne pas faire de bruit parce qu'il se reposait, et je ne pouvais pas inviter de camarades à la maison pour jouer avec moi.

Elle se tut un instant, gagnée par une bouffée de tristesse.

— Je crois que c'est pour cela que je me suis passionnée pour le piano. À ce moment-là, je jouais seulement lorsque je prenais des leçons chez mon professeur, mais je me donnais à fond.

— Tu as dû avoir un choc en venant t'installer à Miami, alors, fit remarquer Malachi.

— Oui, c'est vrai. Mais un choc positif. Je pouvais être celle que je désirais être. La vraie moi. Et Miami est une ville si chaleureuse, si vibrante ! C'est comme évoluer au milieu d'une fête permanente.

— On peut se lasser de faire la fête.

Il y avait eu une pointe d'amertume dans sa voix, mais rien ne transparaissait sur son visage.

— Sans doute, acquiesça prudemment Addie. Je n'ai pas eu l'occasion de participer à beaucoup de vraies fêtes.

Malachi tourna brusquement les yeux vers le lagon.

— Alors que moi, j'ai assisté à des centaines de fêtes, fit-il d'une voix neutre. Mes parents ne vivaient que pour cela : faire la fête. Quand j'étais enfant, Henry, mon père, réservait en permanence un ensemble de suites dans un hôtel de luxe. Et tous les week-ends, c'était journées — et soirées — portes ouvertes. Pour entrer, il suffisait de plaire à mes parents. Une fois, ma mère a invité un employé qui nettoyait notre piscine parce qu'il savait charmer les serpents.

Un pli dur marqua sa bouche.

— Entre autres ! poursuivit-il avec un rire bref et cassant. Mais il n'était manifestement pas assez doué pour la distraire bien longtemps, alors quelqu'un l'a balancé par la fenêtre. Il a atterri dans la piscine.

Addie ouvrit de grands yeux, horrifiée.

— Tu dois être soulagée qu'ils ne soient pas venus à notre mariage, à présent, ajouta-t-il, le regard sombre.

« Oui et non », eut-elle envie de répondre. Elle aurait aimé le questionner de nouveau sur leur absence, mais pressentit qu'il valait mieux s'en abstenir.

— Eh bien dis donc ! Ils n'étaient pas banals, tes parents ! lança-t-elle enfin d'un ton faussement badin.

— Non, pas vraiment. À vrai dire, je ne les vois

pas comme des parents. Serena avait à peine seize ans quand elle est tombée enceinte, et Henry venait de se faire virer de l'université de Dartmouth. On pourrait presque dire que nous avons grandi ensemble, tous les trois. Et maintenant, je dois passer quelques coups de fil. Tu pourrais en profiter pour prendre une douche, ou aller te baigner ?

Désarçonnée par ce brusque changement de sujet, Addie soutint son regard en silence. Mais elle avait compris le message : la discussion était close.

Après avoir pris une douche, Addie se reposait, allongée sur le lit, contemplant la vue superbe qui s'offrait depuis la chambre de Malachi. Elle avait repensé au voyage, à sa tentative ratée de séduction, à bord du jet, mais tout cela lui paraissait très éloigné, à présent, presque insignifiant comparé aux révélations surprenantes et inattendues de Malachi sur ses parents.

Elle étouffa un bâillement. Une chose était certaine : il ne l'avait pas amenée sur son île pour faire la fête avec une foule d'invités. Il voulait du calme, de la sérénité et des chants d'oiseaux. Et il la désirait, *elle*. Enfin, quand il en aurait terminé avec ses coups de fil…

Soudain, elle l'aperçut sur la terrasse. Assis et lui tournant le dos, il contemplait l'horizon, son téléphone posé sur la table. À quoi songeait-il ? se demanda Addie, perplexe. Fermant les paupières, elle s'efforça de réfléchir, mais ses pensées se brouillèrent peu à peu, jusqu'à ce que, d'un coup, elle sombre dans le sommeil.

6

Lorsqu'elle ouvrit les yeux, Addie se demanda un bref instant où elle se trouvait, puis réalisa que quelqu'un avait baissé les stores. Elle n'eut pas besoin d'aller les remonter pour savoir qu'il faisait grand jour, et que c'était le matin.

Elle referma les yeux, savourant l'atmosphère paisible qui régnait dans la pièce. Elle repoussait le moment de tourner les yeux vers l'homme allongé à côté d'elle dans le lit. Une chaleur inopportune lui monta aux joues. Qu'avait dû penser Malachi en la découvrant endormie comme une enfant…

Rassemblant son courage, elle rouvrit les yeux et roula sur le côté… pour découvrir que l'autre moitié du lit était inoccupée ! Et que personne n'y avait dormi, apparemment.

Sur l'oreiller, elle aperçut un petit morceau de papier. Après l'avoir déplié, elle reconnut aussitôt l'écriture familière et racée.

Bonjour, trésor,

Désolé de ne pas t'avoir réveillée hier soir, mais j'ai pensé que tu avais besoin de sommeil. J'ai de mon côté quelques problèmes à régler, alors va prendre ton petit déjeuner — tout est prêt, fais comme chez toi.

Terry passera ce matin : si tu as besoin de quoi que ce soit, demande-le-lui.

Malachi

PS : Pendant que j'y pense, le code de sécurité est 2 106. Tu en auras besoin pour ouvrir portes et fenêtres. Et tu ne devrais pas avoir de difficultés à le retenir !

Addie relut le mot, trois fois, comme si ces phrases toutes simples détenaient un sens caché. Puis elle le laissa retomber sur le drap en soupirant. Bien sûr qu'elle retiendrait le code : c'était la date de leur anniversaire de mariage…

Elle descendit du lit et se dirigea vers la salle de bains. Alors qu'elle offrait son visage au jet puissant de la douche, quelques instants plus tard, des bribes de sa conversation de la veille avec Malachi lui revinrent à l'esprit. C'était si étrange. Elle avait presque l'impression d'avoir eu affaire à plusieurs versions du même homme. Qui était le vrai Malachi King ? Et comment avait-elle pu l'épouser en ne sachant quasiment rien de lui ?

Elle ferma le robinet et sortit de la cabine. Au fond, à quoi bon s'interroger ainsi ? Peu importait sa véritable personnalité, à présent. Bientôt, ils se sépareraient pour de bon.

Enveloppée dans une grande serviette moelleuse, Addie retourna dans la chambre et alla remonter le store. Il faisait un temps superbe, comme la veille. En d'autres circonstances, avec un autre homme, cela aurait été le cadre idéal pour une merveilleuse lune de miel. Mais ce séjour n'était qu'un voyage d'affaires. Néanmoins, comme ce serait sans doute les seules vacances de sa vie sur une île privée des Caraïbes, autant en profiter ! À fond !

Après avoir enfilé son tout nouveau bikini couleur prune, puis une robe courte en maille ajourée — achetée elle aussi pour l'occasion —, Addie glissa les pieds dans ses ballerines brodées de perles multicolores. Elle adressa un petit sourire satisfait à son reflet dans le miroir avant de se détourner et de quitter rapidement la chambre.

Dans la cuisine, le petit déjeuner l'attendait comme prévu, disposé sur le comptoir en teck. Elle mourait de faim ! Elle choisit un croissant aux amandes. Elle mordait dedans lorsque quelqu'un frappa à la porte d'entrée.

Ce doit être Terry, songea-t-elle en se rappelant le mot laissé par Malachi. Intimidée, Addie s'avança lentement vers la porte. Quand elle voulut actionner la poignée, rien ne se passa.

— Il vous faut le code, mademoiselle Farrell, lui lança la voix de Terry depuis l'extérieur.

— Mais oui, bien sûr ! s'écria-t-elle en baissant les yeux sur le clavier. J'avais oublié…

Après avoir tapé les quatre chiffres, elle ouvrit la porte. Terry lui adressa un grand sourire.

— Bonjour, mademoiselle Farrell ! Comment allez-vous, ce matin ?

— Très bien, merci, répondit-elle en lui serrant la main.

— J'ai vu M. King, tout à l'heure, qui m'a demandé de passer voir si vous ne manquiez de rien.

— C'est très gentil, j'ai tout ce qu'il me faut, répondit Addie en souriant. Juste une petite chose : vous voulez bien remercier Leonda pour le merveilleux repas qu'elle nous a préparé hier, s'il vous plaît ?

— Je n'y manquerai pas, mademoiselle Farrell. Elle est ravie de vous avoir tous les deux pour un mois entier.

D'habitude, M. King ne fait que passer. À propos, ajouta Terry en soulevant le sac qu'il tenait à la main, j'ai des magazines pour vous : je vais les déposer à l'intérieur.

Une fois dans la cuisine, il se tourna vers la large fenêtre et leva les yeux vers le ciel.

— La météo nous annonce du beau temps. Avec un peu de chance, nous pourrions même voir des tortues la semaine prochaine.

— Des tortues marines ? demanda-t-elle, excitée. Elles viennent jusqu'ici, dans le lagon ?

Terry secoua la tête en riant.

— Non, elles préfèrent la proximité de la mer, pour que les nouveau-nés puissent nager rapidement vers le large. Elles viennent faire leurs nids sur Finlay Island. Vous n'avez pas pu l'apercevoir du bateau, mais c'est à une demi-heure d'ici. Si je les vois, je vous le ferai savoir. Je peux faire quelque chose pour vous avant de partir ?

Addie hésita. Elle avait une requête, en effet, mais oserait-elle en parler à Terry ?

Allongée sur une chaise longue, un verre de thé glacé à la main, Addie parcourait un magazine *people*. Maintenant qu'elle s'était mise d'accord avec Terry pour qu'il les emmène faire un tour sur l'île, elle se sentait plus calme, plus maîtresse d'elle-même. Car si Malachi et elle étaient là pour le sexe, elle préférait ne pas restreindre ces vacances à cette seule finalité.

Lorsqu'une ombre s'étendit soudain sur son visage, elle leva les yeux et rencontra ceux de Malachi. Vêtu d'un pantalon en lin clair et d'un polo bleu marine qui moulait son torse et ses bras musclés, il semblait parfaitement détendu. Il ne paraissait pas souffrir de la chaleur, pourtant déjà intense.

— Bonjour, dit-il en promenant le regard sur elle.

Aussitôt, tout le corps d'Addie réagit traîtreusement… Elle posa son verre sur la table à côté d'elle.

— Bonjour, Malachi.

— Tu as pris ton petit déjeuner, je suppose ?

Addie se contenta d'un hochement de tête.

— Je vais me chercher un fruit, reprit-il. Tu veux quelque chose ?

— Non, merci. Je n'ai plus faim.

Le cœur battant, elle le regarda s'éloigner, fascinée par sa démarche nonchalante et déterminée à la fois. Quand il revint, il s'installa à côté d'elle sur la chaise longue. Alors sa chaleur se propagea en elle et Addie eut soudain un mal fou à respirer.

— Pourquoi tout a-t-il meilleur goût ici que sur le continent ? murmura-t-il en se léchant les doigts. Tu ne dis rien… Tu ne partages pas mon avis ?

Le corps d'Addie frémit tout entier tandis que Malachi rapprochait les lèvres des siennes et l'embrassait doucement. Aussitôt, elle s'abandonna contre lui.

— Je préfère cela, comme bonjour, susurra-t-il, sensuel.

Malachi dut refouler le désir qui l'embrasait. Il avait eu seulement l'intention d'embrasser Addie, histoire de lui rappeler pourquoi elle se trouvait là, sur sa chaise longue, devant son lagon, sur son île. Mais maintenant, excité par ses cheveux flamboyants lâchés sur ses épaules nues, sa bouche pulpeuse entrouverte, il devait faire un effort surhumain pour ne pas prendre la jeune femme dans ses bras et lui faire l'amour, maintenant.

Il serra les dents, furieux de constater qu'elle avait toujours le pouvoir de le déstabiliser complètement. Il la désirait comme un fou, mais avant de la posséder, il tenait à lui faire découvrir la petite surprise qu'il avait organisée pour elle.

La veille, il avait compté la rejoindre dans la chambre et céder enfin au désir qui le consumait depuis l'instant où il avait réentendu sa voix. Or il n'avait pas pu. Ses jambes avaient refusé de lui obéir, tout simplement.

Quant à ces confessions stupides concernant son enfance, qu'est-ce qu'il lui avait pris, bon sang ? Lui qui avait tant travaillé sur lui-même pour oublier la souffrance, ensevelir les souvenirs ! En outre, ce n'était vraiment pas le moment de laisser remonter cette noirceur dans sa vie.

— Ça va ?

Il sortit de ses pensées. Addie le regardait d'un air méfiant. Il sourit et lui caressa doucement le bras du bout des doigts. Elle frissonna aussitôt.

— Mais oui, très bien. Et toi ? Tu as passé une bonne nuit ?

— Oui. Je suis désolée de m'être endormie. Je devais être plus fatiguée que je ne le pensais. Et toi, tu as bien dormi ?

Non, pas vraiment, songea sombrement Malachi. La veille, après avoir réglé quelques dossiers, il était monté rapidement à l'étage, bouillant de désir et l'esprit en proie à des images torrides ; or, quand il était entré dans la chambre, il avait trouvé Addie profondément endormie.

Elle avait l'air si innocente, si vulnérable, allongée sur le côté, les genoux remontés contre elle, qu'il s'était senti incapable de la réveiller. Tout comme il avait été incapable de prendre place à côté de ce corps superbe, alangui et chaud : il n'aurait pu trouver le sommeil et aurait fantasmé toute la nuit. Aussi était-il allé se coucher seul dans l'une des nombreuses chambres d'invités. Il avait mis du temps à s'endormir et s'était réveillé à l'aube dans un état d'excitation et de frustration insensées. Seule une longue douche glacée était parvenue à calmer sa libido.

Pour un temps, du moins… Cependant, en contemplant Addie endormie, il avait été forcé de s'avouer qu'il ne s'agissait pas seulement d'attirance sexuelle. Un désir puissant et totalement saugrenu l'avait envahi, celui de la prendre dans ses bras et de la serrer contre lui.

Malachi se força à respirer lentement. C'était absurde. Quand il aurait enfin assouvi l'appétit *sexuel* qui le dévorait, il recouvrerait sa lucidité et son détachement habituels. Après tout, c'était fait pour cela, le sexe : satisfaire un besoin physique et apaiser l'esprit.

— Je dors toujours bien, mentit-il.

Ravi de voir l'expression d'Addie passer de la franche interrogation à l'irritation, il lui tendit la main.

— Allez, viens !

— Où ? Pour quoi faire ? fit-elle en plissant le front.

— Nager, bien sûr, répondit-il avec un sourire innocent.

L'eau du lagon était délicieuse, juste à la bonne température. Addie en savourait la caresse sur sa peau. De minuscules poissons filaient dans l'onde transparente, chatoyants comme des pierres précieuses.

Et puis, il y avait Malachi…

Vêtu d'un caleçon de bain bleu marine, il était plus attirant, plus sexy que jamais, reconnut-elle en regardant les gouttelettes scintiller sur sa peau hâlée tandis qu'il se hissait sur le ponton. Évidemment, il tourna la tête vers elle à ce moment-là…

Addie se sentit devenir écarlate. Seigneur, il l'avait surprise en train de le dévorer des yeux ! Il courut sur le ponton avant de plonger dans le lagon, puis de se diriger vers elle en nageant un crawl vigoureux d'une grâce inouïe.

Il se rapprochait d'elle lorsque des rides parcoururent soudain l'eau en même temps que le bruit d'un rotor d'hélicoptère se faisait entendre. Après être resté quelques instants au-dessus de leurs têtes, l'appareil s'éloigna vers l'intérieur de l'île.

— Ne t'inquiète pas, lui lança Malachi lorsque le silence régna de nouveau. Il vient simplement déposer quelque chose pour moi.

Mortifiée, Addie se rendit compte qu'elle lui avait saisi le bras sans s'en rendre compte. Elle le lâcha aussitôt et préféra ignorer la lueur moqueuse au fond des yeux de Malachi.

— Je ferais mieux d'aller me remettre de l'écran solaire, dit-elle à la hâte. Je ne veux pas attraper de coup de soleil le premier jour.

Elle nagea vers le ponton, sur lequel elle se hissa. Malachi l'y rejoignit.

— Veux-tu que je t'en mette dans le dos ? demanda-t-il en rejetant ses cheveux bruns en arrière.

— Non, merci. En fait, je vais plutôt me couvrir. C'est plus sûr.

Joignant le geste à la parole, Addie s'empara de sa robe et l'enfila rapidement. Derrière eux, l'hélicoptère s'éleva au-dessus des arbres, puis disparut bientôt au loin.

— Au fait, j'avais pensé que nous pourrions aller faire un petit tour sur l'île, ce matin, dit-elle tout à coup.

Il l'observa en silence, les traits indéchiffrables.

— Pourquoi ? demanda-t-il enfin d'un ton neutre. C'est à peu près partout pareil.

Lentement, il se rapprocha d'elle. Son regard luisait maintenant d'un tout autre éclat. Puis il tendit la main et glissa un doigt sous l'encolure de sa robe.

— Il y a des endroits bien plus intéressants que j'aimerais explorer, ici et maintenant, dit-il en l'attirant vers lui.

Sa main lui effleura le sein, en caressa la pointe, ce qui fit frémir Addie au plus intime de sa féminité.

— Par ailleurs, j'ai un petit cadeau pour toi, ajouta-t-il. Viens !

Il lui reprit la main et l'entraîna vers la villa. Il traversa le hall et gagna la cuisine. Là, sur la table, se trouvait une ravissante boîte couleur ivoire entourée d'un ruban doré.

— C'est pour toi, dit-il en la lui tendant.

Addie retenait son souffle, interdite, le regard rivé sur la boîte.

— L'hélicoptère vient de l'apporter.

Malachi vivait dans un univers où tout était possible. Il avait les moyens de tout s'offrir, de satisfaire ses moindres caprices.

— Qu'est-ce que c'est ? demanda-t-elle d'une voix rauque.

— Ouvre-la et tu le sauras.

Le cœur battant à tout rompre, elle tira sur le ruban d'une main tremblante, souleva le couvercle, écarta le papier mousseline et découvrit un déshabillé en soie. D'une délicate nuance de rose pâle, bordé de fine dentelle, il était absolument ravissant. Et très court… Elle le tint entre ses mains en silence, incapable de prononcer un mot.

— Il te plaît ?

— Oui, énormément, dit-elle enfin. J'adore cette teinte.

— Essaie-le, murmura-t-il.

— Ici ? Maintenant ? s'affola Addie.

Un éclat triomphant incendia les pupilles de Malachi.

— Oui. Parce que sinon, comment pourrais-je te l'ôter, trésor ?

Il s'agissait d'un cadeau, se répéta-t-elle pour se rassurer. Un simple cadeau. Et pourtant, elle ne pouvait se débarrasser d'une appréhension subite et inexplicable.

Malachi observait les réactions d'Addie, aux aguets. Ce cadeau faisait partie du jeu. Du jeu de séduction. Et, comme dans la plupart des jeux, il fallait garder la tête froide et agir au bon moment. Pour gagner.

— Pourquoi ne pas attendre un peu ? demanda-t-elle en redressant le menton.

Il fit la moue.

— Comment cela ?

— En fait, j'ai demandé à Terry de nous emmener faire un tour.

— Eh bien, préviens-le que tu as changé d'avis !

— C'est hors de question, rétorqua-t-elle en le foudroyant du regard.

Une flambée de colère gagna Malachi. Que croyait-elle, bon sang ? Que c'était *elle* qui allait décider de leur emploi du temps ? Ou qu'il avait envie d'aller se *balader* avec elle ? Elle se trouvait sur son île pour une seule et unique raison !

— Très bien. C'est moi qui vais m'en charger, dans ce cas, lâcha-t-il, brusque. Je ne sais pas ce qu'il t'est passé par la tête, mais je te rappelle que nous ne sommes pas venus ici pour faire du tourisme, trésor.

Il ne put retenir un soupir exaspéré. Son *self-control*

lui échappait, ce qui n'arrangeait pas son humeur. Au lieu de montrer à Addie qu'il la dominait, que c'était lui qui dictait les règles du jeu, il se comportait comme un adolescent en proie à ses premiers émois sexuels.

— Le seul lieu que j'aie envie d'explorer, c'est ton corps, reprit-il sur le même ton, avant de désigner le négligé qu'elle tenait toujours entre les mains. Mets-le !

— Tu es un monstre, répliqua-t-elle d'une voix tremblante de colère.

— Et toi, une hypocrite. Pourquoi tant d'histoires ? Nous avons passé un arrangement, que je sache !

— Je n'ai pas accepté d'obéir au doigt et à l'œil à une espèce de dictateur sexuel dépravé.

— Il ne s'agit pas de cela. La règle est simple : ou tu passes, ou tu joues.

— Il ne s'agit pas non plus d'une partie de poker, riposta-t-elle sèchement. Il s'agit avant tout de respecter ce que je ressens.

— Je m'en fiche, dit-il, dédaigneux.

— Très bien, le provoqua-t-elle d'un ton méprisant, menton levé. Comme tu voudras.

Faisant passer sa robe par-dessus sa tête, Addie se débarrassa de son haut de bikini, fit glisser le bas sur ses jambes, puis se redressa devant Malachi, nue.

— Que fais-tu ? demanda-t-il en serrant les poings.

— Moi ? Je me prépare pour le sexe. C'est pour cela que je suis ici, non ?

Les mains tremblantes, elle s'empara du négligé et l'enfila sans ménagement pour la dentelle délicate.

— Alors, où veux-tu faire ça ? Sur la table ? Sur la plage ?

Qu'est-ce qu'il lui prenait, bon sang ? s'interrogea Malachi en secouant la tête.

— Pas de mélodrame, s'il te plaît !

Il s'efforça de dompter sa colère, ainsi que la confusion qui régnait en lui. Elle n'avait aucune raison de réagir ainsi. Leur arrangement était basé sur le sexe, pas sur un étalage d'émotions. Alors pourquoi en faire tout un plat ?

— Je suis sincère, c'est tout. Mais la franchise n'a jamais été ton fort, n'est-ce pas, Malachi ?

Poussant un juron étouffé, il se passa la main dans les cheveux. On frappa à la porte. À bout de patience, Malachi se retourna en entrouvrant les lèvres, mais Addie ne lui laissa pas le temps de prononcer un mot :

— Tu ne dis *jamais* ce que tu penses ! Je…

— Tu es ma femme et tu me dois une lune de miel, voilà ce que je pense !

— Non ! Tu n'es pas mon mari ! Tu n'es qu'un type odieux qui me fait du chantage pour m'obliger à coucher avec lui.

À bout de patience, il s'avança vers Addie.

— Ah, je te fais du chantage ? Pourquoi est-ce *moi* qui paie, alors ?

Elle secoua la tête en serrant les poings.

— C'est tout ce qui compte pour toi, n'est-ce pas ? L'argent. Et gagner. Tu vis dans l'univers du jeu depuis si longtemps que tu crois que dans la vie, tout ressemble à une partie de poker. C'est pour cela que tu as transformé notre histoire en une sorte de jeu malsain. Tu ne peux pas t'en empêcher.

Malachi en perdit ses mots. Les paroles accusatrices d'Addie le pénétraient comme des flèches empoisonnées. Il les entendait résonner dans sa tête. Mais ce n'était pas la voix d'Addie qui les répétait en boucle. C'était la sienne, qui disait des choses qu'il n'avait jamais eu le courage de se dire à voix haute. Des paroles qu'il aurait dû adresser depuis longtemps à deux êtres précis.

La tête lui tournait. Cette situation absurde n'aurait jamais dû se produire. Alors qu'il avait seulement voulu montrer à Addie qui était le maître, il se retrouvait face au cauchemar qu'il s'efforçait de fuir depuis toujours.

Il inspira profondément.

— Ce n'est pas un jeu…

— Si ! l'interrompit-elle, farouche. Mais tu ne t'en rends même pas compte ! Tu crois que c'est *normal* de manipuler ta femme à ton gré et d'en faire ta maîtresse.

— Ah… Parce que maintenant, tu te souviens que nous sommes mariés ? Après l'avoir oublié pendant cinq ans ?

Elle le foudroya du regard.

— Je ne l'ai pas oublié.

— Pourtant, je ne crois pas avoir eu de nouvelles de toi depuis ton petit… emportement, au cours de la réception.

— Pourquoi aurais-je repris contact avec toi ? coupa Addie, qui semblait blessée et furieuse à la fois. Tu m'avais menti.

— Je ne t'avais pas menti. Je…

— Et quand j'ai essayé de t'en parler, tu as refusé de m'écouter !

— C'était *notre* mariage. Je pensais que ce n'était pas le moment de nous livrer à ce genre de discussion. Que nous aurions plutôt dû célébrer…

— Célébrer quoi ? l'interrompit-elle à nouveau. Le fait que tu m'aies ridiculisée ? Ou plutôt que je me sois ridiculisée. Et maintenant, je recommence !

Addie aurait aimé pouvoir frapper Malachi. Lui faire physiquement autant de mal qu'il lui en avait fait moralement autrefois. *Et continuait à lui en faire.*

— Calme-toi ! lança-t-il, avec dans les yeux une lueur dure. Terry pourrait t'entendre.

— Et cela te déplairait, n'est-ce pas ? Tu n'aimerais pas qu'il te voie tel que tu es vraiment. Qu'il découvre comment tu te sers des gens, comment tu les exploites et les blesse.

— Addie...

— Non, trancha-t-elle en se forçant à soutenir son regard. Tu en as assez dit.

Soudain, elle se fichait de tout. De leur satané arrangement. De l'avenir de son association. De Terry... Son pouls lui martelait les tempes, son cœur battait à un rythme sauvage ; elle baissa les yeux sur le négligé qui lui collait à la peau.

— Comment peux-tu me traiter de cette façon ? Comme si j'étais une espèce de prostituée ?

Il se contenta de la regarder en silence, le visage fermé. Un frisson glacé la parcourut.

— Je pensais que rien ne pourrait être pire que de découvrir que je ne pourrais plus jamais jouer de piano de façon professionnelle. À ce moment-là, j'ai eu l'impression que tout était fini pour moi.

Or le coup avait été mille fois plus terrible encore le jour où, cinq ans plus tôt, elle avait enfin compris que Malachi s'était servi d'elle, de son amour pour lui. La souffrance avait été aussi vive qu'une blessure physique.

Addie se força à se ressaisir.

— Mais j'ai fait face à ce qu'il m'arrivait et je me suis servie de cette épreuve pour créer autre chose, pour donner un nouveau sens à ma vie. Tandis que maintenant, vu la façon dont tu me traites, j'ai le sentiment de ne pas compter. De n'être rien.

C'était vrai. Jamais elle n'avait éprouvé pareille sensation de vide. De souillure.

— Je ne sais même plus qui je suis vraiment, poursuivit-elle après avoir dégluti avec peine. Mais je sais que je n'aime pas ce que je suis devenue…

Lorsque sa voix se brisa, Malachi sentit un goût de nausée lui monter aux lèvres. Il savait au moment de leur mariage qu'elle avait eu un accident, mais pas que celui-ci avait détruit ses rêves de carrière. Elle aurait dû lui en parler… Mais pourquoi se serait-elle confiée à lui puisque dès le début de leur liaison, il lui avait précisé que son passé à lui ne la regardait pas ? Et qu'il ne l'avait jamais encouragée à évoquer le sien ?

Elle avait à présent le visage blême, les lèvres tremblantes, et ses beaux yeux bleus étaient pleins d'une souffrance muette. Addie semblait anéantie. Mais c'était la vue de ses mains, qu'elle serrait devant elle comme pour se protéger, qui frappa le plus Malachi.

Le fait de savoir qu'il était responsable de sa détresse lui déplaisait, le perturbait. Il se sentait coupable, il avait honte. Il avait fait de leur mariage un jeu. Il avait piégé Addie et tenté de la manipuler, en effet. Or il savait très bien ce que l'on ressentait à être traité de cette façon. Il l'avait fait souffrir comme lui-même avait souffert.

— Addie…, murmura-t-il en tendant la main vers la sienne.

Elle recula d'un mouvement vif.

— Je ne peux pas, chuchota-t-elle. Je ne peux pas continuer, Malachi…

La gorge nouée, il vit des larmes briller au fond de ses yeux. Il ne l'avait jamais vue pleurer. Et il ne voulait pas se laisser apitoyer. Ni ressentir d'émotions. Mais il l'avait blessée et, pour la première fois depuis une éternité, il désirait affronter la souffrance. Sa souffrance à elle.

L'affronter et l'effacer.

— Écoute-moi, trésor, dit-il doucement en se rapprochant d'elle. S'il te plaît.

Les yeux baissés, elle recula encore. Que lui dire ? se demanda Malachi. Il se sentait totalement impuissant. Il avait passé presque toute sa vie à éviter les scènes et les affrontements, repoussant tout ce qui ressemblait de près ou de loin à de l'émotion. Mais devant le visage dévasté d'Addie, il avait le cœur affreusement serré. Soudain, ses propres désirs lui parurent secondaires par rapport à la souffrance qui la tenaillait.

— Je ne suis pas un homme bon, Addie. Je le sais. Mais je te jure que mon intention n'était pas de te faire du mal. Et j'aimerais te le prouver, si tu veux bien.

Il inspira profondément.

— S'il te plaît, laisse-moi réparer mes torts, ajouta-t-il.

— Comment pourrais-tu y parvenir ? chuchota-t-elle d'une voix creuse. Regarde ce que nous nous faisons l'un à l'autre. Ce que nous avons fait de notre mariage. C'est si moche…

— Nous ne sommes pas obligés de continuer. Nous pouvons tout recommencer.

Malachi l'observait, le regard sombre, les traits tendus. Addie finit par soupirer.

— Je ne sais pas ce que tu entends par « tout recommencer », mais tu ferais bien d'aller parler à Terry. Je suis sûre qu'il a autre chose à faire que d'attendre derrière la porte.

Après avoir hoché la tête, Malachi traversa rapidement le hall. Elle entendit la porte s'ouvrir, puis un bruit de voix lui parvint. Quelques instants plus tard, la porte se referma et Malachi réapparut.

— Il est parti, dit-il en s'arrêtant à quelques pas d'elle. Tu veux que je m'en aille aussi ?

Il semblait moins sûr de lui que d'habitude, remarqua Addie. Comme s'il se demandait ce qu'elle allait répondre. Jouait-il avec elle ? Ou tentait-il vraiment de s'amender ?

— Non. Je ne veux pas que tu t'en ailles.

Une faible lueur éclaira ses yeux gris.

— Je pensais ce que j'ai dit, Addie. À propos de recommencer.

Il tendit la main et lui effleura la joue.

— Je veux que nous soyons bien ensemble, que ce séjour soit agréable, murmura-t-il.

— Je me suis vendue à toi, répliqua-t-elle en se mordillant la lèvre. Tu m'as *achetée*.

Tout doucement, il lui caressa la tempe.

— Dis-toi plutôt que je n'ai pas les moyens de te garder durant plus d'un mois.

Addie ne put retenir un léger sourire.

— Pas mal ! Mais je sais reconnaître un coup de bluff.

— Il ne s'agit pas de bluff. Tu es une quinte flush royale, trésor.

Voyant le visage d'Addie se fermer et son regard se voiler, Malachi lui prit les mains et les serra entre les siennes.

— Excuse-moi. Je suis un rustre. Tu vas avoir du mal à le croire, je sais, mais toutes mes pensées ne tournent pas autour du poker. Je… Je pense aussi à toi. Très souvent, en fait, acheva-t-il d'une voix incertaine.

Elle se raidit. Il resserra les mains autour des siennes, comme il l'aurait fait pour la réchauffer.

— Je ne parle pas de fantasmes érotiques. Je pense souvent à *toi*. À la femme que tu es vraiment.

Addie grimaça, confuse. Était-ce bien son mari arrogant et toujours sûr de lui qui parlait ainsi ? Où était passé le calme légendaire de Malachi King ? Car il avait l'air plutôt nerveux, presque désemparé.

— Et qui suis-je ? demanda-t-elle, le souffle court.

— Une combattante. Et une rêveuse, une idéaliste. La preuve : après ton accident, tu es devenue encore plus forte. Ce qui t'est arrivé a mis un terme à ton rêve de devenir une pianiste professionnelle, mais tu ne t'es pas découragée. Tu as créé une association caritative, alors que la plupart des gens auraient renoncé, à ta place.

— Peut-être, mais pas toi.

Malachi sentit un espoir insensé frémir dans son cœur. Il n'avait peut-être pas tout gâché, finalement…

— Non, c'est vrai. Mais cela ne m'aurait pas rendu plus fort, ni plus gentil ou plus aimable.

Il s'interrompit un instant, le regard toujours rivé au sien.

— Tu fais partie des personnes les plus courageuses que je connaisse, trésor. Et je suis vraiment désolé de m'être conduit comme un salaud avec toi. Je suis sincère. Cela ne suffit pas, je sais, mais c'est un début, non ?

Il prit une profonde inspiration. Doucement, il posa la main sur l'épaule d'Addie.

— Tu veux bien qu'on essaie de recommencer, s'il te plaît ?

Au lieu de la prendre dans ses bras, comme il brûlait de le faire, il se pencha pour ramasser le bikini et la robe épars sur le sol.

— Tiens, murmura-t-il en les lui tendant.

Il détournant les yeux pendant qu'elle se rhabillait, puis l'enlaça délicatement et l'attira contre lui.

— Merci, chuchota-t-il en l'embrassant sur le dessus de la tête. Et maintenant, que dirais-tu d'aller faire un tour sur mon île ?

7

— Tu envisages de faire quelque chose de particulier, aujourd'hui ? demanda Addie, tout sourire.

Malachi tendit la main pour prendre une tranche d'ananas parmi les morceaux de fruits frais disposés sur une grande assiette blanche. Puis la dégusta tranquillement. Vêtu d'un short de bain bleu électrique, ses longues jambes musclées étendues devant lui, le visage inondé de soleil, Malachi était d'une beauté époustouflante.

Quand il se pencha soudain en avant, le cœur d'Addie fit un petit bond dans sa poitrine. Il allait l'embrasser…

Pas du tout. Il se contenta de soulever la cafetière et de remplir leurs deux tasses.

— Oui, j'ai quelque chose en tête, répondit-il enfin. Mais je dois d'abord passer quelques coups de fil.

Addie porta sa tasse à ses lèvres et but une gorgée de café. La veille, elle s'était sentie malheureuse et blessée par l'attitude de Malachi, mais ensuite, quand il avait fait preuve d'une tendresse inouïe, quelque chose avait basculé en elle et elle s'était ouverte à lui.

Et depuis, il semblait décidé à lui démontrer que le sexe était désormais la dernière de ses préoccupations. Il l'embrassait, certes, lui passait le bras autour de la taille ou des épaules, mais dès qu'elle s'appuyait contre lui, brûlante, il se contentait de lui caresser le dos ou les bras.

Addie se redressa sur sa chaise et se força à sourire, espérant que son visage ne trahissait en rien le trouble qui la possédait.

— Formidable ! s'exclama-t-elle avec enthousiasme.

— Tu ne sais même pas de quoi il s'agit !

— Non, c'est vrai. Mais je suis sûre que ça va être formidable.

Un lent sourire se dessina sur les lèvres de son mari.

— J'allais tout te dire, mais puisque tu me fais entièrement confiance, ce sera une surprise !

Une heure plus tard, installée à côté de Malachi dans le hors-bord, Addie se demanda si elle avait eu raison de lui faire confiance.

— Tu ne veux vraiment pas me donner un indice ? demanda-t-elle en se tournant vers lui.

Il secoua la tête, un sourire mystérieux aux lèvres, puis lui passa le bras autour de la taille.

— Une surprise, c'est une surprise !

Quand elle écarquilla les yeux, il éclata de rire.

— N'aie pas peur, trésor. Je suis certain que tu vas l'apprécier.

Les paupières mi-closes, elle songea à la surprise qu'elle aimerait qu'il lui fasse. Elle imagina leurs corps nus mêlés, ondulant ensemble... Se reprenant aussitôt, Addie rouvrit les yeux et vit une masse colorée grossir lentement à l'horizon, puis distingua peu à peu des feuillages denses...

— C'est Finlay Island ? C'est là que nous allons ?

Malachi hocha la tête en souriant.

— Plus que deux minutes de suspense.

Au même instant, le hors-bord changea de cap et contourna l'île désormais toute proche.

— Que… Qu'est-ce que c'est… ? balbutia-t-elle, stupéfaite.

— Le *Pearl Diver.* Ma toute dernière acquisition.

Incapable de prononcer un mot, Addie contempla le sous-marin.

— Je parie que tu envisages de créer le premier casino sous l'eau, réussit-elle à plaisanter.

— Pourquoi n'y ai-je pas songé, bon sang ! s'exclama Malachi en riant.

Il se pencha vers elle et lui souleva doucement le menton.

— Et surtout, comment se fait-il que mon équipe de recherche et développement n'y ait pas pensé ? Je devrais peut-être t'embaucher…

— Merci, j'ai déjà un travail, que j'adore.

Addie reporta son attention sur le *Pearl Diver.*

— Pourquoi as tu acheté un sous-marin, au juste ? Serait-ce la dernière marotte des milliardaires ?

— Je suis démasqué, répondit-il avec un petit sourire en coin.

Après un instant de silence, il reprit d'un ton neutre :

— En fait, tu semblais tellement tenir à explorer l'île que j'ai pensé que tu pourrais aimer jeter un coup d'œil sous l'eau.

— Vraiment ?

Disait-il la vérité ? Avait-il vraiment organisé cette sortie pour *elle* ? Addie refoula la bouffée de joie qui lui montait à la tête. Elle ne devait pas prendre ses désirs pour des réalités,

— Tu as l'air surprise, trésor…

— Je ne… Tu ne… Je croyais…

Elle se tut et tenta de calmer les battements désordonnés de son cœur.

— Eh bien, c'est très gentil de ta part, reprit-elle d'une voix plus posée.

— « Gentil » ? murmura Malachi en lui prenant la main. Et moi qui me croyais romantique…

Il avait prononcé ces mots d'un ton moqueur, mais une expression étrange se lisait sur ses traits.

Romantique… Autrefois, elle avait rêvé d'une telle relation avec lui ; durant une brève période, elle y avait même cru, imaginant que Malachi était capable de l'aimer et de le lui montrer. Et quand il la regardait ainsi, un éclat troublant dans ses yeux gris, il était si tentant de croire qu'il était sincère. Alors qu'en fait, il plaisantait.

— Je suis très impressionnée, grimaça-t-elle, ironique. Heureusement que je suis assise, sinon je crois que j'en tomberais à la renverse.

Une lueur vive traversa le regard de Malachi, si fugace qu'Addie se demanda si elle l'avait imaginée. D'autant qu'il souriait maintenant le plus tranquillement du monde.

— Il va falloir que je trouve un autre moyen de t'épater, alors.

Addie frissonna, envoûtée malgré elle par le sourire qui illuminait le beau visage viril de son mari.

Dans la chambre de la suite luxueuse aménagée à l'intérieur du *Pearl Diver*, Addie fut gagnée par un trouble intense. Immobile devant le lit immense, elle était assaillie par une multitude de visions torrides, dans lesquelles Malachi et elle s'unissaient en une succession de positions plus érotiques les unes que les autres.

— Tu trembles, remarqua-t-il en fronçant les sourcils. Ça va ? Tu te sens bien ?

— Oui, oui, répondit-elle à la hâte. C'est… l'effet de surprise. Je n'arrive pas à croire que je suis à bord d'un vrai sous-marin.

Malachi scruta les traits de la jeune femme et aussitôt, sa libido réagit. Addie avait les joues rose vif, les pupilles dilatées… Il avait passé la moitié de sa vie à rechercher le grand frisson, avide de prendre toujours davantage de risques, de repousser de nouvelles limites, et pourtant rien ne l'avait jamais autant excité que la vue du trouble incontrôlable d'Addie ; et de savoir qu'il en était la cause…

Une chaleur incandescente l'envahit. Il la désirait comme jamais il n'avait désiré aucune femme. Et elle le désirait avec la même passion. Mais il se retint. Ils feraient l'amour, bientôt. Quand *elle* le déciderait.

— Oh ! tout est bien réel, répliqua-t-il d'un ton léger. Tiens, je vais te le prouver.

Avec précaution, Addie prit la petite télécommande noire qu'il lui tendait.

— Tu vois ce bouton bleu, au milieu ? demanda Malachi. Appuie dessus.

Elle obéit mais rien ne se produisit. Puis un bruit se fit soudain entendre, une sorte de bruissement, et les parois de la cabine se mirent à bouger. Il ne s'agissait pas de parois, réalisa Addie, mais d'immenses stores métalliques qui montaient lentement en s'enroulant sur eux-mêmes. Derrière les vitres s'étalait le bleu le plus intense qu'elle ait jamais vu. Et pas seulement du bleu. Il y avait aussi du blanc, du doré, du vert, du rouge, de l'orangé…

Subjuguée, elle s'approcha, tendit la main et effleura la vitre. Jamais elle n'avait vu de couleurs aussi belles, aussi éclatantes. C'était comme un arc-en-ciel vivant, un ballet dans lequel évoluaient des myriades de poissons incroyables, de toutes les teintes, de toutes les tailles et formes.

— Qu'en penses-tu ? demanda Malachi derrière elle.

— C'est un autre univers, chuchota Addie.

— C'est le nôtre…

Il tendit la main vers la gauche.

— Tu vois, là-bas ? C'est l'épave du *Creole Queen*. Le commandant l'a découverte le mois dernier. Il s'agit d'un trois-mâts qui a fait naufrage en 1785, au cours d'une tempête. Si tu veux, nous pourrons aller y faire un tour. Qui sait, nous trouverons peut-être un coffre empli de pièces d'or…

— Tu crois vraiment que c'est possible ? demanda-t-elle en haussant les sourcils.

— Pourquoi pas ? Il y a des centaines d'épaves, par ici, alors certaines renferment forcément des choses de valeur.

Addie fit mine de réfléchir.

— Sans doute… Mais que se passera-t-il si nous en trouvons ? Comment pourrai-je être certaine que tu ne me voleras pas ma part ?

— Et moi, comment pourrai-je être certain que tu ne me voleras pas la mienne ? jeta-t-il du tac au tac.

Il lui effleura le bras du bout du doigt.

— Impossible à savoir…, murmura-t-elle.

L'air soudain songeur, Malachi resta silencieux. Puis il sourit, de ce sourire dévastateur qui la faisait fondre à chaque fois.

— Dans ce cas, je crois que nous n'avons pas le choix : nous allons devoir nous surveiller l'un l'autre ; de *très* près…

L'expérience se révéla extraordinaire. Jusqu'alors, Addie n'avait fait qu'un peu de *snorkeling* avec masque et tuba, mais jamais de véritable plongée sous-marine. Or Malachi, plongeur expérimenté, fit preuve d'une patience surprenante envers elle, lui permettant de vivre des moments fabuleux.

Ensuite, ils prirent un délicieux repas sur une adorable petite plage, judicieusement choisie par le commandant.

— Je suis épuisée, avoua Addie tandis qu'ils regagnaient le sous-marin. C'est normal ?

— Absolument ! Les premières fois, plonger te pompe toute ton énergie.

— Je crois que je vais faire une petite sieste, dit-elle en étouffant un bâillement. Et toi ?

Un éclat argenté traversa les beaux yeux gris de Malachi.

— Je vais jouer un peu au commandant de sous-marin, mais je te promets de te réveiller tout à l'heure.

Après avoir pris une douche, Addie s'allongea sur le grand lit et ferma les yeux. Quelques secondes plus tard, elle sentit le sommeil la gagner et se laissa aller à la douce torpeur qui l'envahissait.

Lorsqu'elle se réveilla, un peu groggy, et vit l'heure affichée sur l'écran de son téléphone, Addie se redressa vivement sur son séant. Alors qu'elle pensait s'être assoupie quelques instants, elle avait dormi trois heures !

Elle repoussa le drap et écarquilla les yeux en découvrant, étalée sur le couvre-lit, la robe la plus ravissante qu'elle ait jamais vue : longue, d'un superbe bleu saphir… À côté, elle trouva de ravissants escarpins à talons aiguilles, d'une nuance un peu plus foncée.

Elle descendit du lit et prit délicatement la robe, puis

l'enfila en savourant la douceur de la soie. Le profond décolleté en V mettait en valeur ses seins, et la fente latérale montait quasiment jusqu'en haut de la hanche. Elle se sentait merveilleusement bien dans cette robe, qui épousait son corps comme une seconde peau.

Quand elle eut chaussé ses escarpins, elle se tourna vers le haut miroir au design résolument contemporain.

Était-ce bien elle ? se demanda-t-elle, nerveuse, en contemplant son reflet. La robe lui allait à merveille, en effet, mais… Elle baissa les yeux sur le décolleté plongeant.

— Non, pas du tout, fit la voix de Malachi derrière elle.

Addie sursauta, puis resta figée sur place, en proie à un mélange indicible de crainte et de désir, tandis que Malachi s'appuyait au chambranle.

— Le décolleté n'est pas trop profond, poursuivit-il. Car c'est ce que tu te demandais, je me trompe ?

Dans un smoking bleu nuit à la coupe élégante, une superbe chemise blanche entrouverte à l'encolure, un nœud papillon noir défait autour du col, il tenait une bouteille de champagne dans une main et deux flûtes en cristal dans l'autre. Seigneur… Il était scandaleusement beau. Et irrésistiblement sexy.

Soudain intimidée, Addie acquiesça d'un hochement de tête tandis qu'il s'avançait et déposait bouteille et flûtes sur un guéridon. Ensuite, il s'arrêta derrière elle, puis la prit doucement par la taille pour la forcer à se retourner vers lui.

— Tu es belle, trésor. Bien trop belle pour un type comme moi. Et cette robe était faite pour toi : elle te va à la perfection.

— Merci, murmura-t-elle. Mais comment as-tu fait pour la taille ?

Un lent sourire sensuel se forma sur sa bouche.

— Ce n'était pas difficile. J'ai *beaucoup* pensé à ton corps, ces jours-ci…

Un silence lourd s'ensuivit, vibrant de désir.

— Eh bien, bravo, fit-elle enfin d'une voix rauque. Et tu n'es pas mal non plus. Surtout le nœud papillon.

— J'aimerais pouvoir dire que c'est un choix délibéré, mais hélas, il ne s'agit en réalité que d'incompétence…

Sans cesser de sourire, il souleva la bouteille de champagne, en fit sauter le bouchon avec dextérité puis versa le liquide doré dans les deux flûtes avant d'en tendre une à Addie.

— À la haute mer ! s'exclama-t-il en levant la sienne. Et aux secrets engloutis.

Il fit tinter sa flûte contre celle d'Addie.

— Buvons et ensuite, nous irons dîner !

Le repas avait été délicieux : salade à la burrata en entrée, suivie de *taglierini* saupoudrés de truffe blanche râpée, et pour le dessert, un fondant au chocolat absolument divin.

Après en avoir savouré l'ultime bouchée, Addie leva les yeux vers Malachi. Il l'observait en silence, ses traits virils adoucis par la lueur des bougies.

— À quoi penses-tu ? demanda-t-il d'une voix douce.

— Aux enfants. Ils adoreraient vivre ce genre d'expérience et avoir l'impression de se trouver immergés dans un aquarium géant. Cela te dérangerait si je prenais quelques photos pour les leur montrer ? Sinon, ils ne me croiront pas…

— Mais non, pas du tout. Prends autant de photos que tu voudras.

— Merci.

Le repas s'était passé dans une atmosphère détendue, mais soudain, une sorte de tension s'installait entre eux, presque palpable.

— Désolée de parler travail, dit Addie à la hâte. Ça m'a traversé l'esprit, c'est tout.

— Pour toi, il ne s'agit pas seulement de travail, je crois.

Stupéfaite, elle constata que Malachi la regardait avec une curiosité et un intérêt sincères.

— Ces enfants comptent beaucoup pour toi, poursuivit-il.

— Oui, en effet. Et ils le méritent. Certains d'entre eux, la plupart même, ont des vies très difficiles. Ils sont si courageux !

— Ils ont de la chance que tu les soutiennes. Je ne connais pas beaucoup de personnes qui seraient prêtes à rester à mes côtés, ou à se préoccuper de mon sort.

Pourquoi l'avait-il repoussée, dans ce cas ? s'interrogea Addie, suffoquée. *Elle* avait été à ses côtés, s'était *préoccupée* de son sort. Alors qu'en fait, elle aurait mieux fait de s'occuper d'elle-même.

— Je ne suis pas une sainte, expliqua-t-elle. Ils me donnent beaucoup, eux aussi.

Dans cette robe, il aurait été difficile de la prendre pour une sainte, en effet, songea Malachi en baissant les yeux sur le buste d'Addie. Elle ne soupçonnait sans doute pas à quel point elle était belle, sexy. Il la désirait comme un fou, mais pour la première fois de son existence, le sexe lui semblait moins important que le vécu d'Addie.

— Quoi, par exemple ? demanda-t-il en attrapant la bouteille de vin pour emplir leurs deux verres.

Les traits de sa compagne s'adoucirent.

— Je m'amuse beaucoup avec eux. Et grâce à eux, j'ai

pu changer d'orientation. Après mon accident, je croyais devoir renoncer complètement à la musique. Je pensais avoir tout perdu. Je me sentais si misérable, à l'époque.

— Qu'est-ce qui a changé ?

Malachi resserra les doigts autour du pied de son verre. Il détestait imaginer Addie malheureuse, presque autant qu'il se détestait de ne pas avoir su plus tôt qu'elle l'était.

— Un jour, j'ai eu l'occasion de participer à un atelier, dans une école, et je me suis rendu compte que la musique n'était pas seulement une affaire de solistes. Qu'il s'agissait aussi de partage, de création. Alors, j'ai accepté la réalité, à savoir que je ne vivrais pas l'existence que j'avais rêvée, mais que celle que j'allais vivre avait un vrai sens et qu'elle serait de toute façon moins ennuyeuse et solitaire que ce que j'avais vécu durant mon séjour interminable à l'hôpital.

— C'est comme cela que j'ai commencé à jouer aux cartes, dit-il d'une voix sourde. Parce que je m'ennuyais. J'avais sept ans, nous voyagions à travers l'Europe, où mes parents avaient des amis un peu partout.

Une ombre voilait le regard de Malachi, qui semblait fouiller le passé. Soudain, il leva son verre et en but le contenu d'un trait.

— J'étais toujours le seul enfant, et mes parents adoraient faire la fête. C'était comme une drogue, pour eux. Souvent, ils ne refaisaient surface qu'en fin d'après-midi. Je m'ennuyais tellement qu'un jour, l'un des employés de l'hôtel où nous étions descendus a commencé à m'apprendre à jouer à la patience, à deux et en solitaire. Puis au black jack et au poker.

Il reposa son verre sur la table.

— Je suis vite devenu très bon. C'est l'avantage de

vivre à l'hôtel : il y a toutes sortes de gens qui passent, et beaucoup jouent aux cartes.

Il s'interrompit soudain et repoussa sa chaise en arrière.

— Si on allait prendre le café ?

Addie ne dit rien, alors qu'une foule d'interrogations lui traversaient l'esprit. Pourquoi Malachi ne lui avait-il jamais parlé de son enfance auparavant ? À cause de ses parents ? Elle prit la main qu'il lui tendait et le suivit au salon, où le café avait été servi.

— Quel goût délicieux ! s'extasia-t-elle après avoir pris une gorgée du breuvage à l'arôme puissant. Qu'est-ce que c'est, ce goût épicé ?

— De la cardamome.

— C'est très chaleureux, comme saveur. Presque… sensuel.

Une flamme incendia le regard de Malachi.

— Sensuel ? Intéressant…, murmura-t-il en lui posant la main sur le bras.

— Je dis n'importe quoi, répliqua-t-elle précipitamment. Et pourtant, je n'ai presque rien bu ! Ça doit être l'effet de tout cet oxygène, ce matin. Bientôt, je vais voir des sirènes.

La main chaude s'arrêta sur son poignet.

— J'en vois déjà une.

— C'est… C'est à cause de la robe…, balbutia-t-elle d'une voix rauque.

— Non, pas seulement.

Doucement, il leva la main vers ses cheveux.

— C'est aussi à cause de cette merveilleuse chevelure, poursuivit-il en prenant une longue mèche entre ses doigts. Et de cette belle bouche…

Il lui effleura les lèvres des siennes.

— Tu m'as ensorcelé, murmura-t-il, avant de l'embrasser avec fougue.

Lorsqu'il écarta le visage du sien, Addie retint un gémissement.

— Veux-tu que nous rompions le charme ? demanda-t-il, le regard incandescent.

— Non. Mais... Peut-on rester longtemps au fond de l'océan ?

— Jusqu'à la fin du monde, trésor.

— Nous ne risquerions pas de manquer d'air ?

Il lui souleva le menton.

— Si, au bout d'un certain temps. Mais nous pourrions l'économiser en le partageant.

— Comment ? demanda-t-elle, le cœur battant à un rythme sauvage.

— Comme ceci, susurra-t-il. C'est très facile...

Lorsqu'il reprit sa bouche, Addie s'abandonna totalement. Elle laissa la langue experte de Malachi enlacer la sienne et l'entraîner dans un ballet d'un érotisme insensé, en même temps qu'elle s'emparait de la chemise blanche et la tirait hors du pantalon, avant de s'attaquer aux boutons d'une main fébrile.

— Tu es sûre de toi ? demanda-t-il.

Le désir vibrait dans sa voix, impérieux, farouche. Aussi intense que celui qui possédait Addie. Malachi se contrôlait avec peine, comprit-elle. Un courant brûlant émanait de lui, se répandait en elle, dans les moindres cellules de son corps...

Malachi avait la bouche sèche. Addie était d'une beauté stupéfiante dans cette robe bleue qui moulait ses courbes, dont la simple vue exacerbait son désir déjà puissant.

Elle ferma à demi les paupières et hocha lentement la tête.

— Oui, je suis sûre.

Cette fois, Malachi sentit tout contrôle lui échapper pour de bon. Il la souleva dans ses bras et la serra contre lui en retenant un gémissement. Elle était si douce, prête à l'abandon total... Après avoir traversé le salon à grands pas, il ouvrit la porte de la chambre et la referma d'un coup de pied, puis laissa glisser son précieux fardeau contre lui jusqu'à ce que les talons aiguilles atteignent le tapis.

Ivre d'elle, il la poussa vers la cloison, hanches contre hanches, souffles mêlés. Lentement, il pencha la tête et lui lécha le cou, la gorge, excité par le léger goût de sel de sa peau satinée. Il lui saisit les bras et les lui redressa au-dessus de la tête. Tenant les poignets fins d'une main, il laissa glisser l'autre sur la gorge douce d'Addie, ses seins hauts et fermes, puis repoussa la soie, effleura une pointe durcie et gonflée...

Addie frissonna, se mit à trembler tout entière. Elle creusa les reins pour mieux s'offrir aux caresses de la bouche de Malachi. Elle laissa échapper un cri étouffé tandis qu'il refermait les lèvres sur un mamelon gorgé de plaisir.

Quand il entendit Addie gémir, Malachi faillit céder au désir qui le dévorait. Il redressa la tête et lui lâcha les poignets. Le souffle saccadé, il resta immobile, puis se pencha de nouveau et lui caressa doucement la base du cou, là où battait frénétiquement le pouls.

De sa main libre, il saisit la languette de la fermeture Éclair. L'instant d'après, la robe de soie bleue tombait autour des pieds fins chaussés d'escarpins. Malachi sentit sa libido rugir. Vêtue seulement d'un minuscule string, Addie se tenait devant lui, d'une beauté à couper le souffle.

Son pouls lui martelait les tempes. Fou de désir, il lui appuya le dos contre la cloison. Et lorsque les doigts d'Addie se refermèrent sur la boucle de sa ceinture, ouvrirent la braguette puis s'emparèrent de son sexe tendu, il crut vraiment qu'il allait exploser.

— Addie…

Repoussant le soupçon de dentelle, il glissa une main entre les cuisses de sa compagne et entreprit de la caresser. La respiration saccadée, Addie lui saisit la main et la repoussa ; puis, elle guida son érection vers l'orée de son sexe. Sans plus attendre, Malachi la souleva et la pénétra d'un vigoureux coup de reins.

Les yeux clos, elle enroula les jambes autour de ses hanches tandis qu'il instaurait un va-et-vient qui lui arracha bientôt des plaintes rauques. Les ongles enfoncés dans les épaules de Malachi, Addie haletait au rythme sauvage de ses poussées. Elle s'abandonna à la jouissance à l'instant où il se répandit en elle.

Addie enfouit la tête dans le creux de l'épaule de son amant. Elle entendait résonner en elle les battements désordonnés du cœur de celui-ci. Ils restèrent longtemps immobiles, étroitement enlacés, puis il s'écarta doucement et l'embrassa dans les cheveux.

— Je ne t'ai pas fait mal, au moins ? demanda soudain Malachi. J'ai tenté de m'arrêter, mais je n'ai pas pu. Je te désirais trop…

Il lui souleva le menton. Il voulait voir son visage — il en avait *besoin*.

— Je perds complètement la tête avec toi, ajouta-t-il.

Le corps encore parcouru de frissons de volupté, Addie se demanda si elle avait bien entendu. Venait-il réellement de reconnaître qu'il avait perdu tout contrôle ? Elle aurait voulu en savoir davantage, mais une sorte de brume envahissait son esprit, de plus en plus dense et opaque.

Elle se blottit de nouveau contre lui et savoura les effluves mâles auxquels se mêlaient des notes de musc et de santal.

Pour l'instant, rien n'avait plus d'importance, songea-t-elle en fermant les yeux. Il n'y avait que Malachi et elle, ainsi que leurs deux cœurs qui battaient à l'unisson.

8

Un as ! Enfin ! Malachi sourit et posa la carte sur la table. À ce moment, il entendit Addie bouger dans son sommeil et tourna la tête vers le lit. Dans la lumière tamisée, sa chevelure flamboyante luisait doucement sur l'oreiller, la faisant plus que jamais ressembler à une sirène.

Il la regarda dormir durant quelques instants, puis se concentra de nouveau sur ses cartes. Il l'enviait : de son côté, il était incapable de fermer l'œil.

Pourtant, il aurait dû se sentir apaisé, repu. Le sexe était censé résoudre les problèmes, pas en créer. Son plan avait marché à la perfection, il avait obtenu ce qu'il désirait, mais au lieu d'avoir assouvi son désir, coucher avec Addie semblait avoir au contraire redoublé l'ardeur de sa libido — et semé le chaos dans son esprit.

Il se leva de son fauteuil et se dirigea vers le lit. Il contempla Addie endormie. Quelque chose se passait en lui. Il était en proie à des sensations qu'il n'avait ni prévues ni souhaitées. En outre, l'arrangement initial conclu avec la jeune femme lui paraissait de moins en moins important. Ce qui comptait avant tout pour lui, désormais, c'était partager de précieux instants avec elle. À tel point qu'il envisageait de l'emmener au Venezuela pour l'ouverture de son nouveau casino.

Addie roula sur le côté, souleva les paupières, battit des cils, puis le dévisagea d'un air confus.

— Qu'est-ce qu'il y a ? murmura-t-elle.

Envahi par un trouble inconnu, Malachi lui caressa la joue.

— Rien. Je n'ai pas envie de dormir, c'est tout.

— Moi non plus, dit-elle en souriant.

Il se glissa sous le drap et attira son corps chaud et doux contre lui, avant de prendre sa bouche avec passion.

— Pourquoi ouvres-tu un nouveau casino à Caracas ? demanda Addie.

La vraie question, qu'elle était incapable de formuler, était : « Pourquoi désires-tu m'emmener là-bas ? »

Par ailleurs, elle n'aurait pas dû se réjouir, ni prendre autant de plaisir à partager ces moments avec lui. Même si elle devait bien s'avouer qu'elle n'avait jamais été aussi heureuse. Même pas du temps de leurs fiançailles, à l'époque où elle avait cru qu'il l'aimait.

Elle repoussa les pensées qui se bousculaient dans son esprit et passa les bras autour du cou de Malachi.

— Alors, pourquoi ce nouveau casino ?

— Tout simplement parce que cela faisait un moment que je désirais étendre nos activités en Amérique du Sud.

Addie hocha machinalement la tête. En fait, elle n'arrivait pas encore à croire qu'il lui avait demandé de l'accompagner. Là, sur l'île, leur relation avait beau être un peu bancale et floue, elle se limitait à un cadre strictement privé. Mais en public, et dans un contexte hyper médiatisé, Malachi ne pouvait pas vraiment l'exhiber comme sa maîtresse…

Quelle importance, au fond ? Après tout, ils se sépareraient bientôt pour de bon.

Un frisson tour à tour glacé puis brûlant la traversa soudain. Elle ne désirait pas qu'ils se séparent. Parce qu'elle *aimait* Malachi. Plus encore qu'autrefois.

Addie tâcha de remettre de l'ordre dans ses pensées. Elle s'apercevait que ces cinq années passées loin de lui n'avaient rien changé aux sentiments qu'elle éprouvait pour lui. Elle n'avait jamais cessé de l'aimer, raison pour laquelle elle n'avait jamais demandé le divorce. Et qu'elle aurait préféré l'accompagner à Caracas en tant qu'épouse et non maîtresse.

— Addie ?

— Je... Tu es sûr de vouloir que je t'accompagne ?

— Certain. Je veux en avoir pour mon argent.

Un silence suivit ses paroles, interrompu soudain par la sonnerie du téléphone de Malachi. Il le sortit de sa poche, jeta un bref coup d'œil à l'écran, puis prit l'appel.

— Oui... Non... J'en doute fortement.

Les traits indéchiffrables, il s'écarta d'Addie, avant de se lever et de s'éloigner sur la plage. La tension raidissait ses larges épaules.

À qui parlait-il ? Sa voix avait pris un accent à la fois déterminé et poli, qu'Addie ne lui connaissait pas. Elle se sentait de trop. Elle se pencha pour prendre une poignée de sable clair qu'elle laissa couler entre ses doigts.

— Entendu, pas de problème, dit Malachi à quelques pas d'elle. Je vais m'en occuper, vous pouvez compter sur moi.

Il mit fin à la conversation.

— Tout va bien ? demanda-t-elle d'un ton neutre.

Il se retourna vers et lui sourit.

— Oui, tout va très bien. Ce n'était rien du tout.

Elle hocha la tête en silence. Ce sourire était sans doute celui dont il usait quand il voulait tenir les gens à distance, pensa-t-elle avec une profonde tristesse. Leur belle entente, simple et facile, s'était évaporée en un clin d'œil.

Lentement, Addie se leva. Autant laisser tomber. Car même si, de toute évidence, il mentait, cela ne la regardait pas, après tout. Cependant, dans le sourire de Malachi, dans sa voix, il y avait quelque chose qui lui serrait le cœur. Et même si ce n'était pas ses affaires, elle souffrait pour lui.

— C'est professionnel ? ne put-elle s'empêcher d'insister.

Il la contempla en silence, le sourire toujours aux lèvres, le regard impénétrable.

— Non. Côté travail, mes collaborateurs sont parfaitement capables de se débrouiller sans moi. Mes parents, en revanche, auraient besoin de nounous à plein temps.

— Tes parents ? s'étonna-t-elle. Que leur est-il arrivé ? Ils ont des problèmes ?

— Apparemment, répondit-il avec un haussement d'épaules. Ce n'est pas la première fois, j'ai l'habitude.

— Mais…

— Ne t'inquiète pas, l'interrompit-il. Ce n'est rien, je t'assure. Et ce petit problème sera vite réglé puisque, Dieu merci, ils sont à Miami. La dernière fois qu'il leur est arrivé quelque chose, j'ai dû aller à Cannes.

— Tu veux dire que nous retournons à Miami ?

— Non, répondit vivement Malachi. Je n'ai absolument pas l'intention de te mêler à ces histoires. J'irai seul. En partant maintenant, je serai de retour ce soir. Demain matin au plus tard.

— Mais…, commença-t-elle en plissant le front. Ce serait mieux si je partais avec toi, non ?

— Pardon ? En quoi cela pourrait-il être *mieux* ?

— Je ne sais pas... Je me disais seulement que tu pourrais avoir besoin d'un peu de soutien, ou d'aide.

— Tu veux *m'aider* ? coupa-t-il en éclatant d'un rire dur. Je vois... J'aurais dû te préciser que mes parents n'ont pas d'oreille et que par conséquent, il est inutile d'envisager une thérapie musicale avec eux.

Abasourdie, humiliée, Addie retint la repartie bien sentie qui lui brûlait les lèvres. Elle avait l'impression d'avoir affaire à un parfait étranger, alors qu'ils avaient fait l'amour quelques heures plus tôt.

— Je ne comprends pas, dit-elle lentement.

Il plissa les paupières.

— Tu n'as pas besoin de comprendre. Cela dépasse largement tes capacités, et le montant de ta rétribution.

Cette fois, Addie laissa percer sa colère.

— Vraiment ? répliqua-t-elle d'une voix glaciale. Dans ce cas, je devrais peut-être demander qu'elle soit réévaluée parce que ce genre de remarque fielleuse n'était pas compris dans notre arrangement initial.

Le visage de Malachi se contracta légèrement.

— Tu réagis de manière excessive, commença-t-il plus doucement. Comme je viens de te le dire, je n'ai pas besoin que tu m'accompagnes à Miami. Alors, si tu veux vraiment m'aider, reste ici. Ensuite, nous irons ensemble à Caracas, comme prévu.

— Ah... Tu veux que j'aille à Caracas avec toi, mais pas que je fasse connaissance avec tes parents, lança-t-elle, la voix vibrant de rage contenue. Si tu as tellement honte de moi, je devrais peut-être m'en aller tout de suite.

— Je n'ai pas honte de toi, protesta-t-il, le regard sombre.

— Où est le problème, alors ?

— Il n'y en a aucun. C'est toi qui en inventes.

— Parce que je veux rencontrer tes parents ?

— Notre relation n'a rien à voir avec eux.

— C'est pour cela qu'ils ne sont pas venus à notre mariage ?

Les mots lui avaient échappé. Cinq ans plus tôt, Malachi avait refusé de répondre à la moindre question concernant ses parents, alors que leur absence avait toujours préoccupé Addie. Maintenant, elle comprenait qu'il y avait un vrai problème. Elle venait d'en avoir la preuve avec cet appel téléphonique et la réaction de Malachi.

— Ils ne sont pas venus parce que je ne les avais pas invités, dit-il d'un ton tranchant. Tu ne peux pas comprendre, mais je ne te le demande pas, de toute façon.

— Vraiment ? riposta-t-elle brutalement. Très bien, je vais nager.

Après s'être penchée pour ramasser sa serviette de plage, elle passa devant lui.

— Et bon voyage ! lança-t-elle sans se retourner.

Peu à peu, grâce à l'atmosphère paisible du lagon et au doux parfum des frangipaniers, la colère d'Addie s'apaisa.

Malachi était impossible, secret, impénétrable. Et elle l'aimait, elle n'y pouvait rien. Mais elle ne le laisserait pas tout gâcher, résolut-elle en revenant à la brasse vers la plage.

Où était passée sa serviette, bon sang ? Elle était persuadée de l'avoir laissée là, au pied du grand palmier… Soudain, son cœur fit un petit bond dans sa poitrine en découvrant Malachi, immobile un peu plus loin, sa serviette à la main.

Addie s'avança vers lui, le menton haut.

— Je croyais que tu partais à Miami…

— Cela ressemble à une serviette, je sais, dit Malachi en la lui tendant. Mais en réalité, c'est un rameau d'olivier.

L'expression d'Addie changea, puis elle inspira profondément tandis que des émotions contradictoires se succédaient dans ses yeux bleus — le désir de le croire, la crainte de souffrir…

— Que veux-tu, Malachi ?

— Que tu viennes avec moi, répondit-il après s'être éclairci la voix. À Miami. Si tu le souhaites toujours, évidemment.

Une lueur hostile traversa le regard de la jeune femme.

— Je croyais que ça dépassait mes compétences et le montant de ma rétribution ?

Malachi se passa la main sur le visage en laissant échapper un soupir. Quand elle était partie nager, il s'était senti gagné par une rage inouïe. Contre ses parents, qui avaient tout gâché, et contre lui-même, pour avoir baissé la garde. Et contre Addie, parce qu'elle… Parce qu'elle avait voulu l'aider ? Qu'elle se souciait de lui ?

Toute colère l'avait quitté d'un coup au moment où il réalisait ce qu'il avait refusé de regarder en face : qu'il était important pour elle ; qu'il comptait vraiment à ses yeux.

— Je n'aurais pas dû dire cela. C'était méchant et vulgaire. Excuse-moi. Mais je n'ai… Je n'ai jamais…

Il s'interrompit, le cœur battant sauvagement dans sa poitrine. Tout devenait soudain si compliqué ! Que lui dire ? Comment lui faire comprendre ?

— Ne t'inquiète pas, commença-t-elle avec calme après avoir pris la serviette. Je sais ce que c'est que d'avoir des pensées que l'on ne veut pas partager. Après mon accident, tout le monde me demandait sans cesse à quoi je pensais et je n'en pouvais plus. Je me sentais harcelée par leurs questions. Tu n'as pas à me dire quoi que ce soit, si tu n'en as pas envie. Je voulais t'aider, c'est tout.

— Alors viens avec moi. Ainsi, je n'aurai pas besoin de t'en parler : tu te rendras compte par toi-même.

— D'accord.

Quand il prit la main d'Addie, il vit un léger sourire s'esquisser au coin de ses lèvres.

— Mais je te préviens, reprit-elle, si tu recommences avec cette histoire de compétences et de rétribution, je te ferai passer un drôle de quart d'heure !

— Ne me tente pas…, murmura-t-il avec malice.

Après l'atmosphère paisible de l'île, le centre-ville de Miami ressemblait à un enfer agité et bruyant. Mais au moins il était peuplé de toutes sortes de gens, allant du plus ordinaire à l'excentrique total.

Les parents de Malachi ne pouvaient pas vraiment être classés comme *ordinaires*, songea Addie, tandis que la limousine s'arrêtait devant le Marlin, l'un des hôtels art déco les plus chic de la ville. Il lui avait suffi d'une rapide recherche sur Internet pour découvrir avec stupeur que Henry et Serena King étaient non seulement fabuleusement riches, glamour et superbes, mais qu'ils étaient réputés pour les soirées pour le moins décadentes qu'ils organisaient un peu partout dans le monde.

— Ça va ? demanda Malachi en sondant son regard.

— Oui. Pourquoi ?

— Tu me serres la main si fort que tu me fais presque mal.

— Oh… Désolée, murmura-t-elle en desserrant aussitôt les doigts.

Un éclat étrange brillait au fond des pupilles de Malachi,

qui lui rappelait les sensations qu'elle ressentait autrefois avant de jouer en public — un mélange de crainte, de défi et d'excitation insensée.

— Je me sens un peu nerveuse, c'est vrai, reconnut-elle. J'ai l'impression d'être partie depuis des mois.

Il l'attira lentement contre lui.

— C'est le fait de rencontrer mes parents qui te rend nerveuse ?

— Oui, un peu.

— Ce sont des êtres fascinants. Je suis sûr que tu vas succomber à leur charme, comme tout le monde.

Il souriait encore, mais à présent, une lueur presque cruelle vibrait au fond de ses yeux gris.

— Je ne sais pas si cela me rassure ou me terrifie, lança Addie d'un ton léger. De toute façon, il ne s'agit pas de moi. Je suis venue pour être avec toi, et t'aider en cas de besoin.

Au lieu de changer de sujet comme elle s'y attendait, Malachi lui reprit la main et enlaça les doigts aux siens.

— Je sais, murmura-t-il.

Puis il l'embrassa, avec une douceur qui ébranla profondément Addie.

— Promets-moi de rester à côté de moi.

— Je te le promets, chuchota-t-elle en soutenant son regard.

Il fallut presque une demi-heure à Malachi pour calmer le directeur de l'hôtel, un homme de haute taille au crâne chauve qui semblait au bord de l'évanouissement. Néanmoins, il finit par leur offrir un magnum de champagne.

Dans l'ascenseur qui montait vers le douzième étage

— où Henry et Serena King occupaient la suite panoramique avec terrasse —, Malachi resta silencieux, le regard rivé à celui d'Addie.

— Tu es belle, lui dit-il soudain.

À cet instant, la cabine s'immobilisa. Lorsque les portes coulissèrent en silence, Addie retint son souffle. Mais ce n'était ni la hauteur sous plafond ni les lustres énormes ou la fontaine à gradins de marbre qui la stupéfiaient le plus. C'était les gens. Il y en avait partout : femmes en robes à paillettes et dentelles, hommes en costumes sombres, allongés sur des sofas ou appuyés contre les murs, d'autres affalés sur des fauteuils, corps mêlés…

Et tous portaient un masque.

Une boule se forma dans la gorge d'Addie. Malachi l'entraîna et se fraya un chemin parmi la foule d'invités qui riaient, dansaient, plus ou moins lascivement enlacés. Puis il s'arrêta devant une table à plateau de marbre, sur lequel deux grandes coupes étaient posées l'une à côté de l'autre, emplies d'un assortiment inouï de masques.

— Je ne sais pas lequel choisir, dit-elle lentement.

Sans savoir pourquoi, elle répugnait même à les toucher.

— Eh bien, n'en prends pas.

L'éclat étrange couvait de nouveau au fond des yeux gris de Malachi, mais sa voix était empreinte d'une extrême douceur.

— Nous n'avons rien à cacher, ajouta-t-il.

Il prit deux coupes vides sur le plateau d'un serveur qui passait, puis s'avança vers la fontaine pour les remplir. Addie porta à ses lèvres la coupe que Malachi venait de lui tendre.

— C'est du champagne ! s'étonna-t-elle.

Malachi hocha la tête. Il laissa errer son regard sur la foule. À en juger par le degré d'alcoolisation encore raisonnable des participants, la soirée ne faisait que commencer. Un profond dégoût l'envahit. Que faisait-il là ? Et pourquoi avait-il amené Addie ?

— Parfois, il s'agit d'un mélange de champagne et d'absinthe, explique-t-il. Dans ces cas-là, tout dégénère rapidement.

— Qui sont tous ces gens ? demanda Addie.

— Des invités de Serena, je suppose. Elle adore les nouvelles rencontres. Ainsi que tout ce qui est extravagant et interdit.

— Et où sont tes parents ?

Une ombre furtive passa sur les traits de Malachi.

— Sans doute dans l'une des chambres, en train de faire la fête en toute intimité.

Quelqu'un bouscula soudain Addie, puis elle vit un homme affublé d'une sorte de coiffe à plumes basculer en avant à côté d'elle. Dans sa chute, il lâcha son verre, qui se brisa en mille morceaux sur le sol.

D'un mouvement vif, Malachi s'était interposé entre Addie et le type. Il saisit celui-ci par le bras et le redressa sur ses pieds.

— Allez prendre l'air ! lui ordonna-t-il froidement en lui donnant une petite tape dans le dos.

Il se tourna vers Addie.

— Viens. Tâchons de trouver Henry et Serena.

Ce ne fut pas très difficile : à l'extrémité d'un couloir, ils tombèrent bientôt sur quatre costauds en costumes noirs postés devant une porte sur laquelle une pancarte indiquait : « Privé ».

Addie était soulagée d'échapper à l'atmosphère quelque peu agitée qui régnait dans le reste de la suite. Mais lorsque Malachi ouvrit la porte, elle se pétrifia.

Le peu de personnes qui se trouvaient dans la pièce à l'éclairage tamisé était dans un état de nudité plus ou moins avancée, et certaines étaient *très* intimement mêlées.

Soudain, une femme ravissante, blonde et vêtue d'une robe moulante qui ondoyait sur elle en reflets changeants, poussa un cri et se dirigea vers Malachi en ondulant des hanches. Un homme la suivait, légèrement titubant, très beau lui aussi, la chemise maculée de traces de rouge à lèvres.

La femme émit un petit rire malicieux, puis embrassa Malachi sur les deux joues.

— Tu vois, Henry, je t'avais bien dit qu'il viendrait ! Je n'ai pas oublié que tu avais dit que tu ne voulais pas que nous t'appelions, mon chéri, mais je n'aime pas qu'un rustre me dicte ma conduite ou me donne des ordres.

— Ce « rustre » est le directeur de l'hôtel, Serena, répliqua Malachi en fronçant les sourcils. Il y a environ deux cents personnes, ici. Et les autres clients se plaignent du bruit.

— Quels trouble-fêtes, ces gens… Et mesquins, en plus !

Elle passa lentement la main sur les revers de la veste de son fils.

— Mais pas toi, mon chéri, n'est-ce pas ? Et puis, tu es tellement plus doué que Henry et moi pour négocier avec ce genre de personne.

Elle se tourna vers Addie, comme si elle la remarquait seulement.

— Quelle chevelure magnifique ! s'extasia-t-elle. J'ai eu un setter irlandais dont le pelage était *exactement* de la même nuance de roux. C'était mon chien préféré. Tu ne nous présentes pas, Malachi ?

Addie ne savait comment réagir tant elle était stupéfaite. Ainsi, ces deux êtres superbes et de toute évidence dépravés étaient les parents de Malachi… Il avait hérité des hautes pommettes de sa mère, remarqua-t-elle. Et des cheveux brun foncé de son père, ainsi que de ses magnifiques yeux gris.

— Je vous présente Addie, dit-il en lui posant la main sur les reins. Addie Farrell. Addie, voici mes parents, Henry et Serena King.

— Quel charmant prénom ! ronronna cette dernière.

Puis, frappant joyeusement dans ses mains, elle interpella un serveur :

— Quatre brandies Alexander ! Doubles !

Puis elle s'éloigna, suivie par son mari. Des gémissements de plaisir montaient çà et là des corps mêlés. Les traits crispés, Malachi lui tenait fermement la main. Lorsque le jeune serveur lui tendit son cocktail, Addie s'efforça de sourire d'un air détendu, alors qu'à l'intérieur, elle était encore sous le choc. Il n'y avait ni amour ni tendresse dans la spacieuse chambre, uniquement de l'avidité, du narcissisme et de la luxure.

Le cœur serré, elle imagina Malachi enfant, obligé de grandir avec de tels parents. Pas étonnant qu'il se ferme à la moindre question concernant ceux-ci !

À peine conscient de la présence des autres occupants de la pièce, Malachi surveillait les réactions d'Addie. Il avait trop assisté à ce genre de spectacle pour en être choqué ou étonné. D'ordinaire, il réussissait à se retirer en lui-même, à se couper du monde extérieur. Mais avec Addie à ses côtés, il devait demeurer présent et concentré.

Quant à elle, en dépit de son expression neutre, elle ressentait un profond dégoût, il le devinait.

— Je dois encore dire un mot à Serena et Henry avant qu'on y aille. Ne bouge pas, je reviens tout de suite.

Une lueur inquiète traversa ses yeux bleus, mais elle le laissa s'éloigner sans rien dire.

— Malachi ! s'exclama sa mère en le voyant s'approcher. Nous parlions justement de toi.

Affalés tous les deux sur un divan, ses parents avaient le sourire aux lèvres. Serena lui prit la main pour le forcer à s'asseoir à côté d'elle tandis que Henry se levait et s'éloignait en vacillant.

— Mon chéri, murmura-t-elle. Nous adorons ta petite rouquine.

— Elle s'appelle Addie, dit Malachi avec calme.

— Quelle bonne idée de nous l'avoir amenée ! Henry est absolument fou d'elle. Et tu ressembles tellement à ton père…

Il serra les dents pour juguler sa colère.

— Elle est avec *moi*, Serena !

— Mais oui, bien sûr, susurra sa mère. C'est juste pour s'amuser un peu.

— Tout le monde n'a pas la même conception de *l'amusement* que vous, rétorqua-t-il sèchement.

— Mon Dieu…, soupira Serena en secouant la tête. Il boude, mon pauvre chéri. Après tout ce que j'ai fait pour toi ! Décidément, tu es très ennuyeux, toi aussi. Mais ne compte pas sur moi pour faire le sale boulot à ta place. Va le dire toi-même à Henry.

Une lueur sournoise traversa son regard lorsqu'elle ajouta en lui caressant la joue :

— S'il n'est pas trop tard…

Malachi tressaillit. Il tourna la tête. À l'autre extrémité de la pièce, son père souriait lascivement à Addie, tout en la dévorant des yeux d'un air prédateur.

Aveuglé par la rage, Malachi repoussa la main de sa mère, se leva et se dirigea rapidement vers son père.

— Serena a un penchant pour les boissons très fortes, l'entendit-il dire à Addie d'une voix sirupeuse. Vous ne voulez pas me suivre ? Je pourrais vous offrir quelque chose de plus doux. À moins que vous ne préfériez vous allonger un peu…

Malachi se planta devant lui, bouillant de colère.

— C'est toi qui vas bientôt te retrouver allongé, Henry. Sur un lit d'hôpital ! Qu'est-ce qu'il te prend, bon sang ?

Il saisit Addie par la main et la poussa derrière lui en foudroyant son père du regard.

— Tu ne peux pas t'en empêcher, hein ? Mais cette fois, tu es allé trop loin, Henry. Ce n'est plus stupide, comme jeu, c'est carrément pervers.

Le souffle saccadé, en proie à un mélange de colère et de souffrance indicible, Malachi avait soudain l'impression d'étouffer.

— Nous partons, Addie et moi, dit-il en reculant d'un pas. Vous, vous avez jusqu'à 3 heures pour quitter les lieux. Mais ne comptez pas sur moi pour payer l'addition. Et n'essayez pas de reprendre contact avec moi. Je ne veux plus jamais entendre parler de vous.

Depuis leur départ du Marlin, Malachi n'avait pas réussi à desserrer les dents. Une fois dans le jet, il s'était installé sur un sofa, seul, à l'écart du siège dans lequel Addie avait pris place.

Refoulant la lassitude immense qui l'envahissait soudain, Malachi ramassa les cartes étalées devant lui. Après avoir obtenu du directeur de l'hôtel de ne pas appeler la police, il aurait dû partir, ramener Addie sur l'île. Mais il n'avait pu résister au désir de constater les faits par lui-même. Quand il avait vu Addie entourée de ces débauchés, il avait aussitôt réalisé son erreur. L'effarement qu'il avait lu sur les traits de la jeune femme lui avait fait l'effet d'une gifle.

Certes, tous ces libertins dissolus avaient choisi d'être là, il s'agissait d'adultes consentants, mais c'était si sordide ! Et lorsque, ensuite, Henry avait…

Malachi serra les poings. Comment son père avait-il pu faire cela ? Addie était avec lui, bon sang ! Il revit le visage de celle-ci lorsque son père lui avait tendu la main et fut traversé par un frisson de dégoût.

Addie se leva et s'avança dans la cabine.

— Où vas-tu ?

Elle s'immobilisa et se tourna vers lui, l'air hésitant.

— J'allais me chercher de l'eau. Tu en veux ? Ou tu préfères quelque chose de plus fort ?

— Pour noyer mon chagrin ?

L'ironie contenue dans la voix de Malachi glaça Addie. Depuis l'instant où ils étaient remontés à bord de la limousine, il s'était fermé complètement. À elle.

— Peut-être, hasarda-t-elle. Mais nous pourrions aussi parler…

— Tu penses que parler peut changer *ça* ?

Il avait les traits tirés, le teint pâle, et quand il éclata brusquement de rire, le son qui franchit ses lèvres n'avait rien de gai ou de joyeux. C'était de la souffrance qui le colorait. Et de la peur.

Or, durant ses cinq semaines d'hôpital, elle avait appris à affronter la peur, à résister à la colère et à la souffrance.

— Oui, je le pense, affirma-t-elle en redressant le

menton. Mais si tu préfères rester seul à t'apitoyer sur ton sort…

— Tu ne sais *rien* de ma vie, coupa-t-il, brutal.

— C'est faux, le contra-t-elle avec calme. Je sais par exemple que tu as fait le pari de plonger dans une piscine où il y avait des requins et que tu l'as gagné ; que tu manges des pommes en prenant ton bain. Et que tu joues aux cartes quand tu es tendu ou en colère.

Quand elle se détourna, il lui effleura le poignet du bout des doigts.

— Addie… Ne t'en va pas, s'il te plaît.

— Pourquoi resterais-je ? demanda-t-elle en haussant un sourcil.

— Tu… Tu avais dit que tu serais là pour moi.

Après un long silence, Addie soupira et s'assit à côté de lui.

— À quoi veux-tu jouer ? demanda-t-il en lui tendant le jeu de cartes.

— Je ne sais pas si je pourrais jouer à quoi que ce soit, Malachi. J'ai l'impression que mon cerveau a cessé de fonctionner normalement.

Un demi-sourire s'esquissa sur sa bouche sensuelle.

— C'est le genre d'effet que mes parents ont sur les gens normaux.

Cessant de sourire, il ferma un bref instant les yeux, puis prit la main d'Addie.

— Je trouve ça dur, souffla-t-il.

— De quoi parles-tu ? demanda-t-elle à voix basse.

— D'avoir Henry et Serena comme parents, répondit-il en se passant la main sur le front. Durant des années, je n'ai pas eu le choix ; même quand j'étais tout petit, ils m'entraînaient avec eux dans les soirées, les boîtes de nuit… Ils ne voyaient pas pourquoi le fait d'avoir un enfant les empêcherait de s'amuser. Et si je protestais, ils ne s'encombraient pas de moi.

— Où te laissaient-ils ?

— Chez des amis. Autrement dit, les gens qui ne savaient pas leur dire « non ». Je ne sais pas ce qui était le pire : craindre qu'ils ne reviennent jamais me chercher, ou savoir qu'ils le feraient.

Le cœur serré, Addie imaginait ses peurs de petit garçon. Du pouce, elle lui caressa la paume.

— Pourquoi n'embauchaient-ils pas quelqu'un pour te garder ?

— J'ai eu toutes sortes de gouvernantes ! Mais elles ne restaient jamais plus d'une ou deux semaines. Ça s'est arrangé quand j'ai grandi, dit-il en soutenant le regard d'Addie. J'ai appris à gérer mes parents.

— C'est pour les gérer que tu as dû aller à Miami ?

— Oui. En général, ils réussissent à se tirer des situations compliquées en usant de leur charme. Mais de temps en temps, comme cette fois-ci, ils vont trop loin et on les menace de les chasser, ou d'appeler la police. Dans ces cas-là, je dois intervenir.

Un léger sourire, qui tenait plus du rictus ou de la grimace, étira ses lèvres.

— C'est agaçant, poursuivit-il, mais c'est plus simple et beaucoup plus rapide quand je m'en occupe.

— Et pourquoi es-tu parti ainsi de leur suite, tout à l'heure ?

Malachi resta silencieux si longtemps qu'Addie crut qu'il ne lui répondrait pas.

— J'en avais assez, expliqua-t-il enfin. De leurs jeux. Avec eux, tout est un jeu. Et moi, je n'ai plus envie de jouer.

Quand il se tut, Addie avait la poitrine comme prise

dans un étau. Comment pouvait-on survivre à ce genre de gâchis ? C'était presque pire que ce qu'il lui était arrivé à elle. Elle avait été victime d'un accident, alors que les parents de Malachi avaient agi délibérément, et de façon continue.

Pour s'en sortir, pour réparer les dégâts, il n'y avait qu'un seul remède, qui tenait en trois mots : l'acceptation, l'espoir et la patience. Non, *quatre* mots. Elle avait oublié le plus important : l'amour.

Des larmes lui montaient aux yeux, alors elle se concentra sur sa respiration pour refouler les mots qui se bousculaient sur ses lèvres.

Elle aimait Malachi. De tout son être. Il était temps de l'admettre une bonne fois pour toutes. Mais pas de partager ses sentiments avec lui. Pour l'instant, il lui suffisait de tenir sa promesse et d'être là pour lui.

Sans réfléchir, Addie se tourna vers lui et lui passa les bras autour du cou. Après s'être légèrement raidi, Malachi la serra contre lui et ils restèrent enlacés en silence, leurs cœurs battant à l'unisson. Jusqu'à ce qu'elle laisse retomber les bras et le repousse doucement.

— Viens. Allons nous coucher.

Il se leva et tourna les yeux vers le hublot.

— Désolé, trésor, mais nous ne pourrons pas dormir bien longtemps : nous atterrissons dans moins d'une demi-heure.

— Qui a parlé de dormir ? répliqua-t-elle en souriant, mutine.

9

Alors qu'elle contemplait la vue depuis le balcon de leur suite, Addie sentit deux grandes mains chaudes se refermer autour de sa taille.

— Bien dormi, trésor ?

Malachi lui embrassa l'épaule, laissa glisser les lèvres sur son dos.

— Si tu recommences comme tout à l'heure, murmura-t-elle, je vais de nouveau devoir dormir pour me reposer.

Avec une lenteur ensorcelante, les doigts experts de son amant descendirent sur ses hanches.

— Dans ce cas, tu ferais mieux de t'allonger tout de suite, chuchota-t-il en l'entraînant dans la chambre.

Adossé à la tête de lit, Malachi dévorait ses œufs Bénédicte avec appétit. Étendue langoureusement à côté de lui, Addie applaudit lorsqu'il avala la dernière bouchée. Il prit sa tasse de café en souriant.

— J'avais faim. Et puis, tu tiens à ce que je reste en forme, non ?

Au souvenir de leur étreinte fougueuse, terminée en apothéose quelques instants plus tôt, une douce chaleur se répandit dans le bas-ventre d'Addie.

— J'essaierai de me montrer moins gourmande ce

soir, dit-elle avec malice. En attendant, nous devrions peut-être commencer à nous préparer, tu ne crois pas ?

Après avoir hoché la tête, il l'embrassa sur le front et bondit au bas du lit. Addie ne put s'empêcher d'admirer son corps superbe. Elle brûlait de lui dire qu'elle l'aimait, mais il était encore trop tôt. Si elle le brusquait avant qu'il ne soit prêt, le résultat serait catastrophique. Par contre, rien ne l'empêchait de lui montrer qu'il comptait pour elle.

Après son départ — il avait rendez-vous avec le directeur du casino —, Addie passa deux heures au spa de l'hôtel, où elle se fit faire un massage du visage et du corps.

Parfaitement détendue, elle regagna leur suite, où l'attendait Lupita, la styliste que Malachi avait fait venir pour elle. Médusée, Addie passa en revue les portants auxquels étaient suspendues des robes somptueuses, puis l'assortiment inouï d'escarpins. Un moment plus tard, un garde du corps armé apparut avec une mallette emplie de bijoux incroyables.

La séance se révéla épuisante, mais aussi des plus divertissantes. Non seulement Lupita semblait une source inépuisable d'anecdotes, mais elle fit preuve d'un savoir-faire extrême en choisissant la robe qui allait le mieux à Addie et dans laquelle elle se sentait le plus à l'aise.

Après le départ de la jeune femme, Addie se maquilla avec soin, puis contempla son reflet dans le miroir. Son look n'était-il pas un peu trop audacieux ? se demanda-t-elle. Sa nervosité avait l'avantage de l'empêcher de réfléchir, de s'interroger sur ce que les gens diraient d'elle dans son dos, par exemple. Quant à la foule de journalistes et de photographes qui allaient les mitrailler, Malachi et elle, mieux valait ne pas y penser…

Heureusement, l'arrivée du coiffeur mit un terme à ses angoisses.

Une heure plus tard, Addie laissa échapper un soupir de soulagement, tandis que l'homme stylé reculait en souriant.

— Vous êtes superbe, mademoiselle Farrell.

Elle tourna la tête d'un côté puis de l'autre, et sourit à son reflet. Suivant le conseil de Lupita, Addie avait choisi le chignon banane. D'ordinaire, elle laissait ses cheveux tomber librement autour de son visage, ou les nouait en simple queue-de-cheval, voire en chignon flou sur la nuque pour accompagner une tenue plus habillée. Mais cette fois, elle était ravie d'avoir fait confiance à la jeune styliste.

— Merci, dit-elle au coiffeur, ravie.

— Je crois que M. King sera content, répliqua-t-il en lui rendant son sourire.

Malachi regardait autour de lui avec satisfaction. Quand il avait découvert cet endroit, un ancien opéra fermé après qu'un incendie avait en grande partie détruit la scène, tout était dans un état de décrépitude avancée. Ce qui ne l'avait pas empêché de voir le potentiel du lieu. Pas pour en refaire un opéra, mais un casino.

Il avait fallu six mois pour nettoyer le site, puis un an pour reconstruire l'intérieur et l'adapter aux normes de sécurité. Ensuite, cinq mois supplémentaires avaient été nécessaires pour reconstituer le dôme couvrant l'édifice, ainsi que les sols.

Dès le départ, Malachi avait eu une vision très claire de ce qu'il désirait. Pas de chic sobre et contemporain, rien que du glamour à l'ancienne mode : dorures, verre et marbres. Et il avait eu raison, songea-t-il avec une bouffée de triomphe. Le résultat était époustouflant, il se dégageait de l'ensemble une impression d'opulence fin de siècle, agrémentée d'un soupçon de décadence raffinée.

Cependant, un détail clochait. Il manquait quelque chose pour que ce soit parfaitement réussi, mais Malachi n'arrivait pas à identifier de quoi il s'agissait…

Il balaya une nouvelle fois du regard l'immense espace où évoluait la foule des invités, salua un VIP qui venait le féliciter, fut happé par des personnalités, mais toujours le dérangeait cette impression qu'il frôlait la perfection sans l'atteindre tout à fait. Vingt minutes plus tard, il parcourut de nouveau la salle des yeux, cherchant le défaut…

Soudain, son regard fut attiré par un éclat flamboyant. Le cœur battant, il s'immobilisa, fasciné. Addie ! Elle venait enfin d'arriver. Il débordait d'une telle joie qu'il comprit avec stupeur que c'était *elle* qui manquait pour que tout soit parfait. À cet instant, la femme se retourna et agita la main pour attirer l'attention d'un ami. Ce n'était pas Addie. Et ses cheveux étaient châtains. Tirant sur l'auburn, certes, mais pas de la nuance riche, unique de ceux de sa femme.

Malachi scruta la foule, sourcils froncés. Les belles femmes étaient légion, ce soir-là. Alors pourquoi Addie ? Pourquoi lui manquait-elle autant ? La réponse se forma aussitôt dans son esprit : parce qu'elle était la seule. *L'unique.*

Son cœur se mit à battre sauvagement. Mais c'était normal, se rassura-t-il aussitôt. Il avait passé tant de temps avec elle qu'il s'était habitué à l'avoir à ses côtés.

Mais où était-elle, bon sang ?

Enfin il l'aperçut. Et cette fois, il ne se trompait pas.

C'était bien elle, entourée des deux gardes du corps chargés de sa protection. Debout en haut de l'escalier monumental, tandis que la lumière dorée auréolait sa chevelure d'un halo de feu, elle ressemblait à une déesse. Chaussée d'escarpins noirs à talons aiguilles, elle portait une robe rouge, très courte mais à longues manches, qui mettait en valeur ses courbes féminines et ses jambes superbes. Quand elle tourna la tête, les rubis sertis de minuscules diamants étincelèrent à ses oreilles.

Il sentit l'hésitation d'Addie, devina son appréhension. Sans s'interroger sur sa propre réaction, il s'élança vers elle et monta rapidement les marches.

De près, elle était encore plus belle. Son visage dégagé par le chignon, son cou gracieux, sa gorge à la peau soyeuse : il ne savait où poser les yeux. Incapable de résister plus longtemps, il lui prit la main et l'attira lentement à lui.

— Tu es magnifique, trésor. Et je crois que tu vas garder ces petites choses, dit-il en désignant les boucles d'oreilles d'un mouvement de tête. Cette robe est divine, sur toi.

Il lui caressa lentement les bras. Quand elle sourit, Malachi oublia tout ce qui les entourait. Il n'y avait plus qu'elle et lui.

— Merci, murmura-t-elle. J'ai hésité, parce qu'elle est assez courte. Mais le fait d'avoir les bras couverts compense.

— Je serais volontiers d'accord si je savais de quoi tu parles…

— En matière d'habillement, il y a *aussi* des règles, tu sais, le taquina-t-elle, ironique. On ne met pas n'importe quoi n'importe comment.

Règles vestimentaires ou pas, la tenue d'Addie déchaînait la libido de Malachi, qui avait le plus grand mal à en refréner les ardeurs.

— Viens, dit-il, allons boire une coupe de champagne. Et puis j'aimerais te présenter quelques personnes.

La soirée débuta dans une sorte de brume colorée où défilèrent toutes sortes de gens charmants, de noms, de voix, de rires… Addie avait l'impression de flotter sur un petit nuage. Et lorsque l'un de ses deux gardes du corps tendit le bras pour empêcher quelqu'un de la bousculer, elle le regarda d'un air confus.

Depuis quand avait-elle besoin de gardes du corps ?

Impossible de s'habituer à ce genre de chose… Quant à la main possessive posée sur ses reins tandis que Malachi l'entraînait à travers les différentes salles du casino, toutes plus belles les unes que les autres, elle en savourait la chaleur, tout en se demandant à quoi il pensait.

— Tout le monde nous regarde, avait-elle chuchoté quand ils s'étaient avancés parmi la foule des invités.

— Non, lui avait-il soufflé à l'oreille. Ils *te* regardent.

Pas les femmes, en tout cas, avait songé Addie en voyant les regards avides dardés sur Malachi.

Mais comment auraient-elles pu ne pas être attirées par lui ? Dans un smoking noir coupé sur mesure qui faisait ressortir ses yeux gris, il était d'une beauté époustouflante. Et son nom était sur toutes les lèvres. Dire qu'elle était *sa femme…* Même si à aucun moment, il ne l'avait présentée comme telle. Qui était-elle supposée être, pour tous ces gens ? Et que pensaient-ils d'elle ?

Malachi s'efforçait de remettre de l'ordre dans ses pensées. D'ordinaire, au cours une soirée comme celle-là, il fonctionnait en pilotage automatique : souriant, bavardant, allant de l'un à l'autre sans négliger quiconque. Mais ce soir-là, il avait du mal à se concentrer.

À vrai dire, il n'avait qu'une idée en tête : ôter cette robe rouge à Addie, se repaître d'elle, de son corps ravissant et sexy. L'avoir à lui, à lui seul.

Addie. Sa femme. Alors, pourquoi ne pas le dire au monde entier ?

Un étau lui enserra la poitrine, l'empêchant presque de respirer. Il brûlait de la toucher, de l'enlacer, de l'attirer contre lui. Pourtant, au plus profond de lui-même, il savait qu'ils n'avaient pas d'avenir ensemble. Le sexe, aussi fabuleux soit-il, ne suffisait pas à faire fonctionner harmonieusement un mariage ; il était bien placé pour le savoir.

Ils rejoignirent Edgar, le directeur du casino, devant la table de roulette.

— Tout va bien ? lui demanda Malachi.

— Oui, monsieur. Très bien, même. Les dames apprécient beaucoup la roulette.

— Comme toujours, répliqua-t-il en souriant.

Edgar s'éclaircit la gorge.

— Aimeriez-vous tenter votre chance, monsieur King ? Ou peut-être…

Le directeur adressa un sourire poli à Addie et Malachi vit ses traits délicats se contracter légèrement. Il devina dans un flash la cause de son appréhension : elle attendait qu'il la présente. Un goût amer lui monta aux lèvres, mais il refoula les regrets qui l'accompagnaient. Elle avait beau être sa femme, il ne croyait pas aux *happy ends.*

— Addie, je te présente Edgar Baptista, le directeur

du casino. Edgar, je vous présente mademoiselle Addie Farrell.

Addie soutint le regard de Malachi. Il avait dit : « mademoiselle Addie Farrell ». Et non : « Mme King ». Ou : « ma femme ». Elle serra les dents pour contenir son dépit et dessina un sourire sur ses lèvres. Le reste de la soirée se déroula comme si elle se voyait jouer dans un film. Tout lui semblait irréel, faux : la roulette, les femmes aux toilettes somptueuses, les bijoux étincelant de mille feux, la voix du croupier…

Quand ils quittèrent enfin le casino, les photographes les attendaient au bas des marches. Les flashs crépitèrent de toutes parts tandis que les journalistes harcelaient Malachi.

— Qu'est-ce qu'ils veulent ? demanda-t-elle.

— Savoir qui tu es, répondit-il avec calme.

Addie déglutit avec peine.

— Et que leur as-tu dit ?

— Que je ne ferai pas le boulot à leur place.

Bonne réponse, songea-t-elle. *Plausible, pleine d'humour. Et évasive. Un coup de bluff parfait.*

— Et maintenant, que demandent-ils ?

Il lui passa le bras autour de la taille.

— Une photo, répondit-il en souriant.

— Ils n'en ont pas pris assez ?

— Ils en veulent une bien précise, trésor.

Sur ces mots, il l'attira fermement contre lui, pencha la tête et l'embrassa.

Les flashs éblouirent Addie tandis que Malachi approfondissait leur baiser, la faisant frémir des pieds à la tête.

— Voilà, dit-il en redressant la tête. Maintenant, tout le monde est content.

Non, pas tout le monde, rectifia-t-elle en silence. Une

drôle de sensation l'avait envahie. Un mélange d'excitation et d'impatience. Comme avant un combat… Elle ne pouvait oublier ce qui s'était passé durant la soirée, mais le désir montait en elle, balayant tout le reste sur son passage.

— Ne t'inquiète pas, trésor, lui chuchota Malachi, la soirée n'est pas terminée. Elle ne fait que commencer, au contraire…

Malachi s'avança lentement sur la terrasse de la suite. La lune brillait haut dans le ciel. Il s'assit sur un banc au design futuriste. La soirée avait été parfaite. Tout s'était déroulé sans le moindre incident. Tous les VIP étaient repartis comblés. Bref, la réussite était totale.

Quant à Addie, elle avait joué son rôle à la perfection. Les hommes l'avaient dévorée du regard, les femmes devaient toutes encore chercher à savoir à quel styliste elle avait fait appel… Toute la soirée, il avait savouré son corps doux et sensuel pressé contre le sien, s'était enivré de sa chaleur. Et ils avaient conclu cette soirée au lit et en apothéose.

C'était un problème. Il ne voulait pas se sentir bien, ni éprouver quoi que ce soit. De même qu'il aurait préféré ne pas perdre son sang-froid en voyant son père faire des avances à Addie.

Qu'est-ce qu'il lui avait pris de lui parler de ses parents, bon sang ! De les lui avoir *présentés* ! Après avoir tenu bon durant des années, il avait suffi qu'Addie resurgisse dans sa vie avec ses questions et ses grands yeux bleus, pour que toutes les barrières qu'il avait érigées s'écroulent.

— Malachi…

Il se retourna. Addie s'avançait vers lui d'un pas hésitant.

— Tout va bien ? demanda-t-elle.

— Mais oui. J'ai eu envie de prendre l'air, c'est tout. Histoire de me vider la tête.

Il fronça les sourcils en constatant qu'elle portait un jean et sa chemise blanche.

— Tu t'es rhabillée ?

— J'étais un peu inquiète. J'ai d'abord pensé que tu étais peut-être descendu au bar, puis je me suis souvenue de la terrasse, alors je suis venue y faire un tour en premier.

— Je vais bien. Un peu fatigué, c'est vrai. Beaucoup de choses étaient en jeu, ce soir, mais tout s'est passé à merveille.

— Oui, tu as bien travaillé ! acquiesça-t-elle, les yeux brillants. C'est dommage que tu ne puisses pas te donner de récompense à toi-même.

Malachi la prit par la taille et l'attira vers lui.

— Tu te trompes, j'en ai déjà eu une.

— C'est ce que je suis pour toi ? demanda-t-elle lentement. Une récompense ?

Malachi leva les yeux au ciel. Il était grand temps de mettre un terme à cette situation absurde.

— Je préfère te voir comme un atout, commença-t-il en soutenant son regard. Ce qui me fait penser que je m'envole pour Rio demain. Pour visiter un casino. Je me suis dit que tu aimerais peut-être m'accompagner. C'est une ville superbe. Et nous pourrions ensuite aller à Buenos Aires et Santiago. Peut-être même pousser jusqu'à Acapulco…

Addie secoua doucement la tête, perplexe. Il se passait quelque chose qu'elle ne saisissait pas. Il lui proposait de partir avec lui tout en affichant un air détaché, presque indifférent.

Leur bref voyage à Miami avait été éprouvant — la

« fête » horrible de ses parents, la brouille entre Malachi et ceux-ci. Mais pour la première fois, elle avait compris ce qui avait façonné son époux. Ensuite, il avait eu besoin d'elle, et pas pour le sexe. Il avait eu besoin de son réconfort, de son soutien.

À ce moment-là, Addie avait cru à un rapprochement entre eux. Mais à présent, cette intimité lui faisait l'effet d'une illusion, d'autant que durant toute la soirée passée au casino, il avait délibérément choisi de ne pas la présenter comme sa femme. Et maintenant, il l'invitait à l'accompagner à Rio en tant qu'*atout*…

Son cœur se mit à battre sourdement dans sa poitrine, comme pour lui enjoindre de garder son calme. Mais Addie ne pouvait se résoudre à capituler. Pas cette fois-ci. Pas après tout ce qui s'était passé.

— J'aimerais beaucoup découvrir ces villes que je ne connais pas. Mais comment vois-tu ces voyages, par rapport à notre *arrangement* ?

Malachi plissa un bref instant les paupières en voyant le visage d'Addie se crisper de nouveau et ses yeux s'emplir de doute. Il savait ce qu'elle aurait aimé qu'il lui dise. Mais il ne prononcerait jamais les mots qu'elle souhaitait entendre. C'était impossible.

Une sensation de froid se propagea dans tout son corps. Il allait se montrer dur, cruel, mais il n'avait pas le choix. Parce qu'il ne pouvait offrir à Addie ce qu'elle attendait de lui.

— Je ne suis pas certain de comprendre ta question, trésor. Hormis le lieu, rien n'a changé.

— Ce n'est pas une question de lieu…

— Veux-tu dire qu'il s'agit plutôt d'une question d'argent ? l'interrompit-il avec calme.

Elle eut un léger recul, comme s'il l'avait giflée.

— Non ! se récria-t-elle. De *nous* !

— Nous ? répéta-t-il d'une voix suave.

— Oui, nous. Toi et moi qui partons ensemble en Amérique du Sud. Comment vois-tu cela, Malachi ?

Elle le défiait du regard, mais sa voix avait tremblé.

— Je propose d'aller à Rio, et ensuite d'improviser, au gré de nos envies.

L'expression d'Addie changea, ses traits s'adoucirent.

— Tu souhaites que nous recommencions de zéro ? Je veux dire : *vraiment* ?

Malachi sentit son cœur se serrer. Un espoir immense luisait au fond des beaux yeux bleus d'Addie. L'espace d'un instant, il y crut lui aussi. Il se laissa aller à rêver que cela pourrait fonctionner, qu'il pourrait l'aimer et prendre soin d'elle comme elle prenait soin de lui. Puis la petite lueur s'éteignit. Il était incapable d'aimer. Il avait essayé d'aimer ses parents durant des années — et pour quel résultat ?

— Je crains que tu m'aies mal compris, dit-il lentement. En parlant d'improviser, je voulais dire que nous pourrions vivre au jour le jour. Tes conditions financières devront être adaptées, bien sûr, et je serai ravi de te donner un supplément. À la semaine, qu'en dis-tu ?

Addie vacilla, en proie à un vertige. Le souffle lui manqua tandis que tout semblait s'écrouler autour d'elle. Quelques heures plus tôt, elle s'était hasardée à croire en eux deux, en un possible avenir commun. Brusquement, elle réalisait son erreur monumentale.

— À la semaine ? répéta-t-elle d'une voix blanche. Une sorte de contrat hebdomadaire renouvelable…

— En quelque sorte, acquiesça-t-il. Nous verrons comment ça fonctionne.

— Espèce de salaud, articula-t-elle lentement. Qu'est-ce

qui cloche, avec toi ? Comment peux-tu me proposer une chose pareille : m'embaucher comme maîtresse de la même façon que tu embaucherais une femme de ménage ?

— Ne dis pas n'importe quoi ! Rien n'a changé par rapport à notre arrangement de départ, je propose simplement d'en ajuster les termes. Si c'est l'argent qui te…

— Va te faire voir ! l'interrompit Addie avec mépris.

Elle recula d'un pas, les poings serrés.

— Je n'arrive pas à le croire, poursuivit-elle d'une voix étranglée. J'avais vraiment cru que nous pourrions recommencer. Donner une seconde chance à notre mariage. Je devais avoir perdu l'esprit !

— Et moi, je n'arrive pas à croire que tu aies pu penser que je souhaiterais m'impliquer à long terme avec une femme qui a couché avec moi pour de l'argent, rétorqua froidement Malachi.

Un éclat sauvage passa dans les yeux d'Addie, puis elle s'avança d'un pas et le gifla.

Un silence mortel s'installa, troublé par le seul bruit lointain de la circulation. Les lèvres entrouvertes, Addie le dévisageait d'un air choqué, comme si c'était lui qui l'avait giflée et non l'inverse.

— Je ne peux plus jouer le jeu, commença-t-elle d'une voix à peine audible. Je savais déjà que t'aimer est difficile : j'avais essayé, autrefois, et cela m'avait presque anéantie. Mais j'ai voulu réessayer, me battre pour nous, et j'ai échoué. Maintenant, je dois penser à moi et regarder la vérité en face. Tu ne me donneras jamais ce dont j'ai besoin, Malachi. Parce que tu ne le possèdes pas.

— Il faut que tu te calmes, dit-il, le regard rivé au sien.

— Non, il faut que je m'en aille.

Elle pivota et traversa rapidement la terrasse.

— Nous avons passé un arrangement, Addie ! lui lança Malachi.

Elle se retourna d'un bloc.

— Eh bien, intente-moi un procès ! Et pendant que tu y es, tu peux aussi demander le divorce.

10

Addie refoula ses larmes. Des larmes de colère et d'incrédulité. Elle devait se concentrer sur une seule chose, à présent : s'en aller, partir le plus loin possible de l'homme qui venait de lui briser le cœur pour la seconde fois.

Même si ce départ était définitif et qu'elle ne le reverrait plus jamais.

Un sanglot monta de sa gorge, si violent qu'elle posa la main sur ses lèvres pour l'étouffer. L'espace d'un moment insensé, elle songea à retourner sur la terrasse pour dire à Malachi qu'elle avait changé d'avis. Avant de se traiter aussitôt d'imbécile. Comme si, un beau matin, il allait se réveiller métamorphosé — et amoureux ! Malachi était incapable d'aimer, son enfance l'avait marqué à jamais.

Et elle n'y pouvait rien.

En fait, c'était elle, la responsable, songea Addie en se forçant à respirer lentement. Jamais elle n'aurait dû accepter cet arrangement stupide et humiliant. Au départ, il s'agissait simplement d'échanger du sexe contre l'argent dont elle avait besoin pour l'association. Tandis qu'en acceptant les *ajustements* que lui proposait Malachi, elle aurait renoncé à tout respect envers elle-même. Et en échange de quoi ? De rêves chimériques, et d'une expérience dangereuse dont elle serait ressortie encore plus détruite que cinq ans auparavant.

Elle s'empara de son sac à main posé sur un fauteuil et l'ouvrit. Il contenait tout ce dont elle avait besoin : argent et passeport. Elle ne désirait emporter rien d'autre. De toute façon, elle n'aurait plus jamais l'occasion de remettre les tenues somptueuses offertes par Malachi. Et puis, tout lui paraissait souillé, après sa proposition insultante.

Addie entra dans l'ascenseur d'un pas décidé, mais lorsque la cabine s'immobilisa au rez-de-chaussée, elle fut gagnée par un mélange d'appréhension et de crainte.

Elle se souvenait que l'hôtel se trouvait très éloigné de l'aéroport. Elle ne se voyait pas emprunter les transports publics pour s'aventurer dans une ville qu'elle n'avait fait qu'entrevoir par les vitres de la limousine. Elle allait donc devoir demander à la réception qu'on lui fasse venir un taxi. Elle n'avait pas le choix.

Traversant rapidement le hall immense, elle s'arrêta devant le bureau en acajou satiné. La jeune réceptionniste levait les yeux vers elle en souriant.

— Bonsoir. Que puis-je faire pour vous ?

Au moment où Addie allait répondre, le sourire de la jeune femme s'effaça brusquement.

— Je suis vraiment désolée, dit-elle, les joues écarlates. Vous êtes mademoiselle Farrell, n'est-ce pas ? Et vous séjournez dans la suite Cruz-Rojas, avec M. King.

— Oui, acquiesça Addie à la hâte. Je… Je me demandais s'il serait possible de… Pourriez-vous m'appeler un taxi, s'il vous plaît ? Pour l'aéroport.

— Je regrette, mademoiselle Farrell, répliqua la réceptionniste avec embarras. Nous ne faisons pas appel à des compagnies de taxis. Nous disposons d'un service de limousine qui fait la navette entre l'hôtel et l'aéroport. Voulez-vous que j'en réserve une pour vous ?

Addie faillit éclater de rire. Évidemment, les clients de ce genre de palace ultra luxueux ne se déplaçaient qu'en limousine avec chauffeur, comme Malachi…

— Oui, merci ! Et le plus rapidement possible, s'il vous plaît. Je… Je suis pressée.

Le dos raide, Addie se dirigea vers un fauteuil tapissé de velours damassé. Mais l'attente ne dura pas longtemps.

— Mademoiselle Farrell ? Une limousine est à votre disposition. Votre chauffeur s'appelle Luis. Bon voyage !

Après avoir remercié chaleureusement la réceptionniste, elle s'avança vers la large porte à tambour aux montants de cuivre rutilant. Bientôt, Malachi King ne serait plus qu'un lointain souvenir, se rassura-t-elle. Et elle se demanderait comment il avait bien pu la faire souffrir autant.

Immobile au milieu de la terrasse, Malachi serra les poings, fou de rage. Qu'est-ce qu'il avait pris à Addie de réagir ainsi ? À quoi s'était-elle attendue, bon sang ? Et à quoi rimait cette scène ridicule ? Dire qu'après lui avoir lancé des accusations risibles à la figure, elle l'avait planté là, exactement comme le jour de leur mariage ! Et n'avait-elle pas terminé ce petit esclandre en parlant de *divorce* ? Il se demanda pourquoi ce genre de mesure radicale ne lui avait jamais effleuré l'esprit.

La vibration de son portable dans sa poche interrompit le cours de ses pensées. Malachi le sortit d'un geste brusque et se raidit en découvrant le SMS de son père :

Nous sommes à New York, à l'Aviation Club. Serena me charge de te dire que nous organisons une fête samedi. Et que si tu sais te tenir, tu y seras le bienvenu. Amène ta ravissante rouquine, si tu veux. Je joins une…

Il ne lut pas la suite. Ouvrant la pièce jointe, il regarda un instant les corps enlacés, puis éteignit son téléphone.

« Amène ta ravissante rouquine. » Il entendait presque la voix détachée de Henry. Comment celui-ci avait-il le culot de l'inviter et de faire allusion à Addie ? Comme si Malachi ne lui avait-il pas fait *clairement* comprendre qu'elle était intouchable !

Il leva les yeux et contempla la lune. Un frémissement lui parcourut l'épiderme. Il était impossible de faire comprendre quoi que ce soit à ses parents. Il le savait depuis sa plus tendre enfance, mais il n'avait encore jamais voulu, ou pu, regarder la vérité en face.

Pour Henry et Serena, seuls la passion et les excès en tout genre comptaient. Ils ne connaissaient ni l'amour ni la loyauté. À leurs yeux, la vie était un spectacle permanent auquel ils étaient prêts à tout sacrifier, y compris le bonheur de leur fils. Lorsque quelque chose ou quelqu'un devenait ennuyeux, ou leur posait problème, ils s'en débarrassaient, tout simplement.

Malachi eut l'impression que le sol basculait sous ses pieds tandis qu'il se remémorait leurs menaces implicites, et sa terreur qu'un beau jour, ils puissent se débarrasser aussi de *lui*. Une panique atroce l'envahit, suivie d'un choc terrible, en forme de révélation : ce n'était pas la perspective de perdre ses parents qui le faisait paniquer, mais celle de perdre Addie.

À la simple pensée de ne plus jamais la revoir, une douleur aiguë le traversa. Il ne pouvait imaginer de la perdre parce qu'il l'aimait.

Ses mains se mirent à trembler. Oui, c'était une évidence, simple, claire : il aimait Addie. Sa femme. Le tremblement se propagea à tout son corps. Pourquoi ne l'avait-il pas compris plus tôt ?

Il passait sa vie à deviner les gens. À repérer leurs points faibles, à anticiper d'éventuelles entourloupes, détecter tout risque de trahison. Et pourtant, il n'avait pas remarqué qu'il était amoureux. Pire encore : il avait fait du chantage à la femme qu'il aimait. Il avait manipulé Addie, en se servant de sa loyauté envers son association pour faire d'elle sa maîtresse.

Il s'avança vers la baie vitrée. Il devait s'expliquer, s'excuser, lui dire ce qu'il ressentait. Maintenant. Avant qu'il ne soit trop tard.

Le cœur battant à se rompre, Malachi dévala l'escalier en courant. Une fois dans la vaste suite, il s'arrêta sur le seuil de la chambre. La pièce était vide. Il explora les autres pièces, désertes elles aussi.

Impossible, elle ne pouvait pas être partie !

Lorsqu'il ouvrit la porte du dressing et vit la valise d'Addie posée sur une étagère, tous ses vêtements suspendus et ses chaussures soigneusement alignées sur le sol, il poussa un long soupir de soulagement.

Mais elle aurait pu l'avoir quitté sans rien vouloir emporter. Dans ce cas, se dit-il, elle aurait pris au moins son sac à main… Il fouilla la suite. Le sac d'Addie avait disparu.

Il jura et décocha un coup de pied dans un fauteuil pour passer sa rage. Puis il se ressaisit et traversa la pièce en deux enjambées pour décrocher le téléphone intérieur.

— Bonsoir, monsieur King, fit la voix de la réceptionniste. En quoi puis-je vous aider ?

— Mlle Farrell…, commença-t-il.

— Oui, monsieur. La limousine est déjà partie.

Une sensation de froid envahit ses membres et engourdit tout son corps.

— Partie ? demanda-t-il d'une voix rauque. Quand ? Où ?

Seul un silence stupéfait lui répondit.

— Où est-elle partie ? insista Malachi.

— À l'aéroport. Il y a dix minutes, monsieur King.

Il raccrocha, glacé. *Qu'avait-il fait ?* Et surtout, qu'allait-il faire maintenant… ?

Installée sur la banquette arrière de la limousine, Addie suivit des yeux les feux d'un avion qui traversait le ciel. Bientôt, elle serait à bord d'un appareil semblable et laisserait tout ce gâchis derrière elle.

Elle promena son regard sur l'intérieur du véhicule. Bientôt, tout ce luxe aurait disparu lui aussi. Mais elle s'en fichait complètement. Rien n'avait d'importance comparé à son amour pour Malachi. Son cœur se serra. Elle l'aimait tant. Alors que lui ne l'aimerait jamais. Il était *incapable* de l'aimer. C'était aussi simple et irrémédiable que cela.

Addie ferma les yeux. Avec un peu de chance, elle trouverait une place sur l'un des prochains vols à destination de Miami. Mais la nuit allait être longue et la journée du lendemain, interminable. Toutefois, elle n'avait pas l'intention de passer son temps à se lamenter sur son sort. À partir de maintenant, elle ne regarderait plus en arrière et se concentrerait uniquement sur le présent et l'avenir.

Elle rouvrit les yeux lorsque la limousine ralentit. Au moment où le chauffeur s'arrêtait, Addie se rendit compte avec stupeur qu'au lieu d'être arrivés à l'aéroport, ils étaient de retour à l'hôtel !

Elle se pencha en avant et frappa contre la vitre de séparation.

— Que se passe-t-il, Luis ? Je désire aller à l'aéroport ! Tout de suite, s'il vous plaît !

Le chauffeur descendit du véhicule et lui ouvrit la portière.

— Vous ne comprenez pas ce que je dis ? insista Addie, à bout de patience. Je dois aller à l'aéroport !

Luis regardait droit devant lui, le visage impassible. Très bien, puisqu'il feignait de ne pas comprendre... D'un mouvement brusque, Addie sortit du véhicule et se dirigea rapidement vers l'imposante porte à tambour.

— Excusez-moi, lança-t-elle en s'approchant de la réception, mais votre chauffeur ne semble pas comprendre ce que je lui dis. Au lieu de me conduire à l'aéroport, il m'a ramenée ici !

La réceptionniste la dévisagea un instant en se mordillant la lèvre.

— Je suis désolée, mademoiselle Farrell. Mais il a reçu de nouvelles instructions.

— Pardon ? répliqua Addie, suffoquée. Je peux savoir *qui* a donné de nouvelles instructions à *mon* chauffeur ?

— Je... Je..., balbutia la jeune femme. Il y a eu un changement de programme.

— Je n'ai demandé aucun changement ! s'emporta Addie en secouant la tête.

— Moi, oui ! fit une voix derrière elle.

Addie se retourna lentement. Debout au milieu du hall, Malachi la fixait, les yeux luisant d'un éclat étrange.

— Eh bien, j'aimerais que tu interviennes de nouveau et demandes à mon chauffeur de me conduire à l'aéroport, s'il te plaît, répliqua-t-elle sèchement.

Il secoua lentement la tête.

— Pas question.

— Tu n'as pas à prendre de décisions à ma place ! s'écria-t-elle, folle de rage. Tu es un homme important, je sais, mais tu n'as aucun pouvoir, dans cet hôtel.

— Ce n'est pas tout à fait exact, répliqua-t-il avec calme. C'est moi qui paie le personnel, entre autres.

— Vraiment ? fit Addie, glaciale. À la journée ou à la semaine ?

Une lueur courroucée traversa le regard de Malachi.

— Ils ne se sont jamais plaints de leur contrat, à ma connaissance.

— Tant mieux pour eux ! Mais je ne pense pas que tu m'aies fait revenir ici de force pour parler des conditions de travail de tes employés. Alors de quoi s'agit il, Malachi ? Que veux-tu ?

— Terminer notre conversation.

— Mais elle est terminée ! Tu n'as pas eu le dernier mot, c'est tout.

Il croisa les bras sans répondre, le regard vrillé au sien.

— Eh bien, vas-y, reprit Addie avec une moue méprisante, agacée par ce petit jeu. Dis ce que tu as à dire.

— Pas ici.

— Je n'irai nulle part avec toi, Malachi. Finissons-en, s'il te plaît. Maintenant.

— Comme tu voudras, répliqua-t-il tranquillement.

Sans se presser, il tourna les yeux vers la réception.

— Merci, Carolina. Je vais m'occuper de Mlle Farrell, à présent. Et dites à Luis que nous n'avons plus besoin de lui, s'il vous plaît.

Puis, sans laisser le temps à Addie de réagir, il s'avança, la souleva dans ses bras et la balança sans ménagement sur son épaule.

— Lâche-moi ! *Immédiatement* ! cria-t-elle en se débattant. Malachi, tu m'entends ?

Pour toute réponse, il resserra son étreinte et pénétra dans l'ascenseur.

— Tu n'as pas le droit ! Repose-moi par terre… !

Les portes se refermèrent lentement, puis Malachi se pencha en avant et laissant Addie glisser contre lui. Dès que ses pieds touchèrent le sol, elle leva les poings, mais il lui prit aussitôt les poignets.

— Calme-toi. Je ne vais pas te faire de mal. Je veux te parler, c'est tout.

Le regard étincelant, il la lâcha, puis se tourna vers la paroi de la cabine et ouvrit une sorte de petit casier, avant de faire passer une carte magnétique à l'intérieur.

L'ascenseur s'immobilisa aussitôt. Interdite, Addie écarquilla les yeux.

— Qu'est-ce qui te prend ? Tu as perdu l'esprit ?

— Nous n'avons pas terminé notre conversation, répéta-t-il.

— Il n'y a plus rien à dire !

— Tu n'as peut-être plus rien à dire, mais moi, si. Alors je ne te demande pas de parler, seulement de m'écouter.

— Il est trop tard, Malachi. Si tu voulais me parler, il fallait le faire tout à l'heure.

Elle le regarda en plissant les yeux.

— Ou plutôt, il fallait le faire il y a cinq ans, corrigea-t-elle.

— Tu ne m'en as pas laissé l'occasion, si je me souviens bien, dit-il en s'adossant à la paroi.

— Tu déformes tout ! J'ai essayé de te parler et tu es parti.

— C'était notre mariage, bon sang ! s'exclama-t-il, les traits tendus. Tu faisais…

— Quoi ? Une scène ? Et comment aurais-je dû réagir, d'après toi, après avoir entendu deux hommes dire que tu avais de la chance d'avoir une épouse qui entretienne d'aussi bonnes relations avec les autorités locales ? Et que cela allait nettement augmenter tes chances de faire accepter ton projet de nouveau casino ?

— Ce n'est pas ce qui s'est passé, Addie.

— Vraiment ? Ce n'est pas pour cette raison que tu m'as épousée ?

Elle le défiait, les poings serrés, le menton levé. Enfin, elle allait entendre la vérité de sa bouche.

— Dis-moi que je me trompe, alors ! insista-t-elle. Allez, dis-le-moi ! Tu vois, tu ne peux pas, parce que ce que je dis est vrai.

Et elle aurait tellement aimé se tromper…

— Non ! s'exclama Malachi. Je reconnais que lorsque je t'ai demandé de m'épouser, j'ai pensé que cela serait bon pour mes affaires…

Rejetant la tête en arrière, il inspira profondément.

— Mais ensuite, tout a changé. J'ai commencé à comprendre que tu occupais une place de plus en plus grande dans ma vie. Je me suis rendu compte que lorsque tu n'étais pas là, tu me manquais, et que j'attendais ton retour avec impatience.

Il plongea le regard dans le sien.

— Essaie de te mettre à ma place, Addie : je n'avais encore jamais ressenti cela. Je ne comprenais pas ce qu'il m'arrivait.

— Et que ressentais-tu ? demanda-t-elle entre ses dents serrées, peu convaincue par ses paroles.

— Je sentais le contrôle m'échapper. Et j'avais peur.

— Peur ? Pourquoi ?

— Oui, peur. À cause de ce que tu représentais pour moi. Mais je ne savais pas quoi faire de ce que je ressentais. Quand tu m'as interrogé, que tu as tellement insisté, le jour de notre mariage, et que j'ai vu que tu étais blessée par mon attitude, j'ai eu envie de fuir. C'était plus fort que moi. Mais je ne me doutais pas que tu partirais...

— Je ne voyais pas de raison de rester. J'ai pensé que tu ne m'aimais pas.

Un soupir s'échappa des lèvres de Malachi.

— Je comprends que tu aies pu le penser, dit-il en se passant la main sur le front. J'ai grandi sans savoir ce qu'était l'amour. Ignorant ce que c'était, je ne le cherchais pas. Je n'entretenais pas de relations avec les femmes, je couchais avec elles. Le sexe me permettait de ressentir des sensations et me protégeait de toute émotion.

Il secoua la tête, comme s'il s'en voulait *vraiment* de son attitude passée.

— Quand je t'ai rencontrée, tout a changé. J'ai commencé à voir les choses autrement. Mais c'était tellement nouveau pour moi que j'ai été dérouté. Et que j'ai vite baissé les bras. Alors que j'aurais dû tout faire pour que tu reviennes.

Une grosse boule naquit dans la gorge d'Addie. Oui, Malachi semblait réellement sincère...

— Tu n'es pas le seul responsable, concéda-t-elle. J'aurais dû rester et me battre pour sauver notre mariage.

Après un léger silence, il répliqua lentement :

— Tout à l'heure, sur la terrasse, tu as dit que tu

m'aimais et que tu voulais essayer de recommencer. C'était vrai ?

Addie hésita un instant avant de répondre.

— Oui. Mais je ne serai pas ta maîtresse, Malachi.

Le visage blême, les traits tendus, il lui prit doucement les mains.

— Je ne souhaite pas que tu sois ma maîtresse, trésor. Je voudrais que tu me pardonnes de t'avoir fait du chantage. Et de t'avoir traitée comme je l'ai fait.

Il resserra les doigts autour des siens.

— Je suis tellement désolé. Je ne te mérite pas, je sais, et j'aurais dû te laisser partir ce soir. Pour que tu puisses rencontrer quelqu'un de meilleur que moi. Mais je n'ai pas pu. C'est égoïste, mais je ne peux pas te laisser partir parce que je t'aime. Et que sans toi, ma vie n'a aucun sens.

Addie crut qu'elle allait se trouver mal. Puis qu'elle était en train de rêver. Malachi ne pouvait pas lui avoir dit : « Je t'aime », si ?

Seigneur…

Elle baissa les yeux sur leurs mains enlacées.

— Tu ne te débarrasseras pas de moi aussi facilement, poursuivit-il. Tu es ma femme, et je le proclamerai bientôt devant le monde entier.

— Il faudrait d'abord sortir de cet ascenseur, le taquina-t-elle, le cœur empli de joie et d'espoir.

— Nous sommes pourtant bien, ici, dit-il en souriant. De toute façon, je crains d'avoir un petit problème pour le remettre en marche…

— Qu'est-ce que tu as fait ?

— Tu vois cette lumière rouge qui clignote ? Ça veut dire que l'ascenseur est bloqué.

— Bloqué !

— J'étais un peu déboussolé, tout à l'heure, je crois que j'ai fait n'importe quoi…

— Et maintenant, qu'est-ce que tu proposes ? demanda Addie, au bord du fou rire.

— Attendre. Une heure ou deux.

— Je vois… Si je comprends bien, nous allons devoir trouver un moyen de passer le temps.

Malachi lui referma les mains autour de la taille.

— Tu as des idées ? demanda-t-il.

— Oui, quelques-unes, murmura-t-elle en lui passant les bras autour du cou.

Quand elle se haussa sur la pointe des pieds pour l'embrasser, il la serra contre lui à l'étouffer.

— Moi aussi, chuchota-t-il contre ses lèvres.

Avec une tendresse infinie, il lui repoussa une mèche derrière l'oreille.

— Est-ce que je vous ai dit que je vous aimais, madame King ?

Addie sentit les grandes mains chaudes de l'homme de sa vie glisser sous l'étoffe, caresser sa peau…

— Oui, murmura-t-elle en fermant les yeux. Mais dis-le-moi encore, mon chéri. Je ne m'en lasserai jamais.

— Je t'aime, Addie King.

SUSAN STEPHENS

Une île pour deux

Traduction française de
CÉLIA VAL

HARLEQUIN

Titre original :
A DIAMOND FOR DEL RIO'S HOUSEKEEPER

Ce roman a déjà été publié en 2018

1

— C'est une plage privée, ici !

Rosie avait dû hausser le ton pour se faire entendre. L'homme était en train de mouiller l'ancre et sa vedette, effilée et élégante avec sa coque d'un noir luisant, se trouvait à quelques mètres à peine du rivage. L'air rogue, la stature imposante, l'homme s'immobilisa au son de sa voix. Rosie eut donc confirmation qu'il avait bien entendu son avertissement, mais il préféra passer outre. Elle agita alors les bras, sans plus de succès.

« Fichus envahisseurs », aurait dit *doña* Anna, la vieille dame qui employait Rosie. Elle aurait brandi sa canne et menacé tout navigateur assez téméraire pour jeter l'ancre sur son île. « Vous ne pouvez pas venir nager ici. C'est privé ! » Dressée sur ses ergots, poings fermement campés sur les hanches, *doña* Anna aurait harcelé sans répit les visiteurs — dont Rosie pensait pourtant qu'ils ne faisaient pas grand mal à venir goûter les eaux cristallines et la plage de sable blond pour une heure ou deux. Et finalement, l'acariâtre vieille dame aurait eu raison d'eux et ils auraient décampé.

Mais aujourd'hui, *doña* Anna ne pouvait plus défendre la quiétude de son île ; elle n'était plus là pour le faire…

Rosie tressaillit. Les yeux de l'homme étaient à présent fixés sur elle. Il y avait pourtant une cinquantaine de mètres entre eux, mais son regard lui faisait l'effet d'un harpon.

Son corps réagit de la façon la plus étrange, se liquéfiant, s'amollissant comme sous l'effet du désir. La sensation n'aurait pu être plus forte si l'homme s'était dressé juste devant elle.

Elle se mit immédiatement en mode survie. Son cerveau, heureusement, était encore assez vif pour lui dicter cette réaction. Il fallait s'imposer. Ou fuir. Seule ce qu'on appelait à l'orphelinat sa ténacité de bourrique l'aida à tenir bon. Elle n'avait pas eu d'excellents débuts dans la vie, mais elle n'avait pas une mentalité de victime et ne se laisserait jamais faire.

De plus, une promesse était une promesse : elle avait juré à *doña* Anna de protéger l'île et c'était un vœu sacro-saint. L'homme avait beau être intimidant, il ne débarquerait pas sur cette plage sans lui rendre des comptes.

Cependant, il semblait avoir d'autres vues sur la question…

Le cœur de Rosie se mit à tambouriner en le voyant enjamber le rail de la proue. Seigneur, il s'apprêtait à plonger ! Défendre l'île allait lui demander plus que de bonnes intentions, songea Rosie. L'homme faisait deux fois sa taille, et sa carrure de gladiateur ne présageait rien de bon…

Il plongea en effet, ridant à peine la surface de l'eau, et son crawl puissant le propulsa vers le rivage. Il y avait en lui quelque chose de dur, d'impitoyable, qui sapa la confiance que Rosie avait en elle pour laisser place à de l'appréhension.

Torse nu, l'homme ne portait rien qu'un bermuda

découpé au-dessus des genoux. Il devait avoir dans les trente ans. Plus âgé qu'elle, en tout cas.

Rosie avait passé depuis peu ses vingt ans. Elle ne pouvait être sûre de sa date de naissance, qui n'avait été conservée nulle part. Un incendie à l'orphelinat, peu après son arrivée, avait détruit toute trace de son histoire. Son expérience de la vie se limitait aux confins de l'orphelinat coupé du monde, et à cette petite île située tout au sud de la côte espagnole.

Elle avait eu la chance de décrocher cet emploi sur l'Isla del Rey, grâce à une organisation caritative qui s'occupait de placer des jeunes défavorisés. Il s'agissait d'un poste à l'essai, et sa tâche était d'aider une personne âgée, comme gouvernante et dame de compagnie. La vieille dame avait déjà découragé cinq candidates avant elle. La perspective n'était pas très riante, mais Rosie aurait saisi n'importe quelle occasion d'échapper à l'atmosphère étouffante de l'orphelinat ; cette île lui était donc apparue comme un sanctuaire, loin des dures réalités du monde extérieur.

Eh bien, le monde extérieur lui revenait en boomerang, se dit-elle, l'estomac noué tandis que l'homme approchait.

Rosie se redressa, prête à lui tenir tête. Elle ferait de son mieux pour repousser l'envahisseur. Elle le devait à *doña* Anna, qui avait fait bien plus que lui offrir un toit. Contre toute attente, Rosie était devenue très proche de la vieille dame, mais jamais dans ses rêves les plus fous elle n'aurait osé imaginer que celle qui l'avait employée, faisant montre d'une générosité exceptionnelle, lui laisserait par testament à elle, Rosie Clifton, orpheline, la moitié de l'Isla del Rey…

Cet héritage avait fait scandale. Rosie avait vite compris qu'on ne l'accueillerait pas à bras ouverts, et même le notaire de *doña* Anna s'était débrouillé pour lui battre froid. La lettre qu'il lui avait envoyée ruisselait de mépris. Comment une petite employée de rien du tout, orpheline de surcroît, osait-elle revêtir les dépouilles d'un membre de la plus ancienne aristocratie espagnole ? Ce que personne ne semblait comprendre, c'était que Rosie avait principalement hérité de la confiance de *doña* Anna, et de son affection.

Le legs généreux de la vieille dame s'était révélé à double tranchant. Rosie s'était attachée à cette île, mais, sans un sou vaillant, elle pouvait difficilement pourvoir à ses propres besoins, et encore moins soutenir l'activité agricole des habitants qui cherchaient des débouchés pour leur production biologique. Elle avait pourtant promis de veiller sur eux…

L'homme atteignait le bord de la plage et il se redressa au milieu d'une gerbe d'eau salée. Son torse musclé, dégoulinant de gouttelettes, offrait un spectacle impressionnant. Ce ne devait pas être le genre d'homme à se voir refuser un prêt par un banquier…

Elle, par contre, s'était heurtée aux refus méprisants de ceux qu'elle avait contactés. Elle n'était qu'une petite gouvernante dont l'expérience se limitait à la vie de l'orphelinat, et ils ne s'étaient pas privés de le lui faire remarquer. Investir dans ses projets pour l'île ? Elle n'offrait aucune garantie aux investisseurs potentiels.

L'homme la transperça du regard. Toutes les portes devaient s'ouvrir devant lui. Mais pas celle-ci ! La promesse faite à *doña* Anna sur son lit de mort obligeait Rosie à repousser toute intrusion. Aucun visiteur n'aurait été toléré par la vieille dame, et surtout pas un homme qui regardait Rosie comme si elle était un débris échoué sur la grève…

Elle se promit qu'elle allait le forcer à tourner les talons exactement comme *doña* Anna l'aurait fait. Elle se campa dans le sable, même si elle ne disposait pas de la même assurance inébranlable que son ancienne patronne. Son pouls s'accéléra alors que l'homme avalait en quatre enjambées les quelques mètres qui les séparaient. Un vague malaise s'empara d'elle : elle était seule ici, vulnérable à cette heure matinale. Elle était venue nager de bon matin, selon son habitude. *Doña* Anna avait encouragé ce penchant, affirmant que Rosie avait bien le droit de prendre un peu l'air avant son travail de la journée.

Rosie drapa autour d'elle sa serviette de plage, laissée à sécher sur un rocher. Mais même ainsi, elle n'était pas en tenue pour recevoir des visites. La maison était huit cents mètres plus haut, sur la falaise, et là-bas personne ne l'entendrait crier.

Mais pourquoi aurait-elle besoin de crier ? N'était-elle pas propriétaire de la moitié de cette île, les cinquante pour cent restant revenant à un grand d'Espagne que personne n'avait jamais vu dans les parages ?

Don Xavier Del Rio était le neveu de *doña* Anna. Il ne s'était pas soucié de rendre visite à sa tante une seule fois depuis que Rosie avait pris ses fonctions sur l'île. On ne l'avait pas même vu aux funérailles, et il n'y avait aucune raison que cela change. D'après sa tante, c'était un play-boy qui aimait vivre dangereusement. Rosie s'était fait son opinion sur lui : une brute sans cœur qui ne méritait pas une tante aussi adorable.

Pour ce qui était de ses affaires, *don* Xavier semblait mener sa barque avec talent puisqu'il était milliardaire. Pour Rosie, cela ne changeait rien : il aurait dû rendre visite à sa vieille tante. Peut-être se considérait-il comme trop important pour rendre son affection à celle-ci…

Il n'arrivait pas à en croire ses yeux. La fille se tenait plantée devant lui dans une posture agressive, exactement comme si c'était lui l'intrus !

— Vous avez raison, lança-t-il, mordant. C'est effectivement une plage privée. Alors que venez-vous y faire ?

— Je possède… Enfin, je vis sur cette île, rétorqua-t-elle, levant le menton dans un geste bravache de défi.

Il se redressa de toute sa hauteur. Elle était petite, jeune, souple comme une liane avec d'éblouissants cheveux roux et une expression qu'on aurait pu croire candide si ne transparaissait sous ce masque une vigilance pleine de détermination. Malgré sa pâleur, elle restait ferme, maîtresse d'elle-même. Il savait qui elle était. Le notaire l'avait prévenu qu'elle risquait de poser problème et qu'il ne fallait pas se fier à son air innocent.

— Est-ce que c'est le notaire qui vous envoie ? lui lança-t-elle d'un ton belliqueux qu'il trouva bien imprudent.

— Personne ne m'envoie, répliqua-t-il sans la quitter des yeux.

— Dans ce cas, que faites-vous ici ?

Seuls ses poings serrés révélaient sa nervosité. Elle avait le courage de l'affronter alors qu'elle était seule sur cette plage. Il n'avait rien d'une brute et se força à adopter une allure plus détendue.

— Je viens pour vous voir.

— Moi ?

Elle posa une petite main sur ses seins dont la rondeur gonflait le tissu de la serviette. Une brise se leva soudain, éparpillant ses cheveux. Une envie urgente de saisir sa crinière et de lui faire ployer la tête sous son baiser le saisit. Elle était attirante, mais une jeune personne capable de persuader son avare de tante de la coucher sur son testament devait être encore plus rusée que jolie.

— Je suis venu parler affaires, déclara-t-il en regardant en direction de la maison perchée sur la falaise.

— Dans ce cas, je sais qui vous êtes, fit-elle en soutenant son regard de ses yeux améthyste. Aucun des avoués de *doña* Anna ne s'est intéressé à moi, pas plus qu'à l'île. Ils se satisfont parfaitement de la laisser couler, et moi avec. Pas une porte qu'on ne m'ait claquée à la figure. Mais vous devez savoir tout cela, *don* Xavier.

Il resta impassible. Du jour où le testament de sa tante avait été ouvert, ces mêmes avoués s'étaient précipités pour le contacter, lui jurant une loyauté sans faille. Le notaire déplorait la situation, regrettable selon lui, et se proposait de tout faire pour l'aider. Il y avait moyen de contester ce testament, prétendait-il, espérant sans nul doute une belle commission. Xavier avait rejeté sa proposition sans y accorder une seconde de réflexion. Il était parfaitement à même de gérer cette situation et pour commencer, il avait voulu rencontrer cette Rosie Clifton.

— C'est à cause de vous qu'on me tourne le dos en ville ? demanda-t-elle sans tourner autour du pot, les poings sur les hanches.

— Pas du tout.

Sa tante était une femme malicieuse, songea Xavier, et elle avait dû bien s'amuser en rédigeant ses dernières volontés. Pour dresser tous les obstacles possibles entre son héritage et lui, elle n'avait rien trouvé de mieux que d'en donner la moitié à ce petit bout de femme !

— Les avoués, poursuivit-il, doivent penser tout

comme moi qu'il est déraisonnable de confier l'île à une si jeune personne…

— Et je présume que mon opinion ne vous intéresse pas. Toute personne assez heureuse pour avoir une tante devrait s'occuper d'elle tendrement, enchaîna-t-elle. Et non pas l'abandonner, même si son caractère est difficile. Une famille, c'est précieux !

— Vous êtes en train de me faire la leçon ? demanda-t-il, sourcil levé, vaguement amusé. De suggérer que j'ai aussi peu de droits sur cette île que vous ?

— Vous avez un nom, concéda-t-elle. Pourquoi sans cela votre tante aurait-elle laissé à un homme comme vous une île qu'elle adorait ? Votre réputation n'est pas reluisante…

La franchise brutale de sa déclaration le laissa silencieux et Xavier dut admettre qu'il respectait son opinion. Sa façon de la faire valoir était simple, directe. Nul doute qu'une enfance difficile lui avait forgé ce caractère d'acier. Elle avait dû se battre pour survivre et elle avait choisi l'arme d'une logique opiniâtre plutôt que de passer son temps à se plaindre. Elle était courageuse, il fallait lui reconnaître cela. Rares étaient ceux qui avaient le cran de l'affronter.

— Alors, *don* Xavier, déjà à court d'arguments ?

Il s'autorisa un demi-sourire, forcé d'admettre la véracité de ses propos : sa réputation ne tenait qu'à un fil. Il vivait pleinement et dangereusement, ce que lui permettait sa réussite en affaires. L'amour et la tendresse ne l'intéressaient pas ; les sentiments ne lui avaient apporté que déceptions par le passé, il n'avait plus de temps à perdre avec ces sottises.

C'était pour cela qu'il avait évité de revoir sa tante. Il n'en était pas fier, mais il avait craint de ressusciter l'affection qu'il ressentait pour elle lorsqu'il était enfant. Ses parents s'étaient chargés d'effacer en lui tout sentiment de tendresse. Revoir sa tante, cela aurait signifié s'exposer à de nouveaux chagrins, de nouveaux regrets. Il n'y tenait pas. Il s'était contenté de faire ce que *doña* Anna lui avait demandé : créer de la richesse pour financer des organisations caritatives dont elle aurait été fière. Cela lui avait paru suffisant.

Néanmoins, sa tante lui demandait plus que cela dans son testament. Il n'y avait que la malice qui pouvait expliquer la clause incroyable qui bloquait son accession à l'héritage…

— J'imagine que ce sont les dispositions du testament de votre tante qui vous amènent ici, reprit Rosie Clifton.

De quoi se mêlait-elle ? Contre sa volonté, il ressentit une forme d'excitation alors que les yeux améthyste, d'une incroyable beauté, se plantaient dans les siens.

— Nous sommes ici pour la même raison, vous et moi, fit-il d'un ton conciliant : nous entendre au sujet de ce legs.

— J'habite ici, vous pas, la contra-t-elle avec un léger sourire.

Elle le défiait ? En tout cas, elle montrait la force de sa position. Elle avait sans doute lu le testament, et savait qu'il devrait abandonner la partie de l'île qui lui revenait s'il ne donnait pas un héritier à ce domaine d'ici deux ans. Sa tante avait dû bien rire en pensant à sa réputation de play-boy !

— C'est juste.

— Et vous ressentez une certaine forme de… pression, le provoqua-t-elle.

La lueur amusée de son regard parlait pour elle : elle appréciait l'ironie de la situation tout autant que sa tante avait dû le faire. Ses cinquante pour cent à elle ne craignaient rien ; tout ce qui lui restait à faire, à cette petite intrigante, c'était d'attendre en espérant qu'il ne mette aucun héritier au monde. Ainsi, l'île entière serait sienne. La seule carte qu'il pouvait jouer, c'était son manque de moyens : elle ne pouvait s'en sortir seule. Grâce à cela, il avait peut-être une chance de triompher.

— Donc, vous avez lu le testament de ma tante ?

— Oui, le notaire était obligé de me le montrer. Et quand j'ai lu ce qui vous concernait…

Elle s'interrompit et se mordit la lèvre, le regard perdu dans le lointain. Xavier comprit alors que sous son apparence calme, une tempête de pensées grondait. La pire erreur serait de ne pas prendre cette femme au sérieux.

— Je peux comprendre ce que vous ressentez, poursuivit-elle, posant sur lui ses prunelles lumineuses. *Doña* Anna avait un sens de l'humour bien à elle et elle s'est surpassée avec cette clause. Peut-être que si vous étiez venu lui rendre visite…

— N'en rajoutez pas, l'interrompit-il sèchement.

Discuter des rapports qu'il avait eus avec sa tante était bien la dernière chose dont il avait envie.

— Je me pose la question, c'est tout. *Doña* Anna, qui croyait aux valeurs de la famille, n'a pas hésité à vous faire payer votre éloignement. Votre absence a dû la contrarier.

Elle ne craignait pas de dire les choses clairement. Plus il la voyait, plus elle l'intriguait. Son intention première avait été de la renvoyer par le premier bateau avec les poches suffisamment garnies pour qu'elle n'y trouve rien à redire. Or, à présent, il doutait qu'elle accepte un tel marché. Elle était intelligente, terriblement attirante, et pleine de courage.

Toutefois, une distraction pareille ne pouvait que lui nuire, en l'obligeant à s'occuper d'autres choses que de ses affaires. Sa tante mieux que tout autre savait qu'il était un excellent homme d'affaires mais ferait un parent déplorable. Pourquoi donner à un pauvre enfant un père incapable de sentiments ?

— Montons à la maison, déclara-t-il en passant devant elle.

— Pardon ? Certainement pas !

Surpris, Xavier se retourna.

— Et pourquoi non ?

— Vous auriez dû me contacter et convenir d'un rendez-vous au lieu de vous imposer.

Il baissa la tête pour cacher son sourire. Les gens se battaient pour obtenir quelques minutes de son temps, mais Rosie Clifton, elle, faisait de son mieux pour l'éloigner ! Si elle avait eu la canne de sa tante, elle la lui aurait agitée sous le nez… Cependant, aussi amusante qu'il la trouve, il fallait que cela cesse. Il était un homme occupé. Il fit un pas en direction de la maison.

— J'ai dit non !

Il la regarda, incrédule, le rejoindre et se planter devant lui pour lui barrer l'accès.

— Ce n'est pas le moment, fit-elle, menton levé.

Pas le moment d'entrer dans sa propre demeure, sur sa propre île ? Il ferait beau voir ! Décidément, il fallait trouver moyen d'évacuer l'obstacle que représentait cette jeune femme.

— Peut-être pourrons-nous nous voir plus tard, concéda-t-elle, réagissant sans nul doute à son regard furieux. Bientôt ?

Elle avait accompagné sa proposition d'une ombre de sourire, mais il resta de marbre. Elle pouvait déployer tout son charme, ce serait peine perdue.

— Pas plus tard que tout de suite ! trancha-t-il.

2

Xavier aurait dû prévoir qu'elle se précipiterait à sa suite. Quand elle l'attrapa par le bras, il sentit le pouvoir de son étreinte aussi clairement que si elle avait placé la main sur son sexe. La pensée de ses mains posées sur lui suffit à le figer sur place. Le contact de Rosie Clifton l'électrisait. Quel tempérament ! Elle n'avait peut-être pas un sou vaillant, mais elle ne connaissait pas la peur. Il lui fut impossible de ne pas l'admirer, au moins un petit peu.

— Vous pourrez revenir plus tard, fit-elle sans lâcher son bras. Nous prendrons rendez-vous, je vous le promets.

— Vraiment ? ironisa-t-il.

Il baissa les yeux sur elle. Son regard améthyste s'assombrit, confirmant le soupçon qu'il nourrissait depuis quelques instants : leur attirance était mutuelle. Et terriblement gênante. Il était ici pour affaires, pas pour séduire.

— Ni vous ni moi ne sommes habillés pour parler sérieusement, *don* Xavier. Cela nous mettrait mal à l'aise, alors que nous avons des points importants à discuter.

Elle n'avait pas tort. Visiblement, elle savait convaincre.

— Très bien. Dans ce cas, je reviendrai, concéda-t-il.

— Merci ! s'exclama Rosie qui sembla soulagée.

Xavier songea qu'il venait peut-être de commettre une

erreur car il lui laissait le temps de se préparer pour leur rencontre. Sa tante devait bien rire sur son petit nuage : son projet prenait corps. Quoi de mieux pour créer le conflit que d'associer deux personnes ayant le même but, l'une idéaliste, l'autre calculateur ? Il en admira rétrospectivement Anna.

— Avant que vous ne partiez..., fit Rosie en se mordillant la lèvre.

— Oui ?

— Je voudrais que vous sachiez que j'avais beaucoup d'affection pour votre tante.

Il haussa les épaules. Cela aurait-il dû l'attendrir ? Il chercha un commentaire approprié et ne trouva rien. Cette paralysie des sentiments le tenait depuis l'enfance. Il ne savait plus vraiment ce qu'il ressentait ou pas pour sa tante.

— Elle vous a élevé, n'est-ce pas ? reprenait Rosie.

— Parce que mes parents préféraient s'amuser à Monte-Carlo, fit-il avec un geste impatient censé lui faire comprendre qu'elle ferait mieux d'abandonner le sujet.

— Cela a dû vous faire de la peine, persista-t-elle avec gentillesse, comme si cela lui importait.

— C'était il y a bien longtemps.

Il fronça les sourcils, espérant la décourager de poursuivre. Cela fit son effet et elle se tut un instant, mais le regarda avec pitié — ce qui l'agaça encore plus.

— Votre tante disait qu'elle vous avait fichu à la porte à dix-huit ans, fit-elle avec une sorte de sourire, comme si elle trouvait cela amusant. Elle disait que c'était la meilleure chose qu'elle ait faite pour vous. Mais je dois dire qu'elle passait sa vie à faire la leçon à tout le monde, moi comprise.

— On dirait bien qu'elle ne vous a pas appris à tenir votre langue, murmura-t-il sèchement.

Rosie continua comme si elle ne l'avait pas entendu :

— *Doña* Anna disait que l'argent hérité ne dure pas bien longtemps, que c'est à chaque génération de faire son chemin par soi-même. Ce que vous avez pris au pied de la lettre, fit-elle sans masquer son admiration.

Était-elle en train de lui tresser une couronne de laurier ? Seules une parfaite innocence et une absence totale de sophistication pouvaient expliquer son attitude...

— Tout d'abord, continua Rosie, vous avez fait fortune dans les nouvelles technologies, puis vous avez refait fortune en construisant des hôtels de luxe accompagnés de fastueux parcours de golf. J'imagine bien pourquoi votre tante m'a laissé la moitié de l'île : pour vous empêcher de tout saccager ici par vos constructions. Il paraît que vous êtes milliardaire.

Elle avait ajouté ce détail avec une candeur désarmante.

— Je ne m'en vante pas, fit-il en retournant au rivage.

— Elle me l'avait dit aussi, que vous étiez modeste.

Il s'arrêta net.

— Y a-t-il quelque chose qu'elle ne vous ait pas dit ?

— Oh ! je suis sûre qu'il y en a des tas.

Il ne pouvait que l'espérer.

— Elle parlait souvent de moi ? demanda-t-il sans pouvoir s'en empêcher.

Il lui fallait savoir, soudain, et le regret qu'il éprouvait était une première pour lui.

— Oui, elle avait tant de choses à dire sur vous, fit Rosie d'une voix enjouée sans qu'il puisse y détecter la moindre malice. Je suis désolée si je vous ai peiné.

— Vous ne m'avez pas peiné.

Mais qu'elle l'ait voulu ou non, Rosie avait ramené le passé à la surface.

— Je devrais remonter, dit-elle.

— Vous venez nager chaque jour ? demanda-t-il, peu pressé soudain de la laisser partir.

— Tous les matins. C'est une habitude que j'ai prise depuis le début. C'est un tel luxe…

Elle inclina la tête en arrière, comme si elle revivait chaque moment de délice passé dans l'eau.

L'île devait avoir été pour elle une découverte fabuleuse après l'orphelinat. Il ne parvenait pas à imaginer qu'on puisse passer tant d'années dans une institution où personne ne se souciait de vous. Au moins, lui avait eu Anna. Il était presque heureux à présent que le destin ait enfin favorisé Rosie Clifton. Il aurait fallu être un monstre pour souhaiter le contraire.

Xavier se souvint tout à coup des détails. Un membre de la famille royale, l'un des principaux donateurs d'une de ses organisations caritatives, avait visité un orphelinat et remarqué une toute jeune femme parmi les pensionnaires. Le prince avait dit à Xavier que l'attitude calme et posée de celle-ci avait attiré son attention. N'était-ce pas aussi sa lumineuse beauté qui avait attiré le regard du prince ? Quand il lui avait parlé d'elle, Xavier avait immédiatement pensé à sa tante : il était possible qu'une jeune personne innocente parvienne à l'amadouer, contrairement aux professionnels qu'elle avait jetés dehors. Il avait alors fait advenir la rencontre, sans jamais avoir rencontré cette Rosie Clifton. Mais jamais dans ses rêves les plus fous il n'aurait pu imaginer qu'elle réussisse à ce point ! Il chercha la ruse sous la franchise de son regard et n'en trouva pas.

— Vous nagez seule, alors ?

— Pourquoi pas ?

Quand elle inclinait la tête ainsi, un peu moqueuse, elle s'arrangeait pour avoir l'air plus désirable que jamais. Il était temps pour Xavier de reprendre les rênes avant que ses envies ne finissent par obscurcir son jugement.

— S'il vous arrivait quelque chose dans l'eau ?

— Il peut m'arriver des tas de choses sur la terre ferme.

Alors qu'elle rengainait un petit sourire, il trouva difficile de ne pas la juger adorable, exactement le contraire de ce qu'il s'était juré de faire… Quand elle haussa les épaules, attirant son attention sur ses courbes drapées par la serviette et sur ses épaules étoilées de taches de rousseur, il sut qu'il courait aux ennuis.

— Une chose que j'ai apprise dès l'enfance, c'est à garder la tête en dehors de l'eau, ajouta-t-elle avec franchise, secouant la chevelure qui cascadait presque jusqu'à sa taille.

— Je n'en doute pas une seconde, mais vous prenez des risques. Les abords de l'île sont dangereux.

— J'ai appris à les connaître, tout comme vous l'avez fait, *don* Xavier. Et à un âge plus tendre encore…

— C'est vrai, j'ai beaucoup nagé ici lorsque j'étais enfant. Mais cela ne veut pas dire que c'est sans risque pour vous.

— Insinuez-vous que vous êtes meilleur nageur que moi ?

Ses yeux reflétaient un défi plein d'humour.

— Suffit ! lança-t-il avant qu'elle ne démolisse toutes ses défenses. Permettez-moi plutôt de me présenter officiellement : *don* Xavier Del Rio, à votre service.

— Ça, j'en doute, rétorqua-t-elle en riant. Et d'ailleurs, je ne veux pas que vous soyez à mon service. Mais je suis ravie de vous rencontrer *officiellement*. Peut-être pouvons-nous repartir sur de bonnes bases ? Rosie Clifton, au service de personne.

Elle avait tendu la main, sans doute pour qu'il la serre. Xavier se mit à rire tout en la prenant pour l'effleurer de ses lèvres. À peine l'eut-il touchée qu'elle se mit à trembler ; dès qu'il la lâcha, elle cacha ses mains derrière elle, comme pour leur épargner des ennuis. Elle n'était pas si douée pour dissimuler ce qu'elle ressentait, au final… Elle avait appris à se défendre, sans nul doute, mais à son contact, elle était excitée. Quels autres détails allait-il apprendre sur Rosie Clifton ? Avec sa tante, elle avait dû se montrer accommodante pour conserver son poste. Et depuis la lecture du testament, elle avait sûrement atteint la conclusion qu'une moitié d'île n'était d'aucune utilité, pas plus à elle qu'à lui. Donc, que prévoyait-elle pour la suite ?

— Que savez-vous de moi, Rosie ?

— Probablement autant que vous en savez de moi. Je vous connais de réputation, comme tout le monde. Mais ce n'est que par ouï-dire, et j'aime bien forger mes propres conclusions. Donc, pour l'instant, je réserve mon jugement.

— Devrais-je vous en remercier ?

— Oh ! si ça vous chante, fit-elle d'un ton léger. Je sais que tout ce que vous avez réussi, vous ne le devez qu'à vous-même, car *doña* Anna disait que personne ne vous a aidé.

Sans le faire exprès, elle venait de remuer le couteau dans la plaie qu'elle avait précédemment ouverte. Xavier sentit qu'il lui fallait marquer son territoire. Cette troublante jeune femme s'insinuait en lui, l'obligeait à ressentir des choses dont il ne voulait pas.

— Mais ça ne me dit pas qui vous êtes, reprit-elle, ni si je puis vous faire confiance.

— Le contraire serait risqué pour vous...

Xavier envisagea un instant de reprendre le chemin qui menait à la maison. Il aurait pu jeter Rosie sur son épaule et la porter là-haut. La simple pensée de prendre son corps souple et rebelle entre ses bras mit ses sens à l'épreuve et le désir le fouetta. Mais il soupçonnait que Rosie Clifton lui en garderait une rancune éternelle. Après tout, la vie l'avait suffisamment malmenée pour qu'il se dispense d'en rajouter et d'ailleurs, elle était bien trop jeune et innocente pour lui. Mais était-elle aussi innocente qu'elle le prétendait ? Peut-être son frais visage dissimulait-il une actrice consommée, capable de tromper jusqu'à sa tante...

Quoi qu'il en soit, en matière de maîtresses, il avait des goûts plus sophistiqués. Il n'y avait aucune place pour elle dans sa vie : une fois qu'ils se seraient mis d'accord sur une somme assez forte pour la faire saliver, il l'évacuerait. Si par contre elle se prenait au jeu de la jeune idéaliste protégeant une île sauvage des ravages d'un entrepreneur, alors elle irait aux ennuis.

Mais non, elle n'oserait jamais l'affronter. Le problème de l'héritier mis à part, il détenait toutes les cartes, alors qu'elle n'en avait aucune. Elle n'avait pas l'argent nécessaire pour lui faire un procès et se trouvait à sa merci. Même s'il restait sans descendance et qu'il devait lui donner l'autre moitié de l'île, elle ne pourrait jamais la gérer. Avec quels fonds ? De quelque façon qu'on tourne l'affaire, il n'y avait aucun futur ici pour elle. La seule résistance qu'elle pouvait lui opposer était verbale, et elle savait qu'un jour, il posséderait la totalité de cette île. C'était juste une question de temps.

— Tentez de vous montrer raisonnable. Vous n'avez d'autre choix que de me faire confiance. Revoyons-nous vite. Il faut que je visite l'hacienda pour estimer l'étendue des travaux qu'elle nécessite.

— Quels travaux ? La demeure est parfaitement habitable.

Rosie se doutait que rien n'avait changé depuis que cet homme, qui faisait frémir son corps d'une façon à peine imaginable, avait vécu son enfance ici. Mais elle avait toujours trouvé la vieille hacienda parfaite, avec sa patine, son confort d'un autre âge et tous les souvenirs accumulés par *doña* Anna. Celle-ci avait tout fait pour que Rosie se sente chez elle, alors que venait faire cet homme, à lui parler de travaux et de changements ?

Celui-ci parut grandir de dix centimètres, terriblement impressionnant dans sa colère.

— C'est à moi d'en décider, gronda-t-il en la transperçant d'un regard noir. Je possède la moitié de cette île, ne l'oubliez pas.

Elle aurait dû avoir peur mais à son grand étonnement, elle se rendit compte qu'elle était excitée par le défi.

— Je n'oublie rien.

La clause du testament de sa tante suffisait à faire enrager *don* Xavier, mais pour elle, ce n'était pas confortable non plus : le testament ne lui fournissait aucune aide financière, ni aucun moyen de se maintenir sur l'île… Si elle-même ne savait plus à quel saint se vouer pour trouver de l'aide, lui savait qu'il pouvait dire adieu à son style de vie insouciant. Pour eux deux, il y avait un prix à payer.

— Nous allons nous revoir, reprit-elle. Quand nous serons tous deux plus calmes, et habillés plus correctement, je serai ravie de vous accueillir à l'hacienda. Vous pourrez alors constater qu'elle n'est pas en ruine.

Le langage de la raison avait toujours aidé Rosie à se sortir des situations périlleuses. L'orphelinat lui avait enseigné les règles de base de la survie et l'une de ces règles était de lisser les différends. Le compromis valait mieux qu'une lutte ouverte.

Elle frissonna involontairement tandis que le regard noir de son interlocuteur la détaillait de pied en cap. Elle sentit que son corps désirait plus que ses regards... Heureusement qu'elle savait donner le change !

— Ma secrétaire vous appellera, fit-il avec une froideur qui tranchait avec la brûlure de son regard. Une fois que j'aurai pu inspecter l'île et l'hacienda, vous serez invitée à une réunion en ville et nous commencerons les discussions.

En ville ? Elle n'avait aucune intention d'aller sur le territoire de cet homme. Jeune, elle était plus intrépide, mais pas stupide pour autant !

— De quoi voulez-vous discuter ? Les clauses du testament sont explicites.

L'instant d'avant, *don* Xavier arborait l'expression de celui qui veut se débarrasser d'un obstacle irritant ; soudain, il se renfrogna d'une manière effrayante. Ce n'était pas un homme habitué à ce qu'on lui résiste.

— Êtes-vous inconsciente ? tonna-t-il. Vous n'avez pas le moindre revenu qui puisse vous aider à vous maintenir ici.

— Je peux aller loin avec du travail et de la détermination. Et si jusqu'à présent je n'ai pas trouvé à emprunter, cela ne veut pas dire que je vais jeter l'éponge. Je ne crois pas que votre tante m'aurait confié la moitié de cette île si elle n'avait pas eu confiance en moi. Elle savait que je peux m'en sortir.

— Vous envisagez d'aider les producteurs locaux à trouver des débouchés pour leurs produits bios, je crois.

Il était bien renseigné. Peut-être ferait-elle mieux de se montrer plus conciliante, d'essayer d'obtenir son aide plutôt que de le braquer. Après tout, le but était d'aider les habitants de cette île, pas de s'aider elle-même. Et si elle ne se maîtrisait pas mieux — elle qui d'habitude y parvenait parfaitement —, le prochain débarquement sur l'île serait celui des avocats de Xavier.

Elle ne pouvait risquer cela. Oh non… Elle n'avait pas le moindre argent pour le combattre légalement. Il était donc temps de ravaler sa fierté et d'accueillir cet homme un peu plus aimablement. Peut-être en y travaillant à deux pourraient-ils trouver une solution viable. Elle ne savait pas trop s'y prendre pour changer son fusil d'épaule, alors elle dit la première chose qui lui passait par la tête :

— Si vous revenez demain, je vous aurai fait une glace.

Le regard qu'il lui jeta donnait l'impression qu'elle l'avait invité à une partie fine dans le genre sadomaso…

— À 3 heures demain, fit-il d'un ton rauque. Et pas de glace.

3

Vingt-quatre heures s'étaient écoulées, et le cœur de Rosie battait la chamade à l'idée de recevoir *don* Xavier. Il était sans doute froid et plein d'arrogance, mais elle était excitée par la perspective de le revoir. Elle n'avait pas eu tant de sujets d'excitation dans sa vie, et son tempérament la portait à la rêverie. Aujourd'hui, cet homme jouait le premier rôle dans son rêve… Peut-être était-ce la nécessité pour lui de concevoir un héritier qui avait fouetté son imagination ? Comment allait-il s'y prendre ? Comme tout le monde, bien sûr, mais *avec qui* ? Il avait sans doute à sa disposition des hordes de jeunes femmes toutes plus glamour les unes que les autres, mais de là à se ranger avec l'une d'elles… Rosie avait du mal à l'imaginer marié.

En l'honneur de sa venue, elle portait la seule robe présentable qu'elle possédait. Elle l'avait achetée dans une solderie avec la petite pension qu'elle avait reçue de l'organisation caritative présidée par le prince qui lui avait trouvé ce poste auprès de *doña* Anna. Cet argent était destiné à l'aider à se préparer en vue d'un premier emploi. Elle en avait utilisé la plus grosse part à l'achat de livres qui l'aideraient à comprendre les besoins des seniors. Une petite partie était allée à l'achat de la robe et le peu qui restait, elle l'avait consacré à acheter des glaces pour apaiser son angoisse à l'idée de ne pas trouver de travail…

La robe était en coton jaune, avec un haut ajusté et une jupe qui dansait à chacun de ses pas. La couleur jurait avec ses flamboyants cheveux roux, mais au moins la robe était à sa taille — dans la boutique où elle l'avait achetée, on n'avait pas trop le choix. Le style était un peu démodé ; Rosie s'était dit qu'ainsi vêtue, elle n'alarmerait pas une vieille dame en quête d'une compagnie discrète. En fait, *doña* Anna avait détesté la robe jaune, mais Rosie continuait à la trouver plutôt jolie dans sa simplicité.

Don Xavier avait-il changé d'avis ? se demanda-t-elle en regardant par la fenêtre. La mer restait d'un bleu imperturbable, et nul bateau ne pointait à l'horizon.

Peut-être qu'il allait envoyer ses assistants avec pour mission de la déloger. Son pouls s'accéléra sous l'effet de la colère que suscitait cette idée. Il avait intérêt, aussi bel homme soit-il, à revenir l'affronter en personne !

Elle s'était méticuleusement préparée à l'entrevue et rien ne pourrait la surprendre. La maison étincelait, nettoyée de fond en comble. *Don* Xavier ne pourrait manquer d'être impressionné. Et elle n'hésiterait pas à remiser sa fierté s'il acceptait de lui consentir un prêt pour aider les villageois à lancer leur projet de commercialisation des produits locaux.

Plus elle y pensait, plus elle s'interrogeait sur les intentions de *doña* Anna. Ce testament représentait-il un ultime effort pour arracher son neveu à une vie vaine et sans but ? Dans la vision du monde qu'avait Rosie, aucune richesse ne pouvait surpasser l'amour et le soutien d'une famille. Si seulement *don* Xavier avait pu voir les choses comme elle, sa tante l'aurait accueilli à bras ouverts. La vieille dame était morte avant d'avoir pu réaliser ce rêve…

Rosie écarta une mèche de cheveux égarée et s'éloigna de la fenêtre. Il ne viendrait pas… Son regard se posa sur le bouquet de roses qu'elle avait cueillies le matin même, d'un blanc pur, avec un parfum léger. La floraison riche s'épanouissait en bouquets serrés, et le rosier, avec ses branches multiples, évoquait une famille dont chaque membre aurait été solidaire des autres. Rosie adorait ce rosier et la hardiesse avec laquelle chaque bouquet de fleurs se hissait vers le soleil, en dépit des mauvaises herbes qui cherchaient à étouffer l'arbuste — elle n'avait pas encore eu le temps de désherber… Mais les plantes vivaient en autonomie sur cette île, et c'était l'une des caractéristiques, parmi tant d'autres, qui valait d'être préservée.

L'Isla del Rey avait ensorcelé Rosie dès qu'elle y avait posé le pied. La beauté des lieux l'avait fascinée. Il y faisait si bon, et le soleil la changeait de l'atmosphère sinistre de l'orphelinat où elle avait grandi, en pleine ville. Pour la première fois, elle était entourée de plages de sable fin et de couleurs vibrantes, au lieu d'une grisaille monotone et glacée. Le territoire de l'île s'était ouvert à elle, ses poumons s'étaient emplis d'air pur et d'iode, enfin elle avait laissé derrière elle les règles et les contraintes de l'orphelinat. Sur cette île, elle s'était pour la première fois sentie libre. Les habitants l'avaient accueillie sans réserve, et avec tant de gentillesse ! Depuis, leur cause était devenue la sienne.

La plus grande surprise, à son arrivée, avait été de constater qu'elle aurait une chambre bien à elle. Grande, lumineuse, elle dominait l'océan, ce dont Rosie n'avait jamais osé rêver. L'autre lieu qu'elle aimait particulièrement, c'était la bibliothèque de *doña* Anna. Cette dernière l'avait encouragée à y emprunter tous les livres qu'elle voudrait. Rosie ne s'en était pas privée ; elle avait même proposé à son employeuse de lui faire la lecture.

Les aventures parcourues au fil des pages l'avaient chaque fois un peu plus rapprochée de la vieille dame. Peut-être était-ce cette proximité qui avait poussé cette dernière à lui révéler maints épisodes de sa vie. Pour Rosie, dont l'expérience de la vie et de l'amour était inexistante, cela avait été une chance. Grâce à *doña* Anna, elle avait découvert l'importance de la famille, et dans les livres, les parcours romantiques des personnages la fascinaient. Pourquoi n'aurait-elle pas, elle aussi, droit un jour à l'amour, à des enfants auxquels elle pourrait parler de l'exceptionnelle grande dame qui avait soudain fait basculer sa vie du bon côté, faire comprendre qu'être attentif aux autres pouvait changer la donne.

Lorsque *doña* Anna avait demandé à Rosie de rester après la fin du contrat temporaire qui les liait, cela avait été le plus beau jour de sa jeune vie. Et la décision la plus facile qu'elle ait jamais eu à prendre ! *Doña* Anna était la mère qui lui avait manqué ; elle l'aimait sans réserve pour sa générosité et l'affection qu'elle avait su montrer sous ses airs parfois revêches. Oui, elle lui en garderait une reconnaissance éternelle, se dit Rosie en regardant sa montre pour la centième fois.

Bon sang, *don* Xavier finirait-il par venir ?

Il vérifia l'heure et grinça des dents. Jamais il n'avait été aussi impatient de se dégager d'une réunion. Retourner sur l'île lui paraissait mille fois plus important.

Et pourquoi donc ? Peut-être à cause du visage déterminé encadré d'un nuage vaporeux de cheveux roux qui lui venait immédiatement à l'esprit… Xavier s'obligea à rengainer le souvenir. La dernière chose dont il avait besoin était de laisser un instinct aussi primaire entamer son détachement.

Pour achever de le troubler, l'Isla del Rey suscitait chez lui des sentiments contradictoires : jeune, il avait détesté les contraintes qu'imposait l'île. Petit garçon, ce lieu rimait pour lui avec solitude et découragement. Seule sa tante avait rendu ses séjours supportables.

Ses parents n'avaient jamais fait semblant de l'aimer, il fallait leur reconnaître cette honnêteté. Ils lui avaient répété à l'envi que sa venue était un accident bien gênant pour eux. L'espoir qu'ils en viendraient à l'aimer un jour avait mis des années à s'effacer dans l'esprit du garçonnet. Il quittait l'école empli d'excitation à l'idée de les revoir et les trouvait prêts à partir au moment où il arrivait…

Un jour, sa mère lui avait jeté au visage qu'il gâtait tout ce qu'il touchait. Avant sa grossesse, elle était une vraie beauté, aimée de son mari et fêtée dans la jet-set. Depuis qu'elle avait donné naissance à Xavier, elle n'était plus rien, selon elle. Il avait détruit son aura… Il n'avait que sept ans alors et l'avait suppliée de ne pas dire des choses pareilles, s'accrochant désespérément à sa main. Mais elle l'avait repoussé et ses pleurs n'avaient déclenché chez elle qu'un rire moqueur. Pas étonnant que depuis, il se soit tenu à l'écart de tout engagement, de toute forme de romance. Il avait vu où cela menait. Anna avait pris le relais de cette famille défaillante, l'élevant et l'encourageant à profiter au maximum de l'île : nager, apprendre le bateau… Son premier flirt s'était déroulé sur la plage. Flirter, il pouvait le faire, mais aimer… Surtout pas ! Il en était incapable, et jamais sa tante, qui avait tenté d'expliquer que les mots de sa mère n'étaient que les incohérences d'un esprit dérangé, n'avait réussi à le convaincre qu'il avait la moindre valeur. Il se considérait comme un malheureux accident, une malédiction du Ciel.

Il releva la tête alors que Margaret, son assistante, toussotait discrètement pour attirer son attention.

— Voulez-vous qu'on lance le projet tout de suite, Xavier ?

— Absolument.

Margaret avait senti que l'imagination de son patron vagabondait en territoire dangereux — elle avait un instinct pour cela. Elle savait qu'il avait à combattre les démons de son passé…

— Et vous voulez qu'on démarre l'opération *avant* que vous n'arriviez à un accord satisfaisant avec Rosie Clifton ?

— Doutez-vous que j'y parvienne ?

Les membres de son équipe se mirent à rire, tous sauf Margaret. Elle avait lu le testament et savait que la condition était d'avoir un héritier d'ici deux ans. Deux ans étaient vite passés, avait-elle commenté, le visage soucieux. Elle ne voyait vraiment pas Xavier s'établir avec l'une de celles dont il faisait régulièrement la conquête.

— Je crains que cette situation ne soit plus périlleuse que celles auxquelles nous sommes confrontés d'habitude, souligna-t-elle, pensive.

Quel que soit le pessimisme de Margaret, Xavier était décidé à l'action. Qui s'opposerait à lui ? Pas Rosie Clifton, non. Rosie Clifton… Tout serait plus facile s'il parvenait à la rayer de ses pensées. Rien que le fait de prononcer mentalement son nom déclenchait en lui un désir irrépressible. Sous ses airs calmes, il était certain que se cachait un vrai volcan.

— Je vous ai rarement vu si distrait en réunion, chuchota Margaret alors que son équipe quittait la pièce.

Tous ses collaborateurs semblaient dans les starting-blocks, excités par la perspective du projet concernant l'Isla del Rey et brûlant de s'investir. Il en était heureux.

— Vous avez raison, répondit-il à Margaret. J'ai pas mal de choses qui me trottent en tête.

Les femmes avaient toujours eu un rôle d'ornement dans sa vie, jusqu'à présent. On en profitait, on en faisait l'objet d'une admiration brève et on les délaissait ensuite. Jamais il n'avait songé à faire d'aucune d'entre elles la mère de ses enfants potentiels. Il n'avait d'ailleurs jamais songé à procréer, pas plus qu'à s'établir. Sa vie l'avait fortement prévenu contre toute forme d'attachement, voilà pourquoi en guise de projet il comptait seulement proposer à Rosie une offre qu'il lui serait impossible de refuser.

Et si elle refusait quand même ?

Ce n'était pas impossible, dut-il s'avouer. À présent qu'il la connaissait, il ne pouvait rejeter cette hypothèse. Il allait mettre sur la table une somme plus que substantielle, mais se saisirait-elle de cette chance ? Il avait affaire à une idéaliste, qui avait ses propres projets pour l'île. Elle connaissait sa réputation : il était l'homme qui transformait les lieux déshérités en paradis du luxe. Or ce n'était pas d'un hôtel six étoiles qu'elle rêvait pour l'île ; elle voulait que celle-ci conserve sa magie…

— Xavier ?

— Oui, Margaret ?

À cette femme-là, il aurait confié sa vie. Elle était la seule en tout cas à qui il ne craignait pas de confier sa fortune. À cinquante-quatre ans, Margaret était la gérante de ses finances, l'expert-comptable avec l'esprit le plus aiguisé qu'il connaisse. Elle savait déjouer tous les pièges et grâce à elle, il pouvait se permettre de s'absenter de temps en temps. De plus, comme juge des caractères, elle n'avait pas d'égal. Que penserait-elle de la *señorita* Clifton ?

— Je me doutais que la réunion risquait de durer plus longtemps que prévu, aussi me suis-je permis de faire préparer votre hélicoptère. Vous pouvez partir à l'instant.

Le second talent de Margaret, c'était de lire dans ses pensées. Son initiative le mit de bonne humeur : elle avait beau avoir un insupportable accent britannique, à cause de ses années d'école privée en Angleterre, elle lui était infiniment précieuse. La seule femme dans sa vie qui ne l'ait jamais déçu… Il lui sourit en guise de remerciement et fila.

L'après-midi s'avançait. Rosie était venue s'asseoir sur la plage. Le regard perdu vers l'horizon, elle jouait du bout des pieds dans le sable humide du rivage. Elle savait bien, elle avait toujours su que *don* Xavier ne viendrait pas.

Cela aurait dû la soulager. Ce n'était pas le cas. Une partie d'elle-même voulait se débarrasser de cette négociation au plus vite et une autre, bien moins méritante, n'avait qu'une envie : revoir cet homme.

Elle avait peu d'atouts en main. Au mieux, elle espérait que l'île comptait pour lui plus qu'il ne voulait l'admettre. Il avait sans doute du mal à gérer une émotion de ce type et elle pouvait le comprendre, ayant elle-même dissimulé les siennes pendant des années. Cela aurait fait rire tout l'orphelinat si elle avait partagé ses rêves, mais cela ne l'avait pas empêchée de rêver…

Presque 6 heures du soir ! La journée s'envolait. Il était temps de remonter à la maison. La lumière écrasante du suffocant après-midi espagnol se mourait en tonalités vieil or. Le couchant promettait d'être spectaculaire, et c'était pour cela qu'elle s'attardait sur la plage. Le ciel était d'un bleu intense, presque métallique, et quelques nuages roses, épars, premiers signes du crépuscule prochain, moutonnaient à l'horizon. La mer était si lisse qu'on aurait cru un lac de glace. Les vagues, comme fatiguées d'avoir bourlingué toute la journée, semblaient refuser de s'écraser sur la rive et la regagnaient tout doucement, presque imperceptiblement. Rosie laissait glisser le sable entre ses orteils ; la musique régulière des vagues la berçait. Mais elle ne parvenait pas pour autant à se détendre, agacée qu'elle était par la défection de *don* Xavier. Manquer un rendez-vous ne semblait pas de grande conséquence pour lui… Elle, pourtant, s'était préparée à leur affrontement. Elle l'avait même attendu avec impatience. Il fallait bien qu'ils se rencontrent s'ils voulaient définir l'avenir de cette île, et le plus tôt aurait été le mieux ! Le destin des habitants en dépendait. Ils avaient des devoirs envers cette population.

Elle aurait voulu faire comprendre à cet homme combien elle était attachée à l'île, et comme elle se sentait heureuse qu'on lui ait donné la chance d'y vivre. Aider les habitants, c'était pour elle une façon de payer sa dette, de les remercier de leur hospitalité. À long terme, elle espérait pouvoir partager l'île avec d'autres jeunes défavorisés. Mais ce n'était pas pour tout de suite, vu à quelle vitesse ses économies fondaient…

Un son la fit tressauter. Elle ne parvint pas à l'identifier tout d'abord, puis elle comprit qu'il s'agissait d'un bruit de pales. À peine avait-elle sauté sur ses pieds qu'elle vit, au-dessus de la falaise, un hélicoptère noir qui approchait. L'appareil vira à un angle impossible et piqua vers l'eau. Il se redressa à temps pour arracher à la mer un jet d'écume. Il ne pouvait s'agir que d'une seule personne, songea Rosie. Qui d'autre aurait ainsi risqué sa vie ? Et elle, au lieu de l'accueillir, restait là à rêvasser !

À la réflexion, l'accueillir était le cadet de ses soucis. Il fallait qu'elle lui fasse comprendre quels étaient ses droits. En particulier le droit qu'elle avait de se sentir chez elle à l'hacienda. Cette propriété signifiait tout pour *doña* Anna, et aucun arrogant grand d'Espagne ne s'arrogerait le droit de la détruire pour en faire un hôtel de luxe. Un de plus, alors que l'hacienda était unique ! Elle remonta la falaise en courant.

Une fois parvenue en haut, elle poussa la barrière qui fermait la propriété — qui faillit lui rester dans les mains. Elle ne s'était pas rendu compte qu'elle était aussi abîmée… La palissade était censée séparer le jardin de la nature sauvage qui l'entourait mais à y bien regarder, le jardin lui aussi était retourné à l'état sauvage.

Et si jamais *don* Xavier voyait la même chose qu'elle…

Elle cilla, soudain inquiète. Comment ne s'était-elle pas aperçue que tout était en aussi piètre état ? Bien sûr, elle savait que le jardin avait besoin d'entretien, mais comment aurait-elle pu payer un jardinier ? Et il y avait tant à faire à l'intérieur de la maison qu'elle n'avait pas eu le temps de s'occuper de l'extérieur. Le temps qu'elle parvenait à garder pour elle était consacré aux recherches de subsides pour les habitants, aux plans pour faire décoller leurs exportations.

Elle vit l'hélicoptère tournoyer au-dessus de la maison, telle une main géante établissant ses droits sur la propriété. L'ombre dont il recouvrait le bâtiment était comme un mauvais présage. Il signifiait que Rosie n'avait aucun moyen de lutter, dépourvue qu'elle était d'argent comme de relations. *Don* Xavier Del Rio avait une caisse enregistreuse en lieu et place de cœur. Qu'adviendrait-il de l'île si elle cédait ? Et pourquoi *doña* Anna les avait-elle ainsi dressés l'un contre l'autre ? Elle ne s'était tout de même pas imaginé qu'ils pourraient travailler de concert ! Jamais elle n'avait fait de compromis dans sa vie, et voilà que la vieille dame avait fait en sorte qu'eux deux soient obligés d'en établir un !

Elle respira à fond pour se calmer. Puis, lissant sa robe et remettant de l'ordre dans sa coiffure, Rosie s'apprêta à rencontrer *don* Xavier pour la deuxième fois.

4

La porte de la cuisine était ouverte, alors Xavier entra sans attendre. L'endroit, quoique vieillot, était bien entretenu. Il vérifia la maçonnerie de la fenêtre, dont il suspectait l'effondrement futur. Mais un bruit infime, un changement imperceptible dans l'atmosphère l'amena à se retourner.

Rosie Clifton se tenait dans l'encadrement de la porte.

Ses intentions et sa détermination n'y changeraient rien : son corps répondit instantanément à la présence de la jeune femme. Innocente et candide, elle était loin d'être son type, mais tous les arguments raisonnables semblaient se dissoudre face à elle. Le soleil bas dorait son visage. Alors qu'elle s'avançait dans la pièce, il remarqua sa robe. C'était une tenue démodée, qui avait dû traîner des années dans un placard. Alors pourquoi mettait-elle tant en valeur la jeune femme ?

— *Don* Xavier, l'accueillit-elle d'une voix calme et claire en s'avançant pour le saluer.

— *Señorita* Clifton, lança-t-il froidement.

— Appelez-moi Rosie, je vous en prie.

Il avait essayé de la déstabiliser sans y parvenir. La douceur de cette femme était une arme dangereuse. Tout en avançant sa petite main vers lui, elle leva le menton pour le regarder. Aussitôt, le désir rugit au fond de son ventre.

— Bienvenue à l'hacienda Del Rio, dit-elle avec un sourire, comme si elle en était la propriétaire.

Xavier l'étudia soigneusement, tâchant de lire en elle. Il avait toujours agi ainsi avec les femmes, depuis sa mère qui refusait de le regarder jusqu'à sa tante, mordante et ironique, en passant par toutes celles qui se servaient de leur pouvoir de séduction comme d'une arme. Il voyait toujours clair dans leur jeu, mais Rosie Clifton demeurait une énigme à ses yeux. Elle semblait si sûre d'elle pour une femme qui n'avait rien possédé jusqu'ici que les vêtements qu'elle avait sur le dos !

Peut-être impressionnée par la froideur de son attitude, Rosie recula jusqu'à la table, sur laquelle elle posa les paumes comme pour s'assurer de ne pas tomber. Cette posture faisait ressortir sa poitrine ; si une autre femme avait eu le même geste, il y aurait lu une invitation délibérée. Avec Rosie Clifton, pourtant, il ne voyait que fragilité derrière son visage souriant. Peut-être était-ce là sa stratégie maîtresse, songea-t-il.

— Eh bien, vous avez fini par arriver ! reprit-elle avec légèreté.

— J'ai fait au mieux.

Rosie lâcha un petit sourire.

— Votre tante m'avait prévenu que vous étiez un fou de travail. Bon, maintenant que vous êtes là, vous allez pouvoir visiter l'hacienda. Je vous ferai faire… le grand tour.

Son assurance était désarmante, mais un peu de rouge lui était venu aux joues. Sans doute avait-elle failli dire « le tour du propriétaire ».

— Bien sûr, cette maison vous appartient autant qu'à moi, poursuivit-elle, comme pour se rattraper.

— C'est bien aimable à vous de vous en souvenir, rétorqua Xavier, sarcastique.

Il se retint de préciser que la maison appartenait à sa lignée depuis toujours.

— Vous vous souvenez de la glace que je vous avais promise ? lança la jeune femme, visiblement désireuse de changer de sujet. Vous pouvez choisir, j'ai fait deux parfums.

Rosie se mordilla la lèvre. Était-elle vraiment en train de proposer à un grand d'Espagne de partager une glace avec elle ? Elle avait du mal à y croire. Pourtant, elle avait décidé de traiter *don* Xavier comme un être humain normal, non comme un aristocrate élitiste. Ils menaient chacun des vies bien différentes, ce à quoi Rosie ne pouvait rien. Donc elle avait résolu de ne pas s'en soucier.

Peut-être *doña* Anna avait-elle déteint sur elle, songea-t-elle en attrapant deux coupes dans un placard. Après tout, elle avait bien stipulé dans son testament qu'au regard de l'île, ils étaient absolument égaux : le noble espagnol et la demoiselle de compagnie orpheline partageaient une responsabilité énorme. Plus elle y pensait, plus Rosie se disait que la clause qui stipulait la nécessité d'un héritier pouvait tourner à son avantage. C'était le seul levier dont elle disposait, en tout cas : si *don* Xavier ne respectait pas le calendrier, sa moitié de l'île reviendrait à Rosie. Bien sûr, elle n'allait pas rester inactive en attendant qu'il ramène ou pas un enfant. Elle voulait que les choses bougent, et rapidement, pour le bien des habitants de l'île.

Il faudra donc travailler de concert, pensa-t-elle en étudiant le visage fermé de Xavier.

Rosie ouvrit le congélateur pour y prendre les pots de glace qu'elle avait soigneusement confectionnés. Quoi qu'il arrive par la suite, elle ne se laisserait pas dicter sa conduite.

— Vanille, annonça-t-elle en ouvrant la première boîte. Et la préférée de *doña* Anna, aux framboises fraîches. Je les ai cueillies ce matin au jardin.

— Je ne suis pas venu ici pour une dégustation, grommela Xavier entre ses dents serrées.

Il ne s'était pas attendu à trouver Rosie aussi détendue pour leur deuxième rencontre. Elle avait pourtant eu le temps de se préparer, elle devait certainement comprendre la complexité de sa situation, mais elle semblait... détachée. Alors qu'elle ouvrait un tiroir pour en sortir deux cuillères, il déposa sur la table la lourde liasse de documents qu'il avait apportée.

Elle ne se retourna même pas, se contentant de lancer :

— Oh ! des documents de poids, à ce qu'on dirait !

Elle apporta sur la table deux coupes et les glaces ; elle remisa les papiers plus loin.

— Le genre de paperasse officielle qui n'apporte de bonheur à personne, reprit-elle d'une voix candide. « Méfie-toi des avocats », me disait *doña* Anna. « Ne fais confiance qu'à toi-même. » Alors, quel parfum ?

Xavier en resta coi une seconde. Sa longue carrière lui avait fourni des instants mémorables en matière de négociation, mais rien de ce calibre.

— Ma chère tante vous a-t-elle fait d'autres mises en garde ?

— Non. Rien sur vous en tout cas. Elle devait s'imaginer que je mènerais ma barque quoi qu'il arrive. Et à la toute fin, quand j'ai compris que j'allais perdre la meilleure amie que j'avais jamais eue, croyez bien que je n'avais pas l'esprit aux questions juridiques.

Il n'était pas difficile de la croire…

— Je regarderai ces documents plus tard, conclut-elle. Si ça ne vous dérange pas.

Xavier hocha lentement la tête. D'une façon ou d'une autre, elle en passerait par ce qu'il voulait. Et après tout, il n'était pas pressé.

— Il y a tout de même une petite chose que je veux faire, reprit-elle. J'espère que vous serez compréhensif.

— Ça dépendra de votre requête.

Si c'était la seule chose qu'ils devaient accomplir ensemble, au moins elle aurait réussi cela, pensa Rosie pour se donner du courage. La petite célébration à laquelle elle pensait pouvait se rapprocher des toasts qu'on portait aux veillées funèbres à la mémoire d'un disparu. Elle voulait célébrer *doña* Anna, cette femme si spéciale. Ensuite, ils pourraient reprendre les hostilités.

— Quel parfum ?

— Pas de glace, merci, dit-il en levant la main.

— Il va falloir que j'insiste, déclara-t-elle, l'estomac noué.

— Insister ? demanda-t-il, stupéfait. Et pourquoi ? J'ai une sainte horreur des crèmes glacées !

— Eh bien… Je n'ai pas de champagne pour porter un toast à la mémoire de votre tante, expliqua Rosie. Elle aimait tellement la glace que j'ai pensé qu'en partager une serait une manière de trinquer à son souvenir.

Rosie avait la gorge serrée en finissant son petit discours. À son grand soulagement, son visiteur avança sa coupe.

— Vanille, s'il le faut vraiment, dit-il d'un ton un peu rogue.

Elle leva sa coupe.

— À *doña* Anna, alors.

Elle le vit ciller et au même moment, de manière presque imperceptible, son regard prit une teinte amusée. Il était donc humain, malgré tout...

— Si nous sommes capables de faire cela tous les deux, je suis sûre que c'est de bon augure, reprit Rosie en le fixant.

— À *doña* Anna, murmura-t-il en soutenant son regard alors qu'il mettait la première cuillerée dans sa bouche.

Ces lèvres, Seigneur... Pleines, sensuelles. Cet homme était déraisonnablement attirant. Elle ne s'était jamais trouvée seule face à quelqu'un d'aussi beau. Son image de l'homme idéal lui venait des livres de *doña* Anna. Grand, sombre, dangereux, beau à se damner. *Don* Xavier Del Rio remplissait tous les critères.

— Nous en avons fini avec le cérémonial ? demanda-t-il.

— Oui, je crois. Merci pour... Pour tout ça.

Rosie se rendit soudain compte que son corps le remerciait aussi, comme émergeant d'un trop long sommeil.

Xavier aurait voulu faire couler la glace sur la peau de Rosie et la lécher lentement. Il aurait voulu l'allonger sur la table de la cuisine pour satisfaire tous ses désirs. Il aurait voulu explorer chaque centimètre de son corps.

— La visite, à présent, fit-il en se refrénant.

— Bien sûr, répondit Rosie en souriant.

Il se demandait ce qui sommeillait sous cette façade amicale. Pourquoi, bon sang ! Pourquoi cette femme qu'il avait besoin d'écarter au plus vite était-elle aussi attirante ? Il était vital qu'il reste concentré sur son objectif, les cent pour cent de l'île. Il devait exclure toute idée de séduction.

— Lorsque nous aurons fini la visite, vous pourrez signer les documents, dit-il en désignant la liasse de feuillets.

— Il faudra que je les lise, d'abord.

Une autre leçon de doña *Anna*..., se dit Rosie de manière fugace.

Xavier retint un geste impatient.

— Vous ne me faites pas confiance ?

— Je devrais ? répliqua Rosie, faussement candide.

Il secoua la tête. Il allait devoir s'habituer à ce franc-parler. Avec Rosie Clifton, rien de dissimulé. Elle était étonnamment directe.

— Ces documents concernent les projets pour l'île, l'informa-t-il. Si vous vous intéressez à son développement et au bien-être de ses habitants, vous n'hésiterez pas à signer.

— Du moment que ces projets sont dans l'esprit de *doña* Anna... Je prendrai une décision une fois que je les aurai lus.

— Procédons à la visite, nous en parlerons plus tard, convint-il. Il commence à faire sombre.

Plus tard ? Rosie ne put s'empêcher de frémir. Combien de temps pensait-il rester sur l'île ?

— Ai-je votre attention, *señorita* Clifton ? demanda-t-il, l'arrachant à ses pensées.

— Pleine et entière. Je passe devant.

C'était probablement la seule et unique fois qu'elle aurait le plaisir de le devancer...

5

La visite prit bien plus de temps que Xavier l'avait imaginé : le soir était déjà tombé lorsqu'ils la terminèrent. Depuis combien de temps n'était-il pas revenu sur l'île ? Assez longtemps pour que tout tombe en ruines…

Il s'était composé une expression neutre pendant la visite, mais Rosie savait tout comme lui qu'il aurait pu empêcher le désastre en s'occupant de sa tante et de la maison. Au stade où en étaient les choses, il était préférable de tout détruire et de reconstruire à neuf. Rosie le dévisageait, la mine soucieuse. À l'origine, il avait pensé lui racheter ses parts et la garder sur l'île pour qu'elle fasse le lien entre les insulaires et lui ; il n'imaginait pas alors la décrépitude des lieux. La charge était bien au-delà des compétences de Rosie Clifton. À chaque mur lézardé, il voyait la crainte sur son doux visage — ce qui le décontenançait. La maison devrait être détruite avant que quelqu'un n'ait un accident. Même le bois de la terrasse sous leurs pieds était vermoulu !

Il comprenait à présent pourquoi *doña* Anna l'avait tenu à l'écart : elle détestait tellement le changement qu'elle avait dû fermer les yeux sur la lente détérioration des lieux. Trop fière, elle avait refusé les chèques qu'il envoyait. Ni l'île ni elle n'avaient besoin d'aide, prétendait-elle, et l'argent serait plus utile à une œuvre de charité.

— J'ai froid, dit soudain Rosie en regagnant l'intérieur. Je vais prendre un cardigan.

Il entendit la pointe de détresse dans sa voix. Faire le tour du propriétaire avec lui avait dû lui dessiller les yeux. Quelques jours plus tôt, il se serait réjoui des larmes qu'il avait vues aux coins de ses paupières : la petite orpheline n'aurait d'autre recours que de l'appeler à la rescousse. Même si elle était sûrement incapable de faire preuve de ce réalisme — le fait que la maison ait appartenu à *doña* Anna devait en faire un sanctuaire à ses yeux.

Néanmoins, elle comprenait sans doute maintenant l'ampleur de la tâche et n'aurait d'autre choix que de signer les documents. Elle ne pouvait réunir l'argent nécessaire à la rénovation, et ce n'était pas faute d'avoir essayé. Seule la fortune de Xavier pourrait sauver l'île. Il offrirait à Rosie bien plus que sa part, en remerciement du temps consacré sa tante. Mais son travail était terminé, il fallait qu'elle le comprenne et cède la place. Si elle refusait l'argent, ses avocats prendraient le relais. Il n'allait pas laisser son attirance pour cette fille entraver ses affaires. Elle disparaîtrait alors de sa vie, emportant avec elle son optimisme et sa joie de vivre. Regretterait-il de n'avoir pu poser les mains sur elle ? Peut-être. D'autres hommes la séduiraient. C'était ainsi.

À l'orphelinat, Rosie avait appris à dissimuler ses sentiments, mais *don* Xavier avait détruit ses défenses en un rien de temps. Acculée par tout ce qui se dressait devant elle — maison, travaux, mâle séduisant dans les parages —, elle s'était enfermée dans sa chambre, tâchant de réfléchir à la suite des événements. Elle n'avait aucune expérience en matière de négociation.

Pendant la visite, *don* Xavier avait trouvé des défauts partout. Elle en avait souffert. Cette île, cette hacienda étaient le seul foyer qu'elle ait jamais connu. Il fallait trouver un moyen de repousser l'envahisseur ou les ouvriers débarqueraient bientôt pour détruire la maison, dont le délabrement était incontestable. Rosie était même prête à croire l'endroit dangereux, mais elle savait aussi que l'île méritait une seconde chance.

« Ce qui ne tue pas rend plus fort », disait *doña* Anna. Il fallait qu'elle continue les réunions avec les insulaires, jusqu'à ce qu'un des grands groupes agricoles qu'elle avait démarchés finisse par lui répondre. Elle n'abandonnerait pas tant qu'il y aurait la moindre lueur d'espoir.

Assise sur son lit, Rosie contempla les taches d'humidité au plafond de sa chambre en faisant le vœu solennel qu'aucun hôtel de luxe ne verrait le jour ici. Elle se battrait, comme *doña* Anna l'avait fait toute sa vie. « L'île doit conserver son authenticité, Rosie, quel que soit le prix à payer », disait-elle toujours.

Rosie n'était pas ressortie. Xavier finit par rentrer à son tour : il ne lui restait plus qu'à aller se coucher. De préférence dans la chambre où Rosie dormait… Non. Il chassa fermement cette pensée. Il ne pouvait se permettre pareille distraction.

Soudain, elle faillit lui rentrer dedans : elle était sortie de sa chambre, comme un diable hors de sa boîte.

— *Señorita* Clifton ? Un problème ?

Il fronça les sourcils. Sur le visage de la jeune femme se lisait une farouche détermination.

— Oui ! Vos plans pour détruire cette île, voilà ce qui ne va pas, répondit-elle, les poings serrés.

Les hormones, pensa Xavier.

— Vous en savez plus que moi sur ce point, on dirait…

— Vous niez vouloir ériger un de vos hôtels hideux à la place de l'hacienda ?

La poitrine de Rosie se soulevait au rythme rapide de sa respiration. Un vrai animal sauvage. Une tigresse. Il était admiratif.

— Rien n'a encore été décidé. Je vous suggère donc de vous calmer.

— Inutile de me prendre de haut.

— Je sais que vous êtes troublée à cause de ce que nous avons vu aujourd'hui. Et il est de mon devoir de vous montrer le danger qu'il y a à vivre dans cette maison.

Les yeux de la jeune femme s'emplirent de larmes. Xavier ne savait pas ce qui était le plus insupportable : la voir en colère ou telle qu'elle était à présent, anéantie. Lui vint soudain à l'esprit qu'elle devait éprouver une profonde solitude depuis la mort d'Anna.

— Vous n'avez rien à craindre, reprit-il. Je resterai ici jusqu'à avoir dressé un inventaire complet des travaux à entreprendre.

— Comment ? s'exclama-t-elle, surprise.

— Vous saviez que j'allais rester pour la nuit, je ne fais qu'étendre mon séjour.

Elle leva les yeux vers lui et le défia, sarcastique :

— Vous êtes sûr de vouloir rester ? Avec tous les dangers qu'on court ici ? Et si le toit vous tombait sur la tête ?

— Je prends le risque, répondit-il avec un sourire.

— C'est autant votre maison que la mienne, après tout, soupira Rosie.

— Il y a six ou sept chambres si mes souvenirs sont bons, nous pourrons dormir loin l'un de l'autre.

— Oh ! vous ne me dérangerez pas.

Voilà qui est présomptueux, songea Xavier. Malgré les verrous et la distance entre leurs chambres, il était prêt à parier qu'aucun des deux n'arriverait à prendre beaucoup de sommeil.

— Je reviens avec du linge propre, dit-elle.

Rosie attendit d'être hors de la vue de son si séduisant visiteur pour poser le front sur le mur, cherchant à calmer sa respiration. Que lui arrivait-il ? Cet homme était un vrai danger, d'autant qu'elle n'arrivait pas à combattre son attirance pour lui. Pire encore, elle n'avait aucun désir de le repousser !

Les yeux clos, elle replongea dans son fantasme en se mordant la lèvre. Elle aurait dû haïr ce maudit *don* Xavier pour le danger qu'il représentait, mais comment faire sous l'assaut lascif du désir ? Et voilà qu'il passait la nuit sur place… C'était trop intime, trop perturbant.

Rosie ouvrit la porte d'un grand placard. Elle passa la main sur plusieurs jeux de draps et choisit le moins élimé. Dans le couloir, les draps serrés contre elle, elle entendit Xavier faire les cent pas dans l'une des chambres. Elle s'arrêta devant la porte, prit une grande inspiration et toqua poliment.

— Entrez.

Son ton impérieux était irritant. Il la traitait comme une gouvernante. Rosie étouffa un rire jaune. C'était pourtant bien ce qu'elle était pour sa tante... Elle ouvrit la porte et entra.

Xavier avait l'air immense dans la petite chambre. Il avait posé un luxueux sac de voyage en cuir sur le lit.

— Voilà de quoi faire le lit, annonça-t-elle en posant les draps sur le matelas.

Si elle croyait qu'elle allait le faire pour lui, il se fourrait le doigt dans l'œil ! Ils étaient à égalité au regard de l'héritage. Si elle se mettait en position d'infériorité, jamais plus elle ne pourrait lui tenir tête par la suite.

— Vous feriez le lit pour un ami ? demanda-t-il.

— Avec plaisir, reconnut Rosie. Mais vous n'entrez pas dans cette catégorie, que je sache...

Le rire soudain de Xavier la déstabilisa.

— Vous m'amusez beaucoup, Rosie. Je ne sais jamais à quoi m'attendre, avec vous.

— À ce que je vous souhaite une bonne nuit ? suggéra-t-elle en pivotant sur ses talons.

— Nous continuerons la visite à 6 heures, demain matin.

— Le soleil sera à peine levé...

— La lumière sera suffisante. J'ai beaucoup d'autres choses à faire, *señorita*. Je ne peux pas m'éterniser ici.

Dieu merci ! faillit-elle s'écrier.

— Bonne nuit, ajouta-t-il, la congédiant sans plus de cérémonie.

Rosie prit soin de refermer la porte derrière elle sans un bruit, alors qu'elle aurait voulu la lui claquer au visage.

Xavier fut debout avant l'aube. Il n'avait pas bien dormi, et espérait qu'il en avait été de même pour Rosie Clifton. Elle n'avait pas quitté son esprit de la nuit...

Dans d'autres circonstances, ils auraient pu régler leur contentieux au lit. Malheureusement, l'option ne semblait pas sur la table. Rosie prenait plaisir à le défier ; elle testait son pouvoir de séduction sur lui, sans doute. Après la visite, elle avait paru déstabilisée, mais elle avait vite repris son empire sur elle-même. Cependant, Xavier avait vu passer dans ses yeux des éclairs de désir refoulé, des envies incontrôlables. Et il aimait cela. Elle l'attirait. Elle semblait déterminée à tenir bon. Tout comme lui. Elle ferait une adversaire valable, et il n'en prendrait que plus de plaisir à triompher.

Reste calme, s'ordonna Rosie alors que Xavier sortait de la maison. Il était beau comme un dieu. Son jean élimé soulignait ses muscles, sa chemise était tendue sur un torse d'athlète. Sa chevelure noire était ébouriffée, une barbe naissante assombrissait les lignes de son visage. Ses épaules larges et ses sourcils habituellement froncés lui conféraient une aura dangereuse, légèrement menaçante, qui le rendait encore plus attirant.

— Bonjour, lança-t-il de sa voix grave.

— Bonjour ! répondit-elle avec son sourire le plus candide.

Avait-il, comme elle, passé la nuit à ressasser les contacts involontaires, les longs regards qu'ils avaient échangés ? Elle pouvait seulement espérer que oui.

— Prête pour le grand tour de l'extérieur ? demanda-t-il, interrompant ses pensées.

— Absolument. Je vous suis.

Rosie aurait aimé avoir plus de temps pour soigner son apparence, mais sa détermination à être à l'heure ne lui en avait pas laissé le temps. Le manque de sommeil se lisait sûrement sur ses traits… Comment mener une négociation de sang-froid alors qu'elle ne pouvait s'empêcher de penser au corps de Xavier sous la douche ? Elle était en train de faire du café lorsqu'elle avait entendu l'eau courir dans la tuyauterie. Elle s'était immobilisée, incapable de refouler l'image de son corps nu, les cheveux détrempés, ses mains savonneuses passant sur son torse, ses abdominaux dessinés et d'autres parties tout aussi intéressantes de son anatomie…

— *Señorita* Clifton ?

— Pardon, je…

Cillant pour chasser l'image érotique qui la hantait, elle demanda :

— Vous avez trouvé le café que j'ai laissé sur la table ?

— Merci, oui.

— Bien, fit-elle en se mordant la lèvre, n'arrivant pas à chasser le fantasme de son corps nu. Alors allons-y.

Il fallait qu'elle se reprenne. *Don* Xavier n'avait montré aucun signe d'intérêt pour l'île ou pour elle-même avant d'y être obligé par *doña* Anna.

— J'aimerais commencer par le chemin qui mène à la plage, fit-il.

— Pourquoi pas ?

La pente était escarpée, tortueuse. Xavier lui offrit sa main pour l'aider à descendre.

— Pas besoin. J'emprunte ce chemin tous les jours, répondit Rosie.

— Si vous tombiez ici et que vous vous blessiez, vous pourriez attendre des heures sans que personne ne vienne à votre secours. Il devrait au moins y avoir une rampe…

Rosie dégringola la pente, comme pour lui prouver qu'il avait tort.

— Attendez ! lança-t-il en la rattrapant. Je n'aimerais pas vous voir tomber sur les rochers. Prenez ma main…

Rosie serra les dents et s'exécuta devant son insistance. La main de Xavier était chaude, sa prise ferme et rassurante.

— Attention où vous mettez les pieds ! Vous avez dû être impressionnée en arrivant ici. La plage, la mer…

— La beauté de l'île, après toutes ces années en ville, c'était merveilleux. Vous n'avez pas idée.

— Oh si, je m'en doute. Je la redécouvre, en fait.

Grâce à elle ? se demanda Rosie alors que Xavier humait l'air du large. Non. Le crédit ne lui revenait pas. Mais au moins passaient-ils un bon moment ensemble, ce qui n'était pas une mauvaise chose.

— Après l'orphelinat, venir ici, c'était comme changer de planète, murmura-t-elle. Partout où je regardais, c'étaient les grands espaces, le soleil, la vue… La liberté. Comment trouver un seul défaut à ce paradis ?

— Et aujourd'hui, qu'en pensez-vous ?

Le sourire de Rosie mourut sur ses lèvres. Elle ne trouvait aucun défaut à l'île… jusqu'à l'arrivée de Xavier !

— Il faudrait vraiment une rampe, ici, répéta-t-il alors qu'elle reprenait sa descente.

— Il n'y a pas d'argent pour une rampe. Pas même assez pour une corde, répondit-elle.

Elle se souvenait avoir supplié *doña* Anna de faire installer la rampe, de manière à ce qu'elle puisse rejoindre cette plage qu'elle aimait tant en toute sécurité. Sans succès. Rosie se sentait coupable du salaire qu'elle recevait, puisé dans les dernières réserves de son employeuse quand il y avait tant à réparer sur l'île.

— Ma tante empruntait ce chemin ? demanda Xavier, les sourcils froncés.

— Bien sûr, confirma Rosie avec un sourire. Elle disait pouvoir glisser sur les fesses jusqu'à la plage et remonter sur les genoux. Et quand je cherchais à l'en dissuader, elle me rétorquait : « Vous me croyez trop vieille pour ça ? »

— Et vous répondiez quoi ? demanda Xavier.

— Je jouais le jeu. Je lui disais qu'elle n'était pas trop vieille. Mais si j'osais ajouter quoi que ce soit, du style « Je pense que… », votre tante me coupait immédiatement. « Ne pensez pas ! C'est mon travail, pas le vôtre ! »

Xavier rit ouvertement.

— Je la reconnais bien là !

— Je n'en ai jamais pris ombrage, continua Rosie, qui appréciait la chaleur de leur conversation. Mais je savais que, quelle que soit notre proximité, elle aurait toujours le dernier mot concernant l'Isla del Rey.

Jusqu'à sa mort, tout du moins. Maintenant, tout était remis en question. À qui d'entre eux deux reviendrait le dernier mot ?

6

L'île était dans un état déplorable, pire encore que ce que Xavier avait imaginé. Tout cela aiguisait en lui un sentiment de culpabilité nouveau, irritant. Il aurait dû revenir sur place des années auparavant et prendre les choses en main. Mais il avait tellement de travail… En fait, Anna avait depuis longtemps perdu la main sur l'île et refusé de le reconnaître.

— La maison a toujours été un peu branlante, admit-il lorsque, avec Rosie, il eut atteint la plage. Je ne m'en rendais pas compte, lorsque j'étais enfant.

Pourquoi se sentait-il obligé de la réconforter ? Rosie avait retiré ses sandales et elle jouait maintenant près de l'eau, laissant les vagues lui lécher les pieds. Elle était si candide, attirante… Comment la considérer comme une ennemie ?

— Vous deviez être heureux de revenir ici après l'école, observa-t-elle en continuant à jouer avec l'eau.

— Anna m'a donné un foyer, confirma-t-il.

— Et vos parents ?

Elle avait posé la question le dos tourné. Elle devait avoir entendu les rumeurs, comme tout le monde.

— Mieux vaut ne pas en parler, répondit-il.

Elle se retourna pour lui faire face et se mordit légèrement la lèvre.

— Je vous comprends.

Xavier eut un petit sourire coupable. L'enfance de Rosie avait été bien pire que la sienne, il s'en voulait d'avoir l'air de se plaindre.

— À quoi occupiez-vous vos journées, à l'époque ? reprit-elle.

— Oh ! c'était l'aventure… J'ai fait un radeau, une fois, avec du bois flotté ramassé sur la plage. Il s'est désintégré au large, malheureusement.

— Au moins ne vous êtes-vous pas noyé, sourit-elle.

— Presque !

— Vous auriez dû vous construire une cabane sur le rivage, cela aurait été plus prudent.

— La prudence ne m'a jamais vraiment intéressé.

— J'imagine que cela explique pourquoi *doña* Anna vous a mis dehors…

— Je ne lui en veux pas, répondit-il en riant.

Son adolescence rebelle avait été assez calamiteuse, mais lorsqu'il avait quitté l'île, Xavier avait tenté d'être à la hauteur des attentes de sa tante. Il avait travaillé dur pour devenir le meilleur, hélas elle n'en avait pas semblé satisfaite. Elle voulait un héritier à tout prix, pour la lignée.

Soudain, il poussa un cri surpris : Rosie venait de l'éclabousser, avant de prendre ses jambes à son cou. Il avait le choix : rester digne ou lui faire boire la tasse. Il lui courut après, la rattrapa et la souleva de terre. Il se demanda pourquoi sa tante lui imposait cette jeune femme. Il entra dans l'eau jusqu'à la ceinture, tandis qu'elle se débattait dans ses bras. Elle poussa un cri perçant lorsqu'il la jeta dans l'eau.

Elle se remit vite sur pied et, du plat de la main, souleva un grand geyser qui éclaboussa Xavier en pleine figure. Alors qu'ils se débattaient en riant, il songeait combien Rosie était différente des jeunes femmes froides et sophistiquées qu'il fréquentait d'habitude.

— Et si je te mets la tête sous l'eau, tu cesseras ? menaça-t-il.

Il se rendit compte qu'il venait de la tutoyer pour la première fois.

— Seulement si tu m'attrapes !

Elle avait enchaîné sans ciller sur le tutoiement et se jeta à l'eau, fendant les vagues avec l'aisance d'un dauphin pour se mettre hors de sa portée. C'était une bonne nageuse. Elle avait peut-être grandi en ville, mais elle s'était bien rattrapée depuis son arrivée sur l'île.

Après quelques brasses, elle se redressa, ses vêtements détrempés presque transparents. Xavier songea qu'il n'avait jamais vu d'aussi jolie femme. La situation lui échappait…

— On devrait rentrer, dit-il en lui tournant le dos.

La déception de Rosie était visible. Le désir piqua une course folle dans le cerveau de Xavier, saccageant sa stratégie. Après tout, il n'avait pas besoin de quitter l'île après la visite. Il pouvait repousser certains rendez-vous. Ne serait-il pas bénéfique aux membres de son équipe de voir l'île par eux-mêmes ? Il installerait son bureau à l'hacienda.

Oui, c'était tout à fait rationnel.

Une bataille d'eau, bravo ! se morigéna Rosie en regardant ses vêtements détrempés devenus transparents. L'humidité collait le tissu à ses seins. Qu'est-ce qui n'allait pas chez elle, bon sang ? Le sourire que Xavier arborait trahissait sa conscience d'être en position de force. Il n'avait pas dû jeter beaucoup de ses associés à l'eau... Était-ce le pouvoir mystérieux de l'île qui les nimbait tous deux d'une insouciance légère, ou était-ce autre chose ?

De retour à l'hacienda, Rosie fut bien obligée d'admettre que Xavier avait raison au sujet des travaux. La peinture de la porte d'entrée s'écaillait. Les montants des fenêtres pourrissaient lentement, attaqués par l'air marin. Ne devrait-elle pas le remercier de lui avoir ouvert les yeux avant que la maison ne s'écroule sur elle ?

— Après toi, offrit-il en lui ouvrant la porte.

— Tu ne veux pas un café ? demanda-t-elle subitement. À moins que tu ne doives partir...

— Il faut encore que tu lises les documents.

Il n'avait pas oublié. Elle les lirait, bien sûr. Il avait commencé à s'ouvrir à elle et elle lui devait la réciproque. C'était le moins qu'elle pouvait faire.

— On peut prendre un café avant.

— Bien entendu, accepta-t-il avec un sourire chaleureux.

Était-ce trop d'espérer que leur confiance grandisse jusqu'à ce qu'ils puissent travailler ensemble au service des habitants de l'île ? Alors qu'ils passaient à la cuisine, leurs corps se frôlèrent et Rosie frissonna au souvenir de sa force, dans l'eau, lorsqu'il l'avait portée dans ses bras. Elle avait aimé ce moment. Beaucoup trop...

Une fois installée dans la cuisine, café en main, Rosie désigna la liasse de documents.

— J'ai besoin de lire cela seule.

Sa vie et ses fantasmes se mêlaient d'une manière dangereuse, songea-t-elle. Elle devait se montrer réaliste, ne pas sacrifier ses responsabilités à un fol espoir.

— Très bien. Que fais-je, en attendant ?

— Je te suggère d'aller boire ton café à la bibliothèque.

L'écoutait-il seulement ? Xavier gardait les yeux fixés au plafond de la cuisine, énumérant probablement le nombre de lézardes à réparer.

— Fais vite, finit-il par répondre, sans un regard pour elle.

— Je prendrai le temps qu'il me faudra.

Xavier avait beau exercer un pouvoir magique sur son corps, Rosie ne renoncerait pas à la promesse faite à *doña* Anna.

— Non, annonça soudain la voix de Rosie dans son dos. Je ne peux pas accepter cela, navrée.

Xavier fit pivoter le fauteuil de bureau pour lui faire face. Elle se tenait dans l'encadrement de la porte. Il attendait dans la bibliothèque depuis plus d'une heure. Vu l'expression qu'elle arborait, il n'y aurait pas de versements prochains sur le compte de Rosie, ni même de conversation détendue autour d'un café.

— Je ne peux pas signer ton projet, reprit-elle en s'avançant pour déposer les documents devant lui.

Il pouvait comprendre sa réticence à accepter la somme considérable qu'il proposait : elle ne saurait pas quoi en faire. À moins que…

— Si tu penses que ce n'est pas assez, je suis prêt à…

— Ta proposition est une insulte pour quiconque ayant aimé ta tante, argumenta-t-elle calmement. Si tu avais donné à Anna une fraction de ce que tu m'offres, elle aurait redressé l'hacienda en un rien de temps.

Xavier aurait pu arguer qu'il envoyait des virements réguliers à sa tante, et que celle-ci préférait distribuer l'argent aux insulaires plutôt que de garder quoi que ce soit pour elle ; or il n'avait plus de temps à perdre : il lui fallait savoir quel serait le prix de Rosie

— Est-ce que tu veux plus ? répéta-t-il, buté.

— Tu plaisantes ? lança-t-elle, incrédule. C'est ridiculement disproportionné ! On pourrait acheter un pays avec un pareil montant.

— Alors que veux-tu ? insista-t-il, impatient.

Xavier n'était pas devenu un expert en négociations sans savoir qu'il fallait prendre en compte les désirs de chacun. Tout le monde voulait quelque chose. Et chacun avait un prix.

— Je veux avoir mon mot à dire sur le futur de cette île, et c'est précisément la prérogative que tu me demandes d'abandonner.

— C'est vrai, confirma-t-il. Mais mon offre est juste.

— Non. Je refuse. Ce n'est pas à moi que je pense, c'est…

— … À Anna et aux insulaires ? Je sais la passion que tu leur voues. Si tu veux le meilleur pour eux, tu me laisseras gérer l'île.

— Même pas en rêve !

Puis, subitement, comme si toutes les émotions qu'elle contenait depuis leur rencontre la submergeaient, Rosie se saisit des papiers et les déchira rageusement.

— Voilà ce que je pense de ton offre !

La colère la magnifiait, se dit fugacement Xavier.

— Tout a un prix, répondit-il sans se départir de son calme.

— Tu ne comprends toujours pas ! Ta fortune entière ne suffirait pas à me faire vendre mes parts. Tout passe par l'argent avec toi, et c'est indécent. Personne ne peut raisonner par ce seul prisme. Tout à l'heure, sur la plage, je pensais… Je pensais qu'on commençait enfin à se comprendre. Mais tu te moques de cette île. La seule chose qui t'intéresse, c'est la victoire.

— Facile à dire quand on n'a pas de salaires à verser. Bien sûr que la victoire m'importe : c'est elle qui nourrit les gens que j'emploie. C'est elle qui nourrira les habitants de l'île.

— Tu n'es pas leur seul espoir.

— Parce que tu penses que tu pourras les faire vivre en cultivant trois légumes ?

— Et pourquoi pas ? Qu'est-ce qui est le plus important, selon toi : un autre de tes parcours de golf ou plus de nourriture biologique, sans pesticides ?

— Un autre de tes petits fantasmes, ironisa-t-il en levant les yeux au ciel.

— Si tu consacrais un peu de temps à l'examiner, tu verrais que ce fantasme peut conduire l'île à sa sauvegarde.

— Tout comme tu penses pouvoir t'en sortir sans soutien financicr.

— Je saurai me débrouiller sans toi !

— Sauf que je suis là !

Ils se faisaient face, prêts au combat. L'alchimie entre eux était explosive, mais Rosie ne comptait pas reculer.

— Tu ne peux pas acheter l'île, ni moi non plus, Xavier !

— T'acheter ? J'en suis tout à fait capable, répondit-il, pétri d'arrogance.

Rosie étouffa une exclamation excédée.

— Tu crois vraiment que j'ai un prix ?

— Je suis un homme d'affaires. Acheter les gens, c'est mon métier.

— Tu dois ta réussite à une tante que tu as abandonnée ! Elle qui t'a tout donné, tu crois qu'elle serait fière de toi ?

— J'en suis convaincu, répondit-il avec calme, sans pouvoir chasser de son esprit la clause de l'héritier exigé par sa tante.

L'expression imperturbable du visage de Xavier aurait pu rendre Rosie folle. Les derniers barrages du contrôle qu'elle exerçait encore sur elle-même cédaient un à un…

— Eh bien, moi pas ! s'exclama-t-elle, furieuse. *Doña* Anna attendait plus de toi et je suis persuadée que c'est la raison pour laquelle elle m'a inscrite dans son testament ! Pour empêcher tes folies !

Raisonner Rosie ne semblait plus dans l'ordre du possible. Un mélange de fureur et de passion faisait vibrer l'atmosphère autour d'eux. Elle allait quitter la pièce, mais Xavier la retint par le bras et la força à lui faire face. Il lui prit le visage dans ses mains et l'embrassa impulsivement.

Rosie répondit rageusement à son baiser, et il lui fallut toute son expérience pour l'amener petit à petit à s'abandonner à lui. Jamais il n'avait ressenti un désir aussi impérieux pour une femme et bientôt, il fut ravagé par le besoin animal de la posséder, ici et maintenant. Pas d'attente, pas de réflexion. Des sensations, simples et directes. Bon sang, là, sur la table de la bibliothèque ! Ses mains descendirent nerveusement jusqu'aux fesses de Rosie et s'en emparèrent, puis il pressa son corps contre son érection. Elle renversa la tête en arrière et capitula, jetant ses hanches en avant à sa rencontre.

Heureusement, une sonnette d'alarme retentit quelque part dans le cerveau de Xavier. L'un d'eux devait raisonner sainement. Et puisque Rosie ne semblait pas prête à le lâcher, il faudrait que ce soit lui qui s'écarte.

Haletante, les yeux dilatés par le désir, elle lui jeta un regard plein d'incompréhension lorsqu'il brisa leur étreinte. Elle passa le revers de sa main sur ses lèvres avant de lâcher :

— Ma réponse est toujours non.

Xavier ne put se retenir de rire.

— Tu trouves ça drôle ? s'exclama-t-elle, menaçante à nouveau.

— Non, non, admit-il. Excuse-moi. Je vois que tu es tenace. Mais si je fais quelques concessions de forme et que je te présente une nouvelle mouture du projet...

— Tu ne m'écoutes pas, le coupa-t-elle en lui décochant un regard rageur. Je ne signerai pas tes papiers.

L'espace d'un instant, Xavier eut envie de l'embrasser encore, mais son esprit logique le brida à temps. Il avait construit sa carrière sans jamais faire appel aux sentiments, à la seule force de son cerveau. Il était temps qu'elle comprenne que jamais elle n'aurait gain de cause.

— Tu n'as plus d'emploi, lâcha-t-il froidement. Tu vas avoir besoin d'argent si tu veux survivre.

— Pas du tien. Tu me crois incapable de gagner ma vie ? jeta-t-elle en sortant de la pièce, la tête haute.

Après son départ, il ferma les yeux et s'adossa au mur. Rosie Clifton était la femme la plus irritante qu'il ait jamais rencontrée, mais au moins comprenait-il pourquoi *doña* Anna l'aimait tant. Elle ne lâchait rien, avait été élevée dans la difficulté et, malgré sa candeur, faisait preuve d'un courage impressionnant. Sa tante avait dû se reconnaître en elle.

— Xavier...

Il se retourna. Quelques minutes s'étaient écoulées depuis leur baiser. Rosie se tenait dans l'encadrement de la porte.

— Je suis venue te dire que je suis désolée. Je n'ai pas été très professionnelle.

— Aucun de nous deux ne l'a été, corrigea-t-il.

— On s'est laissé emporter.

C'était peu de le dire… Et il avait toujours envie d'elle.

— Je me suis énervée tout à l'heure, après avoir lu les documents, mais je ne peux pas laisser ma fierté se mettre en travers du futur de l'île.

— Et ? demanda-t-il.

— Et j'ai une proposition à te faire.

Il lui avait fallu du courage pour revenir, pensa Xavier. Il ne gagnerait rien à se braquer.

— Je t'écoute.

— Ce n'est pas un plan à court terme, débuta-t-elle presque timidement. Il faudrait voir comment les choses évoluent au fil du temps, avec ton argent et ma connaissance de l'île. Je m'occuperais des projets sur place, et tu financerais les améliorations.

Ses intentions étaient bonnes, mais l'île avait besoin d'un peu plus que de légères améliorations. C'était un travail de rénovation majeure qui mobiliserait architectes et ingénieurs, sans compter des dizaines d'ouvriers.

— Je ne lance ce genre d'initiative que lorsqu'il y a de l'argent à la clé. J'ai toujours fonctionné ainsi.

— Alors tu peux te permettre de faire une exception.

— Je n'en vois pas l'intérêt. Tu me demandes de rénover une île pour que tu puisses y vivre confortablement.

— Ça n'a rien à voir avec moi ! s'écria-t-elle en rougissant.

— Si l'île veut perdurer, il faudra qu'elle puisse subvenir à ses propres besoins.

— Je m'y emploie ! Avec ton aide et ton influence, les investisseurs m'écouteront, Xavier.

— Je n'ai aucune expérience en matière d'agriculture biologique, ni aucun intérêt pour cela. Tu devrais étudier ma proposition. Pense à l'argent. De quoi te mettre à l'abri pour le restant de tes jours.

— Ma réponse n'a pas changé.

Il avait toutes les cartes en mains, mais Rosie refusait de s'avouer vaincue. Elle allait trouver une solution. Il le fallait.

Posséder tout cet argent sans le mettre au service de l'île, quel gâchis… Il devait pourtant exister un compromis, non ? *Doña* Anna avait dû anticiper la situation, alors qu'attendait-elle d'elle ? Son testament devait avoir un sens caché, mais lequel… ?

7

Son équipe arriva dans l'après-midi. La grande table de la salle à manger servirait de bureau à tout le monde. Une vedette les ramènerait sur le continent le soir même, il n'y avait donc pas besoin de faire les chambres.

Rosie était aux fourneaux. Lorsque Xavier entra, elle avait de la farine jusqu'aux coudes, et de petites taches blanches sur les pommettes et le nez. Elle ne fit qu'en ajouter en tentant de s'essuyer le visage du revers de la main.

— Ah, merci, lança-t-il, touché des efforts qu'elle faisait pour l'aider.

Elle fronça les sourcils.

— Pourquoi est-ce que tu me remercies ?

— Tu anticipes ma demande, répondit-il avec un petit haussement d'épaules.

— Ta demande ? répéta-t-elle.

Xavier s'effaça pour la laisser mettre son plat au four. Elle semblait parfaitement taillée pour le rôle qu'elle devrait jouer aujourd'hui : efficace et discrète. Il la trouvait de plus très attirante, avec son jean qui moulait avantageusement ses hanches. Un instant, il s'attarda sur le T-shirt blanc qui s'était relevé alors qu'elle se baissait pour enfourner le plat, attirant inévitablement le regard sur sa peau nue.

— Magnifique, murmura-t-il, distrait.

— Les muffins ? demanda-t-elle en se relevant.

Le regard qu'elle lui décocha réveilla son bas-ventre. Lorsqu'elle le dépassa, Rosie se décala pour éviter tout contact. Mais d'un pas, il se mit en travers de son chemin.

— C'est vraiment gentil de ta part de gâter mon équipe. Ils apprécieront.

Elle fronça les sourcils et murmura :

— Est-ce que je peux y aller ?

— Bien sûr.

Il s'écarta avec un sourire, avant d'ajouter :

— Du café pour tous aurait amplement suffi, ceci dit.

Il allait sortir pour rejoindre ses collègues lorsqu'il se ravisa. Margaret aimait bien son café avec du lait…

— Est-ce que je peux te demander un pot de lait pour mon assistante ? Et quelques biscuits pour ceux qui n'aiment pas les muffins ? Au fait, pendant que j'y pense, qu'y a-t-il au menu ce soir ?

Un long silence s'étira avant que Rosie ne réponde :

— Il doit y avoir erreur. Les muffins ne sont pas pour toi. Je peux peut-être trouver un paquet de biscuits.

— Pardon ?

— Et je ne servirai aucun repas. Je suis occupée, ce soir.

— Occupée ? Mais tu es gouvernante, ici, non ?

— *J'étais* gouvernante, corrigea-t-elle. Mais comme tu me l'as fait si bien comprendre, mon travail est terminé. Il s'est achevé avec la mort de ta tante. Ce soir, j'organise une réunion avec les habitants pour leur faire part des derniers développements de mes démarches. Les pâtisseries sont pour eux. Je suis navrée que tu aies pu penser le contraire. Si tu me l'avais demandé, j'aurais bien volontiers cuit deux fournées, mais tu n'as pas jugé utile de me faire part de tes projets. Cela montre bien pourquoi il faut que l'on travaille ensemble.

— Puis-je tout de même demander du café pour mon équipe ? demanda-t-il froidement.

— Je laisserai tout sur un plateau. Au fait, j'aurai besoin de la salle à manger à 16 heures pour ma réunion.

Devant son air interdit, Rosie ajouta :

— Il va falloir que l'on coopère sur certains points. Je suis sûre que tu ne veux pas dresser les habitants contre toi. Ta tante leur manque à eux aussi. Nous leur devons d'assurer la transition la plus paisible possible. Et cela passe par les muffins, conclut-elle avec un sourire.

Xavier secoua lentement la tête. Rosie apprenait vite… Et elle lui envoyait un message clair. La jeune femme qu'il avait en face de lui n'était pas celle décrite par le notaire. Elle prenait conscience du pouvoir qui lui avait été donné et ne semblait pas effrayée de s'en servir. Il allait lui falloir revoir ses plans…

Rosie n'eut pas à se plaindre de Xavier : son équipe se conduisit à la perfection, libérant la salle de réception à 15 h 30 précises. Ils continueraient leurs discussions lors d'une petite visite de l'île, semblait-il. L'une des membres de l'équipe prénommée Margaret se proposa même pour aider Rosie à faire la vaisselle. La gentille assistante de Xavier lui rappelait une version citadine de *doña* Anna, avec ce même air rusé et malicieux dont seul l'âge gratifie une personne.

— Ça ne prendra pas beaucoup de temps, lui répondit-elle.

Sans lui laisser le temps de refuser, Margaret attrapa un torchon pour essuyer la vaisselle.

— Xavier est un homme impatient, je suppose que vous l'avez remarqué.

— En effet, confirma Rosie avec un sourire.

Il y avait quelque chose dans le regard de cette femme qui trahissait son affection pour son patron et donnait de la légitimité à sa critique. Elle devait le connaître depuis bien des années.

— Il va y avoir du changement, ici, déclara Margaret tout en essuyant les tasses. Vous y êtes préparée ?

— Si ces changements me conviennent, j'y suis prête.

— Vous ne tenez pas à ce que cet endroit périclite, n'est-ce pas ?

— Non, mais je n'aimerais pas non plus le voir détruit au bulldozer.

Elles finirent la vaisselle en silence. En repliant son torchon, Margaret dit :

— Je sais que tout n'a pas l'air rose pour le moment, mais n'oubliez pas que vous êtes toujours en deuil. Vous deux. Vous devriez laisser passer un peu de temps…

— Vous m'aviez pourtant dit que Xavier était un homme impatient, souligna Rosie, amusée.

— Laissez-lui une chance, répliqua Margaret avec un sourire. Mieux encore, laissez-vous une chance, Rosie.

Avec les habitants de l'île, les réunions étaient souvent joyeuses, constructives mais détendues. Chacun apportait un petit quelque chose à manger et la table était bien vite remplie de victuailles. L'équipe de *don* Xavier était repartie et Rosie se dit que c'était le moment idéal pour l'inviter à leur table. Les habitants de l'île se souvenaient bien de lui et seraient heureux de le revoir.

Et en effet ils le furent, à un point que Rosie n'aurait

jamais pu anticiper. Le Xavier qui se présenta à eux n'avait rien de l'homme d'affaires arrogant qui avait émergé du néant pour réclamer son dû. Chaleureux, disponible, il passa du temps avec chacun. Rosie savait qu'ils n'auraient pas le loisir d'aborder les problèmes trop en détail, mais ce n'était pas grave : elle était récompensée de son initiative au-delà de ses espérances.

Tout se passait très bien jusqu'à ce qu'un des anciens du village demande abruptement ce qu'il en serait du futur de l'île.

— Vous n'avez pas à craindre de quoi que ce soit, répondit Xavier avant que Rosie n'ait le temps d'ouvrir la bouche. Mon projet créera de l'emploi. Rien ne changera pour vous. Sauf pour le meilleur.

— Tu pourrais expliquer un peu, murmura Rosie.

Malheureusement, tout le monde était déjà occupé à gratifier Xavier d'affectueuses tapes dans le dos en le remerciant d'être revenu.

— Et vous serez rassurés de savoir que la *señorita* Clifton m'épaulera, ajouta Xavier à haute voix. Comme vous le savez, elle n'a que vos intérêts à cœur.

Ainsi, tout avait été réglé sans qu'elle ait le temps de donner son avis ! Mais au moins Xavier avait-il accepté qu'elle continue à œuvrer pour l'île, raisonna-t-elle en repoussant son agacement.

— Tu ne nous as toujours pas parlé de tes projets, insista-t-elle tout de même. Ce serait peut-être le moment de le faire.

— Lorsque les plans des architectes seront terminés, vous serez les premiers à les voir, assura-t-il à l'assistance avec un sourire charmeur.

Rosie n'était pas rassurée pour autant.

— À ce stade, il sera trop tard pour changer quoi que ce soit, fit-elle remarquer.

Alors que la conversation s'engageait sur la construction d'un port magnifique et l'aménagement d'un hôtel de luxe et d'un golf, elle sentit la nervosité monter en elle. Xavier savait jouer de son charme, il avait mis les rieurs de son côté. Il aurait pu leur annoncer la construction d'une base de lancement spatiale sans que personne ne s'y oppose. L'assemblée était ravie de le voir, et l'opinion de Rosie ne pesait pas beaucoup dans la balance.

Elle attendit donc que tout le monde soit parti avant d'exposer ses doutes :

— Un hôtel six étoiles ? Un parcours de golf, une marina ? Tu crois vraiment que c'est ce que voulait *doña* Anna ?

— Ma tante n'est plus là pour préserver son île, répondit-il. Il faut bien que quelqu'un le fasse à sa place.

Rosie laissa échapper un rire incrédule.

— Tu vas gâcher le charme du lieu. Détruire son âme.

— Et toi, tu préférerais le voir mourir sans rien faire. Des améliorations sont impératives.

— Je suis d'accord ! s'exclama-t-elle, frustrée. Mais pourquoi cette armada de constructeurs ? Ne peut-on laisser les choses se faire petit à petit ?

— Tu as peut-être le temps pour ça, mais pas les insulaires. Je leur offre du travail aujourd'hui, pas des doutes pour demain.

Et Margaret qui avait prédit un compromis…

— Tu ne vois pas assez loin, Rosie, insista Xavier. Je peux le comprendre. Tu as eu une vie difficile avant de rencontrer ma tante. Le contraste entre l'orphelinat et l'île a dû être extrême. Mais cet endroit n'est pas aussi figé que tu le crois et il a besoin de progrès. Les habitants en ont besoin, vite.

— Je ferai tout pour eux. Tout.

— Je le sais. Alors accepte mon argent. Fais-toi une belle vie, proposa-t-il à nouveau, avec un sourire. Ailleurs.

L'espace d'un instant, Rosie ne sut que répondre. L'île était son foyer, le seul qu'elle ait jamais voulu. C'était tout ce dont elle avait toujours rêvé, en plus d'une famille à elle. Les insulaires et *doña* Anna lui avaient offert cette famille. Aujourd'hui, c'était à elle de les aider. Elle avait approché de très nombreuses œuvres de charité pour un appel aux dons. Il n'y avait pas encore eu de réponses positives, mais elle n'allait certainement pas abandonner pour autant.

— Qui est le plus à même de faire le bien des insulaires ? la pressa Xavier. Toi ou moi ?

Ses mots lui firent mal parce qu'ils sonnaient juste. Mais elle ne pouvait céder. Elle se souvenait de l'orphelinat, des railleries de la directrice. Rosie avait voulu aller à l'université : on lui avait répondu qu'elle pouvait faire une croix dessus, qu'il n'y avait pas d'argent et qu'elle n'était de toute façon pas assez intelligente. Et si la directrice avait eu raison ? Faisait-elle preuve d'égoïsme ? Les plans de Xavier étaient-ils meilleurs pour les insulaires ?

Non. Rosie secoua la tête en se souvenant de sa promesse.

— Si tu pouvais m'aider un peu, peut-être me présenter à certains de tes contacts, je pourrais avoir du concret à offrir aux habitants, créer une entreprise. Il y aurait de la place pour deux, tu ne penses pas ? Si nous nous coordonnons…

— Ça veut dire que tu cèdes ?

— Non, répondit-elle fermement.

— Dans ce cas, je ne vois pas l'intérêt de financer ton rêve utopique.

— Je te demande simplement de jouer les intermédiaires, Xavier ! Rien de plus.

— Ce n'est pas rien que d'inviter mes relations à investir sur ton nom. Que devrai-je leur répondre lorsqu'ils m'interrogeront sur ton expérience, tes précédents succès ? Ne t'y trompe pas : ce que tu suggères, transformer de petits propriétaires en exploitants agricoles, demande un travail gigantesque. Il faudrait changer toute l'infrastructure de l'île, pour commencer.

— Tu comptes aussi tout transformer ! protesta-t-elle. Pourquoi ne peut-on pas travailler ensemble ?

La meilleure chose à faire était de payer Rosie et de l'envoyer faire ses bagages, pensa Xavier. Or il s'en sentait incapable. Malgré le risque certain qu'elle représentait pour son affaire…

— Si tu es sérieuse sur ce point, il va falloir commencer à raisonner en entrepreneur. Il faudra rencontrer des gens…

— Exactement, l'interrompit-elle, tout de suite enthousiaste. Mais comment faire, sans ton aide ?

— Mon argent et ton cœur, c'est ça ? se moqua-t-il.

— Et pourquoi pas ?

Elle n'avait pas cillé. Il décida de relever le défi.

— D'accord.

— J'organise un cocktail dans mon loft, sur le continent, ajouta-t-il. Les hôtes seront tous des soutiens potentiels.

— C'est une invitation ?

— Je ne suis pas sûr qu'il faille que tu viennes…

La plupart des personnes invitées étaient des requins qui ne feraient qu'une bouchée d'elle.

— Et pourquoi pas ?

— Parce que ces gens-là seraient ravis d'humilier qui n'est pas de leur milieu. Je ne suis pas sûr de vouloir cela pour toi.

— Seulement « pas sûr » ?

— Je suis sûr de ne pas le vouloir, corrigea-t-il.

— J'accepte le risque, alors, répondit-elle avec un sourire.

Xavier ferma les yeux en songeant aux ravages que ferait la présence de Rosie sur sa précieuse concentration.

— Très bien, finit-il par répondre. Tu m'accompagneras sur le continent et je ferai de mon mieux pour que tu te sentes à ta place lors du cocktail.

Rosie inclina la tête, un sourire aux lèvres.

— Tu ne me fais décidément pas confiance, n'est-ce pas ?

À vrai dire, il ne savait pas à quoi s'attendre de la part de la redoutable Rosie Clifton, qui fronçait maintenant les sourcils, comme soudainement prise de doutes.

— Je ne sais pas ce que je vais porter, à ta soirée…

— Je t'achèterai une robe.

— Je ne veux pas accepter d'argent de ta part.

— *Dios*, Rosie ! Quand vas-tu mettre ta fierté de côté ? Il ne s'agit que d'une robe et d'une paire de chaussures ! Tu me rembourseras quand tu le pourras.

— Quand j'aurai accepté que tu rachètes mes parts de l'île, c'est ça ? demanda-t-elle, suspicieuse.

C'était exactement ce qu'il avait en tête, mais il tempéra :

— Quand tu seras en situation de me rembourser.

Il faut accepter, pensa Rosie. Seule, elle n'irait nulle part. Et à moins qu'elle ne trouve elle-même un financement pour l'île, Xavier et son équipe lui rouleraient dessus, au bulldozer.

— Tu penses trop, dit-il doucement devant son visage préoccupé. Je viens de te donner ce que tu demandais.

Il avait raison. Construire des ponts entre eux était crucial, et si cela devait passer par son entrée dans la haute société…

— Un cocktail, reprit-elle la gorge serrée. Je ne suis jamais allée à ce genre d'événement.

— Tu n'as jamais possédé la moitié d'une île non plus, fit remarquer Xavier. Et pourtant, tu gères tout ça très bien.

— Je *te* gère très bien, tu veux dire, corrigea-t-elle.

Il esquissa un sourire, et elle aussi. Il fallait laisser place à la nouveauté. Elle devait se hisser au niveau supérieur, sans quoi Xavier la laisserait derrière. Elle devait trouver le courage de finir ce qu'elle avait commencé.

8

Lorsque Rosie vit apparaître devant elle l'hôtel aux grandes colonnes de marbre qui lui servirait de résidence lors de son passage sur le continent, elle se sentit plus terrifiée encore que pendant le vol.

Pour la première fois, elle avait pris un jet privé. À l'orphelinat, il y avait le bus, et elle avait pris le ferry jusqu'à l'île après un vol commercial partagé avec des centaines de touristes. Mais dans le luxueux jet de Xavier qu'elle avait pris seule, il n'y avait rien pour penser à autre chose qu'à ce qui l'attendait. À l'atterrissage, elle avait les nerfs en pelote. La limousine qui l'attendait sur le tarmac l'avait déposée devant l'entrée majestueuse du palace. Ses bagages seraient montés dans sa chambre. Elle n'avait rien à faire qu'à entrer…

La gorge sèche, elle monta les quelques marches de marbre. Avant même qu'elle n'ait le temps d'approcher la porte, les deux battants s'ouvrirent devant elle et on l'invita à entrer dans un hall élégant. Quelques clients richement habillés déambulaient en murmurant discrètement sur fond de musique douce. Tout sentait le luxe. De larges arrangements floraux habillaient les quatre murs, excitant les sens par leur parfum. Rosie fut prise de vertige en traversant le hall.

On la dirigea vers un comptoir réservé aux hôtes

privilégiés, ceux qui étaient logés dans les étages supérieurs, les plus luxueux. On la conduisit ensuite vers les ascenseurs, qui ressemblaient à de petits salons naviguant entre les étages.

— Votre étage, mademoiselle, l'informa le groom lorsqu'elle fut arrivée.

Rosie s'arracha au reflet dans le miroir qui semblait lui crier qu'elle n'appartenait pas à ce monde et remercia l'employé. Il devait probablement se demander pourquoi la sécurité l'avait laissée entrer, avec sa robe toute simple. Mais le nom de *don* Xavier Del Rio ouvrait toutes les portes…

Elle déambula le long du corridor aux lumières tamisées avec la désagréable sensation d'être immergée dans une piscine de dollars. C'était un monde à part, bien loin des problèmes des petites gens. Tout y était feutré, discrètement luxueux. Le tapis épais, comme désapprobateur, absorbait le son de ses pas. Les murs étaient tendus de soie, comme dans les magazines. Que faisait-elle ici ?

Sa chambre était au bout du couloir et il lui fallut plusieurs essais pour faire fonctionner la carte qui en déverrouillait l'accès. Impressionnée, elle resta plusieurs secondes immobile à l'entrée. La chambre était si vaste qu'elle n'arrivait pas à tout absorber d'un seul regard. Apercevant son air béat dans l'un des grands miroirs au mur, elle se reprit et pénétra dans la pièce.

Et vit la robe…

La tenue haute couture était posée sur l'immense sofa, près d'un châle d'une finesse extraordinaire. Le cœur de Rosie s'accéléra. La robe à la coupe moderne et osée lui irait comme une seconde peau, mais, fendue entre les seins, elle interdisait le port d'un soutien-gorge. C'était probablement ce que portaient les stars lors des galas...

Rosie se saisit de la robe et marcha jusqu'au miroir, puis la disposa contre son corps pour admirer le résultat. Elle devait avoir coûté une fortune, mais elle était trop voyante. Si on lui avait laissé le choix, elle ne l'aurait pas choisie : avec une tenue pareille, on attirait tous les regards ; et Rosie préférait se fondre dans la foule. Ce n'était pas pour elle. Elle se faisait l'effet d'une enfant essayant les vêtements de sa grande sœur. En se retournant, elle avisa la paire de sandales à talons hauts qui l'attendait, dans leur boîte ouverte. Étaient-ce des chaussures ou des instruments de torture ? Elle n'avait encore jamais porté de talons aussi fins, qui ressemblaient à des aiguilles. « Il faut souffrir pour être belle », aurait dit *doña* Anna. Tâchant de mettre ses appréhensions de côté, Rosie fila dans la salle de bains pour se changer.

— Je peux peut-être aider mademoiselle ? s'enquit poliment le chauffeur de Xavier, au seuil de ce qui devait être le plus grand immeuble de bureaux qu'elle ait jamais vu.

— Ça ne vous dérange pas ? demanda Rosie, à moitié coincée entre la voiture et le trottoir.

Sa robe était si serrée et ses talons si hauts qu'elle n'avait aucune idée de comment sortir de l'habitacle — à moins de relever le tissu pour libérer ses jambes...

— Si je peux proposer à mademoiselle de prendre ma main et de me faire confiance, dit le chauffeur. Nous devrions trouver un moyen de vous extraire de là.

Rosie se retint de rire et lorsqu'elle fut sur la chaussée, le chauffeur offrit de la conduire à l'intérieur.

— Merci, ça devrait aller, répondit-elle en souriant. Elle était terrifiée, bien sûr, mais il fallait qu'elle s'en sorte toute seule. Elle ne serait d'aucune utilité aux insulaires si elle n'arrivait pas à se débrouiller par elle-même dans la haute société.

Mais en avait-elle seulement envie ? Pas particulièrement, se dit-elle, en poussant la porte à tambour, presque emportée par un flot de commerciaux qui sortaient. Non, ce monde ne l'attirait pas mais *doña* Anna avait insisté pour qu'elle élargisse ses horizons, et c'était le moment de le faire.

La réception se tenait au quarantième étage. Tant bien que mal, juchée sur ses talons immenses, Rosie finit par accéder à l'ascenseur. Ainsi perchée, elle devait faire penser à un flamant rose… Une fois arrivée, elle se guida au bruit de la réception qui filtrait du bout du couloir.

Les battants de la porte s'ouvrirent sur un immense salon rempli de convives élégants qui semblaient tous se connaître. Prenant une grande inspiration, Rosie entra et fendit la foule à la recherche de Xavier. Elle le repéra vite : il semblait se tenir au centre de tout, tel un aimant attirant les plus fortunés de ce monde. C'était aussi le plus grand et le plus beau des hommes présents ce soir-là. Son cœur s'emballa en l'imaginant se retourner et fendre la foule à sa rencontre pour lui donner un baiser passionné.

Mais Xavier, pris dans une conversation animée, ne l'avait pas vue arriver. Rosie se fondit dans la foule de ceux qui l'entouraient. Il parlait de l'île et des travaux qu'il avait hâte de commencer, évoquait quelques problèmes qu'il lui fallait encore régler. Les invités se doutaient-ils que le plus grand problème, c'était elle ? songea Rosie, rougissant presque. Deux hommes se retournèrent à son passage pour la regarder. Était-il possible qu'ils l'aient reconnue ? Une photo de Xavier et elle avait paru dans la presse à l'annonce de la réception. En tout cas, elle fut terriblement mal à l'aise lorsqu'elle les vit murmurer aux oreilles d'autres invités.

— Ah ! s'exclama Xavier en la désignant d'un large geste de la main. Laissez-moi vous présenter la *señorita* Clifton.

L'assemblée sembla se figer, puis se tourna vers elle avec des visages de marbre. Rosie avait l'impression d'être la pièce maîtresse d'un cabinet de curiosités. Puis, subitement, un homme qui respirait l'importance s'approcha de Xavier et l'éloigna des autres. Le reste des invités retournèrent à leurs affaires, sans feindre l'intérêt une seconde de plus.

Rosie resta immobile un moment, sans savoir quoi faire. Ses pieds lui faisaient atrocement mal et elle était perdue dans un océan de dos tournés. Elle enleva ses sandales et noua leurs lanières autour de son poignet, comme un bracelet. Elle aurait tout aussi bien pu enlever sa robe sans que personne ne la remarque, de toute façon.

Elle fit le tour de la pièce, tâchant parfois d'engager la conversation, mais les invités l'ignoraient, s'éloignaient après un vague sourire gêné. Elle avait rejoint le rang des invisibles. Rosie attrapa un plateau de petits fours et s'approcha de Xavier. Elle attendit poliment qu'il ait fini sa conversation.

— Canapé, monsieur ?

— Mais qu'est-ce que tu fais, bon sang ? demanda-t-il à voix basse, les sourcils froncés. Et qu'est-ce que c'est que cette robe ? Elle est à peine décente !

— Entièrement d'accord. Je la déteste. C'est toi qui l'as choisie, je te le rappelle.

— Certainement pas ! L'une des secrétaires a dû s'en charger. Et maintenant, filons d'ici.

Il lui retira le plateau des mains pour le confier à un serveur, avant de la prendre par le bras pour la conduire à une porte dérobée.

Ils pénétrèrent directement dans le bureau de Xavier. L'endroit était sobre et élégant, presque austère. Rosie sentit son estomac se nouer lorsqu'il referma la porte après lui. Elle l'avait déçu, ratant magistralement son entrée dans la haute société.

— Pourquoi ne t'es-tu pas présentée aux gens ? demanda-t-il, les sourcils froncés.

Elle laissa échapper un petit rire.

— Toi, quand tu rentres dans une pièce, tu es automatiquement au centre de l'attention. Je ne connaissais personne. Et personne ne voulait apprendre à me connaître.

— Tu aurais dû me dire que tu avais des difficultés.

— Je n'avais pas de difficultés. Je ne voulais pas interrompre tes conversations, c'est tout. Et ce sont tes invités, pas les miens. Je ne m'attendais pas à ce que tu me consacres toute ta soirée.

— J'étais pourtant prêt à te consacrer quelques minutes, lâcha-t-il, un sourire prédateur sur le visage.

Elle n'aimait pas trop ce sourire ni ce qu'il pouvait déclencher en elle, mais il était trop tard : déjà, une boule de chaleur irradiait son ventre, renforcée par le sous-entendu de Xavier.

— Quelques minutes auraient probablement suffi aux présentations, répondit-elle.

Xavier resta un instant immobile avant de lâcher un petit soupir.

— J'imagine que je te dois des excuses. J'aurai dû être un meilleur hôte.

— Ceci dit, cela servira bien mieux tes plans si je repars d'ici les mains vides, fit-elle observer.

— Tu penses décidément le pire de moi…

— Prouve-moi que j'ai tort.

Le fameux sourire qui dévoilait légèrement ses canines réapparut sur les lèvres de Xavier.

— Peut-être que c'est ce que je ferai, répondit-il, la voix légèrement rauque.

Il éclata de rire en avisant soudain les sandales attachées au poignet de Rosie.

— Les chaussures ne te vont pas ?

— Elles me font mal.

— Et tu détestes la robe…

Rosie eut un sourire gêné.

— Je sais que je devrais te remercier pour tout ça, mais je dois dire que ce n'est pas ma tenue préférée…

Il lui décocha un regard insondable.

— À quel point détestes-tu ta robe ?

— Eh bien… Elle a probablement été conçue pour quelqu'un de beaucoup plus sophistiqué que moi.

— C'est possible. Mais je pense qu'elle a surtout été conçue pour quelqu'un qui aime être remarqué. Je ne l'aime pas non plus, conclut-il.

Rosie haussa les épaules. Il n'y avait pas grand-chose à faire, elle n'avait pas de tenue de rechange. Xavier s'approcha d'elle. Il posa les mains sur le tissu et déchira la robe d'un mouvement sec, laissant choir les morceaux aux pieds de Rosie.

— Et comme ça, tu préfères ? demanda-t-il, narquois.

9

Rosie ne put retenir un tremblement quand les mains de Xavier effleurèrent sa poitrine. Elle retrouva très vite sa voix, tout en tentant frénétiquement de rassembler les pans déchirés de sa robe :

— Il y a une centaine d'invités juste derrière la porte !

— Et alors ?

Elle jeta un regard incrédule à Xavier.

— Tu dois être fou… N'importe qui pourrait rentrer et nous voir ensemble. Et moi dans cette tenue ! Tu n'as même pas fermé la porte à clé !

Les épaules puissantes de Xavier se levèrent pour signifier son indifférence.

— Ça fait partie du plaisir, répondit-il d'une voix pleine de confiance.

— Pour toi, peut-être ! Qui pourrait défier *don* Xavier Del Rio de toute façon. Tu fais toujours ce que tu veux quand tu veux !

Et avec qui tu veux, ajouta-t-elle silencieusement. Même elle n'avait pas su résister à son charme. Elle n'arriverait à rien si elle ne reprenait pas rapidement le contrôle.

— La robe est bonne à jeter et je n'en ai pas d'autre.

— Je ne me suis même pas posé la question, répondit-il, visiblement ravi.

Réfléchis, Rosie ! Elle devait trouver le moyen de

repartir sans attirer l'attention sur les lambeaux qui lui servaient de robe. Elle ne pouvait pas continuer à se faire marcher sur les pieds. Et même si la situation était critique, elle avait tout de même quelques cartes en main. Elle pouvait se battre pour les insulaires le restant de sa vie et il n'y aurait rien que Xavier puisse faire pour l'en empêcher. Lui, par contre, était obligé de concevoir un héritier. Elle devait faire fructifier l'avantage qu'elle avait sur lui avant qu'il ne soit trop tard. Les pensées fusèrent, alors que son esprit examinait toutes sortes de possibilités. Bien sûr, il fallait d'abord qu'elle se sorte de la situation actuelle. Peut-être pourrait-elle emprunter l'uniforme d'une serveuse ?

— Alors, *señorita* stratège ? demanda Xavier, hilare. Qu'est-ce que tu comptes faire, maintenant ?

— Tu vas être surpris, rétorqua-t-elle sans se démonter.

— Vraiment ?

Ses yeux brillaient toujours d'une lueur amusée, mais elle y avait aussi vu passer l'étincelle d'un doute.

— Tu crois vraiment que tout va se dérouler selon tes plans, n'est-ce pas ? lança-t-elle. Tu peux partir d'ici sourire aux lèvres et me laisser conclure en beauté mon introduction dans la haute société. Tu dois te dire que ça me servira de leçon.

— Tu as une imagination galopante.

— Vraiment ? Pour toi, je suis sûre que c'est le début de la victoire.

Ses neurones fonctionnaient toujours à cent à l'heure. Xavier plissa le front.

— Comment cela ?

— Tu réduis mes projets à néant, et pour achever de tuer mes espoirs, je suppose que tu es prêt à tout. Même à me donner un emploi de gouvernante, pour me garder à portée. Car tu as besoin de moi pour faire le lien avec les habitants de l'île.

Elle vit la mâchoire de Xavier se contracter, preuve qu'elle avait vu juste, et continua :

— La grande famille Del Rio retrouverait sa suprématie et tout rentrerait dans l'ordre, selon toi.

— Tu ne sais rien de ma famille, répondit-il d'un ton calme, dans lequel toutefois transparaissait une menace.

— Je suis déjà surpris que tu en aies une ! Je pensais que tu te matérialisais chaque matin sur ta chaise de bureau, prêt à agrandir ton empire.

— J'ai autant de famille que toi, répondit-il comme un adolescent désarçonné.

— Nous avions *doña* Anna, lâcha-t-elle sans pouvoir se retenir.

Il resta silencieux quelques instants, avant de hausser les épaules.

— Si c'est cette robe déchirée qui t'énerve, je t'en achèterai une autre.

— Je me moque de la robe. On ne peut pas continuer ainsi, il faut que tu arrêtes d'essayer de m'écarter de ton chemin. Je ne vais nulle part, Xavier. Nulle part ailleurs. C'est la dernière fois que je le répète, alors comment fait-on ?

Rosie aurait pu aussi bien se poser la question elle-même.

— Enlève la robe, murmura-t-il. Elle est fichue de toute façon.

— Tu ne m'écoutes même pas ! cria-t-elle, au comble de la frustration.

Il sourit, et Rosie sentit l'excitation renaître en elle. Ce n'était vraiment pas le moment ! Mais la tension accumulée était sur le point d'exploser. Soudain, Xavier posa une main sur sa joue et pencha la tête vers elle pour l'embrasser. Comme si elle lui appartenait ! *Don* Xavier Del Rio devait comprendre qu'elle pouvait elle aussi être dangereuse.

— Que diable…, lâcha-t-il, l'air estomaqué, au moment où elle lui déchirait sa chemise.

Rosie était pleine d'une passion déraisonnable, pleine du désir de s'affirmer. Elle pouvait bien, elle aussi, profiter de la peau chaude et musclée de Xavier, prendre ce qu'elle voulait. Elle brûlait de l'intérieur. La partie était engagée, mais Xavier ne lui laissa pas le temps de savourer son triomphe : il saisit les lambeaux de la robe qu'elle avait rassemblés autour d'elle et les fit tomber à terre.

— Qu'est-ce que tu comptes faire, à présent ? la défia-t-il, dévorant des yeux son corps dénudé.

Pour toute réponse, elle se jeta sur lui. Abattant une pluie de coups de poing sur son torse, elle rugit comme un animal, ses cris de rage se transformant petit à petit en cris de désir. Épuisée, pantelante contre son torse, elle leva finalement vers lui des yeux remplis de frustration, et se heurta une nouvelle fois à son sourire.

— Eh bien, *señorita* Clifton, murmura-t-il, je n'aurai jamais deviné tant de passion en vous.

Le souffle court, Rosie poussa un dernier cri de frustration et se lova dans ses bras. Sans attendre, Xavier fit remonter les deux mains sur sa poitrine et enferma ses tétons entre ses doigts. Le plaisir coula en elle comme un poison. Baissant le visage, il réclama ses lèvres et les obtint. Ses baisers étaient sensuels, ravageurs. Lorsqu'elle pressa son corps contre le sien, elle sentit son sexe dur contre sa cuisse.

— Est-ce que tu me détestes autant que la robe ? demanda-t-il, amusé. Je pense que oui. Ta vie était si bien réglée sur l'île, avant mon arrivée…

— Très bien réglée, répondit-elle, entre chaque baiser. Ne te moque pas de moi.

— Je me moque, moi ? murmura-t-il, perdant son regard dans le sien. Je pensais que j'étais en train de faire l'amour.

Son propre désir excitait Rosie et la terrifiait à la fois. Elle ne haïssait pas Xavier, elle le voulait. Elle ne savait pas à quel point jusqu'à ces derniers instants. Il embrassa la peau nue derrière son oreille. Le moindre de ses frôlements la faisait trembler de désir. Son corps fondait contre le sien, ses deux seins gonflés et tendus vers lui imploraient le supplice de ses mains. Il vint goûter ses bourgeons offerts, frôla les pointes de chair de ses dents, jusqu'à ce que Rosie rende les armes et se laisse renverser sur le bureau proche.

— C'est la première fois que je te vois perdre l'usage de la parole, commenta-t-il, amusé.

— Ce n'est pas la parole que j'ai perdue, c'est ma robe, répondit-elle, frondeuse. Tu ne comptes pas t'excuser ?

Xavier haussa les épaules et murmura :

— Je suis désolé…

Il avait glissé une main entre ses jambes.

— Ce n'est pas le genre d'excuses dont je parlais, souffla-t-elle en perdant à nouveau le contrôle.

— Non, mais c'est ce que tu veux. Alors profite. Oublie la réception et laisse-moi faire.

Rosie se cabra. Le moment qu'ils passaient ensemble ne signifiait rien pour Xavier et si elle se laissait aller, cela lui mettrait inévitablement des bâtons dans les roues pour la suite. Elle savait à quel point le sexe pouvait être destructeur, elle l'avait vu à l'orphelinat : quelqu'un finissait toujours par payer les pots cassés.

— Rosie ? Qu'est-ce qui ne va pas ?

La question de Xavier l'arracha à ses pensées. À sa décharge, il s'était immobilisé à l'instant où il l'avait sentie résister. Elle se passa une main sur le visage et tâcha de chasser les fantômes de son passé. Il fallait avancer, ne pas être victime des circonstances ; sinon, elle le regretterait forcément à l'avenir.

Dans le bureau, le silence était maintenant pesant.

— Qu'est-ce que je vais bien pouvoir faire à propos de la robe ? marmonna-t-elle.

— Il y a une solution à tous les problèmes.

— Même celui-ci ? demanda-t-elle, sceptique.

— Bien sûr.

Il attrapa le téléphone sur son bureau. Il soutint le regard de Rosie en composant un court numéro.

— Margaret ? Je suis dans le bureau. J'ai besoin que vous me rendiez service.

Margaret était efficace. Quelques minutes plus tard, elle passait une chemise neuve par la porte entrebâillée ; Xavier l'enfila et retourna à la réception.

— Je vous ai apporté quelques robes, dit-elle à Rosie, toujours depuis derrière la porte.

— Entrez, l'invita Rosie après s'être enroulée dans un plaid qui traînait sur le sofa.

Après avoir refermé la porte derrière elle, Margaret lui présenta une sélection de robes.

— Je ne sais comment vous remercier, s'écria Rosie avec un soupir de soulagement.

— Navrée pour l'attente. J'ai l'habitude de résoudre

les problèmes, les miracles me prennent juste un petit peu plus de temps. Xavier a dit que vous aviez renversé quelque chose dans l'échancrure de votre robe, j'ai donc pris la liberté d'apporter aussi des sous-vêtements.

Elle tendit une boîte à Rosie.

— J'espère que j'ai vu juste pour la taille.

— Je vous suis très reconnaissante. J'aurais pris n'importe quoi de toute façon. Vous m'épargnez de quitter la soirée en catimini, enroulée dans un rideau. Je ne sais pas ce que j'aurais fait sans vous...

— Allons, allons, fit Margaret. Sans moi, vous auriez traversé la pièce la tête haute.

Rosie sourit.

— Vous êtes gentille.

— Je vous aurais aidée tout à l'heure, avec les invités, reprit Margaret avec une grimace confuse, mais l'ambassadeur me monopolisait et je n'arrivais pas à m'en défaire.

— Ne vous excusez pas. Vous en avez fait bien assez.

— Si, je dois m'excuser, insista Margaret. Il faut que quelqu'un le fasse. Les invités de Xavier se sont comportés d'une manière détestable, ce soir, et il aurait dû empêcher cela. Je le lui dirai.

— N'en faites rien, je vous en prie.

Margaret hocha la tête avec un sourire compréhensif.

— Laissez-moi au moins vous présenter à tous lorsque vous vous serez changée.

— C'est très gentil à vous, une fois de plus.

— Ce n'est pas de la gentillesse mais du pragmatisme : Xavier ne gagnerait rien à ce que les invités vous snobent. Je vous laisse dix minutes ? Appelez-moi quand vous serez prête.

Rosie jeta un coup d'œil au téléphone sur le bureau.

— Je comprends pourquoi Xavier a votre numéro dans les raccourcis, dit-elle en souriant.

— Je peux me révéler utile en cas d'urgence, acquiesça Margaret avec un petit regard amusé.

10

Malgré les événements improbables du début de soirée, le gala était un succès. Xavier observait Rosie. Elle l'impressionnait. Splendide dans sa robe bleu glacier, elle évoluait parmi l'assistance avec une confiance éclatante, sous l'égide de Margaret. Son assistante était véritablement précieuse. Quoique parfois déstabilisante, comme à cet instant précis, alors qu'elle fendait la foule à sa rencontre, le visage fermé. Arrivée à sa hauteur, elle le saisit par le bras pour l'entraîner à l'écart ; il la suivit sans piper mot. Quoi que Margaret ait à lui dire, c'était probablement important.

— C'est un diamant, ne la lâchez pas, commença-t-elle une fois qu'ils furent à l'écart.

— Vous appréciez Rosie Clifton ?

— Énormément. Et vous vous êtes comporté de manière odieuse avec elle depuis le début de cette soirée.

— C'est ce qu'elle vous a dit ?

— Loin de là, affirma Margaret. Elle vous trouve formidable, ce qui prouve à quel point on peut se tromper.

— Je ne m'attendais pas à une leçon de morale, sourit-il, ravi de l'opinion que son assistante avait de Rosie.

— Vous avez invité cette pauvre jeune fille et vous l'avez laissée sans assistance au milieu d'une foule inconnue et hostile. Ce n'est pas bien, Xavier, pas digne de vous, et vous m'employez précisément pour que je vous le fasse remarquer quand c'est nécessaire. Vous avez mal agi.

— C'est effectivement la raison pour laquelle je vous emploie, confirma-t-il, amer.

— Alors rattrapez-vous. Je lui ai dit que vous la raccompagneriez chez elle, ce soir. Je suis sûr que vous trouverez le moyen de faire amende honorable.

Il avait bien une ou deux idées sur ce point.

— Si vous voulez qu'elle coopère pour l'île, ajouta Margaret, persuadez-la. Expliquez-lui pourquoi votre vision est la bonne. Mais ne l'humiliez pas, elle se battra. Elle mérite mieux que votre mépris.

Xavier resta muet et Margaret lui lâcha le bras. Elle lui adressa un petit sourire et un hochement de tête entendu, avant de retourner se fondre dans la foule des invités.

— Qui te ramène, ce soir ? demanda innocemment Xavier à Rosie, qui attendait devant le vestiaire.

— Toi, on dirait, répondit-elle avec un regard désapprobateur.

— C'est très direct, mademoiselle Clifton !

— Direct ? J'étais à deux doigts d'appeler un taxi pour qu'il me ramène à l'hôtel.

— Ce sera un plaisir que de te servir de chauffeur.

— Merci, répondit-elle froidement. Margaret m'a dit de ne surtout pas partir sans toi.

— Et je suis heureux que tu l'aies écoutée…

Xavier déposa le châle tendu par une employée sur les épaules de Rosie. Il sentit sa peau frémir sous ses doigts. Il resta un instant immobile alors qu'elle se dirigeait vers la sortie. Deux invités arrêtèrent Rosie pour lui dire au revoir, présentant leurs cartes. L'un d'eux était l'ambassadeur. Elle avait magnifiquement retourné la situation.

Il la rejoignit juste à temps pour entendre l'ambassadeur roucouler :

— C'était un véritable plaisir, *señorita* Clifton.

Avec un salut poli, Xavier entraîna la jeune femme. Il semblait à présent que, à la suite de l'ambassadeur, une cohorte s'était rassemblée pour lui souhaiter le bonsoir !

— Je le trouve très sympathique, déclara Rosie tandis que la main de Xavier la pressait pour qu'elle avance. Seriez-vous jaloux, *don* Xavier ?

Il émit un petit rire.

— Je dois avouer que tu es très attirante, dans cette robe.

— Ma jeunesse innocente, probablement, répondit-elle. Mais ça ne me rend pas naïve pour autant, même si j'ai encore bien des choses à apprendre, notamment sur le plan des affaires. Mais pour cela tu vas m'aider, n'cst-cc pas ?

— Alors maintenant c'est moi qui suis ton plan, c'est ça ? s'enquit-il avec un haussement de sourcil.

— Je ne sais pas. Qu'en penses-tu ?

Il ne répondit rien, appela l'ascenseur. Rosie n'avait pas peur de dire ce qu'elle pensait et cela la hissait au rang de femmes comme Margaret et sa regrettée tante.

Il prit le volant et la direction de chez lui.

— Ce n'est pas l'hôtel, fit-elle observer dans la voiture.

— Bien vu, répondit-il laconiquement alors qu'ils franchissaient les lourdes grilles en métal.

Son splendide manoir se dessina dans la nuit, surplombant un parc immense. Xavier en était très fier, et il se surprit à espérer que Rosie le trouve à son goût.

— Pourquoi m'emmènes-tu ici ? demanda-t-elle.

— Pour un dernier verre ?

La suggestion déclencha une œillade sceptique.

— Tu sais que je bois à peine.

— C'est pareil pour moi, mais je pense que c'est une bonne occasion d'apprendre à se connaître un peu mieux.

— Une suggestion… de Margaret ?

Xavier gara la luxueuse voiture de sport devant l'entrée.

— Il m'arrive d'avoir des idées par moi-même. Vois ça comme une trêve. Un simple verre.

— Et puis je m'en vais, répondit-elle.

Il l'aida à sortir du véhicule et la conduisit jusqu'à sa bibliothèque, où les domestiques avaient allumé un feu ronronnant. Rosie semblait vivement intéressée par cette belle pièce, la préférée de Xavier. Il lui importait étrangement beaucoup que l'endroit lui plaise et il était heureux de la voir l'examiner en détail. Les murs étaient couverts de livres. L'odeur du vieux cuir imprégnait la pièce, créant une atmosphère calme et détendue. Ce dont il avait un besoin urgent, vu ce que sa libido hurlait à ses oreilles…

Leur affrontement durant la soirée lui avait appris beaucoup de choses surprenantes sur Rosie Clifton, confirmant l'appétit sexuel qu'il suspectait sous sa contenance froide.

Rosie n'avait pas le choix, il fallait faire face. Pourquoi Xavier l'avait-il emmenée dans ce magnifique manoir ? Pensait-il l'y séduire ? Aucune chance. Ceci étant, cet aperçu de son style de vie lui en apprenait bien plus sur sa fortune et ses goûts que les photos glanées dans les magazines.

Elle avait vécu tellement de nouveautés ces dernières

heures que sa tête tournait, mais elle tiendrait bon. Son corps ne l'aidait pas, excité par la présence de Xavier. Elle saurait le faire taire, le moment venu.

— Les livres te plaisent, nota-t-il alors qu'elle passait sa main sur les reliures d'éditions anciennes.

— J'adore les livres. Comment peux-tu seulement quitter cette pièce ?

Il haussa les épaules.

— J'ai des livres dans toutes mes propriétés.

— Tu es chanceux, murmura-t-elle en continuant à longer la bibliothèque.

Elle avait beaucoup lu à *doña* Anna lorsque celle-ci perdait la vue — des histoires d'héroïnes courageuses qui s'en sortaient toujours. Une idée était en train de naître dans son esprit. Radicale, mais probablement efficace.

— C'est la lecture qui nous a rapprochées, ta tante et moi.

Rosie le sentit se raidir. Il valait peut-être mieux ne pas mentionner sa relation avec *doña* Anna tant que les choses ne seraient pas apaisées entre eux…

— Pourquoi m'as-tu conduite ici ? demanda-t-elle, changeant de sujet pour alléger l'atmosphère.

— J'essaye de faire amende honorable pour mon comportement du début de soirée.

Menteur, pensa-t-elle tandis qu'il débouchait une bouteille de champagne.

— Tu bois du champagne, n'est-ce pas ? demanda-t-il.

— Je ne sais pas, admit-elle honnêtement. Je n'ai jamais essayé, alors pourquoi pas.

Une expression étonnée se peignit sur le visage de Xavier. Il n'était pas au bout de ses surprises concernant le nombre de choses qu'elle ignorait…

— Ça tombe bien, l'occasion est parfaite, ajouta-t-elle.

— Vraiment ? demanda-t-il en lui tendant une coupe.

— Absolument.

L'idée de mettre sa proposition sur la table était terrifiante, mais il fallait bien la lui présenter et elle y avait déjà assez réfléchi. Il allait lui falloir du courage, de l'audace, ou elle n'aurait plus qu'à faire ses valises et abandonner les insulaires à leur triste sort. *Doña* Anna voulait qu'elle prenne sa vie en main. Elle serait responsable de son destin tout en conservant un égal pouvoir sur l'avenir de l'île. Xavier avait essayé de l'acheter et, confronté à son échec, il essayait maintenant de la charmer. Cependant, il n'était pas en position de force. Il avait besoin d'un héritier, quoi qu'il essaye de lui faire croire.

— J'aimerais proposer un toast, lança-t-elle d'une petite voix, rassemblant son courage.

Xavier fronça les sourcils. Il aurait pris ses jambes à son cou, s'il avait su ce qui l'attendait ! Rosie elle-même était pantelante. Son cœur battait si vite que Xavier devait l'entendre. Lorsqu'elle aurait dévoilé son jeu, il n'y aurait pas de retour en arrière.

— Je t'en prie, dit-il d'un ton où perçait la curiosité.

Rosie prit une grande inspiration et se jeta à l'eau :

— Je pense qu'il faudrait que l'on se marie.

Rosie cilla, au bord de la syncope. Seigneur, elle avait osé… Elle guettait la réaction de Xavier, qui écarquillait les yeux, l'air incrédule.

— Pardon ? J'ai bien entendu ?

— Tu as très bien entendu, confirma-t-elle, impatiente. Cela réglerait tous nos problèmes. Les tiens aussi, et je pense que c'est la chose la plus pertinente.

— Pertinente ?

Stupéfait, il passa une main nerveuse sur son visage, comme pour chasser un mauvais rêve.

— On peut s'asseoir ? demanda-t-elle. Il y a beaucoup de choses à dire.

— Tu crois ?

Au vu de l'expression qu'il arborait, on aurait pu croire que le monde avait sombré dans la folie devant ses yeux. Le choc, probablement, songea Rosie en allant s'asseoir sur l'un des canapés en cuir.

— S'il te plaît, reprit-elle une fois assise, tu ne veux pas me rejoindre ?

Xavier finit par aller s'asseoir en face d'elle.

— Je t'écoute, lança-t-il au bout d'un moment.

— Si tu n'as pas d'héritier, tu perdras ta moitié de l'île et je l'aurai toute à moi. À moins que tu n'aies quelqu'un en tête, pour le mariage…

— Non.

— Mes parts ne sont pas à vendre, tu le sais maintenant. Si nous nous marions, tu pourrais garder ta moitié.

— Qu'est-ce que tu y gagnes ?

— Tout, répondit-elle sans détour. Un futur pour l'île. On ne peut pas laisser les insulaires se déchirer entre nos deux visions. Ils ont besoin de certitudes, c'est toi qui l'as dit. Et tu en as besoin aussi, vu l'investissement que tu comptes faire.

Cela n'avait rien de la demande en mariage romantique qu'elle avait imaginée dans son enfance. C'était une transaction professionnelle, menée de sang-froid, comme Xavier savait si bien le faire en temps normal. Elle espérait que la proposition séduirait son esprit logique.

— Le mariage nous mettrait chacun sur le même pied, poursuivit-elle. Je pourrai aider les insulaires sans avoir besoin qu'on me chaperonne ou qu'on me présente. Ça m'apporterait de la crédibilité. Et je te donnerai l'héritier dont tu as besoin pour garder l'île.

L'idée de coucher avec Xavier était terrifiante, mais Rosie n'avait pas réussi à trouver une quelconque alternative.

— Tu y trouves ton compte, effectivement, répondit-il froidement.

— Toi aussi, insista-t-elle sans tenir compte de son ton glacial. Alors, tu vas y réfléchir ?

Xavier se détourna d'elle pour contempler le feu. Pendant de longues secondes, elle ne put qu'attendre. Il devait être en train d'étudier son offre en termes financiers, comme il le faisait d'habitude.

— Je n'arrive pas à croire que tu puisses me proposer cela, déclara-t-il enfin en se retournant vers elle.

— Je t'assure que tu auras ma coopération pleine et entière, insista-t-elle, sentant qu'il allait peut-être acquiescer.

— Je n'en accepterai pas moins, surtout au lit.

Rosie fut prise d'un vertige.

— J'espère que nous travaillerons ensemble à tous points de vue.

— Je m'en assurerai, conclut-il sans chaleur.

Il était temps de clore la transaction. Rosie ne savait rien des procédures applicables aux affaires et agissait à l'instinct. Elle se surprit à penser au peu de sentiment qu'elle avait mis dans la balance. Peut-être ferait-elle une femme d'affaires acceptable, finalement.

— Cet arrangement nous est bénéfique à tous les deux, répéta-t-elle. Je sais que l'île t'importe beaucoup, malgré ce que tu peux dire. C'est aussi mon cas. Tu as du pouvoir et de l'influence, mais sans ma coopération, tu ne pourras rien accomplir là-bas et…

— Qu'est-ce que tu sais du mariage ? l'interrompit-il

brusquement. Pas grand-chose, à mon avis. Le mariage est synonyme de malheur. Les gens se marient avec des rêves et des espoirs et lorsqu'ils comprennent que leur vie ne sera pas à la hauteur de leur fantasme, ils s'accusent l'un l'autre et se détruisent.

— Pas à chaque fois.

— Cite-moi un couple qui n'a pas suivi ce trajet-là, la défia Xavier. Tu n'as aucun exemple en tête ? Rien ? C'est bien ce que je pensais. Et quant à cet héritier tant voulu par *doña* Anna, sache que cette volonté me déçoit énormément. Je pensais qu'elle plus que tout autre saurait ce que vit un enfant né d'une union de convenance et le malheur que cela lui cause.

— Seulement si on le prive d'amour, tempéra-t-elle.

— Et qu'est-ce que tu en sais ? Tu n'as aucune expérience en matière de relation.

— Tu as raison. Je ne connaissais pas l'amour avant d'arriver sur l'île, mais sache une chose : si j'ai un enfant, je l'aimerai passionnément, et jamais je ne tolérerai qu'on l'abandonne comme tu as été abandonné. Tu as besoin d'un héritier, mais tu es convaincu que tu ne sauras pas être un bon père. Tu ne ressembles pas forcément au tien, Xavier.

— Comment peux-tu être aussi sûre de toi ?

— J'y suis obligée. Je dois penser de manière positive, sans quoi je serais restée à l'orphelinat. Pense à l'amour que les habitants de l'île ont pour toi, à l'amour qui attend cet enfant. Tout le monde espère que tu reviendras t'installer sur l'île un jour, juste pour le plaisir d'être parmi les tiens. Et je vais te dire autre chose, Xavier.

— Je n'en doute pas, ironisa-t-il.

— Tu ne te mettras pas en travers de notre bonheur. Je t'en empêcherai.

— Tu as une vision des choses d'une naïveté hallucinante.

— Peut-être, admit Rosie. Mais j'aime mieux ça que de rester enchaînée à mon passé. Pense à tout ce qu'on pourrait accomplir en travaillant ensemble. Je crois que c'est ce que voulait ta tante lorsqu'elle a rédigé son testament. Ma générosité et ton sens des affaires au service de l'île. Qui sait, on pourrait peut-être même y prendre du plaisir.

Ce n'était pas ce que semblait dire le visage de Xavier. Tout était entre ses mains désormais : son cœur, ses peurs et son futur.

— C'est très important pour moi, Xavier.

— Me faire les poches semble être capital pour beaucoup de gens…

Rosie hocha la tête avec un petit rire triste face à tant de cynisme.

— Tu ne m'as pas écoutée. Je ne te parle pas d'argent.

Xavier se conduisait comme s'il n'avait besoin de l'aide de personne, pas besoin de l'île. L'île, c'était lui, isolé, solitaire.

— Tu viens d'hériter de la moitié d'une île, commença-t-il d'un ton suspicieux, et maintenant tu voudrais épouser l'autre moitié. La proposition semble idéale, pour toi comme pour toutes les pauvres filles désargentées du monde.

— Alors refuse, le défia-t-elle. Je suis sûre que tu pourras payer une de ces pauvres filles pour te faire un enfant.

Le visage de Xavier s'assombrit.

— Je me demande quand le plan s'est forgé dans ton esprit. Tout de suite après qu'on t'a proposé ce travail de gouvernante au service d'une vieille dame sans défense ?

Tu t'es dit que tu allais t'en faire une amie, devenir sa confidente, jusqu'à t'inviter sur son testament ?

— Tu vois le pire chez les gens, ça me rend triste, répondit-elle. C'est toi qui y perds le plus au final. Ça ne m'étonne pas que tu sois seul. Je fais ça pour le bien de l'île, c'est ma seule raison. Tu crois vraiment que les candidates se bousculeront pour épouser un homme qui se refuse à ressentir quoi que ce soit ? Et quant à ta tante, j'ai été époustouflée par sa générosité, son cœur. Je le suis toujours. Et je suis déterminée à respecter sa volonté. Je n'oublierai jamais combien je lui dois, l'amour qu'elle m'a donné. Si les sentiments te font si peur que ça, dis-toi que ce n'est qu'une bonne affaire commerciale de plus.

Rosie sentit son cœur se serrer en finissant sa phrase.

— Je pense m'y connaître un peu mieux que toi en matière d'affaires commerciales, rétorqua-t-il.

Elle haussa les épaules.

— Alors tu mesures probablement tout l'intérêt que tu as à accepter. Travaillons ensemble, pour l'île. Si tu veux, quand tout sera réglé, nous pourrons même divorcer discrètement.

— Je vois que tu as tout prévu, jugea-t-il, acide.

— Il paraît que tu as bâti ton empire sur ta réactivité : c'est le moment d'honorer ta légende.

— Quand l'affaire est sérieuse, je peux aller très vite, effectivement. Si je suis persuadé que tout a été étudié et que le succès est garanti. Je vois bien tout ce que tu as à retirer d'un tel arrangement…

— Tout comme toi, coupa-t-elle.

— Décidément tu ne lâches rien.

Grandir à l'orphelinat l'avait aidée en ce sens. Il fallait du cran pour survivre là-bas. Beaucoup de cran.

— Xavier, quelle est ta réponse ? demanda-t-elle une dernière fois.

11

Doña Anna avait manigancé son affaire avec brio : elle l'avait fait revenir sur l'île, s'était assurée qu'il rencontre Rosie et avait inclus la clause de l'héritier dans son testament. C'était bien joué. Sa tante était sans doute la seule femme au monde capable de le manipuler. Elle l'avait déjà prouvé des années auparavant et continuait, depuis l'au-delà. Le fait que Rosie lui ait proposé de l'épouser, tout en lui faisant passer un des pires quarts d'heure de sa vie, confirmait ce qu'il pensait de sa tante : elle s'était choisi un remarquable lieutenant. Il éprouvait du respect pour la détermination de Rosie. Rien ne semblait pouvoir la faire renoncer.

— Je suis censé financer ton idée, donc ? lança-t-il sans conviction.

— Seulement si tu y crois.

Les yeux de Rosie étaient pleins d'espoir.

— Ce mariage devrait te permettre de continuer l'ascension fulgurante que tu as entreprise dans la haute société, argua-t-il.

— Ne dis pas cela. Tu sais qu'avant tout, il y aura le bonheur d'un enfant en jeu.

— C'est toi qui devrais y être particulièrement attentive, rétorqua-t-il en se souvenant de sa propre enfance. Tu comprends bien que ce mariage sera consommé, Rosie ? Tu comprends ce que cela signifie ?

— Bien sûr, répondit-elle, la voix ferme mais le visage blême.

Xavier se dit qu'elle pensait à la nuit de noces et à toutes celles qui suivraient.

— Et si tu t'attends à ce que je te consulte concernant le devenir de l'île…

— Je n'accepterai rien d'autre, l'interrompit-elle.

Rosie savait que c'était probablement sans espoir. Xavier n'avait jamais consulté qui que ce soit, alors que sa vie à elle n'avait été qu'une longue série de compromis, seule manière de s'en sortir sans trop de casse dans le système où elle avait grandi.

— Qui sait, tu pourrais trouver mes idées stimulantes…, avança-t-elle. Un peu de sang neuf.

— J'ai déjà une équipe pour ça. Mais si nous tombons à court d'idées, je ne manquerai pas de t'appeler.

— Donc ta réponse est non ?

Elle n'arrivait pas à déchiffrer le regard de Xavier.

— Pas forcément.

Rosie lui avait tout offert, s'était pliée à toutes ses exigences. Il savait qu'elle souffrirait et en était désolé, mais il n'y pouvait rien. *Doña* Anna aurait dû savoir que son plan tournerait mal. Il n'avait jamais caché sa répulsion pour les liens du mariage.

— Ta proposition est hautement inhabituelle.

— Elle est audacieuse, corrigea-t-elle.

— C'est un mariage arrangé.

— Absolument, confirma Rosie. C'est ce qu'il y a de mieux pour nous deux.

Elle semblait rejeter toute forme de sentiment pour se concentrer sur la transaction en cours. Était-ce parce qu'elle pensait que c'était le seul moyen de communiquer avec lui ? Où était-ce parce qu'une féroce stratège veillait, cachée sous son joli visage ? Xavier l'étudia. Elle était déterminée, téméraire. Une survivante, tout comme lui, conclut-il.

— Un mariage arrangé, ce n'est pas un peu daté ? reprit-il.

— Pour ce qui nous préoccupe, c'est parfaitement adapté.

— Alors je suis d'accord.

Rosie écarquilla les yeux sous l'effet de la surprise.

— Vraiment ?

— Comme tu l'as si bien dit, ma tante nous a tous les deux mis en face d'un problème et le meilleur moyen de le régler, semblerait-il, passe par un accord en bonne et due forme. Nous devons nous marier. Le plus vite possible, d'ailleurs.

Le triomphe pouvait prendre bien des formes, découvrit Rosie, légèrement enivrée par sa victoire — et absolument terrifiée par ce qu'elle venait de faire. Ses fantasmes appartenaient à un monde irréel. Dans ce monde, Xavier était tout ce qu'elle désirait, faisait tout ce qu'elle voulait. Mais en réalité... Lui et elle ne jouaient pas dans la même cour. Il exigerait beaucoup. Quel choix avait-elle, cependant, avec l'avenir de l'île en jeu ?

— Très bien, répondit-elle, une main tendue pour officialiser leur accord. On y va.

Il se rapprocha d'elle et posa la main sur sa taille.

— Tu te rends compte qu'avec ces quelques mots, ton mode de vie va changer pour toujours ?

— Je le sais, murmura Rosie en frémissant. Il faudra bien en passer par là.

Xavier sourit.

— Parfait. Mon équipe se chargera des bans. Il y aura une fête. Un bal.

— Un bal ? répéta Rosie, incrédule, en repensant à sa première sortie dans le monde.

— Une réception. C'est la tradition. Tout le monde doit pouvoir féliciter l'heureux couple.

Quel heureux couple ? pensa Rosie dans un frémissement.

— Il y a un problème ? demanda Xavier.

Il savait parfaitement ce qui n'allait pas : elle avait besoin qu'on la rassure sur son choix, mais personne n'était en mesure de faire cela pour elle.

Cette petite flamme qui luisait dans les yeux de Xavier, était-ce du triomphe ? Rosie se sentait privée de sa victoire. Épouser cet homme était la seule solution qui sauverait l'île. Et oui, bien sûr, le monde entier aurait les yeux braqués sur leur mariage, mais il fallait en passer par là. C'était le sens de la promesse faite à *doña* Anna.

— Oui. Comment expliqueras-tu la soudaineté de notre mariage ? Si tôt après la lecture du testament…

— Je n'ai de comptes à rendre à personne, répondit Xavier.

Sans surprise, *don* Xavier Del Rio se moquait des règles.

— La presse choisira de traiter ça sous l'angle du coup de foudre, de la rencontre inopinée qui débouche sur une belle histoire. Ça tiendra bien le temps que durera le mariage, ajouta-t-il.

— On dirait que tu parles d'une peine de prison.

Rosie sentait déjà qu'elle en voulait plus, mais il fallait se raisonner : il n'y avait pas de pont entre le monde de ses fantasmes et la réalité.

— Ce mariage sera ce que tu en feras, dit Xavier. C'est ton idée.

— Où est-ce que le bal se tiendra ?

— Ici, bien sûr.

Bien sûr… Elle pouvait oublier la petite fête qu'elle imaginait sur l'île, entre amis. L'annonce de leur mariage serait faite au milieu d'une foule d'inconnus, lors d'un bal trop formel.

— Ça te dérange ? l'interrogea Xavier en voyant sa mine déconfite.

— Non, non.

— Dans deux semaines, donc.

— Si tôt ? Aura-t-on vraiment le temps de tout organiser ?

Xavier lui jeta un regard amusé. Tout était possible, quand on avait de l'argent. Il valait mieux qu'elle s'y habitue. Elle pouvait le voir savourer sa reprise en main des événements. Leur mariage serait organisé et expédié en un clin d'œil.

La nuit du bal arriva. Xavier jeta un coup d'œil à son reflet dans le miroir et se demanda si Rosie serait prête pour ce qui l'attendait. Leur dernière entrevue s'était produite ici et lorsqu'elle était partie, il aurait pu jurer qu'elle voulait qu'il l'embrasse, la prenne dans ses bras et scelle leur pacte par un baiser. Il n'avait fait preuve d'aucune forme d'affection, dans l'intérêt de Rosie. Il aurait été incorrect de voir autre chose qu'un mariage arrangé dans cette union. Il admirait la jeune femme pour sa force et sa grâce, mais lui possédait une nature froide, forgée par un passé amer, et il ne se laisserait pas désarçonner.

Il ne ressentait rien pour Rosie. Rien du tout. Pourtant,

si tel était vraiment le cas, pourquoi pensait-il encore à elle… ?

La seule chose qui t'intéresse, c'est le bon déroulement de la soirée, se répéta-t-il. Rosie avait du cran, elle s'en sortirait. Elle voulait jouer dans la cour des grands : il ne lui restait plus qu'à prouver qu'elle en était capable.

Les membres de la jet-set se pressaient déjà au portail. La cathédrale serait pleine à craquer, le jour de leur mariage. La sensation créée par le conte de fées du milliardaire qui épousait la gouvernante avait dû occuper toutes les conversations depuis que les invitations avaient été reçues. Même l'ambassadeur avait bouleversé son calendrier pour assister à l'événement, et il viendrait accompagné de la crème de la haute société espagnole, ainsi que de quelques membres de la famille royale. Leur mariage allait faire du bruit.

Avec Margaret aux commandes de l'organisation, Xavier savait que tout se déroulerait sans accroc. Bien sûr, il se demandait ce que les invités penseraient de Rosie, mais c'était surtout ce qu'il pensait d'elle qui lui posait problème, notamment quand il la retrouverait après ces quelques jours de séparation. Il n'arrivait pas à interpréter ce qu'il ressentait en sa présence.

Et il avait hâte qu'elle arrive…

Rosie tâcha de calmer les battements de son cœur, qui s'était emballé toute la journée à l'idée de la soirée qui l'attendait. Revoir Xavier était presque plus effrayant que l'armée d'invités qu'elle allait devoir affronter. Serait-il résigné ? Impatient ? Était-ce trop demander qu'il soit heureux de la revoir ?

Les robes de bal ne faisaient pas exactement partie

de son domaine d'expertise. Elle se tourna et retourna plusieurs fois devant le miroir.

— Est-ce que ça va ?

— Vous êtes superbe, la rassura Margaret, affairée dans son dos aux derniers ajustements.

Lorsque l'assistante de Xavier avait frappé à la porte de la suite, Rosie l'avait accueillie à bras ouverts. Seule, elle aurait été incapable de se procurer une robe de bal et une robe de mariée en si peu de temps. Elle se considérait comme une fille à jean et T-shirt et, après le fiasco de sa tenue de gala, elle ne tenait pas à un second désastre. Margaret l'avait donc aidée. Rosie lui faisait confiance : elle savait qu'elle obtiendrait toujours des réponses honnêtes de la part de celle qu'elle considérait à présent comme une amie.

— J'aime vraiment cette robe, fit celle-ci en se redressant pour inspecter Rosie sous tous les angles. Elle a beaucoup de style. Vous n'avez jamais été aussi belle.

— Je n'aurais pas pu choisir sans vous, admit Rosie, et je n'aurais certainement pas su où me procurer une si belle robe…

Margaret lâcha un petit rire.

— Maintenant, vous savez que vous aurez toujours l'attention des grands couturiers.

— Prêts à sacrifier leur sommeil pour que la robe soit prête à temps, enchaîna Rosie pour elle-même, toujours étonnée des montagnes que l'argent pouvait déplacer.

— Êtes-vous heureuse ? demanda Margaret, soudain soucieuse.

L'était-elle ? Rosie contempla son reflet dans le miroir. Elle aurait aimé confier ses peurs et ses doutes à Margaret, mais elle se contenta de répondre :

— Bien sûr que je le suis.

Margaret l'étudia un instant.

— Alors allons-y.

Il était trop tard pour faire marche arrière. Prenant une grande inspiration, Rosie releva la tête et les deux femmes quittèrent la suite.

Margaret et Rosie auraient dû arriver depuis longtemps. Pourquoi n'étaient-elles pas encore là ? Choisir une robe et l'enfiler, bon sang, ça ne pouvait pas être si difficile que cela ?

Xavier jeta un coup d'œil impatient à la porte. Tous ses invités étaient arrivés et ils attendaient, comme lui, le clou de la réception : l'apparition de sa future fiancée… La soirée était douce. Les grandes portes vitrées qui menaient au jardin avaient été ouvertes ; au-dehors, le ciel était constellé d'étoiles. Un orchestre jouait sur une estrade, à la lueur chaude des chandeliers. Le champagne coulait à flots et les conversations allaient bon train. Tout se déroulait à merveille. « Et puis il y a la surprise de la soirée, n'est-ce pas… », avait ajouté à l'oreille de Xavier une vieille dame couverte de diamants.

Il n'aimait pas être au centre de toutes les conversations, pas de cette manière en tout cas. Plus vite il en aurait terminé avec cette mascarade, mieux il se porterait. Les tabloïds étaient remplis d'articles persifleurs sur l'avenir de leur mariage. Cela continuerait tant que les gratte-papier ne découvriraient pas un nouveau scandale à exposer. Au moins Margaret s'était-elle mise à la disposition de Rosie : la moindre erreur alimenterait le feu des conversations, sa fidèle assistante le savait et ferait tout pour l'éviter. La plupart des invités étaient des gens respectables, mais ils ne résisteraient pas à un juteux ragot. Et il y avait parmi eux quelques vautours qui n'espéraient que la chute de Rosie. Xavier les méprisait, mais il savait que Rosie était vulnérable à leurs attaques. Il ne la laisserait pas devenir l'objet de leurs ricanements.

Subitement, Xavier se tendit. Le silence était tombé sur la salle. Même l'orchestre, comme décontenancé, avait suspendu la musique.

Rosie faisait son entrée…

Apparue en haut des marches, sa silhouette se découpait dans la lumière. Une décharge électrique traversa Xavier de part en part. Elle portait une robe sublime, d'un bleu léger, proche de la lavande. La couleur seyait parfaitement aux mèches rousses qui cascadaient sur ses épaules nues. Elle était sublime, saisissante : c'était comme s'il la voyait pour la première fois. La robe épousait parfaitement ses formes, détournant presque l'attention de la perfection de son visage. Tous la dévisageaient comme si elle était la seule femme à se tenir dans la pièce.

Son menton se releva lorsqu'elle aperçut Xavier et un faible sourire lui vint aux lèvres. Sans se soucier des regards, il fendit la foule alors qu'elle descendait l'escalier à sa rencontre. Elle avait laissé ses cheveux libres, comme il l'aimait, et il émanait de toute sa personne une élégance à la fois fragile et magnifique.

Sa beauté avait touché tous les hommes présents, ce qui hérissa Xavier. Car ce n'était pas tant la perfection physique de Rosie qui l'avait laissé pantois, c'était l'éclat qui se dégageait d'elle. Elle était lumineuse. La sérénité qui l'habitait irradiait. Elle n'était peut-être qu'une enfant perdue lorsqu'elle avait posé les pieds sur l'île mais ce soir, Rosie Clifton était plus rayonnante, plus sûre d'elle-même que jamais.

Lorsqu'elle eut atteint le milieu de la piste, le chef

d'orchestre leva sa baguette et les notes d'une élégante valse viennoise résonnèrent. La foule s'écartait sur le passage de Rosie, bruissant d'un murmure excité. Elle avait fait taire les ragots en un instant, sans rien utiliser d'autre que son charme et sa candeur.

— Bonsoir, Xavier, dit-elle en arrivant à sa hauteur.

— Margaret a fait du bon travail, observa-t-il, bien conscient de son euphémisme.

— J'ai eu mon mot à dire, corrigea-t-elle en souriant.

— Je n'en doute pas. Tu es splendide.

— Vraiment ?

Elle semblait stupéfaite de son compliment.

— C'est une évidence. Tu es la plus belle femme de cette assemblée.

Les sens de Xavier étaient en émoi. Il était bien sûr saturé de désir, mais il y avait quelque chose en plus. Sa vie entière, il s'était vanté de n'éprouver aucun sentiment, mais il ressentait quelque chose en cet instant, quelque chose dont la force était indéniablement supérieure au désir. Un *sentiment*, oui, qui lui donnait envie de conduire Rosie loin de la foule, à un endroit où ils seraient seuls, ensemble, pour longtemps. Tout en elle le rendait fou : le parfum qui émanait discrètement de sa peau, sa chaleur, son regard, son corps à quelques centimètres du sien. Elle l'ensorcelait. Comment garder son habituelle composition froide et détachée ? Tout son être n'était plus qu'un volcan.

— J'espérais que ça te plairait, confia-t-elle.

— Et toi, murmura-t-il, tu approuves ? La soirée ?

Il regarda autour de lui en comprenant subitement que son approbation lui importait énormément.

— C'est magnifique. J'espère que je ne vais rien gâcher.

— Je vais être obligé de te garder près de moi pour m'en assurer, dit-il en souriant.

Rosie rit et se détendit dans ses bras alors qu'ils commençaient à valser. Xavier aurait aimé que cette première danse ne finisse jamais. La peau de sa cavalière était chaude sous ses doigts ; lorsqu'elle referma la main sur la sienne, il fut envahi par un désir absurde de protection. Le marché passé avec Rosie ne l'intéressait plus. Il était trop attiré par elle. Il ne voulait personne d'autre. Et au vu du rythme auquel sa poitrine se soulevait contre son torse, elle le désirait aussi.

Les invités avaient applaudi l'entrée en piste du couple phare de la soirée, impatients de voir l'innocente orpheline s'abandonner dans les bras du noble espagnol. Tous formaient à présent un cercle autour de la piste. S'ils avaient su que c'était Rosie qui l'avait demandé en mariage, et non pas l'inverse… C'était suffisant pour mettre Xavier de bonne humeur. Et cela se doublait de la satisfaction qu'il ressentait lorsque sa main touchait le dos de Rosie et qu'elle frissonnait.

L'intimité entre eux ne fit que croître, tout au long de la soirée. C'était comme s'ils n'existaient que pour eux seuls, enfermés dans une bulle dont les invités étaient exclus. D'ici à la fin de la fête, tous seraient convaincus d'avoir rencontré le couple idéal. Xavier rit intérieurement à cette pensée, tout en souhaitant, au fond de lui-même, que ce soit vrai.

12

Tournoyant dans les bras de Xavier, Rosie aperçut Margaret qui lui adressait de petits signes d'encouragement. Elle aurait presque pu se détendre si la proximité de son partenaire et le souvenir douloureux du dernier gala n'étaient pas aussi présents à son esprit. Pour le moment, elle se souciait surtout de la maîtrise de ses nerfs durant les heures à venir. Les quelques centimètres qui séparaient leurs corps semblaient créer un champ magnétique entre Xavier et elle, et sa raison se perdait, refusait toute pensée logique. Le mariage ne lui assurerait pas le contrôle : Xavier avait bien plus d'expérience qu'elle. Et pourtant, elle pressentait qu'il était l'homme qu'il lui fallait. Ou était-ce ce cadre romantique et sa nature fleur bleue qui la trompaient ? Le regard de son cavalier était plus chaleureux que jamais, mais…

— Détends-toi, souffla-t-il à son oreille, comme s'il devinait sa tension.

Il fallait qu'elle se calme. Qu'elle dissimule ses sentiments. Qu'elle les garde au fond d'elle-même, comme elle l'avait toujours fait. C'était ainsi qu'on se sortait des situations les plus difficiles.

Les danses succédèrent aux danses, jusqu'à ce que l'ambassadeur vienne la solliciter. Xavier lui céda la place, mais il ne fut pas aussi accommodant avec un jeune prince qui vint plus tard tenter sa chance. Devant le regard noir de Xavier, Rosie déclina poliment l'invitation en invoquant la fatigue. Elle se laissa entraîner loin de la piste par son… *fiancé.*

— Cet endroit est magnifique, observa-t-elle alors qu'ils se dirigeaient vers les grandes portes-fenêtres. Tu as bon goût.

— Mes décorateurs ont bon goût, corrigea Xavier.

— Les arrangements floraux sont vraiment splendides…

— Je suis heureux qu'ils te plaisent, répondit-il avec un petit sourire, radouci.

— Les roses sont mes fleurs préférées. Surtout les blanches. Comme celles de l'hacienda.

Ils venaient de sortir sur le vaste balcon qui surplombait un jardin à la française. Rosie s'accouda à la balustrade de marbre, rêveuse.

— Grandir ici doit être incroyable…

— Je n'ai pas grandi ici.

Rosie releva les yeux. Le ton de Xavier laissait transparaître une vieille douleur.

— J'ai effectué ma scolarité loin d'ici, ajouta-t-il.

— Et tu rentrais chez ta tante ?

— Pour les vacances, confirma-t-il, le visage sombre.

— Tu n'as pas beaucoup vu tes parents…

Elle avait touché une corde sensible.

— J'ai acheté cet endroit après mon premier coup d'éclat financier, dit-il en contemplant le jardin.

— Ton premier coup d'éclat ? répéta-t-elle en un écho taquin dans l'espoir d'éloigner les fantômes qui dansaient sur son visage. Tu en as donc fait d'autres ?

— J'ai connu quelques succès, c'est vrai.

— Pourquoi le nier ? Tu peux être fier de ce que tu as accompli.

Surtout avec le poids amer légué par ta famille, ajouta-t-elle pour elle-même.

— Je te retourne le compliment, répondit Xavier. Toi et moi ne sommes pas si différents que ça, par certains côtés…

Rosie éclata de rire.

— On a un ou deux milliards de différence, tout de même ! Sans compter un titre de noblesse…

— Qui ne signifie rien, acheva-t-il à sa place. Viens. Il est temps de rentrer, pour annoncer nos fiançailles.

Le cœur de Rosie manqua un battement. Et dire que c'était son idée… Le moment était venu : lorsque Xavier prononcerait les mots convenus, tout deviendrait réel. Elle avait rêvé d'un instant comme celui-ci depuis l'enfance, mais n'aurait pu imaginer ce qu'elle vivait actuellement. Ses rêves mettaient toujours en scène un homme beau et aimant, honnête, à qui Rosie ferait une confiance absolue pour le restant de leurs jours. Au lieu de cela, elle avait passé un marché. Un mariage arrangé, comme avait dit Xavier. Si l'on découvrait la supercherie, ils seraient tous deux tournés en ridicule et l'avenir de l'île serait compromis. Cela n'empêchait tout de même pas Rosie de prier pour que ses rêves se réalisent, que l'annonce de Xavier marque le début d'une vie nouvelle et merveilleuse plutôt que le début de la fin…

— Avant que nous ne rentrions, dit Xavier en l'attirant sur le côté, j'aimerais te montrer la bague.

— La… *bague* ? bafouilla Rosie, incrédule. Je ne m'attendais pas à une bague de fiançailles !

Xavier fronça les sourcils.

— Pour qui me prends-tu ?

— Excuse-moi. C'est juste que… Je pensais que c'était juste l'annonce de nos fiançailles.

— Bien sûr qu'il faut une bague ! C'est la tradition.

— Tu as raison.

Elle maudit intérieurement sa naïveté. L'assemblée s'attendrait à voir une bague. De préférence aussi luxueuse que la soirée à laquelle ils participaient, chez le fortuné *don* Xavier Del Rio.

Rosie eut un choc supplémentaire en découvrant la bague, un anneau d'or blanc serti d'un énorme diamant, dans un écrin de soie bleu nuit.

— Je ne peux pas accepter ça ! protesta-t-elle.

Elle jeta de petits regards effrayés vers le bijou comme s'il s'agissait d'un serpent prêt à mordre. La bague était beaucoup trop grosse pour elle !

— Pourquoi ? demanda-t-il, interloqué.

— Je n'ai pas besoin d'un diamant de cette valeur.

— Qu'est-ce que tu croyais, bon sang ? s'exclama Xavier en observant le bijou comme s'il le voyait pour la première fois. Je ne vois pas ce qui cloche !

— Rien, elle est magnifique. Fabuleuse. Mais elle n'est pas pour moi.

N'importe qui d'autre aurait été époustouflé par la beauté absolue du joyau. Il n'avait probablement pas de prix. Mais sa place était sur une couronne, ou un sceptre, pas à son doigt. Même si Rosie savait qu'elle offensait Xavier en refusant.

— Qu'est-ce que tu veux, alors ? demanda-t-il, les sourcils froncés.

— Quelque chose de plus… discret ?

Elle avait parlé d'une toute petite voix. Xavier semblait étonné, comme si elle venait de proférer une obscénité.

— Discret ? répéta-t-il.

— Plus petit…

— C'est trop tard. Et vu les circonstances, je pense

que cela prouvera à tout le monde mon implication dans cette union.

Rosie leva les yeux vers lui.

— Je suis désolée. Tu dois penser que je ne suis pas reconnaissante.

Elle aurait aimé qu'il n'y ait aucune barrière entre eux, afin de pouvoir lui expliquer exactement ce qu'elle ressentait, mettre des mots sur ce qui les séparait. Son enfance avait été assez catastrophique pour qu'elle en sorte convaincue qu'elle n'était pas digne d'amour, et elle était sûre qu'il en allait de même pour lui.

— Je préfère ne pas la porter, dit-elle avec honnêteté en lui rendant la bague. J'aurais l'impression d'être une voleuse.

— Tu as tort. Je commence à te connaître, Rosie. C'est pour cette raison que je t'ai prise à part pour te montrer la bague. Je savais que tu reculerais, mais on ne peut pas décevoir les invités. Nous allons retourner dans la salle et tu souriras lorsque j'annoncerai nos fiançailles.

La lueur compréhensive dans les yeux de Xavier la poussa à accepter.

— D'accord. D'accord, Xavier, allons-y. Je vais le faire.

Son cœur se serra lorsqu'elle vit le soulagement se peindre sur le visage de son futur fiancé.

De retour dans sa chambre d'hôtel, Rosie se contempla longuement dans le miroir, incapable de reconnaître la jeune femme troublée qui lui rendait son regard, dans sa robe magnifique. Elle se prépara pour la nuit et se jeta sur son lit, épuisée.

Elle se connecta à Internet. De nombreux sites affichaient déjà leur projet d'union à la une. Le mensonge prenait, pensa Rosie avec soulagement. Leur simulacre avait trompé le monde. Il y avait des photos d'elle, le regard perdu dans les yeux d'un Xavier souriant. La bague avait été photographiée sous tous les angles. « Le diamant du siècle », titrait l'un des sites.

Pour Rosie, pourtant, la bague n'était qu'un symbole tragique de l'impasse dans laquelle elle se trouvait. Comment pourrait-elle faire semblant, donner l'impression qu'elle se contentait d'honorer un contrat, elle qui commençait à aimer si fort son partenaire ? Comment pourrait-elle dissimuler ses sentiments en sa présence, pour ne pas avoir à souffrir ?

Et pour couronner le tout, elle avait peur de perdre la bague. Elle allait devoir la garder au doigt en permanence, trop effrayée de ce qui pourrait arriver si elle la quittait un instant. Elle porta le bijou à la lumière. Sa grosseur le rendait presque irréel. Une bague irréelle pour un mariage irréel.

Elle allait tenir sa promesse envers *doña* Anna, mais le prix serait plus terrible que ce qu'elle imaginait au départ. Si Xavier et elle avaient la chance d'avoir un enfant, Rosie lui donnerait tout son amour, lui consacrerait sa vie. Xavier ferait-il la même chose ? Un héritier signifiait-il quelque chose d'autre qu'un pion sur un échiquier, à ses yeux ?

Le pire moment de la soirée avait été de rejoindre les insulaires, juste après l'annonce officielle. Tout un groupe avait été invité dans le fabuleux manoir, et elle avait détesté mimer la joie à leurs côtés. Xavier l'avait-il vue quitter la fête immédiatement après leur avoir parlé ? Il était occupé avec l'ambassadeur, elle n'avait pas voulu l'interrompre. Après tout, elle avait bien joué son rôle, il ne pouvait pas en demander plus. Elle avait été charmante, disponible, émue, digne future femme de *don* Xavier.

Malgré les pensées qui tournoyaient sous son crâne, elle sombra dans le sommeil.

Rosie fut réveillée par trois coups frappés à sa porte. Le petit déjeuner, sans doute. Elle était affamée. Elle avait été trop nerveuse pour avaler quoi que ce soit avant la réception, et avait passé le reste de la soirée au bras de…

— Xavier ? s'écria-t-elle, surprise.

Elle s'écarta de la porte ; il pénétra dans la chambre.

— Tout va bien ? reprit Rosie. Si j'avais su que tu venais…

Elle se passa une main dans les cheveux et resserra la ceinture de sa robe de chambre. Xavier avait les traits tirés, comme s'il n'avait pas dormi depuis plusieurs jours. Il ne s'était pas rasé : l'ombre d'une barbe se dessinait sur son visage. Ses cheveux étaient mal peignés et il avait apparemment sauté dans le premier jean à sa portée.

— Tout le monde s'est demandé où tu avais disparu, hier, lança-t-il.

Était-il inquiet ou furieux ? Elle n'arrivait pas à déchiffrer son expression.

— Je suis restée jusqu'à minuit…

— Je sais très bien quand tu es partie. Sans un mot pour ton hôte.

— Mon *fiancé*, corrigea-t-elle.

Il avait relevé le menton, ses yeux sombres pleins d'interrogations.

— Tu aurais dû rester. Nous avions encore beaucoup de gens à voir.

— J'étais épuisée.

Elle préféra ne pas s'étendre sur les causes de cet épuisement, qui n'était pas que physique. Elle s'était en effet promise à un homme dont elle n'était pas sûre qu'il pourrait jamais développer une quelconque empathie pour ses enfants, les éduquer, ni les aimer comme il l'aurait fallu.

— J'aurais voulu pouvoir parler avec toi, par exemple pour savoir ce que tu penses de la maternité, fit Xavier, comme s'il avait pu lire dans ses pensées et y répondait en écho. Tu te sens prête ? Tu es jeune…

— J'ai pourtant l'impression de m'y être préparée toute ma vie. J'ai toujours rêvé d'avoir un jour ma propre famille, d'aussi loin que je puisse me souvenir.

— Pas une famille comme la nôtre, probablement…

— Si l'idée d'un héritier ne t'évoque rien de plus que tes projets concernant l'île, alors oui, j'ai de sérieux doutes, admit-elle.

— Qu'espères-tu ? Que je me métamorphose en père au premier regard que je jetterai sur lui à la naissance ?

— Peut-être ne changeras-tu jamais, répondit-elle en cherchant son regard. Ou peut-être as-tu simplement peur de ce que tu ressentiras quand tu deviendras père.

— Et je suis censé expérimenter ces sentiments sur un enfant ? Je suis censé attendre de savoir ce que je ressens lorsqu'il sera né ? s'exclama-t-il, presque rageur.

— Ce n'est pas ce que je veux dire, et tu le sais. Nous savions tous deux que ce ne serait pas facile.

— Pas facile ? C'est peu de le dire, fit-il en étouffant un rire amer. Tu veux faire marche arrière ?

Elle crut déceler de l'espoir dans sa voix.

— Si tu me connaissais mieux, tu ne le demanderais même pas, répondit-elle avec fermeté.

— Alors, tu voudrais ralentir les choses, peut-être ? Que je te laisse plus de temps ?

— Qu'est-ce que ça changerait ?

C'était lui qui semblait avoir le plus besoin d'être rassuré, aussi ajouta-t-elle d'une voix douce :

— Je ne me soucie que du bébé. Un enfant a besoin de sécurité, d'un foyer.

— Un Del Rio aura tout ce dont il a besoin. Il aura ce foyer, quoi qu'il puisse nous en coûter.

— Je ne demande rien d'autre. Et puisque nous nous comprenons, je voudrais…

Elle hésita un peu et reprit :

— … Je voudrais te rendre la bague. Mets-la en sécurité. Elle a produit son effet.

Elle tenta de la retirer, mais l'anneau se bloqua sur sa phalange.

— Laisse-la à ton doigt, dit-il. Il n'y a pas de retour en arrière. Tu m'as fait une promesse.

— Et je compte bien l'honorer, avec ou sans bague.

Elle se rendit à la salle de bains pour faire glisser l'anneau à l'aide d'eau savonneuse. De retour dans la pièce, elle tendit le diamant à Xavier.

— Tiens.

— Tu es sûre de toi ? demanda-t-il, comme réticent à le reprendre.

— Absolument sûre.

À quoi lui servirait l'énorme diamant, sur l'île ? Le porter reviendrait à mettre de la distance entre elle et ceux qu'elle aimait.

Alors qu'il reprenait la bague, leurs mains se frôlèrent. Rosie ressentit la même chaleur et le même désir qu'à chaque fois que Xavier s'approchait d'elle. Elle leva les yeux. Il la regardait. Elle sentit sa main remonter sur son poignet puis sur son bras, jusqu'à ce qu'il l'attire à lui et l'embrasse. Elle colla son corps au sien et des larmes ruisselèrent sur ses joues. Seigneur, elle perdait totalement le contrôle de ses émotions…

— Je n'ai pas dormi de la nuit à cause de toi, avoua Xavier.

— Tu dois avoir mauvaise conscience, répondit-elle en ravalant ses larmes. Moi, j'ai dormi comme un bébé.

— Menteuse, murmura-t-il contre ses lèvres.

Il la tint dos au mur, une main au-dessus de sa tête, l'autre lui caressant délicatement la joue.

— Je sais que ce n'est pas facile pour toi, Rosie…

— Mais c'est la meilleure solution. La seule, insista-t-elle, comme pour se convaincre elle-même.

Une solution née du désespoir et qui la plongeait dans des abîmes de souffrance…

— Je ne me suis jamais soucié de ce que ressentaient les autres, admit Xavier, le regard sombre. Je dois être maladroit avec toi…

Elle lui retourna un petit sourire.

— Tu t'en sors très mal. Mais peut-être est-ce parce que tu ne t'es jamais autorisé à ressentir quoi que ce soit pour quiconque.

— Tu me traites de peureux ? la défia-t-il doucement.

— En ce qui concerne les sentiments ? Oh que oui !

— Tu as le même problème, rétorqua-t-il. Tu n'as jamais mis ton cœur en jeu.

Rosie soutint son regard.

— Et c'est pour cela que je te comprends.

Il posa les mains sur sa taille.

— Tu me comprends vraiment ? Alors tu sais que cette bague était le clou du spectacle. J'ai demandé un bijou irréalisable, et on m'a exaucé.

— Tu es allé voir un joaillier, donc ?

Il fronça les sourcils, comme surpris qu'elle le soupçonne de l'avoir acheté dans n'importe quelle bijouterie.

— J'ai fait monter ce diamant par le joaillier du roi !

— Évidemment, dit-elle avec un petit rire. Il fallait au moins cela…

— Qu'y a-t-il de si drôle ?

— Toi. Tu es drôle.

Il la contempla un moment, les yeux étincelants, avant de poser les lèvres sur les siennes. Rosie frémit. Cet homme lui donnait des envies folles. Des envies dangereuses…

13

— Je suis navré que tu n'aimes pas la bague, mais je te rappelle que ce n'était qu'une soirée de façade, dit Xavier en s'écartant d'elle. Ce bijou faisait partie du spectacle qu'on voulait donner au monde.

Il avait raison, bien sûr, mais cela n'empêchait pas Rosie de sentir les mots s'enfoncer en elle comme des poignards.

— De toute façon, je n'ai pas besoin d'un bijou pareil. En ce qui me concerne, un anneau de pâquerettes aurait amplement suffi.

— On ne peut pas faire de bague avec des pâquerettes, marmonna Xavier.

— Alors juste un collier, souffla-t-elle avec un sourire. Mais pas des diamants de la taille d'un œuf, d'accord ?

— La bague n'était qu'un accessoire dans la représentation, répondit Xavier en haussant les épaules. Il fallait qu'elle crée la sensation. Elle a rempli son rôle.

— Un collier de marguerites aurait tout autant fait parler, le taquina Rosie avec un sourire mutin.

— Et t'aurait bien mieux correspondu. Mais la nuit dernière, il s'agissait de convaincre tout le monde de manière à asseoir ta crédibilité. C'est la seule façon pour moi d'obtenir la seule chose que l'argent ne peut acheter.

Un enfant, pensa Rosie. *Son héritier.*

— Mais pour le moment, je crains d'avoir de mauvaises nouvelles, reprit-il.

Rosie s'immobilisa.

— Le travail m'appelle. Je dois partir quelques jours.

— C'est tout ? s'exclama-t-elle, incapable de cacher son soulagement. Alors c'est plutôt une bonne nouvelle pour moi.

Elle lui tira la langue dans un geste enfantin et souligna d'un clin d'œil sa déclaration, avant de poursuivre :

— Alors pourquoi est-ce que tu es venu ? Pour me dire au revoir et t'assurer que je ne m'enfuirai pas pendant que tu es à l'étranger ?

À son regard, elle vit qu'elle avait visé juste.

— Ne t'inquiète pas, souffla-t-elle à son oreille. Je serai là quand tu rentreras et je serai à tes côtés pour le mariage. Nous allons nous marier et tout va bien se passer.

— Et moi, je te promets que tu n'auras à te soucier de rien.

Rosie eut un petit rire incrédule.

— Tout est sous contrôle, insista-t-il. Nous nous marierons dans une cathédrale, avec une réception au manoir que je possède sur la côte. Tout est organisé, tu n'auras qu'à enfiler ta robe immaculée et te rendre à la cathédrale.

— D'accord.

Elle avait hoché la tête, mi-figue mi-raisin. Il parlait comme s'il lui donnait rendez-vous dans un café du centre-ville. Il ne s'agissait que d'un mariage de convenance dans son esprit, et tout se déroulerait selon les plans qu'il avait dressés. Alors pourquoi Rosie espérait-elle que leur cérémonie de mariage serait plus qu'une simple formalité ?

— Ce sera grandiose, conclut Xavier.

Luxueux, donc, corrigea-t-elle mentalement.

— J'espère que ça te va, dit-il encore.

Et si ça ne lui allait pas ? Ce serait pareil.

— Ça me va, mentit-elle.

— Tu t'en souviendras, Rosie, je te le garantis.

Était-ce une promesse ou une menace ? Leur mariage serait un événement spectaculaire. Dénué d'intimité, de sens ou d'amour.

— Tu résideras à l'hôtel avant le mariage, continua Xavier sans même s'embarrasser de son avis. Les maquilleuses, esthéticiennes et coiffeurs viendront s'occuper de tout. Ce sera plus simple pour toi de rester ici plutôt que de revenir sur l'île. Ne t'en fais pas. Je te garantis que je serai rentré à temps.

— Si tu n'es pas là, je ferai contre mauvaise fortune bon cœur, plaisanta-t-elle faiblement.

— Tu ne laisses jamais rien te désarçonner, hein ?

Rosie avait perçu la note d'admiration dans sa voix. Il avait extraordinairement tort : le manque d'amour dans leur arrangement la terrassait ; la peur qu'elle ressentait pour l'avenir de leur enfant aussi. Elle avait fait ce qu'elle pensait être bon, mais si elle avait en fait empiré la situation ? Était-ce véritablement ce qu'avait voulu *doña* Anna ?

— Quand on me désarçonne, je remonte en selle, répondit-elle, le menton haut, sans savoir comment elle pourrait bien s'y prendre, cette fois-ci.

— La situation est complexe pour nous deux, dit Xavier. Ma tante a toujours eu des méthodes étranges, mais son chant du cygne établit un record, je dois dire. Tu es sûre que tu ne veux pas de la bague ? Une dernière fois ? Tu peux la garder, si tu veux.

— Non, merci, c'est définitif, confirma Rosie avec un petit sourire.

Une lueur admirative passa à nouveau dans les yeux de Xavier, et il empocha la pierre comme s'il s'agissait d'une pièce de cinq centimes.

— À quoi est-ce que tu penses ? demanda-t-il alors qu'elle se mordait la lèvre.

— Je repensais à l'orphelinat, murmura-t-elle.

Elle se souvenait de l'époque où elle s'asseyait dans l'herbe, le menton posé sur les genoux, pour rêver à son mariage. La décoration serait d'un blanc lumineux et elle aurait la plus longue et la plus belle des robes. Il y aurait des tas d'invités, des tas de fleurs et un mari beau comme un dieu qui l'attendrait pour l'emmener loin, très loin de l'orphelinat.

— Je pensais à la fin des contes de fées : « Ils vécurent heureux et eurent beaucoup d'enfants », reprit-elle. Je sais qu'on n'en arrivera pas là, mais peut-être que ce ne sera pas si mal ?

— Je l'espère, répondit Xavier d'une voix chaude. Et rien ne nous empêche de rêver.

Dans moins d'une semaine, son rêve serait réduit en cendres, songea Rosie. Un mariage de convenance à la cathédrale représentait le contraire absolu de ses aspirations.

— Ta vie a changé, continua-t-il, il faut que tu oublies cet orphelinat. Je pense qu'il est temps que tu te débarrasses de ces fantômes. Il faut que tu me parles, cela t'aidera. Parle-moi de l'orphelinat. Les pires moments.

— Les pires moments ? Tu veux vraiment savoir ?

— Vraiment.

— Noël était le pire des moments, finit-elle par dire. Beaucoup de gens bien intentionnés arrivaient avec des cadeaux, ce qui nous donnait à tous un aperçu du monde extérieur. Celui qui ne serait jamais le nôtre.

— Mais c'était quand même mieux que de passer Noël seule, tu ne crois pas ?

— Bien sûr. Je ne veux pas avoir l'air de me plaindre, murmura Rosie en se refermant.

Dans ces périodes, elle se sentait comme un animal de zoo, caressé et nourri par les visiteurs jusqu'à ce qu'ils rentrent tous chez eux, dans leurs foyers respectifs, ouvrir de gros cadeaux de Noël sous le sapin. Des familles heureuses, réunies pour les vacances d'hiver. Elle n'avait jamais vécu cela, avant de connaître l'île.

— J'ai peur que le mariage ressemble à ça, dit-elle dans un souffle.

— À quoi ? demanda Xavier, surpris. À Noël ?

— Oui. Beaucoup de gens, un beau spectacle et puis plus rien. Ah si, porter l'héritier des Del Rio…

— Seigneur, Rosie ! Tu ne peux pas dire ça comme ça ! Et… Tu trembles ?

Il l'attira contre lui.

— Je ne savais pas que cela te faisait si peur. Pourquoi est-ce que tu n'as rien dit ?

— Je suis terrifiée, confessa-t-elle en se serrant contre lui.

— Par le sexe ou le mariage ?

Elle rit à sa question et il sourit.

— Je préfère ça, murmura-t-il.

Le rire de Rosie lui donnait envie de la couvrir de baisers et de tout lui promettre, mais Xavier en était empêché. Il devait la protéger de lui-même.

— On peut remercier ma tante, reprit-il, ironique.

— Elle nous torture depuis l'au-delà.

— C'est bien ce que je me disais. Elle nous a réunis pour le meilleur, ou pour le pire. Mais quoi qu'il arrive, je te jure que je te protégerai. Je suis sûr que tout ira bien. Je ferai tout mon possible pour cela. Dans notre mariage, comme au lit. Alors, ça va mieux ?

Non, c'était pire. Bien pire. Rosie tenait tant à son fantasme qu'elle brûlait de l'intérieur. Elle ne voulait pas de promesses motivées par le sens du devoir de Xavier, elle ne voulait ni son argent ni son titre, seulement sa chaleur, son intimité, l'homme qu'il était sous l'armure, le cœur froid qui battait, fonctionnel, dans sa poitrine et qu'elle ne dégèlerait jamais.

Séduire Rosie ne serait pas compliqué, songea Xavier. Elle avait une telle envie de goûter à ce que la vie avait à offrir ! Elle lui avait fait peur en disparaissant pendant la réception, mais son imprévisibilité était un des traits qu'il préférait chez elle. Elle ne ressemblait à aucune autre. Ce n'était pas une croqueuse de diamants, comme il avait pu le croire un moment. Comment mettre un pareil oiseau en cage ? L'idée que quiconque s'y essaie le mettait en rage. Personne ne la mettrait en cage. Il s'y opposerait, même si cela signifiait combattre contre lui-même.

— Tu as l'air triste, nota Rosie en s'écartant de lui.

— Vraiment ?

Il haussa les épaules. Il aurait dû sourire. Rosie avait réveillé une part d'humanité en lui. Une part de sentiments. Il se souciait d'elle. De l'île.

— J'espère que tu n'es pas triste à cause de notre mariage.

Triste ? Bizarrement, si. Car il avait bien réfléchi à ce mariage. Ils auraient un enfant comme prévu mais par la suite, il libérerait Rosie, comme elle y avait droit. C'était une étape obligée qu'il commençait à redouter.

— Non, c'est exactement ce qu'il nous fallait. Alors on se verra à l'autel, conclut-il.

— Avec une bague modeste, je l'espère, le taquina-t-elle une dernière fois.

— Je verrai ce que je peux faire.

— Bon voyage, lança-t-elle alors qu'il avait atteint la porte.

Il se retourna. Elle souriait encore, pleine de cet optimisme éternel qui l'avait aidée à passer les pires années d'orphelinat. Elle en aurait bien besoin par la suite…

Le jour du mariage de Rosie débuta comme dans les contes de fées, avec un grand rayon de soleil et des oiseaux à la fenêtre. Mais la future mariée était seule dans sa chambre d'hôtel. Aucune famille aimante ne l'entourait.

Elle s'en était toujours sortie ainsi, seule, tenta-t-elle de se rassurer. Margaret l'avait accompagnée pendant toute la semaine. Elle ne pouvait pas être en permanence à ses côtés. Elle devait sûrement avoir des tonnes de choses à organiser pour la cérémonie, à laquelle elle assisterait en tant qu'invitée d'honneur. La presse qualifiait l'événement de « noces de l'année ».

Ce mariage n'est pas réel, se répéta Rosie en sautant du lit.

Leur nuit de noces, par contre…

Eh bien, elle saurait se débrouiller. Elle n'avait pas le temps d'y penser, il y avait tant de choses à faire ! Il fallait prendre une douche, s'armer de courage, ne pas trembler lorsqu'elle refermerait la jarretière bleu nuit autour de sa cuisse. Là où seul son mari pourrait la voir.

À quoi s'attendait-elle ? À l'amour fou ?

Et pourquoi pas, puisque le reste du monde semblait être convaincu par leur belle histoire ?

Sur le chemin de la douche, elle passa le doigt sur le magnifique tissu de sa robe. Tout un atelier y avait travaillé d'arrache-pied. Rosie l'avait adorée au premier regard. En la voyant, elle s'était promis de croire un peu au fantasme, au moins pour les quelques heures que durerait la célébration.

Son cœur se mit à accélérer dans sa poitrine lorsqu'elle repensa à Xavier. Il lui manquait. Elle ne l'avait pas contacté depuis son départ et, malgré la mascarade qu'allait être le mariage, elle sentait qu'ils se rapprochaient. Ils plaisantaient ensemble, riaient parfois. Elle aurait voulu faire table rase du passé pour tout recommencer de zéro, ensemble. Mais ce n'était pas ainsi qu'on entrait dans un mariage. Il fallait accepter la vie de l'autre, et son passé.

On frappa à la porte.

— Margaret ! s'écria Rosie avec soulagement lorsqu'elle aperçut son amie dans l'encadrement.

— Je voulais passer un moment avec vous, dit Margaret avec un chaleureux sourire. Je ne dérange pas ?

— Pas du tout, je suis seule. Entrez ! Merci de prendre le temps de venir me voir, je sais que vous êtes très occupée.

— Allons, allons, tempéra Margaret. Personne n'est plus occupé que la mariée ! Je vous ai apporté quelque chose. Un petit cadeau pour vous souhaiter bonne chance. Cela me vient de ma mère.

— Je ne peux pas accepter, murmura Rosie alors que Margaret lui montrait les petites perles montées en boucles d'oreilles, qui iraient à la perfection avec sa robe.

— Bien sûr que si, insista son amie avec un sourire, tout en lui déposant les bijoux dans la main. Allons, ne soyons pas en retard. Descendons petit déjeuner, et puis nous irons nous préparer.

Lorsque Rosie vit la cathédrale, avec ses flèches perdues dans les nuages et ses dentelles sculptées dans la pierre, elle se fit la promesse d'être sincère dans ses vœux de mariage. C'était un lieu sacré, il fallait respecter cela. Elle ferait en sorte que leur arrangement tienne. Margaret attendait devant la voiture pour l'aider à y installer sa traîne. La robe était si belle, d'une blancheur étincelante, toute tissée de perles, que l'assemblée retint un cri de surprise en voyant Rosie s'avancer.

Le menton haut, elle remonta les quelques marches qui menaient aux grandes portes de bronze. Elle avait dit à Margaret qu'elle voulait entrer seule, pour prouver à tous sa détermination. Celle-ci se plaça donc quelques pas derrière elle.

Alors que le son écrasant des orgues s'abattait sur l'assemblée, une armée de petits choristes entama une cantate triomphante. *Tout ça pour moi ?* pensa Rosie. L'espace d'un instant, elle fut paralysée. C'était comme si ses jambes refusaient d'obéir. Sa gorge était si serrée… Elle n'arriverait même pas à articuler ses vœux !

La cathédrale était bondée. Il n'y avait pas un siège de libre et l'air sentait si fort l'encens qu'elle avait du mal à respirer. Rosie chercha Xavier du regard, mais elle avait l'impression de le voir au travers d'un télescope. Il faudrait remonter des millions de rangées de bancs, soutenir le regard de millions de personnes avant de pouvoir le rejoindre. Il se retourna et son regard vint la chercher. Un lien invisible semblait les relier, malgré tout. Elle remarqua les roses qui ornaient les bancs et l'autel. Des Fées des neiges blanches, les mêmes qui poussaient dans le jardin de l'hacienda.

Les fleurs étaient un signe. Même si c'était sûrement une coïncidence plus qu'un geste délibéré de la part de Xavier, sa promesse de la rendre heureuse prenait corps.

Elle ne devait pas montrer sa vulnérabilité. Les regards curieux la détaillaient et on murmurait déjà devant son immobilisme. Il fallait avancer, se concentrer sur le côté positif des choses. Rejoindre son futur époux…

Rosie poussa un petit soupir de soulagement en arrivant à ses côtés. Xavier était beau comme un dieu. Ils se regardèrent et elle laissa échapper un rire nerveux. Il souleva lentement le voile de son visage, et elle fut surprise par la douceur nouvelle de son regard. Il la remerciait, songea Rosie. Il la remerciait d'être venue.

— Vous pouvez maintenant embrasser la mariée…

Était-ce déjà terminé ?

Rosie avait eu l'impression de déambuler dans un rêve, mais il fallait maintenant s'en réveiller. Xavier était en train de poser les lèvres sur sa joue, pour un chaste baiser. Elle ferma les yeux, incapable de penser à autre chose qu'à ce qui les attendrait lorsqu'ils seraient seuls. Mais elle sourit en les rouvrant, regardant l'anneau qu'il avait passé à son doigt.

— Elle te plaît ? chuchota Xavier.

— Beaucoup, répondit-elle avec sincérité. Elle est parfaite.

C'était une simple alliance en or, sans diamant ni joyau pour venir altérer sa pureté.

— Il est temps, Rosie, dit-il d'un ton pressant à son oreille. Viens…

Rosie se retourna pour faire face à l'assemblée. Puis elle accepta le bras de Xavier et se laissa conduire vers le monde extérieur, pour qu'ils y fassent leur entrée solennelle comme mari et femme.

14

La réception lui sembla durer une éternité. Rosie mangea peu et essaya de ne pas penser, répondant machinalement aux félicitations et aux bons vœux. Elle arrivait à peine à réaliser ce qu'elle était en train de vivre.

Sa gorge se serra alors qu'elle jetait un coup d'œil à Xavier. Il portait son masque impénétrable, cette expression polie et souriante qu'il affichait aux réceptions devant la presse et la haute société ; on ne pouvait deviner ce qu'il pensait. Un sourire encourageant de Margaret la remit sur les rails. Elle n'était plus la petite orpheline goûtant au plaisir de la liberté sur une île magnifique mais une femme mariée, une propriétaire aux responsabilités énormes. Elle avait épousé un noble espagnol, les traditions séculaires de sa famille et le poids du protocole.

Lorsque le maître de cérémonie eut réclamé le silence, Xavier se leva et Rosie sut que la fin de la fête approchait. Son mari fit un discours charmant et elle sourit lorsqu'il remercia *doña* Anna de l'avoir mise sur sa route.

— Merci à ma tante de m'avoir donné pareille femme, conclut-il en se tournant vers Rosie.

Son regard déclencha un brasier dans son ventre.

— Et maintenant, il faut nous excuser, ajouta-t-il lorsque les applaudissements cessèrent. Ma femme et moi devons prendre congé.

L'estomac de Rosie se crispa : elle avait peur de la nuit à venir. De cette nuit où ils seraient seuls, tous les deux dans une chambre. Elle avait peur de ce qui allait advenir. Elle avait peur du sexe. Tout ce qu'elle en savait, c'était que ça faisait mal. C'était ce qui se disait, à l'orphelinat…

— Allons-y, murmura Xavier à son oreille. J'ai assez attendu.

— Tu es pressé ? demanda-t-elle dans un dernier sursaut de défi.

— Tout homme à ses limites, fit-il en la couvrant d'un regard de braise.

— Même toi ?

— Même moi.

Il se retourna pour s'adresser à l'assemblée.

— Restez ! Profitez du buffet, des boissons et de l'orchestre autant qu'il vous plaira. Un feu d'artifice sera tiré à minuit.

Voire avant, pensa Rosie. Ce qui l'attendait l'excitait et l'inquiétait tout à la fois. Xavier lui prit la main et ils se levèrent.

— Et mes affaires ? demanda-t-elle. Tout ce que j'ai est à l'hôtel…

— On les fera envoyer. Et tu auras tout le nécessaire là où nous nous rendons.

Il devait être impatient pour ne même pas passer par son hôtel. Qu'est-ce que cela augurait pour elle ?

Ils sortirent par la terrasse, descendirent jusqu'à la pelouse, où un hélicoptère attendait. Xavier ouvrit la porte de l'appareil. Il semblait parti pour le piloter lui-même… Une fois Rosie solidement attachée sur le siège passager, casque sur les oreilles et micro devant la bouche, elle demanda :

— Où allons-nous ?

— C'est une surprise, répondit-il à travers le micro.

Dans le casque, sa voix était métallique et distante, et elle fut bientôt recouverte par le fracas du décollage. Quelques invités s'étaient accroupis sur la terrasse et l'une des tonnelles s'envola. L'hélicoptère gagnait en hauteur ; bientôt, ils prirent la direction de la mer.

L'eau les entourait à perte de vue lorsque Rosie aperçut un grand bateau blanc émerger de la nuit. Elle avait déjà entendu parler de super yachts, mais n'en avait jamais vu auparavant.

— Il est à toi ?

Bien sûr qu'il lui appartient, pensa-t-elle tandis que Xavier communiquait avec le bateau pour préparer son approche. Sa fortune était incalculable.

— Quelle taille fait-il ? demanda-t-elle lorsqu'il eut fini sa communication radio.

— À peu près douze bus londoniens mis bout à bout, répondit-il en manœuvrant pour poser l'hélicoptère.

— Pas si gros que ça, alors, plaisanta-t-elle.

Elle cherchait à retrouver la chaleur qu'elle avait ressentie en lui pendant la réception. Sans qu'elle puisse s'en expliquer la raison, Xavier semblait distant, préoccupé, comme lorsqu'il conduisait ses affaires.

Ils se posèrent et, après avoir coupé le moteur, il l'aida à retirer son casque. Lorsque ses doigts frôlèrent sa peau, Rosie eut à nouveau envie de ses lèvres et ferma les yeux, s'attendant naïvement à un baiser. Lorsqu'elle les rouvrit, Xavier était descendu de l'appareil.

— Attends une seconde, dit-il. Je vais t'aider à descendre pour que tu ne trébuches pas dans ta robe. Bienvenue dans mon monde.

Il avait ajouté cette dernière remarque d'un ton acide.

Serait-elle jamais prête pour *son monde* ? Lorsqu'il ouvrit la porte, l'air frais de la mer envahit la cabine. Comment parviendrait-elle à s'habituer à une vie de milliardaire ? Rosie cacha son appréhension alors qu'il l'aidait à descendre.

Ils longèrent la haie formée par l'équipage au complet, qui semblait infinie. Tout le monde semblait ravi de la voir et c'était presque insupportable, car Rosie savait qu'elle allait décevoir tout le monde, l'équipage comme les insulaires.

Xavier insista pour qu'elle passe le seuil de leur chambre dans ses bras. Lorsqu'il ferma la porte et la posa sur le tapis épais de l'imposante chambre à coucher, elle se sentit insignifiante au milieu de tout ce luxe. Comment avait-elle pu espérer s'en sortir ? Ce monde lui était inconnu. Personne ne viendrait à son secours. Il y avait bien trop de murs entre le reste du monde et les gens comme *don* Xavier Del Rio. Et elle était de l'autre côté, celui des gens normaux.

Xavier desserra le col de sa chemise. Il ôta sa veste d'un mouvement d'épaules et la jeta sur une chaise.

— Tu devrais te retourner, que je t'aide à enlever cette robe.

Rosie sentit sa bouche s'assécher. Elle se retourna et tenta de se concentrer sur le dessin du tapis ancien, mais quoi qu'elle fasse, son regard ne cessait de revenir au luxueux lit en teck. Xavier l'avait directement emmenée dans la chambre, comme s'il n'y avait pas de temps à perdre pour concevoir un héritier…

— Pardonne-moi, dit-il en remarquant sans doute son appréhension. Veux-tu que je te serve un verre ?

— Un grand verre d'eau, merci, répondit-elle, la gorge nouée.

Alors qu'il se dirigeait vers la magnifique carafe en cristal posée à côté du lit, Rosie inspecta la pièce. Les meubles en bois étaient apparemment faits d'essences rares, ornés de cuivres étincelants, et servaient d'élégants supports à de nombreux objets d'art. Les chandeliers de cristal créaient des jeux de lumière, mettant en évidence plusieurs tableaux de maîtres accrochés au mur. Elle reporta son regard sur Xavier et nota une nouvelle fois son charme dévastateur. Si seulement elle avait eu plus de temps pour apprendre à le connaître ! Peut-être ne pensait-il qu'à ses affaires maintenant qu'ils étaient mariés. Peut-être n'auraient-ils plus jamais la moindre conversation — hors du lit, du moins…

La table basse était couverte de fruits et de boissons, ce qui laissait à penser que son mari comptait passer les dix prochaines heures dans la chambre.

Son pouls s'accéléra.

— Ton eau, dit-il en lui tendant le verre.

— Merci.

Elle avala une gorgée, avec laquelle elle faillit s'étrangler alors qu'il passait derrière elle. Lorsque les mains de Xavier vinrent se poser sur son dos nu, tout son corps frémit, comme éveillé d'un long sommeil. Les lacets de soie qu'il était en train de défaire bruissaient doucement en quittant leurs anneaux. Elle ne portait pas de soutien-gorge car un support était cousu dans le bustier. D'un mouvement adroit de la main, Xavier fit tomber la robe au sol. Le voile suivit bientôt. Pendant quelques instants, il joua avec ses cheveux. Il écarta de ses doigts une mèche avant de venir embrasser sa peau nue, à la base de la nuque. Le désir montait en elle. Doucement, Xavier lui souffla de se retourner pour lui faire face.

— Quoi, même pas de bas de soie ? s'amusa-t-il quand elle s'exécuta.

Il avait accompagné sa question d'un petit rire venu du fond de sa gorge qu'elle n'avait pas entendu depuis bien trop longtemps.

— Je n'ai pas non plus de chaussures, confessa-t-elle.

— Depuis quand es-tu pieds nus ? demanda-t-il, faussement scandalisé.

— Depuis que tu me connais, répondit-elle avec un sourire taquin.

— Tu portais des tongs, la première fois que je t'ai rencontrée, corrigea-t-il de sa voix chaude. Maintenant que nous sommes mariés, tu veux toujours vivre pieds nus ?

— Mes chaussures me faisaient mal pendant la soirée.

— Et tu les as retirées, bien sûr. C'est la Rosie que je connais.

Elle sourit, suspectant Xavier d'essayer de la mettre à l'aise ; pourtant, elle n'était pas embarrassée, ainsi nue devant lui. Elle était comme un livre ouvert, prête à ce qu'on y écrive le prochain chapitre. Quelque chose dans son attitude dut toucher Xavier parce qu'il lui prit le visage entre les mains, avec une douceur infinie, et déposa sur ses lèvres le baiser dont elle avait rêvé dans ses fantasmes. Celui qu'elle recevrait pour sa nuit de noces du mari qu'elle aimait. Un baiser doux, plein d'amour, auquel elle répondit avec un soupir.

Xavier fit courir les doigts dans ses cheveux. On aurait dit qu'il mettait la passion ravageuse de côté au profit d'une séduction lente et appliquée, totale. Il aurait pu la faire jouir rien qu'en l'embrassant. Ses lèvres étaient chaudes et persuasives. Lorsque sa langue vint chercher la sienne, elle s'abandonna à lui.

Rosie se laissa faire lorsque son époux la prit dans ses bras et la porta jusqu'au lit. Après l'avoir allongée sur le matelas, il se redressa et se déshabilla. Sa peau mate lui donnait l'air d'une statue de bronze.

— Touche-moi, intima-t-il en la rejoignant sur le lit.

Alors qu'elle hésitait, il lui prit les mains pour les poser sur son torse musculeux, ses abdominaux parfaitement dessinés. Rosie resta immobile, pétrifiée.

— Je n'ai jamais fait quoi que ce soit de ce genre, et je vais probablement très mal m'y prendre.

Il lui sourit.

— Il n'y a pas de mauvaise manière.

Il la guida. Il l'encourageait de ses caresses, mais cessa aussitôt lorsqu'elle poussa un petit cri.

— Je t'ai fait mal ? demanda-t-il.

Seulement au cœur.

— Est-ce que je te fais peur, Rosie ?

Elle leva la tête et plongea le regard dans le sien.

— Non, tu ne me fais pas peur.

Il l'embrassa à nouveau, avec plus de passion cette fois. Il la rassurait et l'excitait d'un même souffle. Il explora son corps jusqu'à ce qu'elle supplie pour obtenir délivrance. Les yeux fermés, Rosie s'abandonnait totalement au plaisir. La main de Xavier avait rejoint le triangle en haut de ses jambes et la magie qu'il faisait advenir par l'habileté de ses doigts éteignait toutes ses peurs. Cambrée contre lui, elle cherchait à approfondir le contact. Lorsqu'il prit ses fesses dans ses mains larges et puissantes, elle gémit de frustration. Elle le voulait en elle.

— Tu n'en as pas assez ? demanda-t-il, faussement innocent.

— Non ! s'écria-t-elle. Non...

Il se hissa au-dessus d'elle.

— Et maintenant ?

Elle n'arrivait plus à parler. Elle haletait de désir, suppliait Xavier des yeux. Il n'était entré que de quelques centimètres en elle lorsqu'il demanda :

— Tu me fais confiance ?

— Oui... Oui...

Xavier s'enfonça en elle, lentement, emportant avec lui le cri étouffé de Rosie, sa frustration. Elle en voulait plus, plus encore, plus de lui.

Il y eut un bref instant de déplaisir lorsque la frêle barrière céda, assez pour que Rosie émerge de sa transe érotique, mais Xavier la rassura par des mots gentils et des baisers légers, déposés sur ses joues et son front. À force de douceur, Rosie finit par lui revenir.

Lorsqu'il fut totalement en elle, son amant resta un moment immobile, sans doute pour la laisser s'habituer à la sensation, à sa présence. Enfin, il commença le long jeu auquel s'abandonnaient les couples depuis des millénaires. En quelques secondes, Rosie fut au bord du précipice. Une dernière poussée et elle lâcha prise, laissant la boule de plaisir exploser en elle, monter en un feu d'artifice renouvelé qui envahissait son corps et son esprit.

Lorsqu'elle revint à elle, un instant plus tard, elle leva les yeux vers Xavier et dit simplement : « Encore ».

Xavier la prit à nouveau et cette fois-ci, il fut moins doux, moins attentionné et moins lent. Et Rosie prit plus de plaisir encore que la première fois.

— Encore ? demanda-t-il avec un sourire sous ses halètements de plaisir.

— Laisse-moi être au-dessus, osa-t-elle. Je veux faire plus qu'être simplement étendue sur le lit.

— Voilà une demande que j'ai plaisir à satisfaire, répondit-il en changeant de position.

Sans avoir besoin d'encouragement, elle monta sur lui et le chevaucha. Elle rejeta la tête en arrière, excitée par le regard de Xavier. Elle aurait voulu que cela dure encore longtemps, mais il rendit toute prolongation impossible. Sur un rythme calculé et terriblement efficace, il la fit jouir une nouvelle fois. Le plaisir était si intense qu'elle s'écroula sur lui, incapable de contrôler les réactions de son corps.

Le visage sur son torse, elle sentit les derniers assauts du plaisir faire leur chemin en elle. Elle se laissa dévorer jusqu'à ce que la dernière braise s'éteigne dans son corps ; puis, avec un petit soupir satisfait, Rosie s'endormit sur son mari.

15

Rosie se réveillait à peine lorsqu'elle sentit Xavier bouger derrière elle, prêt à lui faire l'amour à nouveau. Elle se retourna, encore ensommeillée, pour regarder son visage lorsqu'il entrerait en elle. Il débuta par de longues poussées paresseuses entre les draps chauds et elle remonta légèrement ses fesses pour faciliter ses mouvements. Elle savait qu'il aimait la regarder. Chacun de ses coups de reins était accueilli par un gémissement satisfait. Comme aucun d'eux ne voulait attendre, la délivrance fut rapide et entière.

— Tu es insatiable, finit-il par murmurer à son oreille lorsqu'elle eut crié son plaisir.

— Et toi, tu es très doué, répondit Rosie avec un petit sourire comblé.

Xavier se redressa sur un coude pour la contempler. Les premiers rayons du soleil tombaient sur les draps, illuminant son visage. Il avait l'air plus sauvage que jamais avec ses cheveux emmêlés, l'ombre de sa barbe naissante et ce sourire satisfait, joueur, au coin des lèvres. Elle se pencha pour l'embrasser et retomba sur l'oreiller, portant distraitement son alliance à la lumière pour la contempler.

— Je commence à croire que celle-ci te plaît plus que l'autre, commenta Xavier, la voix rauque.

— Je l'adore.

L'anneau d'or, dans son cercle parfait, représentait tout ce qui était cohérent en elle. Elle continua à l'observer et eut un mouvement de surprise quand Xavier, sans prévenir, sauta hors du lit. Elle essaya de le retenir mais il lança, déjà à l'autre bout de la pièce :

— J'ai du travail. Rien n'a changé de ce côté, malheureusement.

— Mais nous sommes à peine… Ne peux-tu prendre un peu de temps libre, pour toi ? Pour nous.

— Pas aujourd'hui. Et tu as beaucoup à faire, toi aussi.

Était-ce tout ? Il lui avait fait l'amour, plusieurs fois même. Considérait-il cela suffisant ? Pensait-il qu'elle tomberait enceinte et qu'une fois l'affaire réglée, il aurait accompli sa tâche ? Une vague de frayeur la submergea.

— Tu peux aller nager, si tu veux, reprit-il. Il y a deux piscines, une salle de cinéma et une salle de gymnastique. Ou une bibliothèque, si tu préfères. Je te verrai plus tard.

— Plus tard ?

Elle sauta du lit à son tour.

— Plus tard quand ? Ce midi ?

— Je croyais qu'on était censé ne rien exiger de l'autre, fit remarquer Xavier en refermant sur lui la porte du dressing.

Vrai. Mais ça n'en était pas moins difficile à accepter.

En entendant le rotor de l'hélicoptère, alors qu'elle sortait de la douche, Rosie comprit que Xavier n'était pas parti à son bureau quelque part sur le navire mais bien en voyage. Elle n'avait aucune idée de la date de son retour. Il ne lui avait rien dit. Un bon début pour une lune de miel…

Il va falloir t'y faire, se sermonna-t-elle tout en séchant ses cheveux. Elle n'avait pas épousé un homme qui rentrerait tôt du travail pour le plaisir de passer la soirée avec sa femme. Il ne s'agissait pas d'un de ses fantasmes, modifiable à volonté. Il fallait qu'elle s'ajuste à son rythme de vie. En attendant, elle avait tout un navire à explorer.

Rosie se pencha pour ramasser la robe de mariée que Xavier lui avait enlevée la nuit précédente et elle l'étendit précautionneusement sur le sofa. Il fallait qu'elle s'habille. Les tiroirs étaient pleins d'accessoires, les penderies remplies de tenues colorées, adaptées à chaque saison.

Elle choisit le maillot de bain le plus quelconque qu'elle put trouver et une petite robe d'été à enfiler par-dessus. Au hasard de l'exploration, elle trouva dans l'un des tiroirs un petit coffre en bois, dont l'intérieur doublé de velours débordait de pierres précieuses. Les rubis luisaient entre ses doigts comme des gouttes de sang, les émeraudes et les opales lançaient des éclairs de couleur, pris dans les rayons du soleil. Rosie referma le coffre. Elle les aurait tous échangés contre un petit déjeuner avec son mari au premier jour de leur vie de couple. Comme les vêtements et tout le confort du navire, les bijoux n'étaient que des jouets destinés à la faire tenir tranquille. Seule son alliance trouvait grâce à ses yeux. Attrapant un chapeau de paille, elle quitta la chambre pour partir en exploration.

Xavier ne volait pas vers le continent, comme Rosie le croyait sans doute. Il se dirigeait vers la côte pour rejoindre l'île. Les gonds de ses multiples affaires étaient si bien huilés que tout fonctionnait sans lui. Ce dont il avait besoin aujourd'hui, c'était de mettre de la distance entre Rosie et lui. Elle l'avait complètement déstabilisé.

Alors qu'elle se tenait à ses côtés, face à l'autel, il s'était demandé s'il l'aimait. Si ce n'était pas cela, quel était ce sentiment qui semblait creuser un trou immense dans son cœur ?

Une fois l'île atteinte, il posa l'hélicoptère sur la plage et entreprit de se balader un peu, avant de plonger dans l'eau turquoise pour une brasse vigoureuse. Il avait oublié le plaisir qu'il avait à séjourner sur l'île, loin des soucis du monde extérieur. S'asseoir sur les rochers pour regarder la mer valait toutes les psychothérapies du monde. Il ralentissait rarement son rythme de travail, mais vivre sur l'île l'exigerait. Xavier commençait à voir Isla del Rey comme Rosie avait dû la découvrir à son arrivée. L'île était sublime, partagée entre ses collines peuplées d'oliviers et ses rivages blancs. Bien sûr, les habitations tenaient à peine debout, mais elles valaient qu'on s'y intéresse et qu'on les sauvegarde. Au mariage, de vieux amis de l'île, ceux qu'il avait connus enfant, l'avaient complimenté sur le choix de son épouse. Ils lui avaient dit qu'ils faisaient confiance à la *señorita* Clifton — *doña* Rosa, comme tous l'appelaient sur l'Isla del Rey.

Xavier fit face au soleil. L'île était parfaite, et c'était le meilleur endroit où élever un enfant. Il avait longtemps refusé d'y penser, miné par les fantômes de sa propre enfance ; or, grâce à Rosie, il semblait que la vision de son passé s'estompait. Grâce à elle, il voyait les lieux sous un jour nouveau. Même la mer lui rappelait sa femme, avec son eau turquoise et tranquille, capable de se déchaîner à tout instant.

Il se retourna, distrait par des cris qui le hélaient :

— *Va a comer con nosotros, Xavier ?*

Les habitants lui faisaient l'honneur de l'inviter à leur table. Il fallait chérir ce respect et cette affectionlà. Au départ, Xavier ne voulait pas revenir sur l'île ; et pourtant, aujourd'hui, il en foulait le sable. Il ne voulait pas se soucier du sort des insulaires et voilà qu'il allait déjeuner avec eux. Il ne voulait se soucier de personne, à vrai dire, trahi trop jeune par l'expérience désastreuse du désamour parental, mais Rosie, pourtant, comptait pour lui. Bien plus qu'il ne l'avait cru possible. Il sourit en pensant à elle alors qu'il rejoignait les anciens. Comment se voiler la face plus longtemps ? Il aimait sa femme.

Le temps fila à la vitesse de la lumière sur l'immense patio de la vieille demeure, aux côtés de plusieurs familles, toutes générations confondues, qui s'étaient conviées à la fête. Ils avaient organisé un festin pour le remercier de les avoir invités au mariage. Xavier resta jusqu'à ce que les cris des mouettes qui cherchaient leur dîner lui rappellent que sa superbe épouse l'attendait sur le bateau.

Rosie s'était changée pour le dîner, ce qui était une première. Lors de ses déambulations dans le navire, elle avait aperçu les stewards qui dressaient une table sur le pont supérieur, en plein air. L'argenterie resplendissait sur une délicate nappe en lin. Des bougies et des fleurs complétaient le tableau enchanteur. Elle avait choisi une magnifique robe couleur ivoire, qui s'arrêtait à mi-cuisse et laissait voir sa peau nue, sans ostentation. Elle avait laissé ses cheveux libres, comme Xavier les aimait. Elle était pieds nus. Elle avait toujours aimé ça.

Xavier lui avait manqué pendant cette journée ; elle ne comprenait pas pourquoi il avait dû partir aussi vite, l'abandonnant à sa solitude.

Après avoir rejoint la table, elle s'assit, répondant aux sourires accueillants du serveur. Elle commença à attendre en sirotant un verre d'eau. Elle ne voulait pas commencer le repas avant que Xavier arrive.

Le temps passa. Le bleu du ciel se colorait de noir. Rosie commença à se sentir gênée. Les serveurs n'avaient pas bougé, attendant ses instructions. Ils devaient se demander si Xavier s'était déjà lassé d'elle, alors que leur mariage n'avait même pas un jour. C'était probablement le cas, pensa Rosie, l'estomac noué. Elle était jeune, pauvre et dénuée d'éducation. Elle n'apportait rien d'autre que son corps et sa passion. Ce qui semblait avoir suffi, pourtant, la nuit précédente…

Le doute l'envahissait comme un poison. Les bougies se consumaient alors qu'elle tendait l'oreille, guettant désespérément l'arrivée de l'hélicoptère. Elle commença à s'inquiéter. Et si Xavier avait eu un accident ?

L'un des serveurs se précipita pour tirer sa chaise alors qu'elle se levait d'un bond. Le bruit des pales !

— Je reviens, lança-t-elle, joyeuse, en courant vers la zone d'atterrissage de l'hélicoptère.

Xavier vit Rosie courir vers lui alors qu'il terminait sa descente. La force de son désir pour elle le consumait de l'intérieur. Il voulait partager avec elle tout ce qu'il avait planifié durant le trajet retour.

— Tu m'as attendu, dit-il en l'embrassant.

— Xavier, je…

Sans lui laisser le temps de parler, il la prit dans ses bras pour la porter jusqu'à la cabine la plus proche, dont il referma la porte derrière eux.

— Xavier…

Il la fit taire d'un baiser affamé.

— Tu ne peux pas…

— Qu'est-ce que je ne peux pas ? demanda-t-il en faisant glisser une bretelle de sa robe le long de son épaule.

La peau de Rosie était douce et chaude sous ses doigts. Le souvenir de la nuit passée ensemble était encore vivace. Son érection était intense.

— Xavier !

Il s'immobilisa, alarmé par le ton impératif de sa voix.

— Qu'est-ce qui ne va pas chez toi ? lança-t-elle d'une voix pleine de colère. Tu m'abandonnes toute la journée et à ton retour, tu me sautes dessus sans une parole ? Je comprends que tu doives travailler, je comprends que tes horaires soient extensibles, mais tu aurais pu me prévenir de ton retour, me dire que tu étais en sécurité. Je me suis inquiétée, figure-toi !

Elle darda sur lui un regard réprobateur.

— Tu aurais pu contacter le bateau, insista-t-elle. Je ne suis même pas en colère pour moi, mais tes stewards ont fait le pied de grue pendant des heures. Tu ne te soucies donc que de toi ? Et c'est le premier jour de notre lune de miel !

Venant couronner sa frustration, sa tension, la décision monumentale qu'il venait de prendre et qui allait bouleverser sa vie, les accusations de Rosie devinrent la goutte d'eau qui fit déborder le vase.

— On a un arrangement ! s'emporta-t-il. Un arrangement ! Je n'ai à me justifier de rien, tu m'entends ?

La tristesse l'envahit en voyant les larmes monter aux yeux de Rosie.

— Pardon. Excuse-moi, reprit-il plus doucement.

C'était probablement la première fois de sa vie qu'il présentait sincèrement ses excuses à quelqu'un. Il avait réussi à troubler la seule personne qu'il voulait protéger jusqu'à la mort…

Rosie n'était pas d'humeur à pardonner. Le menton haut, les poings sur les hanches, elle le défiait du regard.

— C'est un marché qui te convient, non ? Je suis ta seule chance d'avoir un héritier, la seule femme au monde qui puisse accepter d'épouser un homme dénué de sentiments !

Elle détestait s'entendre parler ainsi, sentait la blessure faire son chemin dans le cœur de Xavier, mais il fallait qu'il sache. Elle s'était sentie abandonnée.

— Est-ce que c'était encore notre arrangement qui primait, quand tu m'as prise, hier ? lui demanda-t-elle farouchement. C'était de l'amour. Enfin, je l'ai cru… Dis-moi au moins que je ne me trompe pas à ce sujet.

Comme Xavier ne répondait rien, elle poursuivit :

— Tu aimes coucher avec moi, tu aimes m'avoir près de toi, mais tu ne seras jamais capable de m'aimer comme je l'exige, de la seule manière dont j'aie réellement besoin.

— De quelle manière, Rosie ? demanda Xavier d'une voix douce.

Un instant, elle chercha ses mots :

— Je veux qu'on m'aime passionnément, rageusement, sauvagement… Je ne sais pas, finit-elle par dire, passant une main nerveuse dans sa chevelure. Sincèrement.

— Tu crois que je suis si différent de toi ? Tu crois que mes besoins sont différents ? Dois-je penser que tu as passé cet accord pour contrôler totalement l'île, garder cent pour cent des parts et profiter de mon style de vie ?

— Tu sais bien que non ! s'exclama-t-elle.

— Alors ne penses-tu pas que je me pose les mêmes questions que toi ? Que j'ai les mêmes doutes ? Tu aimes rêver parce que tu te sens en sécurité dans tes rêves.

Rosie se tourna vers la porte, prête à partir, le cœur en miettes.

— C'est ça, va-t'en, lança-t-il, amer.

Elle pivota vers lui.

— Je ne vais nulle part, dit-elle résolument. Je ne fuis pas. Je ne l'ai jamais fait.

Son cœur saignait pour deux. Xavier avait raison : aucun d'eux n'était prêt à exprimer ses sentiments. Il fallait au moins qu'il soit sûr de quelque chose.

— Je n'ai jamais été intéressée par ton argent ou ton style de vie. De ce que j'en vois, tu as tout mais ce tout n'est rien. Sans amour et sans famille, tes coupes en cristal resteront dans leur placard. Et tu peux dire ce que tu veux de *doña* Anna, mais je pense qu'en organisant notre rencontre, elle cherchait à nous remettre tous les deux sur de bons rails.

— Ma tante n'avait rien d'une romantique ! s'insurgea Xavier.

— Tu la connaissais mal.

— Tu es en train de me dire que tu la connais mieux que moi ?

Il la dévisageait, l'air incrédule.

— Absolument. Tu ne t'es jamais demandé pourquoi elle vivait seule ?

— J'étais son neveu, pas son confident.

— Tu ne t'es jamais dit que ta tante avait beaucoup d'amour à offrir ? Peut-être ne voyais-tu en elle qu'une vieille femme grincheuse qui t'a élevé parce qu'il n'y avait personne d'autre pour le faire à sa place.

— Peut-être, mais cela ne change rien, répondit-il, les sourcils froncés.

— Ce qui l'a changée, elle, c'est que son fiancé a été tué juste avant leur mariage. L'amour de sa vie.

— Je n'en savais rien, reconnut Xavier d'une voix blanche.

— Ta tante et moi nous sommes rapprochées à la faveur des lectures que je lui faisais dans la bibliothèque.

— *Dios*, souffla Xavier, encore sous le choc de la révélation. Je ne pouvais pas savoir…

— Non. De toute façon, *doña* Anna ne se serait pas confiée à toi, son neveu, même si tu avais passé ta vie à son chevet.

— Alors effectivement, tu en sais plus que moi.

— Je sais surtout que ta tante ne peut plus diriger nos vies du fond de sa tombe. Elle n'a fait que poser les pièces du puzzle, à nous de le finir. Puisqu'elle voulait nous voir réunis…

Elle en avait trop dit. Le cœur de Rosie se souleva lorsqu'elle vit Xavier quitter la pièce sans un mot.

16

Debout sur la jetée, Xavier regardait la mer. Où en seraient-ils, Rosie et lui, si leurs vies avaient été différentes ? Sa tante et elle se seraient trouvées, avec ou sans lui, et Rosie vivrait sur l'île, faisant tout son possible pour aider les habitants, sans le sou mais toujours poussée par son éternel optimisme. Et lui n'aurait certainement jamais imaginé un plan comme celui qui venait de naître dans son esprit…

Si sa jeunesse avait été autre, il serait revenu régulièrement sur l'île et l'aurait considérée comme un foyer plutôt que comme le rappel de souvenirs amers. Rosie l'avait obligé à se confronter à des vérités qu'il avait tout fait pour oublier. C'était ironique, si on considérait que son enfance à elle faisait paraître la sienne idyllique… Et les blessures qu'il en avait gardées pâlissaient en comparaison de ce qu'elle avait dû affronter.

Il fallait qu'il imite Rosie et, comme elle, se serve du passé comme d'un tremplin pour l'avenir. Elle avait raison quand elle disait que la richesse ne signifiait rien si on ne l'utilisait pas à faire le bien. Et raison encore quand elle prétendait qu'une vie sans personne pour la partager était insignifiante.

Il n'avait pas cherché à la rendre malheureuse ; il n'avait pas même compris à quel point elle l'était. Mais à présent, il ressentait sa peine aussi vivement que s'il s'était agi de la sienne. La seule chose qui comptait vraiment, c'était le bonheur de Rosie. Elle portait sa bague au doigt et partagerait son lit chaque nuit. Mais que lui faudrait-il faire pour gagner enfin son cœur ?

Le lendemain matin, le doute et la confusion régnaient toujours dans l'esprit de Rosie. Elle avait dormi seule. Xavier n'avait pas approché de leur luxueuse cabine, ce qui lui donnait à penser qu'elle avait abîmé quelque chose de précieux en lui. Comme si elle avait inconsidérément piétiné une jeune pousse avec la semelle de sa chaussure.

Debout sous la douche, ruisselante d'eau et de mousse, elle comprenait à quel point il lui manquait. Elle aurait voulu le réconfort de ses bras, la magie de son corps, l'attention qu'elle avait vue peu à peu naître en lui. Il devenait un homme soucieux des autres. Et elle n'avait jamais envisagé une seconde d'abandonner. Ni sa relation avec Xavier ni son investissement pour l'île. Il était donc temps de ravaler sa fierté, de s'habiller et d'aller le retrouver.

Don Xavier était à son bureau, la renseigna un steward.

— Rosie ! Je t'en prie, entre, l'invita Xavier quand elle poussa timidement la porte.

Il était assis à son bureau, tout au bout de la pièce. Et même dans la pénombre, il était l'homme le plus attirant qu'elle ait jamais rencontré. Sa chaleur irradiait jusqu'à elle.

— Quelque chose ne va pas ? reprit-il.

— Disons que j'aimerais te connaître mieux. J'aimerais savoir quel est ton carburant.

— C'est facile.

— Vraiment ?

Elle se tenait toujours près de la porte. Si elle approchait, ses sentiments prendraient le dessus sur la raison et la submergeraient.

— Mais oui, affirma-t-il. Nous sommes pareils, toi et moi.

Elle secoua la tête avec tristesse.

— Je ne le crois pas. Tu as peur des sentiments.

— Alors que tu n'hésites jamais à exprimer les tiens, rétorqua-t-il avec un regard ironique.

Il n'y avait qu'une chose dont elle était certaine : elle ne voulait pas passer le restant de ses jours à essayer de se remettre du départ de Xavier. Elle devait tout tenter pour passer la prochaine nuit avec lui. Elle souhaitait ne faire qu'un avec lui, de toutes les manières possibles.

— Tu es venue me parler ? lui demanda-t-il.

Oui, et l'air semblait immobile entre eux, comme si le monde entier était à l'écoute de ce qu'elle avait à dire. Mais elle ne savait par quoi commencer. Xavier était impossible à connaître, et pourtant, il lui était impossible de vivre dans lui.

— Je veux te comprendre, lança-t-elle enfin.

— Prends un miroir et regarde-toi dedans…

Elle fronça les sourcils.

— Tu répètes cela alors que nous ne saurions être plus différents. Pour moi, l'amour parental et la famille sont les valeurs suprêmes. C'est peut-être un peu exagéré, mais je ne suis pas encore prête à abandonner ces rêves.

— Que veux-tu dire ? fit-il d'une voix douce, le regard perçant. Que je suis incapable d'aimer un enfant ?

Il contourna le bureau et vint jusqu'à elle.

— Nous devrions nous donner une chance. Tu es aussi mauvaise que moi dans la gestion de tes sentiments. Tu les dissimules aussi bien, et s'ils reviennent te hanter, tu te dis qu'il s'agit de fantasmes et ça te les rend plus faciles à gérer.

— Peut-être, admit-elle, mais comment cela pourrait-il marcher entre nous ? Toi, tes hôtels six étoiles et tes marinas, et moi, avec mes carrés de légumes ?

L'expression de Xavier s'adoucit.

— Tu ne connais pas mes projets.

— Parle-m'en, dans ce cas. Nous devrions y travailler ensemble.

— Crois-tu que c'était cela que voulait ma tante ?

L'espoir était une chose fragile et Rosie n'était pas prête à s'y accrocher indéfiniment.

— Peut-être *doña* Anna attendait-elle de moi plus que ce que je suis capable de donner…, soupira-t-elle.

Xavier secoua la tête d'un air déterminé.

— Non, je ne le crois pas. Pas une seconde. C'est normal d'avoir des doutes, c'est ce qui nous pousse à avancer. Tu es plus forte que tu ne le crois, Rosie.

— Donc tu as foi en moi ?

— N'est-ce pas évident ?

Lui prenant le menton, Xavier l'obligea à le regarder. Ses yeux étaient tendres et pleins de tout ce qu'elle avait besoin d'y voir.

— Tu es la femme la plus forte que j'aie jamais rencontrée. Ne laisse pas le passé te tirer vers le gouffre. N'était-ce pas cela que tu étais venue me dire ? Je sais que tu aimes cette île, tout le monde le sait, mais il faut aussi penser à toi. Tu ne peux pas donner et donner encore sans aide ni contrepartie. Parfois, il faut savoir accepter la main tendue par quelqu'un d'autre.

— Pardonne-moi, murmura-t-elle, fermant les yeux. Je sais qu'on a eu des enfances gâchées, toi et moi, et je sais aussi ce que nous devons tous deux à ta tante.

— Me fais-tu confiance, Rosie ? Notre nuit de noces m'a prouvé qu'à ce moment-là au moins, tu t'es fiée à moi.

— C'est vrai pour cette nuit-là et pour aujourd'hui encore.

— Alors dis-moi ce que tu veux. Ce que tu veux vraiment.

Toi, songea Rosie. *Je veux que tu m'aimes, que tu m'enlaces, je veux être au chaud entre tes bras. Je veux pouvoir te croire, si tu m'invites à rester dans ta vie. Je veux avoir un enfant que nous aimerons tous deux, et qui comptera pour nous, pas seulement pour prolonger la lignée familiale.*

— À voix haute, Rosie, insista Xavier. Je veux te l'entendre dire tout haut, pas seulement te voir le penser.

Il lui demandait de mettre son cœur sur la table, et les mots qu'elle brûlait de dire restaient bloqués dans sa gorge. Elle ne pouvait se décider… Puis elle eut une sorte d'illumination : soudain, elle comprenait ce que Xavier cherchait à faire. Ils étaient, lui comme elle, enfermés sur leurs îles individuelles, et c'était à chacun d'eux de se délivrer pour aller vers l'autre.

Rosie commença à parler, d'une voix entrecoupée par la crainte. C'était difficile de partager ce qu'elle ressentait. Elle ne l'avait jamais fait et n'osait s'y risquer qu'à tout petits pas :

— Je veux… de la sincérité entre nous, et pouvoir

parler à cœur ouvert au lieu de toujours te cacher mes sentiments.

C'était presque un soulagement de se dévoiler, découvrit-elle. De lâcher enfin prise. Et au fur et à mesure qu'elle s'exprimait, elle gagnait en confiance :

— Je veux pouvoir te dire ce que tu me fais ressentir, sans craindre que tu te moques de moi.

— Moi, rire de toi ? interrompit Xavier, sourcils froncés.

— Oui. Et je veux pouvoir te dire que… Que je t'aime.

Voilà, c'était dit. Et Rosie se sentait libérée d'un poids énorme.

— Veux-tu répéter cela ?

— Pouvoir te dire que je t'aime, déclara-t-elle, d'une voix claire et parfaitement assurée cette fois.

— Et ?

— Et pourquoi dois-je être la seule à me livrer à cet exercice ? protesta-t-elle, mi-taquine mi-sérieuse.

— Parce que mon tour va venir ? répliqua-t-il avec un sourire.

Elle n'allait pas s'arrêter pour si peu, à présent qu'elle avait ouvert les vannes de son cœur.

— Je comprends ce que tu cherches à faire, et je suis d'accord : jusqu'à ce que nous ayons réussi à nous libérer de notre passé, nous n'irons nulle part, ni en tant qu'individus ni comme couple, aussi temporaire soit-il ; et pas plus comme propriétaires de l'île. Ce fichu passé nous entrave et nous avons besoin d'évoluer. Ça va peut-être prendre longtemps et je veux que pendant ce temps, nous soyons honnêtes l'un envers l'autre. Que nous parlions à cœur ouvert, pour le meilleur comme pour le pire, sans chercher à arranger les choses, à redorer la vérité.

Je veux tout partager avec toi mais je n'y arrive pas car quand j'essaie, je prends peur.

— Peur, toi ? jeta Xavier d'un ton incrédule.

— J'ai peur que tu me juges stupide.

— Jamais. Tu es une lumière si brillante que tu m'as presque aveuglé. Et ce que cette lumière révélait, je ne voulais pas le voir. Ton honnêteté m'a mis face à moi-même, si bien que j'ai dû me demander ce que je faisais de ma vie. À présent, interroge-moi sur mon projet pour l'île.

— Eh bien… Parle-m'en, fit-elle enfin. Je suis tout ouïe.

— Nous voguons en direction de l'île en ce moment même. Les habitants préparent une fête pour notre mariage. Ils veulent nous offrir une vraie cérémonie, entre amis.

— C'est formidable ! Mais dis-moi d'abord quel est ton projet.

— D'accord. Je vais créer un centre pour enfants en hommage à ma tante. Elle a toujours voulu que je fasse quelque chose d'utile avec mon argent. À l'époque, j'étais trop pressé d'amasser des fortunes pour m'interroger sur ce qu'elle voulait dire. Je me consumais à force de vouloir me différencier de mes parents, qui avaient toujours la main dans la poche de quelqu'un d'autre. Donc l'argent était tout pour moi. Mais le centre pour enfants ne sera pas créé pour faire du profit. Ce sera le parfait tribut à une femme que j'ai trop négligée et dont je suis déterminé à honorer la mémoire. Est-ce que cela te conviendrait de partager cela avec moi ?

— Évidemment ! s'exclama Rosie, sidérée. J'en serais ravie ! Qu'est-ce qui t'a fait changer d'avis ?

— Toi, admit Xavier. Quand je suis retourné sur l'île, hier, je l'ai vue à travers tes yeux. Alors j'ai compris ce dont elle avait réellement besoin. J'ai vu ce que je pouvais lui apporter.

Il l'attira contre lui. Le corps de Rosie s'enflamma. Les yeux dans les yeux, il baissa lentement le visage vers elle et l'embrassa, lentement, profondément.

Quand il s'écarta, il lui dit :

— C'est à mon tour de te dire que je t'aime. Je ferai tout pour te rendre heureuse et je t'ai aimée dès que je t'ai aperçue sur la plage. Simplement, à ce moment-là, je ne savais pas que c'était de l'amour.

— Tu savais juste que j'étais une enquiquineuse ? suggéra Rosie avec une amorce de sourire.

Xavier éclata de rire. Un éclair de pur bonheur illumina ses traits.

— Personne ne m'avait jamais tenu tête avant, admit-il. Et je ne m'étais pas senti aussi en colère depuis bien longtemps. En fait, cela faisait des siècles que je n'avais plus rien ressenti de tel ! J'étais furieux d'être obligé de revenir sur l'île qui me ramenait à mon enfance et me rappelait mes parents, ainsi que tous les sentiments de frustration qui m'habitaient alors. Et puis devoir partager *mon* île avec la dame de compagnie de ma tante, cela me révoltait ! C'était ridicule. J'étais un monstre d'arrogance. Ma seule idée, c'était de me débarrasser de toi au plus vite.

Il l'embrassa avec fougue, comme pour effacer ses torts précédents.

— Et maintenant ? demanda Rosie.

— Maintenant, je cherche à te garder par tous les moyens possibles. Comment dois-je agir, Rosie ? Qu'est-ce qu'il faut faire pour que notre mariage soit réel ?

— Il suffit de m'aimer, dit-elle en le regardant droit dans les yeux.

Quand ils arrivèrent à l'Isla del Rey, une foule les attendait sur le port. Elle n'aurait pu être plus différente de celle des invités qui s'étaient pressés à leur mariage dans la cathédrale. Ceux qui étaient venus les accueillir ici n'étaient pas de hauts dignitaires ou des célébrités ; Rosie les connaissait et elle les aimait. Chacun s'était mis sur son trente et un pour l'occasion. Il y aurait fête sur l'île ce soir, et il n'y avait rien que les habitants aimaient autant qu'une célébration. Ils avaient dû rassembler leurs maigres ressources pour leur préparer un accueil digne de ce nom. Rosie était touchée de leurs efforts, et heureuse d'être de retour sur l'île qu'elle aimait. Nulle part ailleurs elle n'aurait pu recevoir un accueil comme celui-ci, songea-t-elle alors qu'elle descendait sur le quai, main dans la main avec Xavier.

— Es-tu heureuse de renouveler tes vœux ? demanda-t-il.

Elle lui offrit un sourire de bonheur.

— À ton avis ? Et toi, es-tu bien certain de vouloir que je les renouvelle pieds nus, en robe d'été avec une rose dans les cheveux ?

— Je ne t'ai jamais vue plus belle. Tu es tellement toi ainsi !

Il lui pressa doucement la main alors que le maire du village s'avançait vers eux, solennel mais jovial.

— Avez-vous la bague dont vous parliez ? demanda-t-il en s'adressant à Xavier.

— Je l'ai, confirma celui-ci.

Il sortit alors un simple morceau de ficelle de sa poche.

— Est-ce que cela fera l'affaire ?

— Parfaitement, fit l'homme avec un chaleureux sourire en direction de Rosie.

Le renouvellement de leur engagement revêtait une importance cruciale pour Rosie : enfin elle voyait ses rêves se matérialiser. Debout près de l'homme de sa vie, l'homme qui venait juste de lui dire à quel point il l'aimait, en face des habitants de l'île, qui avaient une affection sincère pour eux, elle vivait un moment intense. Elle trouvait enfin ce qui comptait le plus pour elle. Si elle avait jamais eu besoin d'une justification à son optimisme, elle la tenait. Il lui suffisait de regarder autour d'elle pour voir combien le bonheur était communicatif. Tout le monde souriait aux anges ! Tous les milliards du monde n'auraient pu lui acheter une cérémonie aussi belle que celle-ci, et c'était la nuit la plus heureuse de son existence.

La fête qui suivit fut extraordinaire. Tout le monde rit, s'amusa, dansa à perdre haleine. Et quand vint le moment de se quitter, les habitants formèrent un cercle autour d'eux. Ils ne cherchaient pas la photo à sensation ou les ragots à répandre, non, ils voulaient simplement témoigner leur affection et souhaiter au jeune couple tout le bonheur possible. Nul sur l'Isla del Rey n'avait peur de montrer ses sentiments, et Rosie se promit de suivre leur exemple : plus jamais elle ne craindrait de laisser parler son cœur.

Ils passèrent la nuit à l'hacienda, fenêtres ouvertes pour pouvoir entendre les bruits de la nuit, et ils firent l'amour au rythme des vagues.

— J'ai une autre surprise pour toi, murmura Xavier en reprenant son souffle.

Un sourire s'épanouit sur les lèvres de sa femme.

— Et qu'est-ce donc ?

— Un vrai Noël, juste pour toi et moi. Une seconde lune de miel, sans interruption.

— Un vrai Noël ?

Les yeux de Rosie étincelaient d'émerveillement, comme ceux d'une enfant dont les désirs secrets s'accomplissaient.

— Un Noël de rêve ! renchérit-il. Avec une bûche dans l'âtre et un sapin, des boules et des guirlandes, une pluie de cadeaux et une dinde bien trop grosse pour nous deux. Ça te plairait ?

— J'adorerais ! s'exclama-t-elle, les yeux humides de larmes. Je t'aime, Xavier. Je suis folle de toi.

Leurs visages se rapprochèrent…

Plus tard, bien plus tard, ils parlèrent du centre pour enfants que Xavier voulait bâtir. L'hacienda serait le bâtiment de la direction et Xavier voulait que Rosie supervise l'ensemble du processus.

— Moi ? Cela semble trop important pour moi.

— Tu seras parfaite pour t'en occuper.

— Je pourrai superviser pieds nus ou faudra-t-il que je porte un tailleur et des talons hauts ?

— Tu t'habilleras comme tu le souhaiteras. Le talent n'est pas dans le tailleur…

— Alors, ça me va ! Mais…

Elle rassembla son courage avant de poursuivre :

— J'aurai sans doute besoin d'un congé maternité.

— Sans doute ? J'espère bien que ce sera sûrement dans un avenir proche.

Il s'interrompit, les yeux ronds comme des billes, la bouche ouverte.

— Mais…, reprit-il d'un ton incrédule, serais-tu en train de me dire que tu es enceinte ? Maintenant ? Si tôt ? Comment peux-tu en être sûre ?

Xavier tenait Rosie à bout de bras et la dévisageait, comme si, sur son beau visage, il allait lire la vérité. À l'idée qu'elle puisse être enceinte, la tête lui tournait. Le monde explosait de couleurs nouvelles. Sa peur de la paternité s'évanouissait. S'il ne savait pas s'y prendre, eh bien, il apprendrait ! Avec l'exemple de *doña* Anna et Rosie à ses côtés, il ne pouvait échouer. Et d'ailleurs, avant d'avoir un premier enfant, personne ne savait comment faire.

— C'est encore un peu tôt pour le savoir avec certitude, fit doucement Rosie, mais j'en ai bien l'impression…

— On va te faire examiner tout de suite !

— Tu es heureux ?

Heureux ? Tout ce qu'il espérait de leur arrangement, au début, n'était rien comparé à ce qu'il recevait à présent ! Il en restait sans voix, submergé par l'émotion.

— Xavier, dis quelque chose ! Ça va ?

— Je n'ai jamais été aussi heureux ! Je suis au-delà de la joie, au-delà de ce que j'ai jamais ressenti ! Pourvu que ce soit vrai ! Mais… Tu ne veux pas t'asseoir ?

Il avait pris les deux mains de Rosie pour la rassurer mieux que des mots sur ce qu'il éprouvait.

— Au cas où tu ne t'en serais pas aperçu, je suis couchée !

Ils explosèrent de concert d'un rire joyeux et se jetèrent dans les bras l'un de l'autre.

— Et puis être enceinte, ce n'est pas être malade. Si tout va bien, tu auras bientôt l'héritier qu'il te fallait.

— Je t'en prie ! Ne me rappelle pas comme j'ai pu être stupide. C'est très mauvais pour mon ego.

Elle rit et l'embrassa à nouveau.

— Je t'ai toi, Rosie, reprit-il, et c'est tout ce qu'il me faut. Tu es la mère rêvée pour nos enfants, la seule que je veuille, et je te promets que tu auras les meilleurs soins possibles.

— Tu n'as pas besoin de me le promettre, fit doucement Rosie. Je le sais, puisque je t'ai toi.

17

Rosie obtint confirmation de ses doutes peu de temps avant Noël : elle était bel et bien enceinte. Le bébé arriverait à la fin de l'été. Xavier fut ému aux larmes en apprenant la nouvelle.

En attendant, il voulut célébrer Noël de la façon la plus traditionnelle et il pilota lui-même son jet pour les emmener en Suisse, où les attendaient la neige, les montagnes et un chalet niché sur une pente couverte de sapins. Tous ceux qui bordaient le chemin avaient été décorés de guirlandes électriques et l'effet était magique.

Deux lanternes flanquaient la porte de bois, une couronne de Noël enrubannée de rouge la décorait. Rosie se dit qu'elle n'avait jamais vu rien d'aussi merveilleux.

Xavier sortit du 4×4 et l'aida à descendre. Sur le perron, il lui glissa une petite boîte dans la main.

— Qu'est-ce que c'est ?

— Le premier d'une longue série de cadeaux. Certains seront en nature et nous attendent sur place : je ne voulais pas alourdir nos bagages ni que tu devines quoi que ce soit.

— Je suis vraiment gâtée ! Et du moment que ce n'est pas cette fichue bague…

— Eh bien, ouvre la boîte, et tu le sauras.

Rosie s'exécuta et découvrit une clé.

— Bienvenue chez toi, *señora* Del Rio !

— Je ne comprends pas…

— Ce chalet t'appartient. Chaque fois que tu auras besoin de prendre un peu de distance avec moi, tu pourras venir ici.

— Tu m'offres une maison ? s'exclama Rosie, éberluée.

— Et ce n'est que le début, ma merveilleuse épouse.

Il fit taire d'un baiser ses protestations.

— Et ne t'avise pas de refuser, l'avertit Xavier en s'écartant. Je veux que ce soit le plus beau Noël que nous ayons jamais eu, toi et moi.

Rosie prit la clé et ouvrit solennellement la porte.

— Si je suis la maîtresse de maison, il faut que je te fasse faire le tour du propriétaire, non ?

— Je propose que nous commencions par la chambre…

Xavier la porta dans ses bras pour lui faire franchir le perron. Un feu de bois crépitait dans la cheminée. Rosie songea que ce chalet était le lieu le plus confortable, le plus accueillant où elle ait jamais célébré les fêtes.

Après avoir testé la résistance du grand lit de bois et le confort de sa couette en duvet, ils décorèrent le chalet et le sapin. C'était la meilleure façon pour Rosie de faire sien ce lieu exceptionnel. Pourvu que son modeste cadeau plaise à Xavier autant que ce chalet lui plaisait ! Il lui avait répété mille fois que l'enfant à venir était le plus beau des cadeaux, mais Rosie avait voulu qu'il ait un paquet à ouvrir sous le sapin.

Quand la décoration fut terminée, elle posa son cadeau au pied de l'arbre tout illuminé.

— À moi de te faire une surprise.

Xavier prit le paquet, en déchira le papier brillant… et écarquilla les yeux.

— Rosie, c'est trop ! Des éditions originales de mon

auteur préféré, murmura-t-il en admirant les livres qu'il découvrait.

— Margaret m'a aidée en me conseillant la librairie où j'avais une chance de les trouver. Tu ne les as pas déjà, au moins ?

— Tu plaisantes, ce sont des raretés !

Rien n'était trop beau pour voir un tel plaisir dans les yeux de l'homme qu'elle aimait. Et pour la prochaine surprise, eh bien, il devrait attendre la fin de l'été !

Épilogue

Cinq ans après…

La plage au sable blond de l'Isla del Rey débordait de monde — habitants, visiteurs, jeunes et moins jeunes. L'hacienda avait été rénovée dans le respect de sa structure traditionnelle et le chemin qui y menait, impeccablement entretenu, s'ornait d'une rampe solide.

Xavier donnait son barbecue annuel pour remercier tous les fournisseurs et acheteurs, ainsi que tous ceux qui soutenaient la ferme bio qui avait pris naissance sur l'île, et gagné une solide réputation.

C'était lui qui grillait la viande, aidé par les plus âgés des enfants du Camp des aventuriers de l'île. Grâce à l'action du centre, des jeunes défavorisés, mal-aimés et malmenés par la vie retrouvaient confiance en eux et honoraient l'optimisme éternel de Rosie, qui n'abandonnait jamais quand le bonheur d'un enfant était en jeu.

Mais elle attribuait toute la réussite du centre à Xavier, qui avait la vision d'ensemble, les compétences et l'énergie. Elle était plutôt la rêveuse qui donnait l'impulsion aux projets les plus fous, ceux qui voyaient ici le jour. Bien sûr, l'une de leurs armes secrètes était Margaret, dont la gestion financière était sans égale.

Rosie s'approcha de Xavier, tenant à la main un petit

garçon brun de quatre ans, Elijah, qui piétinait d'impatience à l'idée de pouvoir aider son père.

— Hum... Tu nous mijotes un festin exceptionnel, lança-t-elle à son mari.

Xavier rit. Il désigna les deux fillettes de deux ans qui jouaient avec Margaret.

— Les jumelles voulaient déjà goûter ! Alors, tu es heureuse ?

Il délaissa ses ustensiles pour enlacer sa femme. La viande demandait une surveillance soutenue, mais rien ne l'empêcherait jamais d'embrasser Rosie quand il en avait envie ! C'était sa seule règle, à présent.

— Heureuse ? À ton avis ?

— Je crois que je vous aime, *señora* Del Rio, murmura Xavier en plongeant son regard dans les yeux d'améthyste de sa merveilleuse épouse.

— Je suis heureuse de l'apprendre, répliqua-t-elle avec un clin d'œil. Car moi, je vous adore, *señor*, et cela durera toujours.

JULIA JAMES

Une parenthèse enchantée

Traduction française de
JEAN-BAPTISTE ANDRÉ

HARLEQUIN

Titre original :
CAPTIVATED BY THE GREEK

Ce roman a déjà été publié en 2016

1

Nikos Parakis jeta un coup d'œil à sa montre et fronça les sourcils. Sa vidéoconférence avec la Russie s'était éternisée, et il avait quitté son appartement de Holland Park en retard. À ce rythme, il allait devoir sauter le déjeuner s'il voulait arriver à l'heure à son rendez-vous dans la City. Il commençait à regretter d'avoir décidé de traverser le parc à pied — même s'il avait demandé à son chauffeur de l'attendre de l'autre côté… Mais, par cette belle journée d'été, il n'avait pu résister à l'envie de se dégourdir les jambes.

La faim le tenaillait déjà alors qu'il arrivait près de sa voiture, garée à l'endroit convenu. Son corps avait besoin d'énergie. Malgré son retard, il savait par expérience que l'en priver s'avérerait contre-productif. Sur un coup de tête, il traversa la route et se dirigea vers une enseigne de restauration rapide. Il avait beau être l'héritier de l'immense fortune des Parakis, il n'était pas difficile — un sandwich était un sandwich.

Il faillit changer d'avis au moment où il entra dans la gargote. Londres ne manquait pas de franchises qui rivalisaient d'ingéniosité en matière de sandwichs, mais cet endroit semblait figé dans le passé. Ici, point d'emballages luxueux ou de recettes aux noms exotiques, plus appétissantes les unes que les autres. Les sandwichs étaient encore assemblés à la main à partir d'ingrédients basiques stockés dans des vasques en plastique. Nikos trépigna. Il aurait préféré prendre quelque chose au vol, payer et partir sans perdre de temps.

Mais puisqu'il était là…

— Vous n'avez rien de tout prêt ? demanda-t-il à l'unique vendeuse qui s'affairait, dos tourné, derrière le comptoir.

La jeune femme l'ignora et continua de beurrer un morceau de pain sur un plan de travail en inox. Nikos ne voulait pas se montrer brusque ou impoli mais il avait faim, et il était en retard.

— Elle prépare mon sandwich, mon gars.

Surpris, Nikos se tourna vers l'homme qui venait de parler, et qu'il n'avait pas remarqué. Assis à une table dans un renfoncement, mal rasé et habillé de vêtements tachés, il ressemblait fort à un clochard.

— Va falloir attendre vot' tour, renchérit-il.

Nikos pinça les lèvres et reporta son attention sur la vendeuse, qui daigna enfin répondre :

— Je suis à vous dans un instant.

Elle glissa une tranche de jambon entre deux tranches de pain, enveloppa le tout dans une serviette en papier et tendit le sandwich au clochard avec un gobelet en carton qui contenait du thé.

— Et voilà, Joe.

— Merci, ma jolie.

Le dénommé Joe se leva péniblement. Nikos plissa le nez — l'homme n'avait apparemment pas pris de bain depuis un certain temps, et il empestait l'alcool. Il referma ses doigts sales sur son sandwich et prit le thé d'une main tremblante avant de décocher un regard curieux à Nikos.

— Z'auriez pas un peu de monnaie ?

— Non, répondit Nikos avant de reporter son attention sur la serveuse.

Avec un haussement d'épaules fataliste, l'homme se dirigea vers la sortie.

— Tout doux sur la boisson, Joe, lança la serveuse comme il franchissait la porte. L'alcool te tue à petit feu.

— Je vais arrêter, ma jolie. Bientôt…

Puis il disparut avec son sandwich — un déjeuner aux frais de la princesse, supposa Nikos, car il n'avait pas vu le moindre échange d'argent. Mais peu importait. La fille était à présent disponible, et il répéta sa question originale, avec une impatience qu'il ne prit cette fois pas la peine de dissimuler.

— Non, répliqua-t-elle en essuyant son plan de travail. Il n'y a rien de tout prêt. Tout est fait sur commande.

Sa voix avait changé. Si Nikos s'en était soucié, il aurait remarqué qu'elle était irritée. Il regarda sa montre, furieux de voir que les minutes s'écoulaient impitoyablement.

— Donnez-moi ce qu'il y a de plus rapide, alors.

— Que désirez-vous ? demanda-t-elle.

Il fronça les sourcils — était-elle sourde en plus d'être mal lunée ?

— J'ai dit : ce qu'il y a de plus rapide.

— Une tranche de pain beurré, voilà ce qu'il y a de plus rapide. Vous ne voulez rien dedans ?

Nikos plissa les yeux. Cette fois, il ne pouvait ignorer l'insolence de son interlocutrice.

— Du jambon, déclara-t-il sèchement.

— Pain blanc ou complet ? Baguette ou tartine ?

— Ce qu'il y a de plus rapide, répéta-t-il pour la troisième fois.

— Baguette, blanc.

— Parfait.

— Vous voulez seulement du jambon ?

— Oui.

S'il avait le malheur de choisir un autre ingrédient, il redoutait d'être là toute la journée ! Enfin, la fille se retourna et entreprit de préparer sa commande. Nikos réalisa qu'il était assoiffé et tira une bouteille d'eau d'une vitrine réfrigérée. Il la mit sur le comptoir au moment où la serveuse y déposait son sandwich.

— Ça fera trois livres quarante-cinq, annonça-t-elle après un rapide calcul mental.

Nikos sortit un billet de son portefeuille et le lui tendit, impassible.

— C'est un billet de cinquante, fit-elle valoir.

À sa mine ahurie, Nikos aurait pu croire qu'elle n'en avait jamais vu — ce qui était peut-être le cas. Il continua de le lui tendre en silence.

— Vous n'avez rien de plus petit ? demanda-t-elle.

— Non.

Avec un soupir agacé, la fille lui arracha presque le billet des mains et ouvrit sa caisse. Quelques instants plus tard, elle étala la monnaie sur le comptoir : quelques piécettes argentées, un billet de vingt… et vingt-six pièces d'une livre. Puis elle redressa le menton et étudia Nikos d'un air de défi.

Pour la première fois, il la regarda. Et, pour la première fois, il la *vit*.

Nikos se figea, avec l'étrange sensation d'avoir été frappé par la foudre. Une voix dans son esprit lui soufflait d'arrêter de la fixer, d'empocher sa monnaie et de sauter dans sa voiture. Il avait une réunion et il avait déjà perdu assez de temps dans cette gargote.

Mais il était incapable d'entendre raison. Quelque

chose d'impérieux, de viscéral s'était emparé de lui et le clouait au sol.

Thee mou, cette fille était d'une beauté à couper le souffle !

Nikos admira le modelé de ses traits, la délicatesse des courbes de son visage, son nez droit, ses yeux d'un bleu éclatant. Et sa bouche... Ah, cette bouche ! Elle lui évoquait un fruit mûr et juteux...

Pourquoi diable ne l'avait-il pas remarquée plus tôt ?

La question n'avait pas d'importance. Rien d'autre n'avait d'importance que son désir foudroyant, son besoin de s'enivrer du spectacle de cette beauté. Son corps tout entier semblait en incandescence, comme si une lave brûlante parcourait ses veines.

Quelle réaction étrange... Il se comportait comme un homme affamé, comme s'il n'avait pas vu une jolie femme depuis des années... Pourtant, c'était loin d'être le cas ! Son statut d'héritier des Parakis faisait de lui une cible de choix pour toutes les ambitieuses et les croqueuses de diamants de la jet-set. Les plus belles filles du monde se jetaient à ses pieds, d'autant plus motivées que dame Nature l'avait doté d'un physique qu'il savait agréable, et qu'il travaillait dur à entretenir. Bref, il savait sans vanité aucune qu'il plaisait, et il en profitait. Il ne comptait plus le nombre de mannequins qu'il avait laissés parader à son bras, ou se glisser dans son lit. Il était fait de chair et de sang, après tout !

Mais celle qui lui faisait face ne ressemblait pas aux mondaines sophistiquées qu'il fréquentait habituellement. Elle était sans apprêt. Ses cheveux — blonds, pour ce qu'il en voyait — étaient cachés sous une casquette, et elle ne portait pas de maquillage. Quant à son corps, il n'en discernait que ce qu'un T-shirt trop grand pour elle et le comptoir qui la coupait à la taille en laissaient paraître.

Bon sang, si elle était si séduisante dans ces oripeaux, à quoi ressemblerait-elle en robe de soirée ? Il plissa les yeux, tentant de s'imaginer le résultat.

La voix de la fille l'arracha brutalement à ses rêveries.

— Si vous avez envie d'un morceau de viande, la boucherie est en face !

Il fronça les sourcils, dérouté par cette remarque sibylline.

— Pardon ?

La serveuse le foudroya du regard. Distraitement, Nikos s'émerveilla du fait qu'en colère elle paraissait plus séduisante encore. Ses yeux flamboyaient comme des saphirs sous le soleil.

— Ne jouez pas les innocents. Maintenant, prenez votre monnaie, votre fichu sandwich, et disparaissez.

Ce fut au tour de Nikos de se mettre en colère. Qui était-elle pour lui parler sur ce ton ? Son visage se durcit et il répliqua sèchement :

— Votre comportement envers un client est inacceptable. Si vous étiez l'une de mes employées, je vous mettrais à la porte illico.

En guise de réponse, la fille posa ses mains à plat sur le comptoir pour se pencher vers lui, révélant sa taille fine et ses hanches sensuelles.

— Et si je travaillais pour *vous* — ce qui, Dieu merci, n'est pas le cas — je vous poursuivrais pour harcèlement sexuel ! Comme je vous l'ai dit, je ne suis pas un morceau de viande !

Contre toute attente, Nikos se sentit envahi d'un sentiment de jubilation. Non seulement cette fille était superbe — encore qu'inexplicablement bougonne — mais elle avait de la repartie et du caractère.

— Depuis quand est-il illégal d'admirer une belle femme ? demanda-t-il d'un ton suave.

Pour illustrer son propos, il la soumit à un examen lent et délibéré. Elle éveillait en lui un mélange explosif de désir et d'agacement — Nikos ignorait laquelle des deux émotions l'emportait. Ce qu'il savait, en revanche, c'était qu'il avait envie de la provoquer…

— Si vous ne pouvez pas vous empêcher de dévisager les femmes, achetez-vous au moins des lunettes de soleil pour nous épargner cette épreuve.

— Cette épreuve ? répéta-t-il avec amusement. Vraiment ?

Nikos adoucit son regard pour le changer en caresse — comme il savait si bien le faire. Aucune de celles qu'il avait rencontrées n'avait jamais paru offensée d'être caressée par son regard appréciateur — pour ce qu'il en savait ! À son intense satisfaction, il vit une rougeur soudaine monter le long de son cou et s'infuser dans sa peau laiteuse.

— Allez-vous-en, murmura-t-elle en baissant les yeux. Disparaissez.

Nikos partit d'un rire grave. *Jeu, set et match.* Il savait qu'il venait de percer les défenses de la jeune femme et s'en trouva satisfait. D'un geste ample, il ramassa sa monnaie et la fit glisser dans sa poche. Puis il prit son sandwich et sa bouteille d'eau.

— Passez une bonne journée, déclara-t-il d'un ton aimable.

Il quitta le magasin d'excellente humeur. Une dizaine de mètres plus loin, il aperçut Joe qui terminait son déjeuner appuyé contre un lampadaire. Sans réfléchir,

Nikos plongea la main dans sa poche et en sortit toute sa monnaie.

— Voilà pour vous, l'ami.

L'autre écarquilla les yeux.

— Oh ! Merci, chef !

Il tendit ses deux mains tremblantes pour recevoir cette obole inespérée. Nikos, d'ordinaire imperturbable, fut pris de compassion.

— Elle a raison, vous savez, s'entendit-il dire. L'alcool vous tue à petit feu.

Joe posa sur lui ses yeux injectés de sang. Un soupir souleva sa poitrine maigre.

— Je sais…

Puis il tourna les talons et s'éloigna en clopinant, les épaules basses. Nikos le suivit un instant des yeux avant de revenir à la réalité — l'heure tournait ! Il fit signe à son chauffeur, qui démarra aussitôt la voiture et vint le cueillir au bord du trottoir. Il prit place sur la banquette arrière où il attaqua son sandwich à pleines dents.

Ses propres paroles ne tardèrent pas à résonner dans sa tête. *Elle a raison, vous savez…* Oui, la serveuse avait vu juste. Et pas seulement sur les mauvaises habitudes de ce pauvre Joe…

Il termina son repas, roula sa serviette en boule et prit son téléphone pour appeler sa secrétaire londonienne. Elle répondit immédiatement.

— Janine, j'ai besoin de faire envoyer des fleurs…

Mel fixa la silhouette qui s'éloignait, les mains toujours à plat sur le comptoir. Elle était furieuse. Elle ne s'était pas sentie aussi en colère depuis… Non, corrigea-t-elle, elle ne s'était *jamais* sentie aussi en colère !

Ce goujat l'avait hérissée dès qu'il était entré dans le magasin. Il s'était adressé à elle d'un ton sec, sans même attendre qu'elle se retourne. C'était un homme habitué à commander, et pour lui une simple serveuse ne valait guère mieux qu'un esclave ou un laquais.

Elle avait fait de son mieux pour se montrer polie, mais avait perdu patience en voyant la façon dont le type avait dévisagé ce pauvre Joe, comme si ce dernier n'avait rien à faire dans le magasin.

Bien sûr, Joe ne sentait pas très bon et n'avait pas belle allure. Mais n'avait-il pas droit à un peu de compassion ? Surtout de la part d'un homme qui, à voir le genre de costume et de montre qu'il portait, n'avait pas eu à souffrir une seule seconde de sa vie ?

Mel rejoua mentalement leur échange presque monosyllabique quant au genre de sandwich qu'il voulait, jusqu'à l'instant où le type avait lâché un billet de cinquante livres sur le comptoir. Cinquante livres pour un sandwich… Mel eut un sourire de satisfaction en songeant à la monnaie qu'elle lui avait rendue. L'expression de son client, quand il avait vu toutes les pièces, lui avait permis de savourer un instant de victoire.

Un *court* instant de victoire, concéda-t-elle. Presque aussitôt, l'inconnu avait braqué sur elle un regard si intense et dérangeant qu'elle en frissonnait encore. À son immense honte, ce regard l'avait troublée instantanément. Une chaleur diffuse avait parcouru ses membres et avait irradié son bas-ventre. Ses seins s'étaient durcis — heureusement, le T-shirt trop grand qu'elle portait avait eu le mérite de dissimuler sa réaction.

De la viande, se rappela-t-elle farouchement. *Il t'a regardée comme si tu étais une appétissante pièce de boucherie, rien de plus.*

Mais elle eut beau s'y efforcer, elle ne parvint pas à ranimer sa haine vis-à-vis de l'inconnu. Maintenant qu'il avait disparu, il ne lui restait qu'une étrange sensation de vertige, une sorte de picotement dans le corps qu'elle ne parvenait pas à réprimer.

Elle ferma les yeux et soupira. Bon, songea-t-elle, autant regarder la vérité en face. L'homme était arrogant et malpoli — un véritable rustre. Mais il était aussi d'une beauté presque surnaturelle. Elle s'en était aperçue dès qu'elle s'était retournée, raison pour laquelle elle s'était efforcée de ne pas le regarder en face. Elle s'était concentrée sur la préparation du sandwich de Joe, puis sur son thé.

Mais son image s'était tatouée sur sa rétine. Elle avait eu le plus grand mal à lutter contre l'envie de le dévisager également, de se nourrir du moindre détail de son apparence.

Il était la perfection incarnée, le mâle alpha dans toute sa splendeur — grand, athlétique, vêtu d'un costume sur mesure qui lui allait comme un gant. Mais ce n'étaient ni ses vêtements ni sa taille qui l'avaient le plus marquée. C'étaient ses yeux, leur noirceur d'encre, leurs inclusions dorées et leur dureté d'acier trempé, sertis dans un visage de statue grecque. Il avait une mâchoire ciselée, un nez droit et décidé et les yeux — encore ces yeux — frangés de cils incroyablement longs.

Oui, elle aurait pu le fixer pendant des heures, et c'était exactement ce à quoi elle avait pensé pendant qu'ils échangeaient leurs propos acerbes.

Et tout d'un coup son regard avait changé. Il avait coulé sur elle comme du miel chaud, si intense, si charnel qu'elle aurait juré sentir ses mains sur son corps, ses lèvres contre les siennes. Comment avait-il fait une chose pareille ? Un tel pouvoir relevait de la sorcellerie. Démunie, elle s'était sentie rougir comme une pivoine et avait perdu tous ses moyens. Elle n'avait eu d'autre recours que de lui demander de sortir.

Et comment avait-il réagi ? Par un immense éclat de rire. Il s'était moqué d'elle, satisfait de cette victoire facile. Il avait joué avec elle comme un chat avec une souris.

Qu'il aille au diable !

Une colère bienvenue l'envahit enfin et dissipa la chaleur troublante qui l'avait envahie. Elle regarda de nouveau par la porte vitrée, mais l'homme avait disparu.

Mel s'intima pour la dernière fois l'ordre de ne plus penser à lui et entreprit de trancher du pain avec une fureur que la pauvre baguette ne méritait pas.

2

— Vous avez fait livrer les fleurs ?

Ce fut la première question que Nikos posa à sa secrétaire sitôt qu'il regagna son bureau. Il ne doutait pas de la réponse — Janine était l'efficacité même. Elle était aussi habituée à envoyer des fleurs aux quatre coins du pays.

À ceci près qu'en général leurs destinataires n'étaient pas vendeuses de sandwichs… Et elles n'avaient qu'une envie : lui faire plaisir, pas lui arracher les yeux.

Il secoua la tête pour s'éclaircir les idées avant de s'asseoir à son bureau. Rien ne servait de penser à l'impétueuse blonde, à sa beauté hors du commun, à l'allure qu'elle aurait en robe de soirée. Ou sans rien sur le corps, ses cheveux blonds comme les blés étalés sur les draps, son regard limpide seulement troublé par l'orgasme auquel il la menait…

De nouveau, il secoua la tête. Il n'était pas d'un naturel enclin à la rêverie et il était inutile, se répéta-t-il, de perdre une seconde de plus à fantasmer sur cette inconnue. Il lui avait fait envoyer des fleurs pour s'excuser de son comportement, l'affaire était donc réglée. Il avait assez de prétendantes parmi lesquelles choisir ses futures maîtresses. Et une serveuse n'avait pas sa place dans cette sélection de haut vol.

Il ouvrit son agenda pour étudier ce que lui réservait

le reste de son séjour à Londres. Son père, président de la banque d'investissement basée à Athènes, ne quittait plus que très rarement la Grèce, laissant à Nikos le soin de voyager pour veiller aux intérêts de la société familiale dans le monde entier.

Cet arrangement lui convenait parfaitement. Ainsi, il n'avait pas à écouter les griefs permanents de son père à l'encontre de sa mère. Ce n'était qu'un répit temporaire, mais appréciable. D'autant que, quand il verrait sa mère, elle lui casserait à son tour les oreilles avec ses propres récriminations.

Avec un soupir d'irritation, il chassa les querelles familiales de son esprit. Il supportait depuis trop longtemps la mesquinerie et les chamailleries de ses parents, mais que pouvait-il y faire ? Il s'agissait de son père et de sa mère…

D'un regard distrait, il balaya les divers rendez-vous et obligations qui l'attendaient. Puis il avisa son programme du vendredi soir et se frappa le front. Bon sang, il ne manquait plus que ça… Un gala caritatif à l'hôtel Viscari St James.

En soi, l'événement était parfaitement anodin. Le problème, c'était qu'une note dans son agenda précisait que Fiona Pellingham y assisterait — c'était d'ailleurs elle qui l'avait invité. Et, s'il y avait une personne qu'il n'avait pas envie de voir, c'était bien elle.

Avocate spécialisée dans les fusions-acquisitions, elle s'était entichée de Nikos après leur rencontre lors d'un précédent séjour à Londres. Elle n'avait pas caché qu'elle comptait faire de lui sa prochaine acquisition, et qu'une fusion serait aussitôt au programme. Mais si Fiona — une brunette svelte aux courbes parfaites — était sexy, Nikos avait compris qu'elle était également dominatrice et possessive. C'était le genre de femme qui ne se contenterait pas de ce qu'il offrait habituellement à ses maîtresses, à savoir quelques nuits de plaisir, et rien de plus. La perspective de passer une soirée entière à essayer de lui échapper ne le réjouissait guère.

Le problème, c'était que, même s'il décidait de ne pas se rendre au gala, Fiona trouverait un autre moyen de le poursuivre de ses ardeurs. Il y aurait d'autres soirées, d'autres invitations. Non, ce qu'il fallait, c'était lui faire comprendre qu'il n'était pas disponible. Il avait besoin d'assister à ce gala avec une femme à son bras. Mais qui accepterait de se prêter à cette mascarade ?

Il resta quelques instants songeur, puis la lumière se fit dans son esprit, si vive qu'il tressaillit. Mais bien sûr ! Il savait exactement qui il voulait emmener au gala. Tout s'agençait parfaitement — ne s'était-il pas demandé à quoi ressemblerait la blonde de la gargote en tenue de soirée ? C'était l'occasion rêvée d'avoir la réponse.

Pourquoi ne pas en profiter ?

Les poings sur les hanches, Mel se tenait dans l'arrière-boutique et fixait avec incrédulité la table branlante au milieu des piles de cartons. Ce n'était pas la table elle-même qui l'intéressait mais l'extravagant bouquet de fleurs entouré de cellophane posé dessus. La carte qui y était jointe l'avait mise au comble de l'agacement.

J'espère que ces quelques fleurs vous aideront à me pardonner et vous mettront de meilleure humeur.

Elle était signée « Nikos Parakis ».

Ainsi, il était grec… Mel n'était pas surprise. Si son accent était un pur produit du système éducatif anglais, ses cheveux d'un noir de jais et son teint cuivré laissaient deviner des origines méditerranéennes.

Pour la énième fois, Mel déroula le film de leur brève rencontre dans son esprit. Elle se força à l'interrompre et s'approcha en fulminant du bouquet de lys. Leur fragrance entêtante envahissait la petite pièce — elle parvenait même à couvrir les odeurs de nourriture. C'était un parfum exotique, lourd, d'une sensualité presque oppressante. Un parfum qui faisait chavirer les sens.

Tout comme l'expéditeur de ces fleurs.

Une douce chaleur s'insinua de nouveau en elle, sans qu'elle pût la contrôler. De colère, elle tourna les talons en claquant la porte derrière elle. Elle ne savait pas ce qu'elle allait faire de ce stupide bouquet, mais pour le moment, elle avait du travail. Sarrie était en vacances et elle était toute seule pour s'occuper de la boutique. L'absence de son patron signifiait une charge de travail accrue mais elle s'en moquait. Sarrie la dédommageait généreusement et tout revenu supplémentaire était le bienvenu.

Elle revint à son poste et se força à se concentrer sur sa tâche. Après avoir fait un état du stock, elle sortit une vasque de tomates en rondelles du réfrigérateur pour remplacer celle qui était vide sur le plan de travail. Puis elle entreprit de frotter le comptoir, pourtant immaculé.

Peu importait. Tout ce qui l'empêchait de penser à cet idiot de Nikos Parakis était bienvenu. Elle devait s'occuper le corps et l'esprit. Comme… Où en était-elle de ses économies ? Elle passa en revue les sommes qu'elle épargnait mensuellement, effectua quelques multiplications et, comme toutes les fois qu'elle s'adonnait à cet exercice, eut un sourire de satisfaction. Elle avait presque atteint le montant qu'elle s'était fixé, celui qui lui permettrait de vivre enfin son rêve.

Voyager. Quitter l'Angleterre pour voir le monde, pour découvrir tous ces endroits qui n'étaient jusqu'alors que des noms pour elle — l'Europe, la Méditerranée, les États-Unis. Et pourquoi pas plus loin encore, l'Australie, l'Asie, l'Amérique du Sud…

Mel n'avait jamais quitté l'Angleterre de sa vie. Son grand-père, il fallait le dire, n'avait jamais été particulièrement aventureux. La Manche avait toujours constitué un horizon infranchissable pour lui.

— Qu'y a-t-il de plus à l'étranger qu'à Bognor ? avait-il coutume de maugréer. Ou à Brighton, ou Bournemouth ?

C'était donc sur la côte sud de l'Angleterre que Mel avait passé toutes ses vacances jusqu'à son adolescence. Et pendant longtemps elle n'avait rien trouvé à y redire. Elle aimait la mer et la plage, même si elle n'avait pas de frère ou de sœur avec qui jouer. Elle vivait en effet seule avec son grand-père maternel depuis que ses parents avaient été tués dans un accident de voiture.

Maintenant qu'elle considérait cette époque d'un œil d'adulte, elle comprenait qu'elle avait été une planche de salut pour son grand-père après la perte de sa fille et de son beau-fils. Devoir s'occuper d'une enfant de cinq ans avait requis toute son énergie et lui avait donné une raison de vivre. Lui, en retour, était devenu son roc, le centre de son univers.

Lorsqu'elle était entrée à l'université, Mel avait choisi de rester vivre avec lui dans la petite maison mitoyenne où elle avait grandi en banlieue nord de Londres.

— Ce serait idiot de déménager, grand-père. Les

logements étudiants coûtent une fortune, et ce sont de vrais trous à rats.

Même s'il n'en avait rien dit, elle savait que le vieil homme avait été soulagé qu'elle reste auprès de lui. Cette décision n'avait d'ailleurs pas empêché Mel de sortir et de faire la fête comme n'importe quelle autre étudiante. Elle avait aussi eu son lot d'aventures amoureuses, jusqu'au jour où elle avait rencontré Jak. Les choses étaient devenues sérieuses entre eux, d'autant que Jak semblait être le seul homme capable de voir au-delà de son apparence physique. Il s'était intéressé à elle pour ce qu'elle était vraiment.

Avait-elle été amoureuse de lui ? Elle avait découvert la réponse à cette question à la fin de leurs études : pas assez pour lui consacrer sa vie et tout abandonner pour lui.

— J'ai décroché un job dans une association caritative en Afrique, avait-il annoncé un jour. Je pars dans un mois. Je voudrais que tu viennes avec moi… Mel, veux-tu venir avec moi ? Que nous fassions notre vie ensemble ?

Elle s'était attendue à cette question. Mais, quels que fussent ses sentiments pour Jak, elle n'avait pas hésité dans sa réponse.

— Je ne peux pas, avait-elle répondu. Grand-Père a besoin de moi.

Et de fait, pendant les trois années qu'elle avait passées à l'université, le vieil homme avait franchi une ligne invisible. Les accidents de santé s'étaient succédé mais le pire avait été son déclin mental. Mel savait qu'elle ne pouvait pas l'abandonner, à présent que, par un étrange renversement du destin, c'était lui qui dépendait d'elle. Sans la moindre hésitation, elle avait mis sa propre vie en suspens pour s'occuper de son grand-père.

Les mois étaient devenus des années — trois, exactement — jusqu'au jour où il était parti pour son dernier voyage. Mel avait beaucoup pleuré. Certes, son chagrin était immense, mais elle était également soulagée de savoir l'homme qu'elle aimait le plus au monde enfin libre de toute souffrance.

Libre, elle l'était totalement, à présent. Elle n'avait plus aucune attache et rien ne pouvait l'empêcher de poursuivre son rêve de voyager, de découvrir le monde. Mais, pour ce faire, elle allait avoir besoin d'argent. Et, de l'argent, elle n'avait pas pu en gagner durant les trois années passées à s'occuper de son grand-père. Ce dernier lui avait bien laissé un petit héritage mais elle ne voulait pas y toucher. Il lui servirait à son retour pour se loger, chercher du travail, démarrer une carrière. Pour financer son tour du monde, elle avait donc décidé de travailler autant qu'elle pouvait — de jour chez Sarrie, le soir comme serveuse dans un restaurant voisin.

Bientôt, elle prendrait son envol. Peu importait la destination, elle achèterait un billet d'avion à prix cassé en dernière minute. Elle parcourrait le monde et ne reviendrait qu'une fois son budget épuisé.

Mais peut-être que je ne reviendrai jamais… Peut-être que je continuerai de courir le monde sans me lasser, puisqu'il est si vaste et que je suis libre comme l'air.

Les possibilités qui s'offraient à elle désormais étaient enivrantes. Elle allait pouvoir rattraper le temps perdu, surtout dans un domaine où toutes ses amies avaient une confortable avance — les relations amoureuses, par exemple !

Depuis le départ de Jak, les soins constants que requérait son grand-père ne lui avaient pas permis d'envisager la moindre relation sérieuse. Elle était bien sortie deux ou trois fois avec des garçons, mais rien de durable. Elle brûlait donc d'excitation à l'idée de rencontrer quelqu'un, peut-être au moment où elle s'y attendrait le moins. Un regard croisé dans une foule, un sourire échangé… Une nuit de plaisir simple, sans complications ni promesses d'avenir…

Un sourire cynique étira ses lèvres. Une telle attitude, elle le savait, ne pourrait que la rendre populaire auprès de la gent masculine ! Un homme comme Nikos Parakis, par exemple, ne pourrait que s'en réjouir, vu la façon dont il l'avait regardée…

Un client entra au même moment et lui fournit une excuse bienvenue pour cesser de penser à lui. Elle avait bien mieux à faire que de fantasmer sur la vie sentimentale de Nikos Parakis. Bientôt, les fleurs de ce bouquet se faneraient, et avec elles le souvenir de leur expéditeur, de son physique de rêve et de ses yeux qui semblaient pénétrer jusqu'au tréfonds de son âme…

— Arrêtez-vous là, ordonna Nikos à son chauffeur, qui gara aussitôt la luxueuse BMW le long du trottoir pour permettre à son patron de descendre.

Les mains dans les poches, Nikos étudia les allées et venues des clients de Chez Sarrie, le magasin de sandwichs où travaillait la jolie blonde. Avait-il bien fait de venir ? se demanda-t-il dans un nouvel accès de doutes.

Il avait déjà changé dix fois d'avis durant le trajet, dans un sens puis dans l'autre. Il ne savait rien de cette fille, s'était-il répété. Elle était peu aimable et, pour couronner le tout, n'avait sans doute rien à se mettre pour se rendre à un événement aussi exclusif qu'une soirée au Viscari St James.

Mais tous ces arguments ne pesaient rien face à son

désir de la revoir. Il voulait goûter de nouveau à cette poussée d'adrénaline qu'il éprouvait quand il posait les yeux sur elle.

Un frisson d'impatience le parcourut et il baissa les yeux sur sa montre. Il était presque 18 heures. Ce genre d'échoppe ne restait en général pas ouverte en soirée, ce qui signifiait que la jeune femme devait avoir fini sa journée de travail… Il prit une inspiration, traversa la rue d'un pas déterminé et poussa la porte vitrée. Il n'y avait qu'un autre client dans la boutique, occupé à payer. Nikos le remarqua à peine. Un sentiment de profonde satisfaction s'était emparé de lui sitôt que son regard s'était posé sur la vendeuse. Il savait à présent, sans le moindre doute, qu'il avait bien fait de venir. Elle était aussi incroyablement sexy que dans son souvenir. Oui, il avait pris la bonne décision et son idée était géniale.

Restait à en convaincre la principale intéressée…

— Voici votre monnaie, l'entendit-il dire à son client.

Sa voix était joyeuse, son expression, souriante. Il n'y avait pas trace, nota Nikos avec cynisme, de l'hostilité dont elle avait fait preuve à son égard. Elle ne l'avait pas remarqué, ce qui lui permit d'admirer la façon dont son sourire illuminait son visage. Et, même si ce sourire ne lui était pas adressé, il sentit son cœur bondir dans sa poitrine.

Enfin, elle l'aperçut. Son regard se glaça mais elle attendit que l'autre client fût sorti du magasin pour lancer son attaque.

— Qu'est-ce que vous faites là ?

Nikos avança d'un pas tranquille vers le comptoir, tandis qu'elle reculait d'un pas. Son instinct ne le trompait jamais — il savait qu'elle était troublée par sa présence. Même son expression hostile peinait à cacher l'étincelle d'émotion qui brasillait au fond de ses yeux. C'était une réaction vieille comme le temps, la même qu'elle avait eue lors de leur première rencontre.

Sans le vouloir, le corps de cette femme lui disait tout ce qu'il avait besoin de savoir. Elle avait beau le nier de toutes ses forces, il lui plaisait autant qu'elle lui plaisait.

De nouveau, il se réjouit à détailler ce qui l'attirait à ce point chez elle. Les heures qui s'étaient écoulées n'avaient en rien atténué son extraordinaire beauté. Comment pouvait-elle dégager une telle féminité, sans maquillage, avec une affreuse casquette sur la tête et un T-shirt trop large ? C'était un mystère qu'il était déterminé à éclaircir.

— Je voulais vous revoir, dit-il enfin, s'arrêtant de l'autre côté du comptoir.

Au prix d'un effort visible, elle fit un pas en avant pour reconquérir le terrain qu'elle venait de céder.

— Pourquoi ? rétorqua-t-elle.

Nikos ignora sa question pour demander d'un ton aimable :

— Vous avez reçu mes fleurs ?

— Oui.

Amusé par son laconisme, il leva un sourcil interrogateur.

— Elles ne vous plaisent pas ?

— Je parie que vous ne savez même pas de quelles fleurs il s'agit, répliqua-t-elle, redressant le menton d'un ton de défi. Je parie que vous avez demandé à votre secrétaire de les envoyer.

— Je soupçonne qu'il s'agit de lys. Ma secrétaire adore ça.

— Dans ce cas, vous n'avez qu'à lui en faire envoyer, à elle, la prochaine fois !

— À ceci près que je n'avais pas besoin de présenter mes excuses à ma secrétaire, fit valoir Nikos d'une voix suave. Et ce n'est pas elle non plus qui avait besoin qu'on la mette de bonne humeur.

C'était une provocation délibérée — et dangereuse étant donné qu'il avait un service à lui demander. Mais il ne pouvait résister à l'attrait d'une nouvelle joute verbale avec elle, au plaisir de voir ses yeux bleus s'enflammer de colère et briller plus intensément encore.

— Vos fleurs ne m'ont pas mise de bonne humeur, et votre présence ici n'arrange pas les choses. Si c'est tout ce que vous aviez à me dire, considérez votre mission comme accomplie.

— Non, ce n'est pas tout. Je suis venu pour vous inviter.

La jeune femme parut d'abord déroutée, puis méfiante.

— Pardon ?

— J'aimerais vous convier à un gala de charité vendredi soir, annonça Nikos de son ton le plus formel.

— Pardon ? répéta-t-elle.

— Laissez-moi vous expliquer…

— Vous feriez bien, oui.

— Je me trouve, par un concours de circonstances, sans cavalière pour assister à un gala caritatif vendredi soir. J'ai déjà répondu que je serais présent, je ne peux donc pas annuler. Je vous serais très reconnaissant si vous acceptiez de m'accompagner. Je suis sûr que vous passerez un excellent moment. C'est au Viscari St James, qui est comme vous le savez un hôtel très huppé.

Il s'interrompit, puis se fendit de son plus beau sourire avant d'ajouter :

— Dites-moi que vous acceptez.

Le visage de la jeune femme était pareil à un livre

ouvert, trahissant la moindre de ses émotions. La plus visible, en cet instant, était une parfaite incrédulité.

— Et bien sûr, M. Parakis, vous n'avez personne d'autre à qui vous adresser ? Vous invitez une inconnue que vous auriez déjà mise à la porte si elle travaillait pour vous, pour vous citer ? Excusez-moi, mais c'est un peu difficile à croire !

— Je comprends, répondit Nikos sans se laisser démonter. Mais le fait est que, si vous acceptiez, vous gagneriez ma reconnaissance éternelle…

— Alléluia, ironisa la jeune femme.

— Je suis sérieux. J'aurais une dette envers vous.

— C'est hors de question.

— Pourquoi ? Qu'est-ce qui vous empêche de dire oui ?

— Le mystère qui entoure vos motivations, pour commencer.

— Mes motivations sont très simples. Vous ne pouvez pas ignorer à quel point vous êtes séduisante. N'importe quel homme serait honoré de vous avoir à ses côtés.

Il la vit rougir, puis déglutir. *Bingo.*

— Acceptez, reprit-il d'une voix involontairement rauque.

Une expression qu'il ne put identifier traversa le visage de la jeune femme, qui secoua la tête avec emphase.

— Non. Pas question.

— Pourquoi ?

— Parce vous me déplaisez, voilà pourquoi !

Malgré lui, Nikos sourit. Même si leur discussion ne prenait pas la tournure qu'il espérait, ils se parlaient, et c'était déjà une petite victoire. Il leva la main en signe d'apaisement.

— Je reconnais que nous avons pris un mauvais départ, tous les deux, et j'assume ma responsabilité.

J'avais faim, j'étais en retard… De votre côté, vous ne vous êtes pas montrée particulièrement aimable.

— Parce que vous m'avez parlé comme si j'étais une moins-que-rien ! Et la façon dont vous avez regardé ce pauvre Joe… Vous ne lui avez même pas donné une pièce quand il vous a demandé de l'aide. Votre portefeuille était plein de billets de cinquante !

— Et vous pensez que j'aurais dû lui en donner un ?

— Non, mais…

— Pour votre information, coupa Nikos, je lui ai laissé toute la monnaie que vous m'avez si gentiment rendue…

L'expression de la fille s'allongea aussitôt.

— *Quoi ?* Bon sang, il a dû tout dépenser en alcool.

Puis elle fronça un sourcil et reprit :

— Vous lui avez vraiment donné tout cet argent ?

— Vous n'aurez qu'à lui demander la prochaine fois qu'il viendra. Alors, vous acceptez mon invitation ?

Elle fléchissait, il le sentait. *Elle meurt d'envie d'accepter,* songea Nikos, *mais sa fierté l'en empêche.*

— Vous savez, insista-t-il pour la faire basculer, je suis quelqu'un de très respectable. Tout comme le Viscari Hotel, et tout comme ce gala de charité…

— Je ne sais rien de vous.

— C'est faux. Vous connaissez mon nom, vous l'avez même employé il y a une minute.

— Parce qu'il était sur la carte qui accompagnait les fleurs, c'est tout ! Et, au sujet des fleurs, vous imaginiez qu'un bouquet suffirait à me faire oublier votre goujaterie ? Le simple fait de l'envoyer était tellement… condescendant !

— Condescendant ? Je ne vois pas pourquoi.

Mel fit la grimace, brusquement submergée par un torrent d'émotions. Revoir cet homme au moment où elle s'y attendait le moins la déstabilisait. Elle faisait de son mieux pour reprendre pied sans lui révéler à quel point sa présence l'affectait. Mais qu'il était difficile de ne pas le dévorer du regard ! De ne pas admirer les reflets dorés de ses yeux, les angles durs et sensuels à la fois de son visage… Qu'il était difficile de ne pas se laisser séduire par ce regard profond…

— Oui, répéta-t-elle avec brusquerie. Condescendant. Sa Seigneurie envoie des fleurs à la pauvre Petite Fille aux allumettes.

Il y eut un moment de silence. Enfin, Nikos reprit la parole.

— Ce n'était pas mon intention. Comme je vous l'ai dit, je voulais simplement vous présenter mes excuses. Je me suis conduit de manière inacceptable. Mais, si vous voulez aussi que je vous présente mes excuses pour vous avoir fait envoyer des fleurs, je…

— Non, coupa Mel avec un soupir, c'est oublié.

Elle était prête à accepter sa contrition. Il paraissait sincère, après tout. Et, quand il affirmait avoir donné de l'argent à Joe, elle le croyait. Peut-être n'était-il pas un aussi mauvais bougre qu'elle l'avait d'abord pensé.

Mais cela n'était pas une raison suffisante pour accepter ce qu'il lui demandait. Sortir avec un homme dont la seule présence suffisait à lui donner des palpitations ? Un homme qui était parvenu à percer ses défenses et la faisait trembler ?

Pourquoi fait-il cela ? Et qu'est-ce qui t'arrive ? Pourquoi ne lui dis-tu pas de partir afin de pouvoir fermer le magasin ?

Pourquoi n'en as-tu pas la moindre envie ?

La réponse à cette question se tenait devant elle, un mètre quatre-vingt-dix de séduction pure.

— Écoutez, M. Parakis, je ne comprends rien à cette histoire. Vous me rencontrez, vous me traitez de manière glaciale et provocatrice et vous me demandez dans la seconde qui suit de vous accompagner à une soirée. C'est étrange, admettez-le.

— Je comprends. Permettez-moi donc d'être honnête quant à mes motivations. Vous voulez savoir pourquoi je vous demande, à vous, de m'accompagner à ce gala ?

— Oui, c'est exactement ce que je veux savoir.

— Parce qu'une femme que je n'apprécie pas particulièrement, du moins pas de la façon dont elle le voudrait, sera là. Je n'ai pas envie qu'elle s'illusionne sur mon compte, et je n'ai pas davantage envie de passer mon temps à me cacher. Je ne veux pas me montrer impoli avec elle afin de ne pas gâcher une relation professionnelle qui pourrait être importante. Bref, j'ai besoin de la dissuader de manière plus subtile.

— Je vois. À l'aide d'une cavalière qui se fera passer pour votre petite amie.

— Pas de n'importe quelle cavalière. Fiona, la personne en question, sait très bien que je suis célibataire. J'ai donc besoin d'une compagne qui puisse accréditer la théorie du coup de foudre. Une femme d'une beauté rare — *vous*.

Ses yeux plongèrent dans les siens et Mel ne put réprimer un petit rire nerveux. Un vertige la prit, comme si un vent brûlant venait de s'engouffrer dans la boutique, perturbant ses sens et son esprit.

Sa méfiance naturelle s'effilochait lentement sous les assauts de la tentation. Nikos Parakis lui proposait une expérience unique, une occasion de sortir dans un endroit d'exception au bras du plus bel homme qu'elle avait jamais vu.

Qu'est-ce que tu attends, idiote ? Pourquoi hésites-tu ?

Elle songea à toutes les bonnes raisons de refuser. Oui, le Grec était d'une beauté presque oppressante, mais il était aussi le type le plus arrogant et le plus irritant qu'elle connaissait.

Mais il t'a présenté ses excuses. Et il a l'air de savoir se moquer de lui-même. C'est une qualité rare.

Non. C'était un parfait inconnu. Elle ne savait rien de lui.

Tu connais son nom, et il propose de t'emmener dans l'un des hôtels les plus chics de Londres, pas dans une rave party au milieu de nulle part !

Bon, d'accord. Mais, même si elle était tentée d'accepter, elle n'avait rien à se mettre.

Faux. Tu as la robe de soirée que tu as achetée pour une bouchée de pain dans un dépôt-vente parce qu'elle avait une tache. Une tache que tu as réussi à enlever grâce à une recette de grand-mère.

Mais elle était censée travailler au restaurant ! Et les pourboires, le vendredi soir, étaient généreux.

Tu feras un service supplémentaire dimanche midi pour compenser.

Elle s'entendit démolir mentalement ses propres objections, une par une. N'était-elle pas sur le point de commencer une nouvelle vie ? N'était-ce pas un parfait exemple de la liberté à laquelle elle aspirait depuis si longtemps ? Elle avait la possibilité d'agir sur un coup de tête, par pur plaisir. Et, du plaisir, le physique de cet homme lui en promettait en abondance, même si elle savait bien que les choses n'iraient jamais jusque-là entre eux.

Nikos Parakis pouvait apparaître comme un symbole

de sa nouvelle vie, un signe du destin. Au lieu de l'ignorer, ne devait-elle pas l'accueillir à bras ouverts ?

— Alors ? demanda-t-il en haussant un sourcil interrogateur. Quel est le verdict ?

Mel mordit sa lèvre inférieure, prit une grande inspiration et acquiesça avec un faible sourire :

— Marché conclu.

3

Mel eut beau se tortiller, ce fut en vain. Elle ne parvenait pas à se voir en pied dans le miroir qu'elle avait calé sur le meuble où Sarrie rangeait ses livres de comptabilité.

Mais peu importait. Elle savait que sa robe lui allait à merveille — elle l'avait essayée au dépôt-vente où elle l'avait dénichée. C'était l'une des plus belles pièces de la collection de vêtements vintage qu'elle avait accumulée ces derniers mois en prévision de son voyage.

La robe était faite de soie plissée bleu pâle, infusée par endroits d'un bleu plus profond, couleur jacinthe, qui s'accordait à merveille avec son regard. La qualité de la coupe et du tissu était digne de la célèbre maison dont le nom ornait l'étiquette. Avec une telle tenue, Mel savait qu'elle était parée pour tout, y compris un gala au prestigieux Viscari St James.

Une recherche Internet sur l'ordinateur de Sarrie lui avait appris que Nikos Parakis n'était autre que l'héritier de l'empire financier du même nom. Comment un homme aussi riche avait-il échoué dans sa misérable échoppe ? Mel comprenait mieux pourquoi il avait été choqué par le manque de déférence dont elle avait fait preuve à son égard, s'il fréquentait habituellement des établissements cinq étoiles !

Mais il lui avait présenté ses excuses, et c'était tout

à son honneur. Mel avait donc décidé de tirer un trait sur ce qui s'était passé entre eux. Elle n'avait désormais qu'une hâte — le revoir.

Avec un frisson d'impatience, elle prit le petit sac à main de satin qui allait avec sa robe. C'était l'heure. Nikos lui avait dit qu'une voiture viendrait la chercher et, si le chauffeur était ponctuel, il devait l'attendre depuis quelques minutes.

De fait, une voiture noire aux vitres fumées était garée devant le magasin quand elle en émergea. Après avoir fermé la boutique à clé, elle s'en approcha d'une démarche qu'elle espérait assurée, s'efforçant de ne pas trébucher sur ses talons hauts.

Le chauffeur mit pied à terre pour lui ouvrir la porte arrière. Mel glissa sur la banquette, nerveuse et excitée à la fois. Elle n'était jamais montée dans une limousine, et le luxe de l'habitacle — moquette crème, inserts en ronce de noyer et lumière tamisée — était intimidant.

Sa vie de femme libre commençait, songea-t-elle comme le véhicule s'ébranlait dans un silence presque absolu. Et quel meilleur compagnon, pour ses premiers pas vers l'inconnu, que l'homme qui l'attendait dans l'un des hôtels les plus chics de Londres ?

Nikos s'approcha du bar pour commander un martini. Il préféra ne pas s'asseoir et prit appui sur le comptoir d'acajou, un pied sur le rail de cuivre qui en faisait le tour. Puis il balaya la pièce du regard, sans s'arrêter sur les visages célèbres que l'on apercevait çà et là parmi les invités du gala. Presque tous les hommes portaient, comme lui, un smoking.

Son chauffeur venait de l'appeler pour lui annoncer

qu'il était en route, une nouvelle qui l'emplissait d'un mélange d'impatience et d'inquiétude. Enfin, il allait découvrir sa cavalière en robe de soirée. Mais il redoutait aussi de découvrir le genre de tenue qu'elle avait choisi. La logique laissait supposer que, si elle vendait des sandwichs, elle n'était pas très fortunée. Aurait-il dû lui proposer de l'aide ? Non, décida-t-il aussitôt. Elle aurait pris son offre pour de la condescendance — elle semblait plutôt susceptible sur ce point.

Il but une gorgée de son martini et parcourut de nouveau la foule du regard, distraitement, avant de se figer. La blonde venait tout juste de franchir le seuil. Presque tous les hommes présents l'avaient remarquée, eux aussi, et pour cause. Elle était absolument sublime.

Nikos se reprocha d'avoir pu douter un seul instant de son goût et de sa distinction. Sa silhouette élancée était drapée dans une robe qui mettait en valeur des courbes jusqu'alors dissimulées par sa tenue de travail. C'était la première fois qu'il la voyait sans sa casquette, et le spectacle en valait la peine. Ses cheveux, retenus par un peigne de nacre, coulaient sur l'une de ses épaules en une cascade dorée qui semblait, sous l'effet de la lumière, en perpétuel mouvement.

Quant à son visage… Il était comme illuminé par un maquillage léger et élégant. Des yeux de biche, une bouche pulpeuse, simplement rehaussée par un brillant à lèvres, les pommettes rosies par une touche de blush. Elle ressemblait à une fleur dans la rosée du matin. Il s'aperçut qu'il s'était arrêté de respirer et prit une longue inspiration.

Enfin, il s'avança vers elle. Il dominait la majeure partie des invités d'une tête et elle le repéra aussitôt. Il remarqua qu'une ombre de surprise admirative passait dans son regard — parfait, il produisait toujours le même effet sur elle.

— Vous êtes magnifique, dit Nikos dans un souffle, lorsqu'il fut près d'elle.

— C'était l'idée, non ?

Mel avait répondu d'un ton moqueur destiné à dissimuler son trouble. Quand son regard avait accroché celui de Nikos Parakis, le reste du monde avait cessé d'exister. Vêtu d'un smoking qui soulignait ses larges épaules, il était plus séduisant que jamais. Son cœur battait si fort, en cet instant, qu'elle se demanda si elle n'allait pas s'évanouir.

Mel inspira profondément pour reprendre le contrôle de ses émotions. Si le Grec percevait la moindre faiblesse de sa part, il ne ferait qu'une bouchée d'elle. Et pas seulement, elle le craignait, au sens figuré…

— Que voulez-vous boire ? demanda Nikos en souriant.

— Un verre d'eau pétillante, merci, parvint-elle à répondre.

— Vous ne buvez pas d'alcool ? demanda son compagnon d'un air curieux.

— Si, mais je suppose qu'il y aura du vin avec le dîner, je préfère donc ne pas commencer trop tôt.

— C'est très sage, murmura Nikos, l'entraînant vers le bar où il passa commande pour elle.

Il se tourna ensuite vers sa cavalière d'un soir — une cavalière dont, songea-t-il soudain, il ne connaissait pas le prénom !

Jusqu'à cet instant, quand il pensait à elle, elle était toujours « la beauté de la boutique de sandwichs ». Il cligna des yeux, dérouté, avant de se rappeler que si, il connaissait son nom. Il l'avait vu écrit sur son T-shirt de travail.

— Voilà, Sarrie, dit-il en lui tendant un verre d'eau plein de glaçons.

La jeune femme éclata de rire.

— Sarrie ? répéta-t-elle.

— Vous ne voulez pas que je vous appelle par votre prénom ? demanda-t-il, sourcils froncés.

— Je veux bien que vous m'appeliez par mon prénom, si vous employez le bon.

— Désolé, c'était écrit sur votre T-shirt, j'ai supposé que…

— Sarrie est le nom de mon patron. La boutique ne m'appartient pas. Moi, je m'appelle Mel.

Il y eut un court silence et elle enchaîna :

— Vous avez aussi besoin de mon nom de famille ? Ou mon prénom vous suffit-il, puisque nous ne nous reverrons pas après ce soir ?

Nikos fronça un sourcil, pris de court par sa remarque. Ne la reverrait-il pas après ce soir ? Était-ce vraiment ce qu'il voulait ? Il s'apercevait qu'il avait envie d'en savoir plus sur elle. Quel genre de femme se cachait derrière ce tempérament de feu ? Il soupçonnait qu'une soirée ne suffirait pas à satisfaire sa curiosité.

Le mieux, c'était encore de jouer franc-jeu.

— Mel, vous devriez savoir que j'ai envie de découvrir bien davantage que votre nom de famille.

À son intense satisfaction, il la vit rosir. Il plongea ses yeux dans les siens pour le plaisir de la voir s'empourprer totalement, puis il s'accouda au bar en souriant.

— Au cas où cela vous intéresserait, déclara-elle enfin, je m'appelle Mel Cooper. Ça pourra servir, si vous devez me présenter à cette femme que vous essayez d'éviter.

Sa voix avait pris un ton un peu acerbe, mais Nikos l'ignora. *Je voudrais passer la soirée avec cette fille même si Fiona Pellingham était à l'autre bout du monde*, songea-t-il avec surprise. Peu importait, désormais, la raison pour laquelle il l'avait invitée. Elle était là et c'était tout ce qui comptait. Il avait bien l'intention d'en profiter.

— Parlez-moi de vous, Mel Cooper. Comment êtes-vous devenue vendeuse de sandwichs dans le noble établissement répondant au nom de Chez Sarrie ?

Elle but une gorgée d'eau avant de répondre. Elle semblait avoir recouvré ses esprits — ses joues avaient repris leur couleur normale.

— Sarrie Silva est l'oncle d'une amie. Il m'a offert ce poste. Il paie bien et le travail n'est pas déplaisant.

Inutile de préciser qu'après qu'elle s'était occupée d'une personne âgée pendant trois ans, jour et nuit, n'importe quel emploi paraissait idyllique à Mel !

— Et le mieux, c'est qu'il me laisse dormir dans le petit bureau situé au-dessus du magasin. On peut donc dire que j'y habite.

— Vous habitez dans une boutique de sandwichs ? répéta Nikos, incrédule.

— Pourquoi pas ? C'est gratuit. Et, à Londres, ça compte !

— Et… ça fait combien de temps que vous vivez comme ça ?

— Presque un an, depuis que j'ai quitté la maison où j'ai grandi.

— Qu'est-ce qui vous y a forcée ?

— Rien. C'était après la mort de mon grand-père…

Sentant sa voix trembloter, comme à chaque fois qu'elle évoquait le sujet, Mel toussota avant de reprendre :

— Bref, quand il est parti, j'ai préféré mettre la maison en location. Ça me fournit un joli complément de revenu.

— Mais vous êtes devenue sans domicile fixe, fit valoir Nikos.

La jeune femme secoua la tête, souriante.

— Ça n'a pas d'importance, parce que c'est un arrangement temporaire. Je vais bientôt partir à l'étranger.

Mel avait mentionné ce détail à dessein. Elle ignorait pourquoi, mais il lui semblait prudent de faire savoir à Nikos qu'elle ne resterait pas à Londres très longtemps. Sa réaction, quand elle avait affirmé qu'ils ne se reverraient pas après ce soir, la hantait encore.

Vous devriez savoir que j'ai envie de découvrir bien davantage que votre nom de famille.

Oui, il était essentiel, vu l'effet que Nikos Parakis produisait sur elle, de décourager toute velléité de sa part de prolonger cette soirée.

— Où partez-vous ? demanda-t-il d'une voix étrange, comme si quelque chose l'irritait.

Mel haussa les épaules, insouciante.

— Je ne sais pas. En Espagne, probablement. Peu importe tant que le vol n'est pas cher.

— Vous ne savez pas où vous allez ?

— Non. Je m'en fiche. Je veux juste voyager. Où que j'aille, ce sera une aventure.

Nikos prit une gorgée de son martini, tout en la dévisageant.

— Quels pays avez-vous déjà visités ?

— Aucun, justement.

L'enthousiasme de Mel était manifeste — il semblait l'éclairer de l'intérieur. Une nouvelle fois, Nikos fut frappé par sa beauté. Elle ne semblait pas en avoir conscience mais elle était devenue le point focal de la soirée. Les hommes l'étudiaient avec une admiration plus ou moins discrète, les femmes, avec jalousie.

— Vous partez avec quelqu'un ? demanda-t-il.

Il avait formulé la question d'un air innocent destiné à dissimuler son sens véritable. *Partez-vous avec un petit ami* ?

— Non, je pars seule.

Nikos en fut soulagé — un soulagement qui fut de courte durée. Presque aussitôt, elle ajouta avec un sourire rêveur :

— Mais je compte bien faire des rencontres sur place.

— Vous devriez faire attention, maugréa-t-il. Certains endroits de ce monde ne sont pas faits pour une femme seule.

— Je suis assez grande pour prendre soin de moi.

— Oh ! je n'en doute pas, répondit Nikos avec un sourire en coin. Il est difficile de vous en remontrer, en tout cas verbalement. Mais vous devriez quand même être prudente, si vous voulez mon avis.

Il crut l'espace d'un instant qu'elle allait protester, mais l'éclat rebelle qui incendiait son regard disparut brusquement.

— D'accord, d'accord, fit-elle en levant les yeux au ciel. J'engagerai un garde du corps pour m'accompagner dans toutes mes visites.

— Excellente idée, répondit Nikos, pince-sans-rire. Je peux vous recommander un excellent service de protection rapprochée que j'emploie moi-même régulièrement.

Mel le dévisagea, bouche bée.

— Mon Dieu… Vous êtes sérieux ? Je veux dire, vous employez des gardes du corps ?

— Comme je vous l'ai dit, dans certains endroits de la planète, il est préférable d'être accompagné, si possible par un type armé jusqu'aux dents.

— Mais… pourquoi iriez-vous dans de tels endroits ?

— Pour les affaires, répondit-il.

Il éclata de rire en avisant l'expression soupçonneuse de sa cavalière et s'empressa de préciser :

— Avant que vous ne vous fassiez des idées, non, je ne suis pas marchand d'armes. Je ne suis qu'un banquier aussi respectable qu'ennuyeux.

— Je sais, reconnut Mel. Je me suis renseignée sur votre compte. Encore que ça fait quelques années que je n'ai pas entendu le mot « respectable » accolé à celui de « banquier », ne put-elle s'empêcher d'ajouter.

— Touché, fit Nikos. Étant donné l'état de notre économie, et le rôle des banquiers dans la crise récente, je comprends votre scepticisme. Néanmoins, j'aimerais souligner que la banque Parakis est gérée de manière éthique. Nous ne prêtons pas d'argent à des spéculateurs mais à des clients passionnés par leur métier, qui ont fait leurs preuves et qui ont besoin d'un prêt pour passer à la vitesse supérieure. Le résultat de cette politique, c'est que nous n'avons pas été touchés, ou très peu, par la récession.

Sur ce, Nikos sourit et demanda :

— Alors, vous ai-je convaincue que tous les banquiers ne sont pas le mal personnifié ?

Mel le dévisagea d'un air songeur avant d'acquiescer.

— Vous êtes convaincant, je le concède.

— Mais êtes-vous toujours si facilement convaincue ? murmura-t-il avec un sourire enjôleur.

Sa voix avait changé, son regard aussi. Mel le perçut aussitôt et détourna les yeux avant de se forcer à les ramener sur son visage. Il y avait un sous-entendu dans sa question — un sous-entendu qui n'avait rien à voir avec leur discussion sur le milieu bancaire. S'il voulait jouer, elle allait lui montrer qu'elle en était elle aussi capable.

— Ça dépend, répondit-elle dans un souffle.

— De quoi ?

— De la personne qui essaie de me convaincre. Et de *quoi*.

Elle ponctua ces mots d'un battement de paupières et eut la satisfaction de voir son compagnon crisper brièvement la mâchoire.

— C'est bon à savoir, déclara-t-il avec un hochement de tête.

Cette fois, Mel abandonna tout faux-semblant pour répliquer :

— Vous avez au moins réussi à me persuader de vous accompagner ce soir. Vous devriez être satisfait.

— Oh ! je le suis. Vous ne pouvez pas savoir à quel point. Ça me vaut de passer quelques heures avec la plus belle femme de Londres, et de faire bien des jaloux.

Ne sachant s'il était sérieux, Mel décida d'ignorer le frisson de plaisir qui la parcourut et de prendre sa remarque à la plaisanterie.

— La plus belle femme de Londres ? Vous voulez dire d'Angleterre ?

— Je voulais dire du monde, mais j'avais peur d'offenser votre modestie naturelle, dit Nikos en souriant.

Nerveusement, Mel termina son verre d'un trait et le posa sur le bar. Elle avait beau vouloir jouer dans la cour des grands, elle n'était pas assez expérimentée pour continuer cette joute à fleurets mouchetés, sensuelle et sophistiquée. Elle préféra donc changer de sujet.

— Quand le dîner sera-t-il servi ? Ça va peut-être vous étonner, vu que je travaille dans une boutique de restauration rapide, mais je n'ai jamais le temps de déjeuner. Je meurs de faim.

— Parfait. La cuisine est de très haut vol ici, même

lorsqu'il y a autant de monde que ce soir. Alors tant mieux si vous avez faim.

Puis il posa un regard critique sur sa silhouette et ajouta :

— J'espère que par « affamée » vous ne voulez pas dire que vous allez manger deux feuilles de salade au lieu d'une ?

Mel éclata de rire.

— Pas ce soir, non.

— Parfait, répéta-t-il. Dans ce cas, que diriez-vous de nous diriger vers le restaurant ?

À son tour, il posa son verre vide sur le bar et, avec une courbette théâtrale, et lui offrit son bras.

— Me ferez-vous l'honneur ?

— Avec grand plaisir, répondit Mel, songeant que le mot « plaisir » était dangereusement apte à décrire ce qu'elle ressentait. Merci.

— À votre service.

— À mon service, vraiment ? répéta Mel avec un petit rire, tandis qu'il la guidait vers le restaurant. J'espère que vous ne regretterez pas ces mots…

Nikos tourna légèrement la tête vers elle, le coin des lèvres retroussé par un sourire séducteur. Un éclat sourd pulsait dans les profondeurs de ses yeux.

— Je ne regretterai jamais rien en ce qui vous concerne, Mel Cooper. Vous pouvez en être sûre.

Mel sourit, envahie d'un enivrant sentiment de légèreté. Cette soirée s'avérait bien plus agréable qu'elle ne l'avait cru, et l'homme qui se tenait à ses côtés était entièrement responsable de ce revirement de situation. Sa voix, son sourire, ses yeux, tout contribuait à l'étourdir. Un étrange sentiment d'ivresse lui montait à la tête comme des bulles de champagne — heureusement qu'elle n'avait bu que de l'eau ! Chaque fois que le regard du Grec se posait sur elle, étincelant derrière ses cils noirs et fournis, son cœur manquait un battement avant de repartir de plus belle.

Fais attention, murmura une voix dans sa tête. *Tu n'es là que le temps d'une soirée. Alors profite de Nikos Parakis durant ces quelques heures qui te sont offertes, mais ne va surtout pas t'imaginer qu'il y aura davantage. À minuit, le carrosse se transforme en citrouille.*

Elle savait que la voix avait raison : ces instants magiques ne seraient bientôt plus qu'un lointain souvenir. Mais, en sortant du bar au bras de Nikos Parakis, elle ne put empêcher son cœur de battre un peu plus vite encore…

4

— Mon Dieu ! s'exclama Mel quand ils entrèrent dans la salle où le dîner était servi. Quelle splendeur !

— Impressionnant, n'est-ce pas ? murmura Nikos.

— C'est le moins qu'on puisse dire.

Mel s'arrêta sur le seuil pour admirer la salle de bal et son opulente décoration fin-de-siècle. Des tables recouvertes de nappes immaculées avaient été dressées sous ses immenses plafonds à caissons. Chacune était ornée d'un candélabre et d'un arrangement floral. La lumière des chandeliers se reflétait à l'infini dans l'argenterie, les verres de cristal et les longs miroirs qui ornaient tout un mur.

Nikos entraîna Mel vers le plan de table affiché sur un grand tableau, ravi du trait de génie dont il avait fait preuve en l'invitant. Non seulement elle lui était utile, mais elle se révélait d'une compagnie bien plus stimulante qu'il ne l'avait imaginé. *Thee mou*, qui ne voudrait pas d'une telle femme à ses côtés ? songea-t-il. Quel homme ne se consumerait pas de désir pour elle ?

S'arrachant de force à ses rêveries, il désigna l'autre bout de la salle.

— Je crois que nous sommes assis là-bas.

Il ne tarda pas à s'apercevoir, en approchant, que l'une des invitées assises à la même table qu'eux n'était autre que Fiona Pellingham. Bien sûr : elle était l'une des organisatrices de la soirée.

— C'est elle, n'est-ce pas ? souffla Mel, la bouche en coin. La diablesse qui en pince pour vous et que vous voulez éviter ?

— Hélas, oui, répondit Nikos de la même voix basse. Et il semble qu'elle ne soit pas ravie de vous voir.

De fait, Fiona dardait sur elle un regard glacial. Une bouffée d'inquiétude s'empara de Nikos. Cette dernière était une avocate de haut niveau, et elle n'était pas arrivée là où elle en était en traitant ses rivales avec douceur et gentillesse…

— Ne vous laissez pas intimider, murmura-t-il. D'accord ?

— Oh ! ne vous en faites pas. Je ne suis pas timide, répondit Mel avec son plus beau sourire.

Il se rappela à qui il avait affaire et ne put retenir un petit rire. Oui, il était bien placé pour savoir que sa cavalière n'était pas du genre à se laisser marcher sur les pieds…

Les autres invités se levèrent à leur approche. Nikos les salua — il en connaissait deux, Fiona se chargea de présenter les autres. L'avocate était aimable, son visage, souriant, mais ses yeux trahissaient son déplaisir de le voir en compagnie d'une si belle femme.

— Enchantée, dit Mel lorsque Nikos la présenta à son tour à la tablée.

Puis elle s'assit sans le moindre signe d'appréhension et piocha directement dans la corbeille de pain qu'un serveur venait de poser sur la nappe.

— Désolée, s'exclama-t-elle joyeusement, j'ai sauté le déjeuner.

Mel entreprit de beurrer un morceau de pain pendant

que les autres invités se mettaient à discuter. La plupart travaillaient dans le milieu de la finance ou de la banque, ce qui n'avait rien d'étonnant. Elle mangea avec soulagement, n'écoutant la conversation que d'une oreille distraite. Son attention était rivée sur la personne à qui elle devait sa présence ce soir.

Fiona Pellingham était une très, très belle brune dont la robe rouge rubis mettait en évidence une plastique parfaite. Bien qu'élégantes, elles aussi, les deux autres femmes présentes à la table n'étaient pas aussi remarquables. Tous les invités lui paraissaient d'affables représentants de leur milieu social — un monde à mille lieues de celui où elle avait grandi. La seule hostilité qu'elle percevait émanait de Fiona. Les autres semblaient l'accepter pour ce qu'elle était : une jolie fille au bras d'un célibataire désirable.

À son soulagement, ils n'eurent pas à attendre le premier plat très longtemps. Une succulente terrine de saumon leur fut servie avec un verre de chablis frais et minéral qui l'accompagnait à merveille. Mel venait de reposer son verre, les yeux mi-clos de plaisir, lorsqu'elle se rendit compte qu'on lui parlait.

— Et vous, Mel, dans quel domaine travaillez-vous ?

C'était l'homme assis à la gauche de Fiona qui avait posé la question. Il la dévisageait avec un intérêt poli et elle sentit Nikos se crisper à côté d'elle, prêt à intervenir. Mais elle le devança.

— Dans le domaine des biens de grande consommation. L'alimentaire, plus précisément. Je travaille sur l'implémentation d'une chaîne de production en flux tendu qui puisse répondre aux nouveaux modes de consommation de notre clientèle.

— Intéressant, répondit l'homme. Vous travaillez pour un grand cabinet de consultants ?

— Non. Je suis indépendante. J'aime conduire mes recherches moi-même.

Elle crut entendre un son étranglé monter de la gorge de Nikos et sourit de toutes ses dents à son interlocuteur, qui poursuivit :

— Et que comptez-vous faire du résultat de ces recherches ?

— Mon client s'en servira pour affiner sa stratégie d'expansion.

— Est-ce que c'est un projet que la banque Parakis compte financer ? s'enquit Fiona d'une voix dont la douceur apparente cachait mal l'acidité.

Cette fois, Nikos parla le premier.

— J'attends de voir les premiers résultats de la stratégie en question.

— C'est noté, lui dit Mel avec un grand sourire. Je m'en souviendrai.

Puis, décidant qu'elle avait assez parlé des plans d'expansion de Sarrie — et de son rôle très largement embelli dans son commerce —, elle changea de sujet. Il était grand temps de désarmer Fiona. Elle tourna vers elle un regard candide.

— Nikos m'a dit que vous faisiez autorité dans votre domaine. C'est encourageant, de voir une femme faire une telle carrière, de nos jours.

Une expression surprise, puis ravie, passa sur les traits de Fiona.

— Ça m'a demandé beaucoup de travail, déclara-t-elle.

Sa voix s'était adoucie, Mel en aurait juré. Elle sourit et reprit en incluant les autres :

— Avez-vous souffert de sexisme dans vos milieux

respectifs ? Si c'est le cas, ajouta-t-elle à l'intention de Fiona, ça n'a pas l'air de vous avoir gênée.

— Il faut une certaine détermination pour s'imposer en tant que femme, dans ce genre d'univers, répondit l'intéressée.

— Et ne pas avoir d'enfant, ajouta l'une des invitées.

— Le dilemme classique, reprit Mel. Choisir entre sa vie privée et sa vie professionnelle…

Comme elle l'avait espéré, le sujet prit. La conversation dériva sur les inégalités entre hommes et femmes dans les entreprises. Ce fut un débat passionné, l'une des invitées défendant le droit à avoir des enfants *et* une carrière, deux autres soutenant la théorie qu'il était impossible d'avoir le beurre et l'argent du beurre. Nikos profita de cet échange animé pour se pencher vers Mel.

— Alors, comme ça, vous travaillez dans le domaine des biens de consommation courante ?

— Techniquement, c'est exact. Vous ne le saviez pas ?

— Si. Mais comment le savez-vous ?

— J'ai fait une école de commerce. Allons, vous ne pensiez tout de même pas que j'étais une blonde sans cervelle ?

Une lueur désormais familière apparut dans le regard du Grec.

— Non, je n'ai jamais pensé une chose pareille. Je tiens trop à la vie.

— Vous êtes malin, fit Mel avec un sourire en coin.

— Vous savez quoi ? Je commence à le penser moi-même. Vous inviter ce soir était un trait de génie.

Quelque chose dans sa voix lui disait qu'il était sincère. Elle frissonna et fut aussitôt rappelée à l'ordre par sa voix intérieure. *Attention !*

— Et vous ? l'interrogea Fiona au même moment.

Quelle est votre position sur le sujet ? Vie privée ou carrière ?

Mel répondit sans hésitation.

— Ma carrière est ma priorité. Je n'ai aucune envie d'un bébé pour le moment. Bien sûr, je suis loin d'être à votre niveau, et je ne sais pas si je le serai jamais. Le dilemme ne se posera donc peut-être pas pour moi en termes aussi forts.

De nouveau, son compliment fut accueilli avec ravissement par sa destinataire, qui adressa à la tablée un sourire rayonnant.

— L'inconvénient de la réussite, intervint l'une des deux autres invitées, c'est que les hommes ont tendance à se méfier des femmes qui ont du succès.

— C'est vrai, renchérit Mel avec un clin d'œil. Regardez Nikos… Sa famille possède une banque et il sort avec une petite consultante de rien du tout.

Même Fiona sourit, et Mel en fut soulagée. Elle ne pouvait pas en vouloir à l'avocate d'avoir jeté son dévolu sur un homme tel que Nikos — n'importe quelle femme aurait fait de même. Et sa fortune personnelle n'avait rien à voir dans l'affaire. Il était tout simplement d'une virilité et d'une beauté qu'il était impossible d'ignorer.

Une chose était sûre, *elle* était incapable de l'ignorer.

Elle entendit vaguement, à sa droite, Nikos relancer la conversation.

— J'ai eu beaucoup de mal à convaincre Mel de m'accompagner ce soir, déclara-t-il en riant. Au final, je crois que c'est cet hôtel qui l'a convaincue.

— C'est vrai que c'est un endroit magnifique, renchérit-elle, regardant autour d'elle avec admiration.

— Tous les établissements Viscari ont le même cachet, déclara l'homme qui était assis en face d'elle, celui qui travaillait dans la finance. C'est ce qui les différencie des autres hôtels cinq étoiles.

Sa femme hocha aussitôt la tête.

— C'est vrai. Et notre préféré est celui de Florence, n'est-ce pas, mon chéri ?

La discussion se porta sur les mérites respectifs de divers palaces à travers le monde et Mel se détendit enfin. Le plat principal venait d'être servi, un risotto aux asperges aussi appétissant que l'entrée.

— Dire que j'ai failli ne pas venir, chuchota-t-elle en se penchant vers Nikos.

— Vous passez un bon moment, alors ?

— Oh oui, excellent. Je crois que je m'habituerais facilement à ce mode de vie !

Nikos leva son verre et lui sourit. Son regard coula sur Mel comme du chocolat fondant.

— Trinquons à mon excellente idée, en ce cas.

À cet instant, elle sentit une douce chaleur se répandre dans son ventre. Troublée, elle déglutit avec peine et leva son verre. Sa main tremblait légèrement mais il ne sembla pas le remarquer. Le cristal tinta.

— À votre excellente idée, répéta-t-elle.

Puis elle prit une longue gorgée de vin — l'alcool était moins dangereux que de regarder cet homme.

Nikos continua de scruter son profil, songeur. Une question hantait son esprit mais il était incapable de la formuler clairement. Elle rôdait à la lisière de sa conscience, toute proche mais insaisissable. Elle le taraudait, lui donnait envie de…

De quoi, au juste ? Même cela, il l'ignorait.

Tout ce qu'il savait, c'était que Mel Cooper était la raison de cette question — et qu'elle en détenait probablement aussi la réponse.

Avec un soupir d'aise, Mel s'enfonça dans la banquette de cuir de la limousine et renversa la tête en arrière.

— Je peux affirmer sans crainte de me tromper que c'était la meilleure soirée de ma vie entière.

Nikos, assis à côté d'elle derrière le chauffeur, tourna vers elle un sourire amusé.

— Je suis ravi que vous ayez passé un si bon moment.

Leurs regards se rencontrèrent. Malgré la pénombre de l'habitacle, elle lut sur le visage de Nikos une expression qui lui donna en partie envie de s'enfuir, parce que c'était la réaction raisonnable, et en partie envie de se pencher vers lui, parce qu'elle avait terriblement envie de l'embrasser.

Tentée de détourner les yeux sous l'effet de ces émotions contradictoires, elle se força à ne pas bouger. La soirée touchait à sa fin. Autant profiter au maximum du peu de temps qui lui restait. Autant se repaître de Nikos. Mel sentait le vin qu'elle avait bu lui échauffer les tempes, mais elle n'en avait cure. La seule chose qui comptait, c'était l'instant présent.

— Quand je pense aux trésors de persuasion que j'ai dû déployer pour vous convaincre de venir, reprit-il en riant.

Sa remarque eut le mérite de dégriser Mel. Elle avait failli oublier pourquoi Nikos lui avait demandé de l'accompagner. Et ce n'était pas parce qu'elle lui plaisait, mais parce qu'il voulait repousser les attentions un peu trop insistantes d'une autre femme. Oui, il était important de se le rappeler, surtout seule avec lui à l'arrière d'une limousine, alors qu'ils étaient séparés du chauffeur par une paroi hermétique.

— Vous croyez que Fiona a compris le message ? Qu'elle va vous laisser tranquille ?

Nikos laissa échapper un rire sourd.

— J'espère que oui. Je pense qu'il y a des chances, depuis que vous lui avez présenté Sven.

À son tour, Mel se mit à rire.

— Il ne s'appelle pas Sven mais Magnus. Peu importe son nom, d'ailleurs. Ce qui compte, c'est que c'est un Viking très séduisant et qui dirige une importante société de télécoms en Scandinavie, chose qui devrait le rendre éminemment désirable aux yeux de Fiona.

— Espérons que *lui* la trouvera à son goût, maugréa Nikos. Parce que c'est vous qui l'intéressiez, au départ.

Mel s'était absentée un instant au cours du dîner pour se repoudrer le nez, et Nikos s'était hérissé en la voyant revenir vers leur table en compagnie du séduisant Viking en question. Ce n'était que lorsqu'elle avait présenté le Viking à Fiona, et qu'il avait compris sa manœuvre, qu'il s'était détendu.

— Je suis sûr qu'ils vont très bien s'entendre, dit Mel. Je dois avouer que j'avais un peu pitié de Fiona. Elle avait besoin d'un prix de consolation.

— C'était bien joué. Je vous en suis très reconnaissant, croyez-moi…

La voix de Nikos s'était faite plus grave. Elle résonna en Mel, qui eut soudain du mal à respirer. Le regard du Grec la paralysait, la maintenait prisonnière d'un étau invisible. Elle ne pouvait que le fixer, elle aussi, tétanisée, le souffle suspendu.

Puis elle se rendit compte que quelque chose avait changé. La voiture, comprit-elle, s'était arrêtée. Avec un sursaut, Mel retrouva sa liberté de mouvement et regarda par la fenêtre. Ils étaient garés le long du trottoir devant Chez Sarrie.

— Nous… nous sommes arrivés, bredouilla-t-elle.

Voilà, elle n'avait plus qu'à descendre, lui serrer la main et reprendre le cours de sa vie. La soirée était finie, tout comme le bout de chemin qu'elle avait parcouru avec cet homme.

Un terrible sentiment de déception lui étreignit le cœur. Leur chauffeur avait déjà mis pied à terre pour lui ouvrir la porte. Elle rassembla les pans de sa robe, frissonnant lorsque l'air frais de la nuit mordit ses épaules nues. Mel avait conscience que l'alcool exacerbait son dépit et exagérait ses réactions, mais cette lucidité n'atténuait en rien son abattement.

Nikos descendit à son tour. D'un signe de tête, il demanda à son chauffeur de remonter en voiture pour l'attendre au volant.

— Eh bien… merci pour cette merveilleuse soirée, déclara Mel avec son plus beau sourire. J'ai passé un excellent moment. Avec un peu de chance, Fiona arrêtera de vous harceler.

Plus que quelques secondes, songea-t-elle. Plus que quelques secondes et Nikos s'éloignerait, remonterait dans sa limousine et disparaîtrait à tout jamais. Il regagnerait son luxueux appartement, sa vie de milliardaire où le champagne coulait à flots et où tout se payait en billets de cinquante. Elle se remettrait pour sa part à faire des sandwichs, jusqu'au jour proche où elle pourrait enfin s'offrir un billet d'avion soldé, direction la *costa* espagnole.

Elle attendit le petit tressaillement d'excitation qui accompagnait toujours cette idée mais il ne vint pas. À sa place, une nouvelle vague de consternation la balaya. Comment une perspective qui lui avait paru si excitante pendant de longues années avait-elle perdu tout intérêt en quelques heures à peine ?

Il y a quelques heures, tu n'avais pas encore passé la soirée avec Nikos Parakis !

Avait-elle laissé échapper un soupir ? Elle n'en était pas sûre, mais Nikos la regardait d'un drôle d'air. Elle se força à tendre la main vers lui.

— Merci, répéta-t-elle. Et bonne nuit.

Elle sentit qu'il lui prenait la main et elle imprima à son bras le léger mouvement de balancier qui scellerait leurs adieux.

Tu t'es bien amusée, mais c'est fini. Accepte-le gracieusement et rentre dans le magasin.

À son grand dam, ses pieds refusèrent de bouger.

Maintenant ! Et arrête de le regarder !

Cette soirée n'avait jamais eu le moindre sous-entendu romantique, se rappela-t-elle. Elle lui avait rendu service, point. Il était grand temps de reprendre le cours de sa vie normale.

Encore un peu, juste quelques secondes…

Elle avait la sensation que son sang rugissait à ses oreilles, le parfum de Nikos se mêlait aux odeurs de la ville et à l'air frais de la nuit en un cocktail étourdissant. Ses yeux caressèrent les traits du Grec — pour la dernière fois, se promit-elle.

Bon sang, pourquoi restait-elle là plantée comme une cruche au lieu de tourner les talons ? Combien de temps durerait cette poignée de main ? Et pourquoi avait-elle l'impression que Nikos se rapprochait ?

Elle réalisa alors qu'il ne s'agissait pas d'une impression. Il avait refermé son autre main sur la sienne et l'attirait doucement à lui.

— C'est moi qui vous remercie pour cette soirée, dit-il enfin. Je vous dois une fière chandelle.

Sa voix était rauque et sensuelle. Elle était si lourde

de sens qu'elle effaçait totalement les mots qu'il venait de prononcer et les révélait pour ce qu'ils étaient : des paroles sans importance. L'essentiel était ailleurs, dans les promesses de son regard, dans la pression plus intense de ses mains sur les siennes.

Mel vacilla légèrement. Elle avait envie de s'abandonner, de prendre appui de tout son poids sur le mur de muscles qui se dressait devant elle, intimidant et rassurant. Elle voulait déployer ses doigts sur cette mâchoire carrée, sentir son début de barbe lui égratigner la paume.

L'intensité de son désir pour cet homme l'affolait. Elle voulut fuir mais tout son être continuait de la pousser vers l'avant, lentement, inexorablement.

Arrête ! Ressaisis-toi avant qu'il ne soit trop tard !

Cela faisait tellement longtemps qu'elle n'avait pas embrassé un homme… Jak était parti en Afrique trois ans auparavant, et les rares rendez-vous galants qu'elle avait eus après lui n'étaient jamais allés aussi loin. Alors comment résister à la tentation que représentait Nikos Parakis, l'homme le plus séduisant qu'elle ait jamais rencontré ? *Pourquoi* y résister ?

Comme s'il avait entendu l'appel muet de ses sens, il se pencha vers elle et posa ses lèvres sur les siennes. Avec un gémissement, Mel s'abandonna contre son torse et se blottit dans le cercle de ses bras. Ses doigts relâchèrent leur étreinte sur son sac à main, qui tomba au sol avec un bruit mou. Elle s'en moquait, car elle était à présent libre de caresser ses larges épaules, son cou, son visage, pendant que leurs langues et leurs souffles s'entremêlaient.

Combien de temps dura leur baiser ? Elle n'aurait su le dire. Les secondes, les minutes n'avaient plus de sens dans la bulle à l'écart du monde qui s'était refermée sur eux. Puis il la relâcha et la dévisagea en silence, un silence magique qui semblait peser sur toute la ville. L'expression de Nikos était indéchiffrable, ses pupilles, emplies de tourbillons lointains comme des galaxies.

Le bruit d'une voiture qui passait ramena Mel à la réalité. D'un geste nerveux, elle se baissa pour ramasser son sac, se força à l'ouvrir pour en tirer ses clés. Puis elle pivota et déverrouilla en tremblant la porte du magasin. Elle fit un pas à l'intérieur avant de se retourner.

Nikos n'avait pas bougé. Debout dans la nuit, il la dévisageait du même air énigmatique. Derrière lui, sa limousine attendait tel un fauve noir tapi le long du trottoir, ronronnant doucement.

— Bonne nuit, murmura-t-elle.

Sans attendre sa réponse, elle claqua la porte et courut se réfugier dans le réduit qui lui servait de chambre. Cette fois, son conte de fées était bel et bien terminé.

Nikos fixa un long moment la porte fermée de la boutique avant d'arracher une longue goulée d'air froid à la nuit. À son tour, il se retourna, regagna sa voiture et reprit place sur la banquette arrière. Quelque chose lui disait qu'il commettait une grave erreur, mais laquelle ?

Comme promis, il avait ramené Mel Cooper chez elle. D'accord, il l'avait embrassée, ce qui ne faisait pas partie de ses prévisions. Il n'avait pas pu s'en empêcher. Mais il s'était ressaisi juste à temps et n'avait pas commis l'irréparable. En gentleman, il repartait sans abuser de sa vulnérabilité.

Non, songea-t-il comme sa limousine s'éloignait de ce magasin qu'il ne reverrait plus, il ne voyait pas quelle erreur il avait pu commettre.

5

Étouffant un bâillement, Mel mit en marche la machine à café et commença les préparatifs qui constituaient sa routine matinale des derniers mois. Elle n'avait pas vraiment la tête au travail… La soirée de la veille se rejouait dans son esprit, encore et encore, jusqu'à son apothéose — le baiser de Nikos sur le trottoir.

Elle secoua la tête comme pour chasser un insecte importun. Après trois ans de célibat forcé, il n'était pas étonnant qu'elle eût réagi si intensément à ce baiser, surtout entre les bras d'un expert tel que Nikos Parakis.

Un sourire narquois glissa sur ses lèvres. Cette expertise, il l'avait acquise avec des dizaines, peut-être même des centaines d'autres femmes. C'était visiblement un don juan qui ne cherchait pas de relations sérieuses.

D'une certaine façon, Mel le comprenait. Elle venait de retrouver sa liberté et elle avait la ferme intention d'en profiter. Elle aussi comptait virevolter d'une relation à l'autre, séduire sans se soucier du lendemain, aller là où le vent l'emportait…

Son sourire se transforma en grimace. Avec plus de vigueur que nécessaire, elle referma le four et l'alluma pour faire chauffer des croissants. Nikos ne figurait pas dans son avenir, c'était certain. À l'exception de ce baiser inattendu, il n'avait pas indiqué le moindre désir de la revoir.

Elle ouvrit le réfrigérateur pour y prendre du beurre mais se figea brusquement. Et si le baiser avait été un message ? Une façon de lui dire qu'il voulait davantage ? Elle ferma les yeux pour revivre une nouvelle fois la scène, dans l'espoir d'y trouver un indice qui lui aurait échappé. Lorsque les lèvres de Nikos avaient abandonné les siennes, elle avait cru lire dans son regard un message muet. Mais lequel ?

Avec un soupir de frustration, elle posa le beurre sur son plan de travail devant une montagne de baguettes. À quoi bon se torturer ? Nikos était sorti de sa vie de manière aussi brutale qu'il y était entré. Elle ne le reverrait plus. Ce baiser n'avait été qu'un amuse-bouche, une simple mise en appétit avant la nouvelle vie qui l'attendait.

Pour le moment, songea-t-elle en s'armant d'un couteau, elle avait du pain sur la planche — au sens propre du terme !

Nikos courait à un rythme soutenu. Mais l'effort n'était pas assez intense pour lui vider la tête. Il monta la vitesse d'un cran sur son tapis d'entraînement et serra les dents, déroulant ses longues jambes pour accélérer. Malgré cela, les souvenirs de sa soirée avec Mel le poursuivaient avec acharnement.

En particulier, le moment où il l'avait embrassée…

Il lui semblait encore percevoir son parfum, tel un écho lointain. Il se rappelait la douceur de ses lèvres, le soyeux de sa peau. Pourtant, une semaine s'était écoulée depuis cette nuit-là. Il était désormais à Athènes, à des milliers de kilomètres. Mais la distance n'apaisait pas son trouble. Il songea à ce qu'il regrettait désormais de ne pas lui avoir murmuré après leur baiser…

Pourquoi en rester là ? Venez chez moi. Je ne veux pas que cette soirée s'arrête.

Lorsqu'ils s'étaient séparés, lorsqu'elle avait levé vers lui son visage si pur, si confiant, les mots ne lui étaient pas venus.

Nikos savait pourtant pourquoi il s'était tu. Il avait un code moral. L'inviter à rentrer chez lui aurait été injuste. Il la connaissait à peine et elle n'était pas le genre de fille à coucher avec le premier venu — peut-être se serait-elle imaginé une grande romance entre eux… Et il n'avait rien d'autre à lui offrir qu'une nuit de passion.

Il n'était pas de ces hommes qui prenaient plaisir à séduire une femme pour mieux l'abandonner. Au contraire, il veillait à dissiper toute ambiguïté avec ses maîtresses. Dès le départ, il leur indiquait clairement les termes du contrat — une nuit, parfois plus, mais jamais rien de durable. Les meilleures relations étaient celles qui ne s'éternisaient pas, il était bien placé pour le savoir. Ceux qui ignoraient ce précepte en payaient le prix.

Et leurs enfants aussi. *Surtout* leurs enfants.

Sa mâchoire se crispa et il accéléra encore l'allure malgré la sueur qui ruisselait dans ses yeux. C'était exactement ce qui était arrivé à ses parents, prisonniers d'une relation qu'ils se refusaient à rompre. Nikos avait assisté au naufrage de leur couple dès son plus jeune âge. Aujourd'hui encore, à chaque fois qu'il les voyait, ils se déchiraient comme deux bêtes blessées enfermées dans la même cage.

Pourquoi n'avaient-ils pas divorcé des années plus tôt ? Nikos leur avait posé la question et tous deux avaient répondu avec une unanimité rare : « C'est pour toi que nous sommes restés ensemble. Pour que tu puisses grandir dans une famille normale. »

Une famille *normale*, ses parents et lui ? C'en était presque risible. Nikos n'avait été que trop heureux, sa majorité atteinte, de partir faire ses études aux États-Unis. Et, quand il était revenu travailler pour l'entreprise familiale, la première chose qu'il avait faite avait été d'acheter son propre appartement.

Cela ne l'empêchait pas de se trouver régulièrement pris dans le feu croisé qui caractérisait le mariage de ses parents. Il ne les écoutait même plus. Mais il en avait tiré une leçon précieuse. Il ne sortait qu'avec des femmes qui ne seraient jamais comme sa mère, qui ne feraient jamais de lui l'homme qu'était devenu son père. En d'autres termes, des femmes qui comprenaient que toutes les bonnes choses avaient une fin.

Mel aurait-elle accepté une relation éphémère ? Aurait-elle compris ? Il l'ignorait, et c'était la raison pour laquelle il n'avait pas voulu prendre de risque.

Le tapis de course atteignit la fin de son programme et ralentit. Haletant, Nikos se dirigea vers ses haltères. Mais la punition qu'il infligea à son corps ne parvint pas à lui faire oublier leur baiser. Mel le hantait où qu'il aille et quoi qu'il fasse.

De retour à son bureau, il décida de s'immerger dans son travail. *Surtout, ne pas laisser son esprit dériver…* Il consulta son agenda — il était plein pour la journée. Tant mieux. Et les jours suivants s'annonçaient tout aussi chargés. Il était attendu le lendemain à Genève, le jour d'après à Francfort. Puis il était censé faire une intervention devant une assemblée de banquiers à… Où, déjà ? New York ? Atlanta ? Toronto ? Il se rappelait seulement que c'était loin.

Un clic de souris afficha sa destination. Les Bermudes. Un paradis tropical et fiscal à deux heures de la côte Est des États-Unis où il s'était déjà rendu pour affaires, toujours seul. C'était pourtant l'endroit rêvé pour une escapade sensuelle et romantique…

L'idée germa dans son esprit avant même qu'il puisse la réprimer. Il tenta de la déraciner, en vain. Elle était là, impossible à ignorer, tel un arbre au beau milieu d'une plaine.

Il se força à énumérer toutes les raisons de la repousser — l'argumentaire qui l'avait dissuadé de passer la nuit avec Mel quelque temps auparavant n'avait pas changé. Mais, cette fois, une voix insidieuse et tentatrice souffla plus fort que sa raison…

Elle meurt d'envie de voyager, n'importe où dans le monde. Quel meilleur endroit que les Bermudes ? Ce n'est pas une destination où elle se rendrait seule, ne serait-ce que pour des raisons financières. Mais avec moi ce sera parfait. Je lui ferai découvrir le pays et elle n'aura pas à dépenser un centime.

Oui, c'était une idée brillante — absolument brillante. Maintenant qu'il l'avait en tête, il ne pouvait plus l'en déloger.

Il se tourna pour laisser son regard s'évader par la fenêtre. Qui lui disait que Mel cherchait une relation durable, après tout ? Le mieux n'était-il pas de lui poser directement la question ? Si elle comptait faire le tour du monde, c'était sans doute qu'elle n'était pas à la recherche du prince charmant.

Mais une sueur froide lui baigna soudain le front. Quand avait-elle dit qu'elle partait ? Pour ce qu'il en savait, elle était peut-être déjà en Espagne. Cette perspective lui fit l'effet d'un coup de poing au creux de l'estomac. Si elle était partie, comment ferait-il pour la retrouver ?

Sans réfléchir, il décrocha son téléphone et composa le numéro de sa secrétaire. Un sentiment proche de la panique l'animait à l'idée de ne plus jamais revoir Mel, ses yeux pétillants d'intelligence, sa bouche sensuelle. À l'idée de ne plus jamais sentir le velours de ses lèvres sous les siennes… Non, il ne la laisserait pas disparaître de sa vie sans tenter sa chance.

Sa secrétaire répondit aussitôt. Avec une fébrilité dont il n'était pas coutumier, il donna ses ordres.

— Annulez Genève et Francfort. Et réservez-moi une place sur le premier vol pour Londres.

— Sarrie, voici les comptes correspondant à la période où tu étais absent. Comme tu le verras, les résultats sont bons. J'ai fait quelques ajustements, comme d'ajouter de nouvelles recettes qui semblent très appréciées. Notamment des salades pour les clients qui font attention à leur ligne.

Mel se rappela soudain les termes pompeux qu'elle avait utilisés pour décrire son travail de serveuse, le soir où elle était sortie avec Nikos, et faillit sourire.

Mais elle n'avait pas le droit de penser à lui, ni à cette nuit merveilleuse sous les ors du Viscari St James. Et surtout pas à leur baiser d'adieu devant la boutique.

À la même heure, demain, tu seras en Espagne. Si tu as besoin d'une aventure, tu trouveras tout ce qu'il faut sur place ! Et tu oublieras enfin Nikos Parakis.

Du moins, elle l'espérait. Parce que, jusqu'à présent, elle ne faisait que penser à lui. Quand elle avait plié sa robe de soirée, elle s'était remémoré la façon dont il l'avait regardée lorsqu'elle était arrivée à l'hôtel, le sourire qu'il lui avait adressé…

Arrête. C'est fini. Il est sorti de ta vie et tu ne le reverras jamais.

Oui, voilà ce dont elle devait se souvenir.

Pas de la façon dont il t'a embrassée. Pas de la force de ses bras ou de la douceur de ses lèvres…

Et surtout elle ne devait pas fantasmer sur ce qui se serait passé s'il n'avait pas tourné les talons, s'il lui avait demandé de prolonger cette soirée. Il ne l'avait *pas* fait, voilà ce qui comptait. Il était temps de regarder vers l'avenir — et, l'avenir, c'était une planète tout entière qui s'offrait à son appétit de découverte.

Elle entendit la porte du magasin s'ouvrir et abandonna Sarrie à sa comptabilité dans l'arrière-salle pour aller servir leur nouveau client. Mais elle se figea sitôt qu'elle émergea dans la boutique.

— Bonjour, Mel, fit Nikos Parakis.

Une vague d'émotion la submergea. Elle était sur le point de partir en Espagne et d'oublier Nikos, et voilà qu'il resurgissait dans sa vie au moment où elle s'y attendait le moins. Une partie d'elle-même lui en voulut presque.

Mais son ressentiment ne dura pas, balayé par une bouffée de joie. Le Grec se tenait là, à un mètre d'elle à peine, aussi séduisant que dans son souvenir. Même dans ses rêves les plus fous, elle n'avait pas exagéré sa beauté. Son regard noir et or, frangé de cils immenses, la caressa telle une brise tiède.

— Nikos…

— En personne. Je suis ravi de vous trouver encore ici.

— Oui, c'est une chance. Je… Je pars demain.

Son cœur s'était mis à battre et — pour se donner une contenance — Mel souffla sur une mèche rebelle qui lui chatouillait le front. La température avait-elle augmenté, dans la boutique, ou était-ce un effet de son imagination ?

Il sourit, comme s'il avait conscience de son trouble. Mel ne put s'empêcher d'admirer la coupe impeccable de son costume, la blancheur immaculée de sa chemise, la boucle d'argent de la ceinture qui soulignait ses hanches. Il semblait tout droit sorti des pages d'un magazine de mode et détonnait de manière presque comique dans la boutique sans charme de Sarrie. L'aura de séduction qui émanait de lui semblait faire vibrer l'atmosphère.

— Dans ce cas, reprit-il d'une voix veloutée, je suis arrivé à temps.

— À temps pour quoi ?

— Pour vous demander quelque chose.

Une expression que Mel peinait à déchiffrer flottait sur son visage. Il avait presque l'air… *soulagé*. Que venait-il faire ici ? Que lui voulait-il, au juste ? Peu importait, décida-t-elle — le simple fait de le voir, de pouvoir le regarder était déjà une raison suffisante pour se réjouir.

— Je vous écoute, répondit-elle machinalement.

Nikos s'éclaircit la gorge, puis se pencha légèrement vers elle par-dessus le comptoir.

— Est-ce que vous envisageriez de… faire un détour avant de partir en Espagne ?

Nikos avait formulé la question d'une voix rauque — il se sentait soudain fébrile. De fait, la réponse de Mel ne serait pas anodine. Pour lui proposer ce projet fou, il avait annulé tous ses rendez-vous et bouleversé ses projets. Et, dans l'espoir qu'elle accepte, il avait sauté dans un taxi à Heathrow comme un possédé, sans même prendre la peine de passer à son appartement.

Il avait ressenti un véritable choc quand il avait revu

Mel. Accepterait-elle son offre de passer quelques semaines avec lui avant de partir faire son tour du monde ? Il était presque effaré par la violence avec laquelle il l'espérait. Si elle refusait… Non, il préférait ne pas y penser.

Mel le dévisageait en silence et il ne put retenir un frisson d'inquiétude. Était-ce de la méfiance qu'il lisait dans ses yeux ?

— Je… je dois avouer que je ne comprends pas, répondit-elle enfin.

— Je suis l'un des intervenants d'une conférence aux Bermudes la semaine prochaine, expliqua-t-il. Je me demandais… si ça vous plairait de venir avec moi.

La jeune femme se figea, puis un sourire narquois apparut sur ses lèvres.

— Ne me dites pas que Fiona se rend à cette conférence, elle aussi ?

Aussitôt, il secoua la tête.

— Non. Cette invitation n'a rien à voir avec Fiona, je vous l'assure. C'est juste entre vous et moi.

— Pourquoi ? demanda Mel sans se départir d'une expression presque belliqueuse qui rappelait à Nikos leur première rencontre, et renforça encore son désir de l'emmener.

— Pourquoi ? répéta-t-il. C'est très simple. Parce que je n'arrête pas de penser à vous. Un baiser ne m'a pas suffi. Alors, c'est oui ?

Il pouvait presque l'*entendre* penser, tant elle semblait se concentrer sur sa requête. Ses émotions — méfiance, surprise, plaisir — défilaient sur son visage comme sur un écran de cinéma. Il s'émerveilla une nouvelle fois de sa spontanéité et de sa fraîcheur.

— Excusez-moi, mais c'est un peu soudain… Vous

voulez m'emmener aux Bermudes ? Juste comme ça, sur un coup de tête ?

Nikos prit une profonde inspiration, puis se força à aborder les termes du contrat. Il tenait à se montrer honnête avec elle, quitte à la décourager.

— Des vacances, Mel, voilà ce que je vous propose. Quelques semaines au soleil sur une île merveilleuse qui, j'en suis sûr, ne figurait pas sur votre itinéraire. Croyez-moi, vous serez ravie. Il y a beaucoup de choses à faire et à voir, aux Bermudes.

Elle garda le silence, les lèvres pincées comme pour se retenir de parler. Nikos décida de jouer cartes sur table.

— Écoutez, il est inutile de nier qu'il s'est passé quelque chose entre nous. Vous le savez aussi bien que moi. Passons donc un peu de temps ensemble, après quoi…

Il hésita, puis conclut :

— Après quoi nous reprendrons nos routes respectives. Vous, vous retournerez à votre tour du monde, et moi… à ma banque. Je ne vous offre rien de plus. Et rien de moins.

Nikos la vit réfléchir à son offre, sa jolie bouche plissée en une moue adorable. Il s'en voulait d'avoir formulé les choses en termes aussi crus, mais il ne voulait pas risquer la moindre incompréhension entre eux. Si Mel acceptait de le suivre, elle le ferait en toute connaissance de cause — et il ne pourrait pas être accusé de l'avoir manipulée.

Les secondes passèrent sans qu'elle ne prononce un mot. Ses yeux bleus étaient posés sur lui mais ne semblaient pas le voir, comme si elle absorbait encore ce qu'il venait de lui dire. Nikos prit sur lui et s'efforça de garder un air confiant et tranquille — mais il commençait à bouillonner intérieurement.

Enfin, elle tressaillit et le transperça du regard.

— Nikos… J'ai passé l'une des meilleures soirées de ma vie, et c'est grâce à vous. Comme vous le voyez, je ne le nie pas. Je mentirais aussi si j'affirmais ne pas avoir apprécié ce baiser. Si c'était une discipline olympique, je vous donnerais une médaille d'or. Mais je devrais refuser votre offre. C'est le choix de la raison. Je devrais vous répondre « non merci » et partir en Espagne comme prévu.

— Et c'est ce que vous allez faire ? Refuser ?

Mel se mordit la lèvre, en proie à un véritable combat intérieur. Même si cette proposition était aussi romanesque que tentante, sa raison lui criait de refuser. N'avait-elle pas chèrement gagné son indépendance — et rêvé de longues années de faire ce voyage autour du monde ? Pouvait-elle se permettre de le faire passer au second plan ?

Et pourtant une petite voix douce lui murmurait un air contraire… *Allons, tu ne crois pas que tu mérites de t'amuser un peu ? Tu as vécu trois ans comme une nonne. Et il t'offre exactement ce que tu recherches : une relation sans lendemain, sans conditions, sur une île tropicale. Quelques semaines au soleil pour purger ce désir qui vous torture tous les deux. Si tu refuses, tu le regretteras à tout jamais.*

Mel dévisagea Nikos et vit l'étincelle d'excitation qui pétillait dans ses yeux. Il savait qu'au fond elle avait déjà pris sa décision. Elle se rappela avoir comparé leur soirée à un amuse-bouche — l'escapade tropicale qu'il lui offrait constituerait donc une entrée de choix pour sa nouvelle vie. Le reste du menu, elle le déciderait plus tard.

Et puis les lois de la physique lui dictèrent d'accepter. Puisqu'il était irrésistible, pourquoi lui résister ?

— Quand partons-nous ? demanda-t-elle en affichant un sourire resplendissant.

6

— Je les vois ! s'exclama Mel, au comble de l'exaltation. Je vois les Bermudes !

Nikos se pencha pour regarder par le hublot et sourit.

— En effet. Nous sommes presque arrivés.

Le bleu cobalt de la mer vira au turquoise à mesure qu'ils approchaient de la côte. La transparence de l'eau permit bientôt à Mel de discerner une barrière de corail au-delà de laquelle les flots changeaient une nouvelle fois de couleur pour devenir vert pastel. C'était un spectacle magiquc.

Était-elle en train de rêver ? Était-ce bien l'Atlantique qui déroulait ses vagues couronnées d'écume à quelques centaines de mètres sous ses pieds ?

Le matin même, elle s'était réveillée dans la grisaille de Londres. Et voilà qu'elle descendait maintenant vers une île de rêve, un paradis luxuriant entouré de toutes parts par l'océan. Ils étaient si proches qu'elle discernait des palmiers, des maisons de bois. La piste apparut à son tour et l'appareil se posa en douceur.

— Nous sommes arrivés !

Nikos se mit à rire. Elle faisait montre d'un enthousiasme tout à fait enfantin mais, à vrai dire, il n'était pas loin de ressentir la même excitation. Il avait réussi à convaincre la plus belle fille du monde de partir en vacances avec lui, et les deux semaines à venir s'annonçaient radieuses. Il ne s'était pas senti aussi détendu depuis une éternité.

Ils débarquèrent les premiers et passèrent la douane sans attendre — l'un des avantages de voyager en première classe.

— C'est très anglais, observa Mel, fascinée par un portrait de la reine d'Angleterre sur l'un des murs du terminal.

— Les Bermudes sont un territoire d'outre-mer anglais, expliqua-t-il. Le poste le plus avancé de l'Empire... Mais de nos jours la plupart des visiteurs sont américains. New York n'est qu'à deux heures d'avion, ce qui fait de l'île une destination appréciée pour le week-end.

Une voiture avec chauffeur les attendait devant l'aéroport. Mel passa le trajet le nez collé à la vitre, admirant le paysage qui défilait pendant qu'ils traversaient l'île en direction du sud.

— Nous atteindrons l'hôtel dans une quarantaine de minutes, l'informa Nikos. De là, nous devrions assister à un magnifique coucher de soleil. L'hôtel donne directement sur la plage.

Il songea à la soirée qui s'annonçait. Avec le décalage horaire, Mel souhaiterait sans doute se coucher tôt. Il lui avait réservé une suite mitoyenne de la sienne pour ne pas lui donner l'impression de lui forcer la main, une précaution dont il se félicitait. Il lui faudrait peut-être quelques jours avant d'accepter de partager son lit...

Il reprit son laïus de guide touristique :

— La ville que nous dépassons en ce moment est la capitale, Hamilton. La capitale originale s'appelait St George, nous la visiterons aussi. C'est l'une des plus vieilles implantations européennes du Nouveau Monde. Vous verrez que l'île n'est pas très grande mais il y a beaucoup de jardins botaniques et même une agriculture florissante. Croyez-le ou non, mais les Bermudes sont célèbres pour leurs oignons !

Mel se mit à rire, ravie.

— Tout est tellement pittoresque, s'exclama-t-elle, fascinée par les maisons couleur pastel enchâssées dans leurs jardins verdoyants. Les bâtiments ont un drôle de toit, très incliné.

— C'est pour guider l'eau de pluie et la collecter dans des bassins de rétention souterrains. Il n'y a pas de rivière aux Bermudes. C'est une île volcanique, les grands ports à l'ouest sont d'ailleurs situés dans une caldera. L'eau de pluie est donc vitale.

Mel se rappela soudain une information qu'elle avait lue dans son guide, acheté en hâte à l'aéroport.

— Shakespeare se serait inspiré des Bermudes pour décrire l'île magique dans *La Tempête.*

— C'est possible. Elles étaient déjà connues des Européens, et St George a été fondée au début du XVIIe siècle. Il en aurait entendu parler par des marins revenus de voyage. Il était particulièrement périlleux de naviguer dans les environs, à l'époque, à cause des récifs de corail.

Puis Nikos leva un sourcil et demanda :

— En parlant de récifs de corail, ça vous dirait, de faire de la plongée ?

— Cela serait possible ? demanda Mel, les yeux ronds de convoitise.

— Mel, nous pouvons faire absolument tout ce que nous voulons. Nous sommes là pour prendre du bon temps, et je veux que vous rapportiez de ce séjour des souvenirs inoubliables.

La jeune femme lui adressa un sourire de gratitude qui fit naître en Nikos une étrange émotion. Curieux, il essaya de l'identifier. C'était comme… une sensation de paix, de bien-être, mêlée au désir qu'elle éveillait en lui.

Il lui effleura furtivement la main, avant de se tourner à son tour vers la fenêtre. Oui, décidément, inviter l'ombrageuse Mel Cooper aux Bermudes était sa meilleure idée depuis longtemps…

— Oh ! c'est merveilleux !

Mel regardait autour d'elle avec ravissement. Le soleil scintillait sur l'azur des flots et baignait la terrasse où le petit déjeuner était servi. Derrière les grands parasols qui abritaient les tables, des palmiers immenses se balançaient doucement dans la brise. Mel avait passé une excellente nuit, bercée par le murmure du ressac.

Les Bermudes, la plage, l'océan, les fleurs exotiques qui retombaient en cascade sur des murets de pierre et, au loin, la piscine de marbre que l'on distinguait, tout était bien réel. Elle n'était pas en train de rêver, ou d'admirer la brochure d'une agence de voyages de luxe.

L'homme qui se tenait près d'elle, les cheveux emmêlés par la brise, était tout aussi réel, et une bouffée de joie l'envahit. Elle se tourna vers Nikos pour lui adresser un sourire extatique.

— C'est fantastique ! s'exclama-t-elle. J'ai envie de me pincer.

— Rassurez-vous, répondit-il en l'observant avec un air attendri. Vous ne rêvez pas.

La jeune femme avait attaché ses longs cheveux blonds à l'aide d'un foulard mais la brise faisait danser quelques mèches folles autour de son visage. Ses yeux, sous le soleil des Bermudes, étaient d'un bleu intense qui défiait celui de l'océan. Elle était si belle que Nikos avait du mal à respirer.

Elle avait raison : perché sur un promontoire dominant la barrière de corail, l'hôtel était incroyablement romantique. Ses chambres de plain-pied donnaient toutes sur la mer.

— C'est ici que doit se tenir votre conférence ? s'enquit Mel.

Nikos secoua la tête, tout en se penchant pour prendre le pichet de jus d'orange frais qu'un serveur venait de déposer sur leur table.

— Non. Elle a lieu dans un grand hôtel non loin de l'aéroport. Je prendrai un taxi pour m'y rendre. Vous voulez venir ?

— Je ne manquerais ça pour rien au monde, répondit Mel d'un air malicieux. Une occasion unique de vous voir dans votre environnement naturel…

Nikos fit la grimace.

— Vous croyez vraiment que c'est mon environnement naturel ?

— Je ne sais pas. Je ne vous connais pas vraiment, après tout.

La voix de Mel s'était assourdie, son expression s'était faite sérieuse. Voulait-elle *vraiment* connaître Nikos ? se demanda-t-elle. Était-il important d'en savoir plus que ce qu'elle en savait déjà ? Nikos était un homme extraordinairement séduisant avec lequel elle passait de splendides vacances. Que demander de mieux ?

Du bout des doigts, il lui effleura la joue. C'était une caresse douce, rassurante.

— Nous allons nous découvrir l'un l'autre, déclara-t-il. Nous avons tout le temps pour ça.

Elle acquiesça, ses doutes balayés par la chaleur de son regard.

— Ce qui me fait penser, enchaîna Nikos après avoir avalé une gorgée de jus d'orange, que voulez-vous faire après le petit déjeuner ?

Mel n'hésita pas une seconde.

— Aller à la plage !

— Excellente idée. Nous y passerons la matinée. Peut-être même l'après-midi.

Sitôt qu'ils eurent terminé, ils regagnèrent leurs quartiers respectifs pour se changer. Mel était reconnaissante à Nikos d'avoir eu la délicatesse de lui réserver une chambre à part. Bien sûr, elle savait pertinemment qu'ils finiraient dans le même lit. Mais elle appréciait d'avoir le choix du moment. Partager une grande intimité avec lui dès leur arrivée aurait été trop déstabilisant.

La prochaine fois qu'il la prendrait dans ses bras, la prochaine fois que leurs lèvres se rencontreraient, Nikos ne s'arrêterait pas, songea-t-elle avec un frisson. Ils laisseraient la passion les consumer. Jusqu'au bout.

Mel secoua légèrement la tête pour chasser les visions qui troublaient son esprit. Chaque chose en son temps. Son programme des prochaines heures consistait à étrenner son maillot de bain tout neuf dans les eaux turquoise des Bermudes. Un frisson de ravissement lui courut sur la peau comme elle prenait conscience de l'endroit où elle se trouvait. Son environnement avait changé de manière si inattendue, si brutale, qu'elle avait encore du mal à s'y adapter.

En hâte, elle enfila son bikini et enroula un sarong semi-transparent autour de sa taille. Son sac de plage à l'épaule, elle sortit par sa terrasse. De là, il suffisait d'enjamber un muret de pierre pour passer sur celle de Nikos. Ce dernier l'attendait allongé sur un transat.

Il se leva en la voyant, et Mel s'arrêta de respirer. Un short de bain bleu cobalt soulignait ses hanches et ses cuisses musclées, un T-shirt au logo d'une marque de surf moulait chaque centimètre carré de son torse. Des lunettes de soleil dissimulaient son regard et accentuaient les angles de son visage, la force de sa mâchoire.

Il lui fallut quelques secondes pour se rendre compte qu'il la fixait, lui aussi. Même si elle ne voyait pas ses yeux derrière ses verres miroir, elle les sentait peser sur elle. Instantanément, les lois de l'attraction agirent sur son corps. Ses sens s'embrasèrent en quelques secondes. Il lui fallut faire un effort conscient pour ne pas avancer vers lui et se jeter à son cou.

Mel ferma les yeux un court instant, luttant de toutes ses forces contre cette pulsion. Enfin, un sourire vint adoucir le visage de son compagnon.

— Prête à paresser sur le sable ?

— Prête ! répondit Mel avec une légèreté un peu forcée.

Ils empruntèrent le chemin qui menait à la plage. Une rangée de chaises longues recouvertes d'épais matelas de mousse était disposée sur la plage privée de l'hôtel, abritée des ardeurs du soleil par une immense toile beige. Ils s'étaient à peine installés qu'un serveur parut pour leur proposer un rafraîchissement.

— Jus d'orange et eau minérale, s'il vous plaît, commanda Nikos.

Mel sourit et s'étira comme un chat, enveloppée d'un cocon d'air tiède. Devant elle, la mer déroulait un champ turquoise jusqu'à l'horizon. Le silence n'était troublé que par le murmure du ressac et le bruissement des palmes dans la brise.

— C'est le paradis, murmura-t-elle.

— Je ne vous le fais pas dire.

Presque d'elle-même, la main de Nikos franchit les quelques centimètres qui séparaient leurs transats pour prendre celle de Mel. Elle tourna la tête vers lui et lui adressa un sourire radieux. À son tour, il poussa un soupir de contentement et laissa son regard dériver vers l'horizon, net et tranchant comme une lame d'acier bleu. Il se sentait d'humeur paresseuse, un adjectif que personne ne lui aurait jamais associé — lui qui peinait en général à rester en place. Mais aujourd'hui il n'avait qu'une envie : rester là, avec Mel, et ne plus jamais bouger.

À part pour lui faire l'amour, bien sûr.

— C'est merveilleux, de n'avoir rien à faire, murmura-t-elle comme si elle avait lu dans ses pensées.

— C'est l'idée générale, quand on est en vacances, plaisanta Nikos.

— Justement, je ne suis pas habituée à prendre des vacances.

— Vraiment ?

— Hmm. Ça fait tellement longtemps que j'attends ce moment que tout me paraît irréel. Je me sens même vaguement coupable. J'ai l'impression que je devrais travailler.

Le regard de son compagnon, sous ses sourcils noirs, se fit plus grave.

— D'où vient cette drôle d'idée ?

— L'habitude, je suppose, répondit-elle d'un air songeur. Comme je vous l'ai dit, je ne suis pas habituée à avoir du temps libre.

— Si je me souviens bien, vous m'avez dit que vous travailliez le soir dans un restaurant après votre journée chez Sarrie ?

— C'est exact.

— Ce n'est pas très raisonnable, de se contraindre à tant d'efforts...

— Oh ! ce n'était pas une contrainte. Je travaillais pour financer mon tour du monde, pas pour survivre. Et ce n'était pas si difficile. J'ai passé des années à m'occuper de mon grand-père et, en comparaison, c'était vraiment...

Elle s'interrompit, se demandant comment décrire cette période de sa vie. Il n'y avait qu'un mot — un véritable *tourment.*

Oui, voir un homme qu'elle aimait partir petit à petit à la dérive, physiquement et psychologiquement, était une épreuve qu'elle ne souhaitait à personne.

Nikos la dévisageait d'un air curieux qui lui fit redouter d'en avoir trop dit.

— Votre grand-père était malade ? demanda-t-il d'un ton compatissant.

— Oui. Démence sénile.

— Ah. C'est très difficile à vivre pour les proches, en effet.

Mel acquiesça, une boule dans la gorge.

— D'autant que mon grand-père m'a élevée après le décès de mes parents. Ils sont morts dans un accident de voiture quand j'avais cinq ans. Il a pris soin de moi, jusqu'au jour où mon tour est venu de m'occuper de lui. Je lui devais bien ça.

Nikos se redressa sur un coude, le front barré d'une ride perplexe.

— Mais il devait bien y avoir quelqu'un pour vous assister, non ?

Mel sentit sa gorge se nouer davantage. Oui, elle avait eu de l'aide, du moins jusqu'à un certain point. Mais c'était un chapitre de sa vie si compliqué et difficile à expliquer… Elle ne souhaitait pas entrer dans les détails. Pourtant, une partie d'elle-même brûlait de se confier à lui, de briser les barreaux derrière lesquels la démence de son grand-père l'avait enfermée.

— Il ne voulait personne d'autre.

Sa voix était sourde, comme à chaque fois qu'elle évoquait ces souvenirs douloureux. Nikos hocha doucement la tête, attentif et compatissant.

— Il exigeait que je sois là en permanence. Le simple fait que je sorte de la pièce l'angoissait et il me suivait partout dans la maison. Il m'était très difficile de m'absenter. Et bien sûr les nuits étaient courtes. S'il se réveillait et qu'il ne me voyait pas, il m'appelait.

Parler était douloureux, mais Mel s'aperçut qu'elle ne pouvait plus s'arrêter. Car à la douleur succédait l'apaisement.

— J'étais son point de repère, la seule qu'il reconnaissait malgré la maladie. Il s'accrochait à moi comme à une bouée de sauvetage. J'ai bien essayé de faire venir des aides-soignantes mais il leur rendait la vie impossible. Il leur criait dessus, les insultait. Je me voyais mal le mettre dans une maison de retraite. Comment aurais-je pu, après ce qu'il avait fait pour moi ? J'étais l'unique personne au monde qu'il aimait. J'ai donc pris soin de lui jusqu'à la fin.

— Pendant combien de temps ? demanda Nikos, qui paraissait bouleversé.

— Trois ans. À la fin, il ne me reconnaissait plus. C'est terrible à dire mais… j'ai éprouvé du soulagement quand il est mort. J'en étais venue à souhaiter ce moment. Pour lui, mais aussi pour moi… Je… je savais que, la fin, ce serait aussi le début de ma liberté.

Mel ferma les yeux, luttant contre un accès de culpabilité familier. La maladie de son grand-père l'avait condamnée à une angoisse muette qu'elle n'avait, jusqu'à ce jour, jamais partagée avec quiconque. Il était étrange de se confier à un quasi-inconnu, mais elle en éprouva un immense bienfait.

Instinctivement, Nikos tendit la main pour reprendre celle de Mel. D'une pression, il apaisa les tremblements convulsifs de ses doigts.

— Il a eu de la chance de vous avoir. Peu de gens auraient fait ce que vous avez fait pour lui. Vous n'avez rien à vous reprocher. Vous méritez votre liberté. Vous méritez des vacances extraordinaires, et je vais faire de mon mieux pour vous les offrir.

Mel laissa échapper un long soupir. Il lui semblait que la brise emportait à tout jamais ses soucis, sa culpabilité. C'était un sentiment merveilleux — et elle le devait à l'homme allongé près d'elle.

— Merci, murmura-t-elle.

Leurs regards se croisèrent longuement, puis Nikos prit l'air soudain enjoué :

— Ça vous plairait, de faire une excursion en bateau ?

Mel se détendit et saisit la perche qu'il lui tendait. Elle ne voulait plus penser à ces années difficiles. Son grand-père était dans un monde meilleur, du moins elle l'espérait. Quant à elle, elle était désormais libre de vivre sa vie comme elle l'entendait, sans le poids de responsabilités qu'une jeune femme de son âge n'était pas censée endosser.

— Oui, j'adorerais ça ! Je ne suis jamais montée sur un bateau.

— Jamais ? répéta Nikos, médusé.

— Non. Mon grand-père n'aimait pas l'eau. Le simple fait d'aller à la plage constituait déjà un effort pour lui quand j'étais gamine. Il restait assis sur le sable en pantalon et en chemise, patientant pendant que je construisais des châteaux de sable et que je me baignais dans les eaux glaciales de la Manche. Plus tard, adolescente, j'ai passé des heures à regarder la mer, à me demander ce qu'il y avait de l'autre côté. Maintenant, je sais ! Il y a les Bermudes !

— Et beaucoup d'autres choses, fit Nikos en riant. Mais vous avez bien le temps de les découvrir.

— Merci. Merci de m'avoir amenée dans ce paradis. Je m'en souviendrai toute ma vie.

Du bout des lèvres, le Grec déposa un baiser léger sur ses phalanges.

— Tout le plaisir est pour moi.

Mel sentit une bouffée de désir lui échauffer le ventre. Avec un petit rire, elle tira sur le nœud qui retenait son sarong et bondit sur ses pieds.

— Je meurs d'envie de me baigner. Le dernier à l'eau est une mauviette !

Elle traversa en courant les quelques mètres de sable chaud qui les séparaient de l'océan et s'enfonça dans l'eau cristalline, délicieusement tiède. Quelques secondes plus tard, elle entendit un plongeon sonore dans son dos, puis Nikos émergea près d'elle avec la grâce d'un dauphin.

— C'est merveilleux ! s'exclama Mel. Je n'ai jamais nagé dans une mer aussi chaude !

Nikos répondit d'un rire grave avant de plonger de nouveau. Mel le rejoignit et ne résista pas lorsqu'il l'attira contre lui pour déposer un baiser salé sur ses lèvres. Son torse sculptural ruisselait d'eau et il évoquait un dieu marin sorti des flots pour tenter les mortels.

Puis il la relâcha et s'éloigna vers le large à brasses puissantes. Leur baiser, fugace, ne voulait rien dire — et pourtant il révélait tout le sens de leur journée, de leurs vacances ensemble. Il semblait être l'expression pure de leur joie — un hommage à la nature qui les entourait, aux jours d'insouciance absolue qui les attendaient.

C'était donc ça, le bonheur, songea Mel. Et quelque chose lui soufflait que le meilleur était encore à venir…

L'après-midi déroula ses heures lentes, gorgées de soleil et de farniente. Lorsque le soleil toucha l'horizon, Mel et Nikos reprirent le sentier qui menait à leurs chambres. Mel avait l'impression de flotter sur un petit nuage — elle ne se rappelait pas s'être sentie aussi détendue de sa vie entière.

— Vous êtes contente de ce premier jour ? s'enquit le Grec.

— Oh oui. C'était incroyable.

Et, si la journée touchait à sa fin, la soirée ne faisait que commencer…

Après s'être préparée dans la luxueuse salle de bains de sa suite, Mel se posta devant le miroir de sa chambre pour étudier la tenue qu'elle avait choisie pour le dîner. C'était une autre de ses trouvailles, une robe de coton vermillon sans manches qui descendait jusqu'aux chevilles. Le col était assez échancré pour suggérer un décolleté sans trop en faire. Elle avait choisi de ne pas attacher ses cheveux, retenus par un simple serre-tête qui les laissait retomber sur ses épaules. Elle s'était à peine maquillée — les couleurs qu'elle avait prises dans la journée, malgré une généreuse application de crème solaire, suffisaient largement.

Avec un sourire satisfait, elle passa la veste légère qui accompagnait la robe, glissa ses pieds dans des sandales ouvertes et prit son sac à main. Voilà, elle était prête. Prête pour la soirée qui s'annonçait, et la nuit qui suivrait.

Quand elle frappa à la porte de Nikos et qu'il lui ouvrit, elle vit au flamboiement de son regard que ses efforts avaient payé. Mel sentit son pouls s'accélérer comme elle l'étudiait à son tour. Il portait un pantalon de lin clair et un polo noir ouvert au col qui changeaient radicalement de ses costumes habituels. Il n'en était pas moins intimidant, pas moins attirant… loin s'en fallait.

Il la guida à travers la nuit chaude en direction du restaurant, le long d'un sentier bordé de lauriers- roses. Le parfum de Nikos, rehaussé d'une pointe de cèdre, se mêlait agréablement à la fragrance des fleurs tropicales. Le dîner était servi sur une grande terrasse où des tables étaient habillées de nappes blanches et décorées de bougies. Des torches plantées dans le sable flamboyaient doucement dans la brise nocturne.

Ils parlèrent de tout et de rien durant le dîner, badinant comme ils l'avaient fait toute la journée. Ils évoquèrent les Bermudes, les sites qu'ils comptaient visiter les jours suivants, et Nikos la régala d'anecdotes sur l'histoire du pays. La conversation dériva ensuite sur leurs films préférés… C'était à croire qu'ils se connaissaient depuis toujours.

Mel se sentait incroyablement légère. Elle avait l'impression de flotter dans un cocon de bien-être en compagnie de cet homme, attablée devant des mets délicieux, dans un paradis terrestre.

Mais un courant puissant tourbillonnait sous cette surface paisible. Une autre conversation avait lieu, muette, celle-ci, passant par un regard volé, un frôlement, un sous-entendu. Mel faisait de son mieux pour ne pas se laisser emporter et préserver une apparence de décontraction.

Mais il lui était extrêmement difficile de résister au tumulte qui faisait rage en elle… Au moindre mouvement, les muscles de Nikos roulaient comme des cordes sous la peau cuivrée de ses avant-bras. La flamme d'une chandelle jouait sur son visage, le tirait de l'ombre ou l'y plongeait au gré des courants d'air. Malgré l'obscurité, ses yeux scintillaient telles deux pierres polies.

Ils se retrouvèrent bientôt seuls dans le restaurant, leur bougie presque consumée. Le moment fatidique approchait, ils le savaient tous les deux. Lorsqu'ils se levèrent, Mel glissa sans réfléchir la main dans celle de son compagnon. Ses doigts se refermèrent aussitôt sur les siens, forts et rassurants. D'un bâtiment proche montait une mélodie de piano qui se mêlait au chant plus rauque des insectes et des oiseaux de nuit.

— Vous voulez quelque chose d'autre ? s'enquit Nikos. Un café ? Un verre au bar ?

— Seulement si vous en voulez un, répondit-elle un peu fébrilement.

— Vous savez très bien ce que je veux, murmura Nikos. Et ça ne se trouve pas au bar de l'hôtel.

Une étincelle d'humour pétillait dans son regard. Mais, lorsqu'il reprit la parole, ce fut d'une voix grave.

— Et vous, Mel, que souhaitez-vous ? Dites-moi la vérité. J'ai besoin de le savoir maintenant. Parce que, si je vous raccompagne jusqu'à votre chambre, je ne suis pas sûr d'avoir la force de vous souhaiter bonne nuit et de regagner la mienne.

— Je ne suis pas sûre d'avoir la force de vous le demander, répondit Mel avec un sourire malicieux. Je crois même que je vous pousserais à l'intérieur si je vous voyais hésiter…

Nikos éclata d'un rire franc et grave. Ils reprirent leur cheminement dans les jardins de l'hôtel, main dans la main. Quelques instants plus tard, ils atteignirent une zone d'ombre à l'écart des réverbères, dans laquelle il l'attira à lui.

Mel sentit son cœur bondir dans sa poitrine. La silhouette de son compagnon, puissante et sombre, se découpait contre le ciel étoilé. Elle ne discernait pas son expression mais elle la devinait aisément. Sans en avoir conscience, elle leva son visage vers le sien. Une main brûlante glissa sur son cou, avec une douceur infinie, puis lui enveloppa la nuque. De son bras libre, Nikos lui prit la taille et la plaqua contre lui.

Peu à peu, Mel parvint à s'habituer à l'obscurité. Elle discerna ses yeux striés d'or qui accrochaient le clair de lune.

— Pourquoi attendre d'avoir regagné nos chambres ? souffla-t-il.

Mais il ne l'embrassa pas tout de suite. Du pouce, il lui caressa les lèvres, comme pour en apprendre le dessin. Mel se mit à trembler tant elle avait envie de lui, envie de sentir sa langue contre la sienne et son torse d'acier contre sa poitrine.

— Nikos…

Son pouce glissa sur son menton et remonta le long de sa joue. Enfin, après ce qui lui parut une éternité, Nikos se pencha vers elle. Leurs lèvres se touchèrent, s'esquivèrent, se trouvèrent de nouveau. Avec un soupir, Mel s'affaissa dans ses bras, s'ouvrant telle une fleur à ses baisers dans la nuit traversée par la rumeur des insectes tropicaux.

Son cœur voletait tel un colibri dans sa poitrine lorsque Nikos l'entraîna enfin vers sa chambre. Ils n'allumèrent pas la lumière — la phosphorescence argentée de la mer suffisait à l'éclairer. Il la prit de nouveau dans ses bras et leur baiser s'intensifia. Mel avait l'impression que des torrents de lave déferlaient dans ses veines et consumaient tout son corps. Elle sentit sa veste glisser à terre alors que deux mains brûlantes couvraient ses épaules. Sa robe tomba à son tour et elle se retrouva en sous-vêtements, exposée au regard brûlant de Nikos.

En silence, sans le quitter des yeux, Mel déboutonna sa chemise. Il poussa un grognement rauque lorsqu'elle posa les mains à plat sur son torse cuivré et, vif comme l'éclair, il lui captura les poignets pour les emprisonner derrière son dos. Elle s'affaissa contre lui, les seins tendus contre le satin qui les retenait. Avec une habileté consommée, Nikos dégrafa son soutien-gorge et offrit à chaque téton bourgeonnant l'hommage de ses lèvres.

Mel ne put retenir un gémissement de plaisir. Elle renversa la tête en arrière, cambrant sa poitrine avec un abandon lascif. Le début de barbe qui ombrait les joues de Nikos effleurait sensuellement ses aréoles, achevant de surexciter ses sens.

D'un geste souple, il la souleva pour la transporter jusqu'à son lit. Après s'être débarrassé du reste de ses vêtements, il s'allongea sur elle. Ses mains, puis sa bouche, explorèrent les courbes de son corps. Du bout de la langue, il appuya sur la dentelle de sa culotte. D'un doigt, il en écarta enfin l'élastique pour lécher avec douceur son sexe brûlant de désir.

— Nikos…, hoqueta-t-elle. Maintenant, viens…

Avec un soupir rauque, il ôta son caleçon, découvrant son membre dressé, long et massif. Allait-elle pouvoir l'accueillir ? Au comble de l'excitation, Mel écarta les cuisses pour se livrer à lui. Elle sentit son sexe appuyer doucement sur le sien… puis il la posséda d'un mouvement de reins souple.

Mel sentit son corps s'épanouir sous cet assaut. Avec un gémissement de plaisir, elle bascula les hanches pour l'encourager, l'inviter plus profondément en elle. Nikos ne se fit pas prier — il s'enfonça en elle, avec douceur d'abord, puis de plus en plus vite. Une déflagration silencieuse secoua Mel et elle s'entendit crier son nom, encore et encore. L'orgasme fut si flamboyant, si brutal qu'elle ne comprit d'abord pas ce qui lui arrivait. La rejoignant dans l'extase, Nikos jouit à son tour — le corps secoué de spasmes violents.

Ils s'effondrèrent dans les bras l'un de l'autre, les membres lourds de plaisir. Un calme immense les enveloppa, seulement troublé par leur souffle rauque.

Ils ne parlèrent pas — les mots n'étaient pas nécessaires. Leurs cœurs galopants se calmèrent peu à peu et le silence de la nuit se referma sur eux, soyeux comme un cocon. Puis le sommeil les emporta.

7

— Alors, qu'est-ce que tu veux faire aujourd'hui ? Il te reste encore des choses à voir aux Bermudes ? J'ai l'impression que nous avons épuisé les ressources de l'île.

Nikos ponctua sa question d'un sourire amusé. Ils prenaient leur petit déjeuner sur la terrasse de la chambre de Mel, devant une mer parfaitement lisse. Il n'y avait pas un souffle d'air mais la température était agréable, ni trop fraîche, ni trop chaude.

Mel se servit une tasse de café tout en réfléchissant à leur programme de la journée. Ils étaient là depuis une semaine et avaient sillonné l'île de long en large, en commençant par le port militaire de la marine royale britannique. Les soldats anglais qui y débarquaient autrefois avaient laissé place à des paquebots gigantesques dégorgeant des hordes de touristes. De là, ils avaient pris un ferry pour la capitale, Hamilton, où ils avaient déjeuné en bord de mer avant de flâner dans ses ruelles. Ils s'étaient aussi rendus à St George, l'ancienne capitale, au nord de l'île. Mel était tombée sous le charme de ses maisons blanches, de ses nombreuses galeries d'art et de ses églises.

Comme promis, Nikos l'avait emmenée en mer. La première fois sur un yacht spécialement affrété, où ils avaient dîné au champagne face au soleil couchant. Le lendemain, ils étaient partis avec un moniteur de plongée sur la barrière de corail — Mel s'était contentée de patauger en surface avec son tuba pendant que Nikos explorait une vieille épave. Le spectacle de la faune aquatique multicolore lui avait coupé le souffle.

Si les journées étaient consacrées au tourisme, leurs nuits étaient le domaine réservé de la passion. Mel avait parfois l'impression d'évoluer dans un rêve même si ses muscles engourdis de plaisir, au réveil, lui confirmaient que leurs étreintes farouches n'étaient pas un effet de son imagination.

À cette pensée, une bouffée de chaleur lui monta aux joues. Au lit, Nikos était un véritable sorcier. Chaque nuit, il lui faisait découvrir des rivages inconnus, des terres vierges qu'ils exploraient dans les bras l'un de l'autre. Mel n'avait jamais soupçonné que le sexe puisse être aussi intense — c'était une expérience presque métaphysique. Jak avait été un amant attentif, et elle gardait de lui un souvenir affectueux, mais ce n'était rien en comparaison des orgasmes volcaniques qu'elle connaissait sous les mains expertes de son amant.

Rencontreras-tu de nouveau un tel homme, après lui ?

C'était la question fatale, celle qu'elle ne pouvait s'empêcher de se poser malgré tous ses efforts pour ne pas songer à l'avenir. La réponse s'imposa aussitôt.

C'est impossible. C'est une rencontre unique, un homme unique, un moment de vie unique…

Un léger malaise s'insinua en elle, sitôt réprimé. Elle avait accompagné Nikos de son plein gré, consciente des limites de ce qu'il lui offrait : une escapade passionnée et surtout sans lendemain. Les termes du contrat avaient toujours été clairs.

Elle se rendit compte que Nikos la dévisageait curieusement, sa tasse de café suspendue près de ses lèvres. Elle rappela qu'il lui avait posé une question.

— Nous n'avons pas visité les grottes de Cristal, déclara-t-elle. J'aimerais bien les voir.

— Pourquoi pas ? fit Nikos en s'étirant paresseusement. Nous pourrions prendre la navette de l'hôtel jusqu'à Hamilton, déjeuner là-bas, faire un peu de shopping et reprendre un taxi pour les grottes.

Tout en parlant, il posa un regard appréciateur sur Mel. Ce séjour s'avérait plus fabuleux encore qu'il ne l'avait espéré. Il se félicita une nouvelle fois de l'avoir invitée à partir avec lui. Depuis leur arrivée, il ne s'était pas ennuyé une seconde. Elle était vive, intelligente, curieuse. Et, si elle gardait son tempérament bien trempé, c'était désormais sur un mode taquin, presque complice. Ils pouvaient passer des heures à discuter de sujets graves ou parfaitement anodins. Elle avait toujours quelque chose d'intéressant à dire.

Plus étonnant encore, ils pouvaient aussi bien ne pas parler sans pour autant s'ennuyer ou éprouver le besoin de briser le silence. Avec elle, il se sentait… *bien*. Il ne savait pas comment le dire autrement, encore moins comment l'expliquer.

D'ailleurs, à quoi bon l'expliquer ? C'était inutile. Tout ce qu'il voulait, c'était jouir du présent à ses côtés, au lit et en dehors.

Ce qui lui faisait penser…

— Je crois que la navette part toutes les heures pour Hamilton, dit-il en regardant sa montre. Tu veux prendre la prochaine ? Ou tu préfères faire une petite sieste ?

Il lui jeta un regard encourageant qui fit éclater Mel de rire. Elle savait parfaitement ce qu'il entendait par « sieste », et dormir ne faisait pas partie du programme.

— Une sieste ? Il n'est même pas 10 heures. Tu es vraiment insatiable. Franchement… Allez, viens. Nous devons nous dépêcher si nous ne voulons pas rater le prochain départ. Nous aurons tout le temps de faire la sieste, comme tu dis, à notre retour.

— Tu as tellement hâte de faire du shopping à Hamilton ? la taquina Nikos.

De nouveau, Mel s'esclaffa.

— Certainement pas. Je n'ai besoin de rien. Ma salle de bains est pleine de produits cosmétiques offerts par l'hôtel.

— Un rien te satisfait…

— Bien sûr. Regarde où nous sommes, s'exclama Mel en écartant les bras. Tout est formidable. Et, le plus formidable, c'est toi.

Du bout des doigts, Nikos caressa l'épaule bronzée de la jeune femme.

— Excellente réponse. Je vaux certainement mieux que ces cosmétiques gratuits. Et, si vraiment tu insistes, je suis prêt à sacrifier ma sieste pour t'accompagner voir tes grottes de Cristal.

— Tu ne le regretteras pas. Selon mon guide, c'est une merveille de la nature. L'eau y est très claire, on peut se promener sur des passerelles et admirer des formations calcaires uniques au monde. Et rien ne nous oblige à prendre un taxi. Nous pouvons très bien emprunter le bus depuis Hamilton. Je crois que ça me plairait, de voir le célèbre Nikos Parakis dans les transports en commun.

Nikos se mit à rire. Ils terminèrent leur petit déjeuner dans la même atmosphère complice, en parfaite harmonie l'un avec l'autre. Mel se sentit envahie d'une immense gratitude, si intense qu'elle en eut presque les larmes aux yeux. Après des années de privation, la vie lui offrait soudain tout ce qu'elle pouvait espérer — des vacances de rêve, dans un lieu de rêve, avec un homme dont elle n'aurait jamais osé rêver.

Les grottes de Cristal leur offrirent un spectacle digne des promesses de leur guide. La visite terminée, ils reprirent le chemin de l'hôtel et passèrent la fin de l'après-midi sur la plage.

Le soleil touchait presque l'horizon lorsque Nikos se leva.

— Tu peux rester encore un peu, l'informa-t-il. Je vais juste relire mon discours de demain.

Mel leva sur lui un regard surpris.

— Oh… C'est la conférence, déjà ?

— J'en ai bien peur, oui. Mais ça ne prendra qu'une journée. Après ça, nous pourrons profiter du reste de nos vacances.

Mel le suivit du regard tandis qu'il s'éloignait vers l'hôtel. La conférence marquait la moitié de leur séjour. La fin de leur idylle approchait donc à grands pas.

Son estomac se serra comme le mot « fin » résonnait dans sa tête en un écho menaçant. Elle tourna son regard vers l'horizon, étrangement mélancolique. *C'est ce que tu voulais*, se rappela-t-elle avec fermeté. Être complètement libre et ne plus dépendre de personne — pas même de Nikos.

C'est ce que tu voulais. Elle se le répéta avec détermination, jusqu'à faire taire la petite voix qui avait l'audace de suggérer le contraire.

L'amphithéâtre où la conférence avait lieu était plein à craquer, et Mel dut se faufiler dans un petit coin, tout au fond de la salle, pour y assister. De là, au moins, elle avait une vue plongeante sur le pupitre d'où Nikos s'adressait au public. Mais ce n'était pas son discours sur les dettes souveraines qui l'intéressait. Oh non. Ce qui la captivait, c'était la façon dont son costume mettait en valeur son corps athlétique, un corps qu'elle connaissait désormais sur le bout des doigts. Elle aimait aussi la façon dont ses mains fortes dansaient sur l'écran où il projetait des graphiques pour illustrer son propos. Il communiquait à son auditoire son autorité naturelle, son sérieux sous lequel perçait parfois le sens de l'humour qu'elle appréciait chez lui.

Elle écouta toute son intervention, jusqu'au moment où les délégués s'éparpillèrent enfin pour aller déjeuner après une session de questions-réponses. Elle abandonna Nikos à ses affaires — c'était son univers, après tout — pour aller déjeuner au restaurant de l'hôtel. Puis elle dénicha un transat à l'ombre près de la piscine, où elle s'installa pour feuilleter un magazine en attendant que Nikos en eût terminé.

Après quelques instants, une voix l'interpella.

— Vous n'étiez pas dans la salle de conférences, juste avant le déjeuner ?

Une Américaine était allongée sur le transat voisin, vêtue d'un bikini minuscule. Un peu plus âgée que Mel, elle était séduisante, même si sa beauté semblait un peu artificielle. Son bronzage n'avait rien de naturel et son maquillage était trop étudié pour le lieu.

— Le conférencier était sacrément sexy, renchérit-elle sans attendre la réponse de Mel. Croyez-le ou non mais ce type possède sa propre banque. Miam, j'en ferais bien mon dessert.

Mel sourit, ce que l'autre prit pour un encouragement à poursuivre :

— Vous assistiez à la conférence, vous aussi ?

— Je suis seulement une… accompagnatrice, répondit Mel, se demandant si elle devait préciser qu'elle était celle du « conférencier sexy ». Et vous ?

— Mon mari est banquier. John Friedman, de Friedman Hofflaus, précisa-t-elle en guettant la réaction de Mel.

— Désolée, mais je ne connais rien au milieu bancaire…

— Oh. Et qui accompagnez-vous ?

— Eh bien, pour tout vous dire… le « sexy ».

Aussitôt, le regard de la brune s'illumina.

— Eh bien, quelle coïncidence ! Vous en avez, de la chance. Mais, en vous regardant, je me dis que la chance n'y est pas pour grand-chose. Je vois ce qui l'a attiré. En tout cas, j'espère que vous avez une stratégie en béton pour conserver une conquête d'un tel calibre. Parce que c'est bien beau de ferrer un poisson pareil, mais il faut ensuite le remonter à bord !

Mel eut un sourire crispé — elle n'avait pas envie d'expliquer à une parfaite inconnue la nature éphémère de sa relation avec Nikos. Celle-ci ne comprendrait sans doute pas qu'elle puisse ne pas vouloir le « remonter à bord ». Mais son interlocutrice avait raison sur un point : Nikos n'était pas le genre d'homme à se faire prendre si aisément.

Une émotion aussi brutale que fugace la traversa, mais elle n'eut pas le temps de l'identifier. Sa voisine, pendant ce temps, avait repris la parole.

— Bien sûr, vous pourriez tomber enceinte, fit-elle valoir d'un air conspirateur. Ça a marché pour moi…

Du menton, elle désigna le petit bassin. Un garçonnet de cinq ans y barbotait en compagnie d'une jeune fille qui devait être sa nounou.

Par chance, l'arrivée d'un serveur venu leur proposer des cafés la dispensa de répondre à cette remarque choquante. Elle prit une tasse, aussitôt imitée par sa voisine, qui se présenta sous le nom de Nyree.

Mel fut soulagée lorsque Nyree Friedman changea de sujet pour aborder celui du shopping aux Bermudes, qu'elle considérait comme hautement problématique pour quelqu'un qui venait de New York. Elle poussa les hauts cris quand Mel lui apprit qu'elle n'avait jamais mis les pieds dans la Grosse Pomme.

— Oh ! mais il faut absolument que vous veniez ! Demandez à votre chevalier servant de vous y emmener !

Sans attendre sa réponse, elle passa à autre chose. Mel fut ravie de la laisser parler, se contentant d'acquiescer de temps à autre. Nyree Friedman était plutôt sympathique mais c'était une véritable tête de linotte. Elle ne semblait pas prêter la moindre attention à son fils — tout occupée qu'elle était par ses propres peccadilles. Mel commençait à songer que la brune ne s'arrêterait jamais de parler lorsque Nikos apparut enfin.

— Te voilà donc, dit-il en souriant, posant un regard curieux sur sa voisine.

Aussitôt, Nyree se redressa pour lui tendre une main aux ongles rouge sang.

— Bonjour, fit-elle d'une voix traînante. Je suis Nyree Friedman. J'ai assisté à votre présentation, ce matin. C'était *passionnant* !

Nikos lui serra la main d'un air affable, mais Mel crut détecter un éclat froid dans son regard.

— J'espère que votre mari en aura pensé autant.

Apparemment, lui savait qui était le mari de Nyree Friedman. Cette dernière le dévorait du regard et Mel sentit, contre toute attente, la jalousie lui mordre le cœur. Une envie irrationnelle de gifler Nyree la saisit.

L'intensité de cette réaction la choqua. Elle n'avait pas la moindre raison de songer que Nikos lui appartenait. De plus, ce dernier détestait les femmes possessives. N'était-ce pas précisément parce qu'il voulait se débarrasser de l'une d'elles, Fiona Pellingham, que tout avait commencé ? Et puis le contrat entre eux était clair. Ces vacances étaient une parenthèse sans lendemain. La jalousie n'y avait pas sa place.

À son soulagement, elle vit Nikos se tourner vers elle.

— J'ai terminé. Si ça te va, nous pouvons rentrer. À moins que tu ne préfères rester encore un peu ?

Derrière sa politesse de façade, Mel sentait bien qu'il n'avait pas davantage envie qu'elle de s'attarder.

— Non, je suis prête.

Elle se leva et tourna vers Nyree un sourire factice.

— J'ai été enchantée de faire votre connaissance.

— Moi aussi. Il faut absolument que nous nous revoyions à New York.

Son regard aguicheur se posa de nouveau sur Nikos, puis le dépassa pour se fixer sur un point derrière lui.

— Ouh-ouh, John ! s'exclama-t-elle en agitant la main. J'ai besoin de toi pour convaincre ce séduisant jeune homme d'amener sa petite amie à New York. Elle n'y est jamais allée.

L'homme qui approcha était, à l'instar de Nikos, vêtu d'un élégant costume. Il était aussi plus vieux et lesté de vingt kilos superflus. Il salua Nikos d'un signe de tête avant de se tourner vers Mel.

— J'espère que ma femme vous a laissée parler ? Elle a tendance à monopoliser les ondes.

C'était dit du ton de la plaisanterie, mais Mel crut déceler une irritation bien réelle dans sa voix.

— Nous avons eu une discussion très... plaisante, répondit-elle poliment.

John Friedman se mit à rire, avec une gaieté un peu forcée, puis se tourna vers le garçonnet qui se précipitait vers lui.

— Papa, papa ! Viens te baigner !

Avec une affection visible, John Friedman étreignit son fils trempé.

— Avec plaisir, mais il faut que j'aille me changer.

Son regard dériva vers sa femme comme il ajoutait :

— Et si tu allais nager avec lui, pour changer ?

Cette fois, sa voix était ouvertement acerbe. Nyree répliqua du même ton :

— Et ruiner ma coiffure ? Ne sois pas ridicule. Et puis, c'est l'heure de l'apéritif. J'ai envie d'un cocktail.

— Il est un peu tôt pour ça, même pour toi.

Nyree pinça les lèvres, une expression furieuse sur son visage trop apprêté. Elle était sur le point de répondre mais John ne lui en laissa pas le temps.

— J'ai apprécié votre présentation, dit-il à Nikos. Nous devrions peut-être discuter ? Je suis sûr que nous pourrions faire des choses ensemble.

— Avec plaisir, répondit Nikos en inclinant la tête.

— Parfait. Appelez-moi la prochaine fois que vous êtes de passage à New York.

— Ne tardez pas ! renchérit Nyree, dévorant Nikos du regard.

Le Grec acquiesça d'un air neutre, puis prit la main de Mel et la serra discrètement. Il voulait partir, tout comme elle, pour échapper à l'ambiance délétère qui régnait entre John et sa femme. Poliment, ils prirent congé et s'éloignèrent. Ils avaient à peine fait quelques pas qu'ils entendirent Nyree s'exclamer :

— Bon sang, John, ton costume est trempé. Tu étais obligé de laisser le petit te sauter dessus comme ça ? C'est complètement ridicule. Tu es gaga avec lui et tu n'as pas la moindre autorité.

— Il faut bien que quelqu'un lui manifeste de l'affection, répliqua sèchement son époux. Et toi, tu es obligée de flirter dès que tu vois un homme séduisant, même lorsqu'il est évident que tu ne l'intéresses pas ?

Mel fit la grimace lorsqu'ils sortirent enfin de l'hôtel et se dirigèrent vers un taxi.

— Ils font de la peine à voir, tous les deux. Mais je plains surtout leur fils, avec de tels parents.

Nikos ne répondit pas, encore ébranlé par l'échange auquel il venait d'assister. Les piques, les sous-entendus méprisants, l'hostilité ouverte — tout lui était douloureusement familier. C'était l'environnement dans lequel il avait grandi. Il croisa le regard curieux de Mel et lui adressa un sourire penaud.

— Désolé. Ils me rappellent mes propres parents. Ils se détestent cordialement et s'insultent à longueur de temps… Ils m'ont gâché la vie.

— Pourquoi se sont-ils mariés s'ils ne s'aimaient pas ?

Nikos haussa les épaules, maussade.

— Je suppose qu'ils se plaisaient, au départ. Ma mère était une très belle jeune femme. Tous les hommes la courtisaient mais c'est mon père qu'elle a élu. Puis je suis arrivé, et ça a été le début de la fin. Ma mère ne se prive pas de me rappeler, encore aujourd'hui, que j'ai ruiné sa silhouette. Et mon père lui en a voulu parce qu'elle n'avait plus autant de temps à lui consacrer, vu qu'elle s'occupait de moi. Il a commencé à la tromper, ce que ma mère a su… Bref, ils se détestent, se sautent constamment à la gorge et essaient toujours de me forcer à prendre parti pour l'un ou pour l'autre. Le pire, c'est qu'ils refusent obstinément d'accepter l'échec de leur mariage et de divorcer.

— La vie est étrange… Pour ma part, j'ai tellement regretté d'avoir perdu mes parents. Cela m'a tant manqué ! Et les tiens t'ont visiblement fait beaucoup de mal !

— Il est vrai que j'ai souvent rêvé d'être orphelin, reconnut Nikos sur un ton amer.

Il était perturbé, pas tant par la nature des souvenirs qu'il avait évoqués que par le simple fait de les avoir partagés. C'était un sujet dont il ne parlait jamais — à personne. C'était trop personnel, trop douloureux. Pourtant, se confier à Mel lui semblait naturel, peut-être parce qu'elle avait eu elle aussi une enfance difficile.

Il secoua la tête, déterminé à ne plus penser à ses parents. Il ne leur permettrait pas de gâcher ses vacances à des milliers de kilomètres de distance. Non, ces moments leur appartenaient, à Mel et à lui, et à personne d'autre. Il voulait profiter à fond des derniers jours qui leur restaient.

Les jours les plus extraordinaires de sa vie entière.

Il tressaillit, surpris par cette prise de conscience inattendue. Il savait pourtant qu'il n'exagérait pas. Jamais il n'avait passé d'aussi bons moments avec une femme. Bien sûr, le sexe avec elle était fantastique — il n'en avait jamais douté —, mais il y avait bien davantage. Il aimait le simple fait d'être en sa compagnie.

En ce moment, songea-t-il, *je suis heureux*.

C'était un sentiment inhabituel, et particulièrement agréable. Nikos poussa un soupir de soulagement quand ils s'installèrent dans le taxi et que ce dernier prit le chemin de l'hôtel.

— Je suis ravi d'en avoir terminé avec cette conférence. Nous pouvons maintenant profiter du reste des vacances.

— Encore une semaine, répondit Mel d'un ton léger.

Nikos fronça le sourcil, surpris. Seulement une semaine ? Elle passerait à la vitesse de l'éclair, il le savait. Sept jours, ce n'était pas assez…

Il passa mentalement son agenda en revue. Avait-il des rendez-vous importants la semaine suivante ? Sur le coup, rien ne lui vint à l'esprit. Et s'il n'avait rien de vital à faire…

Une idée lumineuse lui vint — contre toute attente, inspirée par les Friedman…

Il la mentionna au dîner, après qu'ils eurent passé commande.

— Que dirais-tu d'aller une semaine à New York ?

Le visage de Mel s'éclaira aussitôt. Par une étrange coïncidence, elle avait eu la même idée. Elle s'était figuré qu'une semaine à New York serait la meilleure façon d'oublier Nikos, après la fin de leur idylle tropicale.

— Oui, j'y pensais justement. Ça me tente. C'est tellement proche des Bermudes que ce serait idiot de ne pas en profiter. Évidemment, ce n'est pas une ville réputée pour être bon marché, mais si je trouve un vol pas cher et une place dans une auberge de jeunesse…

Nikos fronça les sourcils, puis l'interrompit d'un geste impatient.

— Une auberge de jeunesse ? Un vol pas cher ? Mais de quoi tu parles ?

Ce fut au tour de Mel d'être complètement perdue.

— Tu sais très bien que j'ai un budget limité. Je ne peux pas tout dépenser sur un coup de tête.

— Ton budget ne sera pas affecté. Tu seras avec moi. À moins que tu ne préfères visiter New York toute seule ?

Il la dévisageait d'un air presque accusateur, mais elle songea que ce ne pouvait pas être le cas. Il n'avait pas de raison de lui en vouloir, puisque c'était lui qui avait imposé un terme à leur relation.

— Nikos, c'est une question ridicule et tu le sais très bien.

— Dans ce cas, pourquoi parles-tu d'aller à New York seule ?

Mel le dévisagea, hésitante, avant de répondre :

— Quand tu m'as invitée aux Bermudes, tu m'as dit que c'était pour deux semaines, pas plus.

Il balaya son objection d'un haussement d'épaules.

— Rien ne nous interdit de prolonger le plaisir. J'ai regardé mon agenda et je n'ai rien d'urgent la semaine prochaine. Je peux avancer certains rendez-vous que je devais avoir à New York et joindre l'utile à l'agréable. Et j'en profiterai pour revoir John Friedman. Il pèse lourd dans le milieu de la finance, et une association pourrait être fructueuse. Alors, ça te tente ?

Il la dévisagea en souriant, l'air parfaitement détendu. Mais Mel se rembrunit. Tout ceci allait trop vite pour elle…

— Je ne sais pas. Je ne crois pas que ce soit une bonne idée.

Nikos eut l'air de tomber des nues.

— Pourquoi ?

Mel laissa son regard dériver vers l'étendue sombre des flots. Elle aurait bien voulu lui expliquer les raisons de sa réticence mais elle ne trouvait pas les mots pour le faire. C'était d'autant plus difficile qu'au fond elle mourait d'envie d'accepter son offre. Les Bermudes, puis New York ? Il lui proposait de prolonger leurs vacances ? Oui, oui, oui !

Elle avait tellement envie de céder… Et c'était précisément ce qui lui faisait peur. Une amourette de vacances rentrait dans ses plans : elle avait d'ailleurs espéré en vivre, durant son tour du monde. Elle avait des années de célibat à rattraper et comptait bien en profiter !

Mais l'amourette de vacances menaçait de changer de nature. Si elle acceptait l'invitation de Nikos, que se passerait-il après New York ? Lui proposerait-il une nouvelle prolongation ou rentrerait-il enfin à Athènes, comme prévu ?

Son esprit se ferma aux deux possibilités. L'une comme l'autre lui paraissaient trop compliquées à envisager. Elle ne voulait pas penser à l'avenir. Seuls comptaient le présent et la soirée qui s'annonçait. Mais Nikos ne semblait pas partager ce point de vue, car il répéta :

— Pourquoi ? Pourquoi est-ce que ce ne serait pas une bonne idée d'aller à New York ?

— Nous en parlerons plus tard, d'accord ?

Le serveur revint au même moment avec leurs entrées, et Nikos décida de ne pas insister. Après tout, il connaissait d'autres façons de persuader une femme…

Lorsqu'il la prit dans ses bras, cette nuit-là, il fit appel à tout son art, à tous les secrets qu'une longue fréquentation de la gent féminine lui avait appris. Lorsque Mel retomba sur le lit, étourdie d'un plaisir tel qu'elle n'en avait jamais connu, il se redressa sur un coude et passa une main sur son front baigné de sueur avant d'y déposer un baiser.

— Accompagne-moi à New York, murmura-t-il.

Puis il se pencha vers elle, effleura sa bouche du bout de la langue et répéta :

— Accompagne-moi à New York.

Que pouvait-il faire de plus pour la persuader ? Il savait qu'elle mourait d'envie d'accepter, il le voyait à la façon dont elle se mordait la lèvre, dont son regard esquivait le sien. Mais elle garda le silence, ferma les yeux et se blottit contre lui. Avec un long soupir, il referma les bras sur son corps gracile. Il avait envie de la serrer de toutes ses forces mais il se retint de peur de lui faire mal.

La voix de Nikos continuait de résonner dans la tête de Mel en dépit de ses efforts pour la faire taire. *Accompagne-moi à New York. Accompagne-moi à New York.* Son corps était encore traversé de frissons de bien-être, répliques en miniature de l'orgasme qui venait de la secouer. Son rythme cardiaque se calma peu à peu, sa peau brûlante se rafraîchit.

Mais un étau invisible continuait de lui écraser la poitrine. Car la réponse à la question de Nikos était évidente. *Non, je ne viendrai pas à New York avec toi.* Elle devait refuser, se montrer raisonnable pour deux si lui n'en était pas capable.

Du bout des dents, il lui mordilla une oreille. Son souffle la caressa lorsqu'il répéta :

— Accompagne-moi à New York. Dis oui.

Puis elle sentit un sourire se dessiner sur ses lèvres comme il ajoutait :

— Si tu refuses, je continuerai de te le demander jusqu'à ce que tu changes d'avis. Alors arrête de résister. Accepte. Accompagne-moi à New York. Tu sais très bien que tu en meurs d'envie.

Il s'était mis à rire, et sa bonne humeur se communiqua à Mel. À son tour, elle pouffa. Il lui était impossible de lutter davantage.

— D'accord, je me rends ! Tu as gagné. Je t'accompagne à New York.

Nikos eut un rire triomphant et la serra encore plus étroitement contre lui. Mel s'en voulait d'avoir cédé mais la perspective de prolonger leurs vacances, au fond, la comblait de joie.

Et, puisqu'elle ne s'était pas montrée raisonnable jusqu'à présent, à quoi bon commencer maintenant ?

8

— Ne me dis pas que tu manges encore du gâteau ! s'exclama Mel sans chercher à dissimuler son amusement.

Avec un large sourire, Nikos referma le couvercle de la boîte en métal qui contenait le gâteau au rhum, une spécialité locale, et se lécha les doigts.

— Je voulais juste m'assurer de sa qualité. Simple vérification.

Mel fit les gros yeux et lui prit la boîte des mains.

— Si tu continues tes vérifications, il ne restera bientôt plus rien. Je vais le mettre dans ma chambre.

— Nous pouvons toujours aller en ville renouveler notre stock, fit-il valoir en riant.

— Ça risque d'être nécessaire, à ce rythme.

Elle déposa un baiser sur les lèvres de Nikos avant d'enjamber le muret qui séparait leurs terrasses et de rentrer dans sa propre chambre. Quand elle en ressortit, les mains vides, Nikos enfilait un T-shirt de plage. En dépit du gâteau au rhum, ses pectoraux et ses abdominaux étaient parfaitement dessinés.

Une bouffée de désir cueillit Mel par surprise. Mais le moment était mal choisi pour une « sieste » — ils venaient juste de prendre leur petit déjeuner et s'apprêtaient à descendre sur la plage.

Quelques minutes plus tard, ils s'installèrent les pieds

en éventail au bord de l'eau, là où le ressac venait mourir en bouillonnant sur le sable. Les plus grosses vagues les aspergeaient d'une fraîcheur salée et Mel s'étira comme un chat. Si ce n'était pas la définition du bonheur, cela y ressemblait fort !

Pourtant, la fin approchait à grands pas. Bientôt, ils partiraient à New York.

Et après New York…

Après New York, ils se sépareraient et ne se reverraient plus jamais. Une onde glaciale traversa Mel, trouant la bulle de chaleur qui l'enveloppait.

Ne panique pas, les vacances ne sont pas encore finies. Il vous reste un peu de temps.

C'était précisément ce désir presque désespéré de rester avec Nikos qui l'inquiétait. Elle n'avait pas de raison valable de s'accrocher à lui. *Tu ferais mieux de te réjouir. Une fois aux États-Unis, tu pourras en profiter pour visiter le reste du pays, pour découvrir tous ces lieux magiques que l'on voit au cinéma.*

Le problème, c'était qu'elle voulait faire tout cela *avec* Nikos. L'espace d'un instant, elle tenta de s'imaginer son itinéraire à travers le continent américain, seule. Mais aucune image ne lui vint, aucune envie, aucun frisson. Le noir complet. Elle ne parvenait pas à se représenter quoi que ce soit après New York — rien d'autre qu'un grand vide.

Le désarroi l'envahit. Ce n'était pas bon signe du tout. Pendant trois ans, elle avait rêvé d'être libre, sans attaches. Et, maintenant que c'était le cas, elle ne songeait plus qu'à dépendre de quelqu'un ? D'un homme qu'elle avait rencontré deux semaines plus tôt à peine ? Non, cela n'avait aucun sens.

De nouveau, l'étrange courant d'air glacial la balaya. Dans quelques jours, tout serait fini.

Mais qu'est-ce qui serait fini, au juste ?

C'était une question qu'elle préféra laisser sans réponse.

— Mel… Mauvaise nouvelle.

Mel, occupée à fermer sa valise, se retourna avec étonnement. Nikos se tenait sur le seuil de sa terrasse, la mine froissée, son téléphone à la main.

— Que se passe-t-il ? demanda-t-elle, alarmée.

— Changement de programme, déclara le Grec. Nous devons rentrer en Europe. On a besoin de moi au bureau pour régler un problème. Rien de dramatique, mais je ne peux pas aller à New York. Je vais nous faire réserver deux places sur un vol pour Londres. De là, nous irons à Athènes.

Mel le fixa en silence tandis qu'il approchait, puis glissait un bras autour de sa taille.

— Je suis désolé, murmura-t-il, déposant un baiser sur le bout de son nez. Tu découvriras Athènes au lieu de New York, mais tu ne seras pas déçue.

Mel fit un pas en arrière, les sourcils froncés. Elle avait fini par accepter ce voyage à New York, contre sa propre raison, parce que c'était un prolongement naturel de leur séjour aux Bermudes, un simple saut de puce en avion qui ne remettait pas en cause leur accord initial. Mais rentrer en Europe ? L'accompagner à Athènes ?

— Nikos…

— Quoi ?

— Je ne peux pas venir avec toi.

Son compagnon tressaillit, et prit un air sombre.

— Comment ça ? Pourquoi ?

— Parce que je vais à New York. C'est ce qui était prévu. Et, de là, je ferai le tour des États-Unis.

— Qu'est-ce qui t'empêche d'aller à Athènes, à la place ? Tu as dit toi-même que tu voulais voir le monde entier. Tu iras aux États-Unis plus tard.

Mel ferma les yeux, les tempes bourdonnantes. *Je pensais disposer de quelques jours de plus avec lui... Je me suis trompée.*

— Nikos. C'est impossible. Je ne peux pas.

— Tu ne peux pas quoi ?

Nikos sentit sa poitrine se gonfler d'une émotion qu'il ne connaissait pas. Tout ce qu'il savait, c'était qu'il voulait être avec cette femme. Et elle lui répondait que c'était impossible.

— Je ne peux pas t'accompagner à Athènes. Quelle raison aurais-je de le faire ? Comment le justifier ? New York, passe encore, mais retraverser le monde en sens inverse ? À quel titre ? Qu'est-ce que je serais, pour toi, si j'acceptais ?

— C'est donc ça ? Tu veux un engagement de ma part ? De belles promesses ?

Avant qu'elle puisse protester, il enchaîna :

— Mel, j'ai été clair dès le départ. Je ne t'ai jamais menti sur la nature de notre relation.

— Et je n'en attends rien de plus que ce que tu m'as vendu ! répliqua Mel, se demandant si c'était vraiment le cas. J'ai passé les meilleures vacances de ma vie. Et... et elles sont terminées.

Un embrasement fugitif éclata dans le regard de Nikos. Elle n'aurait su dire s'il s'agissait de soulagement ou de regret, et peu importait. Tout ce qui comptait, c'était de... de...

Sa gorge se serra, et elle eut l'impression qu'un vide béant s'ouvrait sous ses pieds.

Tout ce qui comptait, c'était de se dire au revoir, voilà tout. Elle se força à faire un pas en avant, à s'approcher de Nikos. Il se tenait rigide, la mâchoire crispée.

— Je suis désolée que nous n'ayons pas droit à des prolongations comme prévu. Et c'est peut-être mieux ainsi, ajouta-t-elle avec un haussement d'épaules. Toutes les bonnes choses ont une fin.

Pourquoi faisait-il cette tête ? se demanda-t-elle confusément. Il avait toujours insisté sur l'aspect éphémère de leur aventure. Il venait même de lui répéter qu'elle ne devait pas se faire d'illusions.

Ravalant une attaque de panique, elle se força à sourire, à le regarder dans les yeux et à prononcer les mots que les circonstances exigeaient.

— Nous savions très bien que ce moment viendrait, Nikos. Que ce soit maintenant ou dans quelques jours, au fond, qu'est-ce que ça change ? Soyons adultes. Ce n'est pas un drame.

Sa voix était presque suppliante, elle s'en rendait compte. Mais qui suppliait-elle, au juste ? Lui, ou elle-même ? Cela n'avait aucune importance. Elle ne devait penser à rien d'autre qu'à prendre sa valise, son sac à main. Nikos la regarda faire, aussi immobile qu'une statue.

— La navette de l'hôtel m'emmènera à l'aéroport. Je sais que le vol de Londres ne part que ce soir, tu n'es donc pas obligé de venir. Franchement, je ne veux pas te dire au revoir à l'aéroport.

Je ne veux pas te dire au revoir du tout.

La voix hurla en elle, si violente qu'elle crut un instant avoir prononcé ces mots à voix haute. L'expression impassible de Nikos lui indiqua qu'elle n'en avait rien fait.

— Je ne comprends pas pourquoi tu réagis comme ça, dit-il enfin.

— C'est pour le mieux, s'entendit-elle répondre. Vraiment.

Elle empoigna sa valise et se dirigea vers la porte, le cœur lourd. Sur le seuil, elle se retourna pour le regarder une dernière fois. Pour une raison étrange, il lui parut flou. Elle cligna des yeux pour s'éclaircir la vision et conclut :

— Bon retour, alors.

Elle sourit — en tout cas, elle eut l'impression de sourire — et sortit. Engourdie, elle hissa sa valise dans le buggy qui l'attendait devant le bâtiment. Il démarra aussitôt, dans le ronronnement de son moteur électrique.

Resté seul, Nikos regarda autour de lui. La chambre était vide. Une vague d'émotion enfla en lui mais il la réprima farouchement. Il se força à décrocher le téléphone et à appeler la réception pour demander, d'un ton plus sec qu'il n'aurait dû, qu'on lui réservât une place sur le premier vol pour Londres.

Après avoir raccroché, il balaya de nouveau la pièce du regard. Mel était partie. Il peinait encore à y croire. En l'espace de quelques minutes, sa vie avait changé du tout au tout.

L'émotion revint, d'autant plus brutale qu'il avait voulu l'ignorer. Elle le traversa telle une lame d'acier. Il se força à respirer, grimaçant malgré lui. Son corps tout entier lui faisait mal et un bruit blanc l'assourdit. Il savait qu'il était en état de choc — la partie de son cerveau qui fonctionnait encore en reconnaissait les symptômes.

La sonnerie du téléphone le fit sursauter. Au bout du fil, la réceptionniste lui confirma la réservation de son billet d'avion. Il la remercia, raccrocha et regagna sa propre chambre par la terrasse, tentant de s'habituer à ce nouveau monde.

Un monde dont Mel ne faisait pas partie.

Tu ne la reverras pas.

L'émotion le frappa de nouveau, en plein cœur, cette fois.

Mel plissa les yeux à la lumière du soleil. La chaleur lui tapait sur la nuque mais la vue était à couper le souffle. La faille gigantesque qui s'ouvrait presque sous ses pieds était large d'une quinzaine de kilomètres à cet endroit. Le Grand Canyon, au bord duquel elle se tenait, offrait un spectacle époustouflant dont elle ne ressentait pourtant ni la grandeur, ni la magie.

Autour d'elle, les autres touristes se pressaient en poussant des « oh » et des « ah » d'admiration. Mel fixait sans vraiment le voir le fond du canyon, où le Colorado serpentait paresseusement. Après avoir visité New York, elle s'était rendue à Washington, puis à Las Vegas. Elle avait coché la liste de tous les lieux touristiques, déterminée à ne rien manquer et bien décidée à remplir la moindre seconde de ses journées.

Elle comptait prouver au monde entier — ou à elle-même, peut-être — qu'elle était libre, qu'elle exauçait enfin son rêve de sillonner la planète. Pour ce faire, il était important de ne pas penser à Nikos.

C'était pourtant à lui qu'elle songeait en cet instant précis, se remémorant les instants uniques qu'ils avaient passés ensemble. Si seulement Nikos était là, le paysage grandiose qui s'étalait à ses pieds prendrait soudain un sens au lieu de ressembler à une simple carte postale. Et il en était de même pour tous les autres lieux touristiques qu'elle avait visités sans lui : la statue de la Liberté, Central Park, l'Empire State Building, la Maison Blanche, les casinos de Las Vegas…

Elle entendait encore le rire de Nikos, le murmure de sa voix, elle sentait encore la pression de ses mains sur son corps, la chaleur de sa peau contre la sienne. Et un immense sentiment de vide l'engourdissait, la séparant de la beauté du monde. Elle avait l'impression de tout voir à travers une vitre épaisse.

Inutile de se mentir — Nikos lui manquait comme aucun être avant lui. Il lui manquait tellement que c'en était douloureux.

Mais elle ne pouvait rien y faire, elle le savait. Elle ne le reverrait pas. Ils ne découvriraient pas, main dans la main, les merveilles de la planète. Leurs corps ne se toucheraient plus jamais.

Alors autant s'y habituer. Autant l'accepter et fermer une fois pour toutes son esprit aux regrets. La mélancolie ne la mènerait nulle part. Elle devait profiter de la vie, s'amuser — même si elle avait la sensation de marcher au-dessus du vide.

9

— Alors, les Bermudes, c'était comment ?

C'était une question innocente — elle n'avait pas la moindre raison de braquer Nikos. Il se força donc à répondre d'un ton neutre :

— La conférence était intéressante.

— Tu en as profité pour prendre un peu de vacances ? poursuivit son interlocuteur.

Nikos marmonna une réponse toute faite, puis changea abruptement de sujet. Il n'avait pas la moindre envie de parler des Bermudes. Il n'avait même pas envie d'y penser. Pourtant, c'était ce qu'il faisait sans arrêt. Il avait en permanence des images de son séjour là-bas dans la tête — et des images de Mel. Surtout d'elle, en réalité.

Il la revoyait rire à gorge déployée, ses cheveux blonds dansant dans la brise. Il s'imaginait son regard bleu azur, pétillant d'humour, d'intelligence — ou de désir. Il se rappelait la façon dont elle fondait entre ses bras, dont elle s'agrippait à lui dans le plaisir.

Il faisait d'énormes efforts pour couper court à ces incessantes rêveries. Il s'était replongé corps et âme dans son travail, se levait tôt et se couchait tard, et consacrait ses rares instants de répit à exténuer son corps dans sa salle de sport. Son cœur tournait comme un moteur bien rodé, alimentait des muscles durs comme de l'acier, des tendons souples et solides, toute une machinerie parfaitement huilée. Occuper son corps était aussi vital que d'occuper son esprit, car ses cellules lui rappelaient sans cesse son désir inassouvi pour Mel.

Avec un long soupir, Nikos regagna son bureau et se passa les deux mains dans les cheveux. L'ironie de la situation ne lui échappait pas. C'était lui qui avait insisté sur l'aspect temporaire de leur relation. En revanche, il n'avait jamais voulu lui imposer de limite précise, temporelle ou géographique. Il ne comprenait donc pas ce qui avait empêché Mel de venir passer quelques jours en Grèce. Il lui aurait volontiers fait découvrir son pays, la beauté de ses îles et de ses montagnes, ses ruines antiques.

Mais elle l'avait envoyé paître. Elle avait poursuivi son voyage sans lui, comme elle en avait toujours eu l'intention. Cette indépendance affichée, qui l'avait rassuré au départ, était précisément ce qui le torturait aujourd'hui.

La porte de son bureau s'ouvrit sur son père, qui entra, la mine furieuse. C'était devenu, songea Nikos, son expression par défaut.

— Tu veux connaître la dernière de ta mère ?

— Pas particulièrement, répondit-il.

Ce qui n'empêcha pas son père de poursuivre :

— Elle est partie à Milan. Elle prétend qu'elle a besoin de renouveler sa garde-robe. C'est ridicule, elle pourrait ouvrir une boutique de mode avec ce qu'elle a dans ses placards ! De toute façon, je sais bien que ce n'est qu'un prétexte. Elle boude parce qu'elle m'accuse d'avoir une nouvelle maîtresse.

Nikos ne put s'empêcher de lever les yeux au ciel. La dernière chose qu'il voulait, c'était écouter les récriminations de son père.

— Et c'est le cas ? demanda-t-il.

Son père eut un geste impatient.

— Qui peut me le reprocher ? Ta mère est impossible. Elle est partie au pire moment ! Nous sommes supposés rejoindre Demetrius Astarchis et sa femme sur leur yacht demain. Qu'est-ce que je vais faire, maintenant ?

— Emmener ta maîtresse ? suggéra Nikos d'un ton narquois.

— Ne sois pas ridicule. Ils s'attendent à voir ta mère. Demetrius et moi travaillons ensemble et je ne veux pas lui manquer de respect. D'ailleurs, ta mère ferait bien de se demander d'où vient l'argent qu'elle dépense à tour de bras ! Elle me doit un minimum de loyauté.

Nikos se retint de faire valoir que la loyauté marchait dans les deux sens, et que ce n'était pas en fréquentant d'autres femmes que son père allait regagner celle de son épouse. Mais il savait aussi que sa mère avait tout fait, avec sa langue de vipère, pour éloigner son père.

— C'est tout ce que tu voulais me dire ? demanda-t-il d'un ton las, refusant de se laisser entraîner dans un conflit qui ne le regardait pas, et qui ne l'avait jamais regardé.

— Non. Je voulais savoir si tu t'étais occupé du voyage à Hong Kong. Et te dire que, si ta mère ne revient pas avant ton départ, j'irai la chercher moi-même. Je n'ai pas l'intention de la laisser traîner mon nom dans la boue pendant qu'elle parcourt l'Europe.

— J'ai tout organisé pour Hong Kong, répondit Nikos en faisant pivoter l'écran de son ordinateur. Voici mes rendez-vous.

Il était ravi de partir en Asie, ne serait-ce que pour échapper à ses propres problèmes. Mais ces derniers menaçaient de le suivre où qu'il aille, car il songeait déjà qu'il aurait aimé faire visiter Hong Kong à Mel.

Nous aurions pu nous rendre ensuite en Malaisie, en Thaïlande, à Bali. Peut-être même en Australie.

Et d'Australie en Nouvelle-Zélande, puis dans les îles verdoyantes du Pacifique Sud...

Mais à quoi bon se torturer ? À quoi bon songer à des vacances qu'il ne passerait jamais avec Mel ? Elle s'était contentée de deux semaines aux Bermudes et n'avait pas voulu davantage.

— Parfait, fit son père après avoir parcouru l'écran. Bon, je te laisse, je dois déjeuner avec Adela. Je ne reviendrai sans doute pas cet après-midi...

De nouveau, Nikos prit garde de ne pas faire de commentaire, même lorsque son père ajouta au moment de sortir :

— Et surtout ne dis rien à ta mère. C'est la dernière chose dont j'ai besoin.

Ce dont tu as besoin, c'est divorcer.

Mais cela ne se produirait jamais, il en avait conscience. Ses parents étaient prisonniers de leur mariage aussi autodestructeur qu'aliénant. Voilà pourquoi lui-même avait évité toute relation de long terme.

Morose, il se leva et traversa son bureau pour se poster devant la fenêtre. De là, il étudia l'agitation des rues d'Athènes, l'esprit en ébullition. Il n'avait pas vraiment envie d'être là, dans la ville où il avait grandi, à se tuer au travail juste pour ne pas penser à ce qu'il voulait vraiment — être avec Mel.

Il ferma les yeux et jura entre ses dents. Voilà qu'il songeait de nouveau à elle. Il avait tellement envie de Mel qu'il ressentait une douleur presque physique.

Mais elle était partie et, quoi qu'il lui en coûtât de l'admettre, elle avait eu raison de le faire. C'était exactement ce qui se serait passé quelques jours plus tard, de toute façon. Leur relation était par nature éphémère, transitoire, évanescente.

En d'autres termes, sans danger. Il ne risquait pas de devenir comme son père : un coureur de jupons amer, constamment malheureux, en conflit permanent avec sa femme.

À ceci près que Mel et lui étaient très différents de ses parents. Ils étaient heureux lorsqu'ils étaient ensemble. Ce bonheur dépassait leur simple alchimie sexuelle, tout explosive qu'elle fût. Ils étaient comme deux enfants complices, enfermés dans une bulle que le cynisme d'un monde trop adulte ne pouvait percer.

Les muscles bandés, il continua de regarder par la fenêtre. Ce n'étaient plus les rues embouteillées d'Athènes qu'il voyait mais le visage de Mel. Elle était la plus belle femme qu'il connaissait, mais cette beauté dépassait de loin la simple perfection de ses traits. Elle venait de son âme, elle éclatait dans l'eau bleue de son regard, dans son sourire. Il ferma les yeux et s'imagina lui caresser la joue, lui embrasser le bout du nez. Il aurait voulu la prendre par la main, la serrer dans ses bras, lui parler de tout et de rien… Et ce, chaque jour de sa vie.

À cette pensée, il eut l'impression de prendre une grande goulée d'air — comme s'il sortait d'une apnée prolongée. *Nous ne sommes pas comme mes parents. Leur relation est un choix, pas une malédiction héréditaire. Mel et moi ne leur ressemblons en rien.*

Il sentait un magma bouillonner dans son esprit, ses pensées s'agréger pour prendre peu à peu forme. S'il avait raison, alors il pouvait prendre le risque — il *devait* prendre le risque — qu'il avait toujours fui. Car il n'avait jamais, jusqu'à ce jour, rencontré de femme capable d'apaiser la peur qui le dévorait.

Mel en avait le pouvoir. Il devait y croire. Il devait lui faire confiance.

Je refuse que nous devenions comme mes parents. Je crois réellement que ces deux semaines que nous avons passées ensemble auraient pu se prolonger, devenir des mois. Des années…

Il s'aperçut qu'il s'était arrêté de respirer. Il resta un long moment pétrifié puis, retrouvant soudain le contrôle de son corps, pivota et revint vers son bureau d'un pas déterminé. Une détermination farouche brûlait dans son regard lorsqu'il décrocha le téléphone. Mel ne voudrait peut-être pas de lui — et Dieu seul savait où elle se trouvait en ce moment. Elle le repousserait peut-être de nouveau pour reprendre son tour du monde. Mais il ne la laisserait pas le quitter de nouveau sans lui poser la question qui le torturait.

— Passez-moi notre service sécurité, ordonna-t-il quand sa secrétaire décrocha. J'ai besoin de lancer une enquête. J'ai besoin…

Il prit une profonde inspiration, puis acheva dans un souffle :

— J'ai besoin de retrouver quelqu'un.

L'avion entamait sa descente sur Londres. Mel eut un haut-le-cœur — encore une de ces insupportables nausées ! Dès qu'ils auraient atterri, songea-t-elle, elle se sentirait mieux.

En tout cas physiquement. Parce que dans sa tête le chaos continuait de régner. Deux émotions se battaient en duel comme des serpents, si étroitement entremêlées qu'il n'était plus possible de les identifier. Mel savait qu'une épreuve l'attendait mais elle n'était pas sûre d'être de taille à l'affronter.

Ce n'était pas censé se terminer comme ça…

Nikos lui manquait, tout le temps, où qu'elle allât. Pourquoi avait-elle refusé son invitation à l'accompagner à Athènes ? Comment avait-elle pu se montrer aussi stupide ?

Tu aurais pu passer encore un peu de temps avec lui.

Aussitôt, une autre voix répondit à la première.

Mais combien de temps ? Une semaine ? Un mois ? Et après ? Tu n'aurais fait que repousser l'inévitable. La séparation n'est pas déjà assez difficile comme ça ? Ce serait bien pire si vous aviez prolongé ces vacances. Non, tu as bien fait. Nikos n'avait rien à t'offrir. Rien de ce que tu désires.

Un rire creux résonna dans sa tête. Elle pouvait désormais le forcer à faire partie de sa vie, et pour bien davantage que quelques semaines. Un lien indissoluble et permanent s'était formé entre eux.

Non, rien ne s'était passé comme elle l'avait supposé.

Elle n'avait pas pensé un seul instant qu'elle tomberait amoureuse de lui.

Et elle s'était encore moins attendue à tomber enceinte…

10

Nikos émergea du building et frissonna. L'air s'était rafraîchi de façon perceptible. Il se dirigea vers la voiture qui l'attendait le long du trottoir mais, avant de s'y installer, leva les yeux pour étudier le carré de ciel que laissaient voir les gratte-ciel de verre et d'acier de Hong Kong. Le vent chassait des nuages violets, menaçants. La télévision locale avait annoncé l'arrivée possible d'un cyclone, et il semblait que ce dernier se confirmait.

De retour à son hôtel, il constata que l'alerte avait monté d'un cran. Il avait encore des rendez-vous mais il allait devoir les annuler si la situation s'aggravait. Lorsque l'ouragan frapperait, les rues se videraient et tous les transports s'arrêteraient. Les gens ne sortiraient plus de chez eux jusqu'à la fin de l'ouragan.

Sa suite, au dernier étage de l'hôtel, dominait la baie. La mer était agitée et de nombreux bateaux se dirigeaient vers le port pour y trouver refuge. À ce rythme-là, son vol retour risquait d'être annulé.

Il en conçut de l'agacement et une intense frustration, mais il se raisonna. Rentrer un jour plus tôt ou plus tard ne changerait rien à sa vie. L'agence à laquelle il avait confié la tâche de retrouver Mel avait besoin de temps, et il savait qu'il n'aurait pas de nouvelles — à supposer qu'ils arrivent à la retrouver — avant au moins une semaine.

Juste au cas où, il consulta son courrier électronique et son téléphone, mais il n'y avait pas le moindre message concernant Mel. Dépité, il se força à se concentrer sur son travail.

Un peu de patience, c'était tout ce qu'il lui fallait.

Mel avait l'impression d'étouffer dans la rame de métro qu'elle avait empruntée pour se rendre dans la City. Le contraste avec les grands espaces américains qu'elle venait de visiter accentuait sa phobie, et elle redoutait l'épreuve qui l'attendait.

Elle aurait dû téléphoner avant de venir, elle le savait, mais elle n'en avait pas eu le courage. Nikos ne serait sans doute pas à son bureau, de toute façon. Mais peut-être pourrait-elle parler à son assistante, découvrir où il était. Au pire, elle lui laisserait la lettre qu'elle avait préparée, celle où elle lui disait tout.

Elle l'avait écrite la veille, raturant et recommençant mille fois dans l'espoir de trouver les mots justes pour lui expliquer que leur idylle avait eu une conséquence inattendue.

Qu'est-ce que je vais faire ? Mais qu'est-ce que je vais faire ?

Le train s'arrêta dans un chuintement de freins à une station. Les wagons déversèrent leur flot de passagers, les portes se refermèrent et le métro s'enfonça de nouveau dans un tunnel. *Station, tunnel, station, tunnel…* Le trajet semblait interminable, tout comme la litanie qui résonnait dans l'esprit de Mel.

Qu'est-ce que je vais faire ? Mais qu'est-ce que je vais faire ?

Elle était enceinte d'un homme avec lequel elle n'avait passé que deux semaines. Quelle ironie... Ses propres paroles, celles-là mêmes qu'elle avait prononcées au Viscari, revinrent la hanter. « Je n'ai aucune envie d'un bébé pour le moment. » Et elle n'avait pas menti. Elle ne s'était pas sentie prête à assumer, si rapidement après la mort de son grand-père, de nouvelles responsabilités.

D'autres paroles lui traversèrent l'esprit. Cette fois, ce n'étaient pas les siennes mais celles de Nikos lorsqu'il lui avait parlé du mariage de ses parents. « Je suis arrivé, et ça a été le début de la fin. » Il lui avait clairement fait comprendre qu'il ne répéterait pas la même erreur. Alors comment allait-il accueillir la nouvelle de sa grossesse ?

Un mélange d'angoisse et de peur lui transperça le cœur, mêlé à une envie instinctive, presque primitive, de garder son bébé...

Qu'est-ce que je vais faire ? Qu'est-ce que je dois faire ?

La question tournait en boucle — c'était une véritable tempête sous son crâne. Elle se sentait si fragile, si désemparée face à cet événement. Le train s'arrêta de nouveau et Mel se rendit compte avec un sursaut qu'elle aurait dû descendre à la station précédente pour changer de ligne. Elle se contorsionna pour sortir et, une fois sur le quai, chercha la bonne sortie. Une affiche sur le mur incurvé accrocha son regard.

Enceinte ? Perdue ? Vous avez besoin de quelqu'un à qui parler ?

Le cœur battant, elle s'approcha de l'affiche.

Venez nous rencontrer et nous parler en toute discrétion.

Le nom et l'adresse d'une organisation caritative étaient inscrits juste en dessous. *Enceinte ? Perdue ?* Le message semblait s'adresser à elle. Constatant que les bureaux de l'organisation étaient à la sortie du métro, Mel se dirigea machinalement vers l'escalier. Elle ne remarqua pas l'homme en costume qui la filait discrètement.

Une heure plus tard, elle était assise face à une conseillère dans une salle de consultation.

— Vous devriez vous accorder davantage de temps pour réfléchir avant de prendre une décision, conclut cette dernière d'un ton compatissant.

— J'ai déjà réfléchi. Je ne fais même que ça depuis que j'ai découvert que j'étais enceinte.

Mel avait tout déballé, à peine arrivée, trop angoissée pour se contenir plus longtemps. L'autre femme l'avait écoutée attentivement, hochant la tête d'un air attentif. Puis elle lui avait exposé les choix qui s'offraient à elle.

— Ma décision est prise, déclara-t-elle avec un regain d'assurance. C'est mon bébé. Ma responsabilité.

Elle se leva, aussitôt imitée par la conseillère.

— Je suis là, au cas où vous auriez besoin de moi. N'hésitez pas à revenir si vous voulez discuter. Si vous avez des doutes.

Mais Mel secoua la tête.

— Merci. Je sais ce que j'ai à faire, maintenant. Merci de m'avoir écoutée. Vous m'avez aidé à comprendre qu'il n'y avait qu'un choix possible.

Mel serra la main de son interlocutrice, puis quitta le bureau. Elle regagna la rue, le cœur lourd mais déterminée. Tout en se dirigeant vers l'entrée du métro, elle saisit la lettre qu'elle avait passée un si long moment à rédiger, la veille, la déchira en deux et la jeta dans une poubelle.

Puis elle s'engouffra dans le métro et prit la direction opposée à la City et aux bureaux de Nikos Parakis. Elle n'avait dorénavant plus rien à lui dire. Les serpents qui se battaient en elle avaient cessé leur lutte. Le bébé était à elle et à elle seule.

Elle s'installa dans la rame, une main protectrice sur la petite vie qui grandissait en elle — la vie qui allait changer radicalement la sienne.

Nikos s'installa en première classe à bord de l'avion à destination de Londres. L'ouragan avait frappé Hong Kong et, comme il l'avait craint, provoqué l'annulation de son premier vol. Il rentrait donc avec une journée de retard.

Il ignorait toujours où était Mel. Ses enquêteurs n'avaient rien trouvé — et il n'était pas surpris. Autant chercher une aiguille dans une botte de foin. Il leur avait donné l'adresse du bar à sandwichs où elle travaillait dans l'espoir qu'ils pourraient, de là, remonter jusqu'à une personne qui savait où elle était. Mais ils avaient fait chou blanc.

D'un mouvement de tête, il refusa la flûte de champagne que lui proposait une hôtesse. La brunette lui jeta un regard appréciateur qu'il ignora. Une seule femme au monde l'intéressait, désormais.

Et si elle avait rencontré quelqu'un ?

C'était la crainte qui le taraudait, qui le faisait se

réveiller en sueur au milieu de la nuit. Mais il ne devait pas y penser. L'essentiel, c'était de la retrouver et de lui dire ce qu'il avait sur le cœur, ce qu'il lui aurait dit aux Bermudes s'il n'avait pas été aussi stupide.

Lorsque Nikos sortit de l'aéroport à Heathrow, il s'engouffra dans la voiture qui l'attendait, saluant à peine le chauffeur. Il s'empressa de consulter son téléphone et de charger ses mails. Une bouffée de satisfaction l'envahit à la vue d'un en-tête qu'il attendait depuis longtemps : *Sujet localisé.*

Il donna un coup de poing en l'air et ouvrit le corps du mail, qu'il commença à lire.

Ce fut alors que le monde s'écroula autour de lui.

Mel quitta la boutique de Sarrie, sa valise à la main. Cette dernière lui paraissait plus lourde que d'habitude, mais peut-être sa faiblesse était-elle due aux premiers stades de la grossesse. Elle l'ignorait et préférait ne pas y songer. Tout ce qui comptait, maintenant, c'était de mettre un pied devant l'autre, au sens propre comme au sens figuré. Aller de l'avant, oublier le passé.

Son vol pour Malaga partait de Luton dans quelques heures, ce qui lui donnait le temps de passer à la clinique que lui avait conseillée l'organisation caritative. Elle avait la lettre de recommandation en main et la parcourut une nouvelle fois pour vérifier l'adresse.

Peu désireuse d'affronter les marches du métro avec son bagage, elle se dirigea vers l'arrêt de bus le plus proche. Sa vie allait changer du tout au tout mais elle n'avait pas peur. Sa décision était prise et il n'était plus question de faire machine arrière.

C'est mon bébé. C'est mon choix. C'est la seule solution.

Elle ravala la nausée désormais familière qui semblait l'accompagner partout où elle allait, et dont elle savait qu'elle n'était pas due à la grossesse. Ses semelles semblaient faites de plomb mais elle se força à avancer. L'arrêt de bus était là, de l'autre côté de la rue. Elle s'apprêtait à traverser lorsqu'une voiture noire s'arrêta devant elle dans un crissement de freins.

Un hoquet de stupeur lui échappa lorsqu'elle la reconnut. Dans la seconde qui suivit, Nikos en jaillit et se précipita vers elle.

Son sang ne fit qu'un tour. Un mélange d'effarement et de bonheur absolu la paralysa comme elle le regardait fondre sur elle, bouche bée. C'était bien Nikos, en chair et en os, pas le pâle fantasme qui hantait ses nuits. Elle ne savait pas comment il était arrivé là, ni ce qu'il lui voulait, mais une immense émotion lui serra la gorge.

Du moins jusqu'au moment où il lui agrippa les bras et déclara avec rage :

— Je ne te laisserai pas faire ça, tu m'entends ? Je me moque de ce que dit la loi, je ne le permettrai pas !

Mel vacilla, choquée par la fureur qui consumait son regard. Les mots étaient mitraillés et lui faisaient l'effet de s'abattre en grêle sur son visage. Elle le fixa en silence, déroutée.

Nikos, voyant qu'elle ne comprenait pas ce qu'il disait, sentit sa colère monter d'un cran — si du moins c'était possible.

— Comment as-tu pu te mettre une telle idée en tête ?

La lettre de l'organisation caritative glissa des doigts de Mel et tomba sur le trottoir. Elle voulut la ramasser mais Nikos fut plus rapide. Il la parcourut et pâlit.

— *Thee mou*... Tu y allais maintenant...

— Je... je ne voulais pas te le dire, murmura Mel, retrouvant enfin l'usage de sa voix.

Mais il était trop tard. La lettre venait de confirmer qu'elle était enceinte. Il ne servait à rien de mentir.

— Et tu espérais que je n'en saurais jamais rien ?

Une litanie en grec lui échappa — elle n'en comprit pas la signification, mais le ton était éloquent. Nikos était hors de lui et Mel songea qu'elle avait bien fait d'essayer de lui cacher sa grossesse.

— Ça me paraissait la meilleure solution, se força-t-elle à reprendre. Je ne voulais pas t'impliquer dans tout ça. Je pensais que ça ne t'intéresserait pas.

— Que ça ne *m'intéresserait pas* ?

Nikos la fixa comme si elle venait de tomber du ciel. Soudain, un doute horrible l'assaillit. Il la relâcha brusquement et fit un pas en arrière.

— Il est de moi ?

Ces trois mots firent à la jeune femme l'effet d'une gifle. Elle blêmit et l'entendit reprendre d'une voix qui paraissait lointaine :

— C'est une question raisonnable. Après tout, je n'ai pas eu trop de mal à te séduire, et rien ne me dit que quelqu'un n'est pas passé derrière moi...

— *Non !* se récria Mel, horrifiée. Non !

Au lieu de trahir du soulagement, le visage de Nikos se durcit.

— Tu reconnais donc qu'il est de moi. Tu le reconnais, et tu oses me regarder dans les yeux alors que tu t'apprêtais à commettre l'irréparable. Et tu ne m'en aurais rien dit.

— Je pensais que c'était pour le mieux, murmura la jeune femme, les yeux clos. Ça n'a pas été une décision facile.

De nouveau, il jura en grec, le visage entre les mains — puis il murmura :

— Tu n'as jamais voulu être enceinte, n'est-ce pas ? Au moins, je ne peux pas t'accuser de m'avoir piégé.

— Non, je ne voulais pas tomber enceinte. Et quand c'est arrivé, j'ai eu l'impression que… que…

— Ça sonnait le glas de ta liberté ? suggéra Nikos.

— Oui…

— Et tu t'es dit que tu allais la retrouver, poursuivit-il en lui tendant sa lettre. Et quel meilleur moyen pour ça que d'avorter ?

Il la vit pâlir si violemment qu'il faillit s'excuser de la confronter ainsi. Mais il se ressaisit : la femme qui se tenait devant elle avait voulu se débarrasser de leur enfant. S'il n'était pas arrivé à temps…

Une sueur froide perla sur son front. Il *était* arrivé à temps et c'était tout ce qui comptait.

— Nikos, non ! Ce n'est pas ce que tu crois ! Je…

Mais Nikos était bien trop en colère pour écouter ses pathétiques excuses, les raisons qu'elle s'était inventées pour justifier le crime qu'elle s'apprêtait à commettre.

— Inutile de te défendre. Nous savons tous deux ce que tu t'apprêtais à faire.

Mel se mit à trembler. Les accusations de Nikos la lacéraient, déchiraient son corps et son âme comme autant de lames invisibles. Elle poussa un cri et recula de quelques pas. Elle devait partir loin d'ici. Partir au plus vite. Traverser la rue et monter dans le premier bus qui se présenterait. Peu importait la destination tant que…

Aveuglée par l'émotion, Mel s'élança sans savoir où elle allait, sans regarder autour d'elle. Il y eut un crissement de freins, suivi du hurlement de pneus sur l'asphalte. Nikos assista à la scène en témoin impuissant, comme s'il regardait un film d'horreur. La voiture faucha Mel avant qu'il ait pu faire le moindre geste. Il vit son corps frêle rouler sur capot, puis retomber au beau milieu de la rue, inerte.

11

Il fut à ses côtés en une fraction de seconde, cet espace ténu qui sépare la vie et la mort. Il s'entendit crier mais il avait l'impression qu'il s'agissait de quelqu'un d'autre, d'un autre homme qui hurlait et suppliait qu'on appelle les secours.

Il était là, agenouillé près d'elle, terrassé par l'angoisse.

Seigneur, faites qu'elle soit vivante. Je vous en supplie. C'est tout ce que je demande. Je suis prêt à tout supporter, mais pas qu'elle meure.

Il répéta sa supplique muette, encore et encore, jusqu'à l'arrivée de l'ambulance. Le cœur de Mel battait et il s'accrocha à cet espoir ténu. Mais elle ne revenait pas à elle et sa respiration était à peine perceptible.

C'est à cause de moi. Je suis responsable.

Les secours s'affairèrent autour de Mel et du chauffeur de la voiture, en état de choc. Ils mirent la jeune femme sur un brancard, puis appelèrent l'hôpital pour annoncer leur arrivée. Nikos monta avec eux dans l'ambulance, qui démarra toutes sirènes hurlantes.

— Elle va s'en tirer ? Dites-moi qu'elle va s'en tirer !

Les urgentistes, habitués à ce type de situations, ne lui répondirent que par des platitudes. Ils ne pouvaient pas se prononcer sans examens complémentaires.

Le temps s'arrêta, puis se précipita. Tout devint flou.

L'ambulance arriva enfin et une équipe de médecins sortit de l'hôpital en courant. Nikos les suivit tandis qu'ils emportaient Mel.

— Dites-moi comment elle va, bon sang ! Dites quelque chose !

L'un des médecins se tourna vers lui.

— Je vois des contusions, des lacérations, mais pas de signes de dommages internes à l'exception d'une côte cassée. Pas de traumatisme crânien, la colonne vertébrale ne semble pas touchée, mais seul un scanner complet pourra confirmer tout ça. Ah, elle revient à elle...

Nikos vacilla et murmura une prière en grec, machinalement. Mel venait d'ouvrir les yeux. Elle parut d'abord désorientée, puis paniqua en voyant le personnel médical qui se pressait autour d'elle.

— Mon bébé ! cria-t-elle. *Mon bébé !* S'il vous plaît, est-ce qu'il va bien ? Sauvez-le...

Le médecin posa aussitôt une main rassurante sur son bras.

— Il n'y a pas de signe d'hémorragie, répondit-il. Nous allons vous emmener en obstétrique dès que vous aurez passé votre scanner, d'accord ?

Mel le dévisagea d'un air incertain, puis fondit en larmes.

— Merci, merci...

L'équipe disparut derrière une porte battante. Cette fois, Nikos ne fut pas autorisé à les suivre. Une infirmière l'accompagna jusqu'à une salle d'attente vide, indifférente à ses suppliques, à ses menaces, à ses excuses.

Il s'effondra sur une chaise, la tête entre les mains. Le temps s'écoula de nouveau avec une lenteur insupportable, et il se demandait s'il allait pouvoir supporter cette attente plus longtemps lorsqu'un médecin passa enfin la tête par la porte. Mel, annonça-t-il, avait été transférée en obstétrique. Le bébé et elle ne semblaient pas en danger.

De nouveau, Nikos remercia le ciel. Il bondit de son fauteuil et se rua vers le service obstétrique, qu'il atteignit après s'être égaré dix fois dans les couloirs tentaculaires de l'hôpital. Là, il lui fallut patienter dans une autre salle d'attente, qu'il arpenta de long en large en résistant à l'envie de démolir quelque chose.

Enfin, après une éternité, il fut autorisé à voir Mel. Elle se reposait dans une chambre individuelle et elle était réveillée. À l'exception d'une égratignure là où sa joue avait heurté le sol, elle semblait intacte. Mais elle était pâle, et le devint plus encore lorsque l'infirmière fit entrer Nikos dans la pièce.

Il se précipita vers elle pour lui prendre la main, tentant d'ignorer les images de l'accident qui repassaient au ralenti dans sa tête. Il avait failli la perdre et en avait la nausée du seul fait d'y penser.

Mais ce drame avait au moins quelque chose de positif : il lui avait fait comprendre à quel point elle tenait à son enfant. La façon dont elle avait supplié les médecins de sauver le bébé lui avait fait prendre conscience de son erreur. Jamais elle n'avait eu l'intention de s'en débarrasser ! Il l'avait suspectée à tort d'une décision qu'elle n'avait jamais eu l'intention de prendre !

— J'ai failli te perdre, murmura-t-il. J'ai failli te tuer… Je suis désolé, Mel. Tu ne peux pas savoir à quel point je m'en veux.

Mel, le regard encore embrumé, lui parla sans le regarder — laissant libre cours à sa pensée.

— Tu m'as accusée d'avoir voulu tuer mon bébé.

— Je sais. Je sais aussi que je me suis trompé. J'ai bien vu que tu étais terrifiée à l'idée de le perdre.

De sa main libre, la jeune femme couvrit son ventre. C'était un geste plein d'amour, protecteur. De nouveau, Nikos eut le cœur meurtri de culpabilité.

— Mel, je…

Mais elle l'interrompit aussitôt.

— Comment as-tu pu ? Comment as-tu pu me croire un seul instant capable de faire une chose pareille ?

Nikos soupira et, d'un geste nerveux, se passa la main dans les cheveux.

— Tu as dit toi-même que tu ne voulais pas être enceinte. Que ça sonnerait le glas de ta liberté. Et je me rappelle que tu as dit à Fiona Pellingham que tu ne voulais pas d'enfant tout de suite…

Mel fit la grimace — il avait raison.

— C'était ma première réaction, concéda-t-elle. Mais les choses sont bien plus complexes que ça.

Complexe… Un mot bien faible pour décrire le tourbillon d'émotions contraires qu'elle avait éprouvé lorsqu'elle avait vu la petite ligne bleue sur son test de grossesse. Des émotions qui n'avaient pas complètement disparu et l'agitaient encore jusque dans ce lit d'hôpital.

— Tu étais en chemin pour une clinique. Tu avais la lettre en main, fit valoir Nikos.

— Pour une simple consultation prénatale avant de m'envoler pour l'Espagne ! Mon médecin traitant n'avait pas de disponibilité immédiate, j'ai donc pris rendez-vous dans cette clinique qui m'a été conseillée. Comment as-tu pu t'imaginer que c'était pour avorter ?

— Parce que tu as consulté une organisation caritative connue pour offrir aux femmes enceintes ce genre d'option.

— Et comment le sais-tu ?

Nikos prit une profonde inspiration — rien ne se passait comme il l'avait espéré. Jamais il n'aurait cru que leurs retrouvailles auraient pour cadre une chambre d'hôpital. Jamais il n'aurait pensé lire de tels reproches dans le regard de Mel. Et le fait était qu'il les méritait.

— Je… j'essayais de te retrouver. J'ai chargé une agence spécialisée de te localiser. Ils ont fini par remonter ta piste et l'un de leurs investigateurs t'a vue sortir des bureaux de cette organisation. J'ai eu leur rapport ce matin, en atterrissant à Heathrow…

Il s'interrompit, respirant aussi lourdement que s'il venait de courir. Puis il répéta d'une voix rauque :

— J'essayais de te retrouver.

C'était la seule chose qu'il pouvait lui dire, la plus importante. Rien d'autre ne comptait.

— Tu essayais de me retrouver ? répéta-t-elle avec incrédulité.

— Oui ! Mel… Mel, je…

Mais de nouveau elle l'interrompit.

— J'aurais préféré que tu n'en fasses rien, murmura-t-elle, le visage défait. J'aurais préféré que tu ne saches rien.

— Pourquoi ?

— Je… je n'ai jamais voulu te mêler à ça. Je suis désolée.

Nikos la dévisagea, incrédule.

— Comment ça, tu ne voulais pas m'y mêler ? C'est de notre enfant qu'il s'agit. De notre bébé !

Comment pouvait-elle parler ainsi ? Puis il se rappela ce qu'elle venait de dire, le fait qu'elle avait failli embarquer sur un vol à destination de l'Espagne. Si l'agence ne l'avait pas retrouvée, s'il n'avait pas foncé chez Sarrie sitôt qu'il avait pu, elle se serait évanouie de nouveau dans le vaste monde.

Je n'aurais jamais rien su. Je n'aurais jamais su qu'elle portait mon enfant — notre enfant !

À cette idée, une bouffée de panique lui étreignit la gorge.

— Tu n'as pas à te sentir obligé, Nikos. C'est pour ça que je suis allée voir cette organisation caritative… La conseillère m'a rappelé les difficultés d'élever un enfant seule, et j'ai pris la décision de ne rien te dire malgré ça.

— *Thee mou*… Mais pourquoi ? *Pourquoi* ? répéta-t-il, presque désespéré.

Mel ne répondit pas — elle en était incapable. Elle se contenta de caresser son ventre, par besoin de s'assurer que son bébé allait bien. Un bébé qu'elle élèverait seule, parce que le contraire était tout simplement… impossible.

Nikos l'étudiait avec attention, et la lumière se fit soudain dans son esprit. La réponse à sa question était évidente. Si elle n'avait pas voulu l'impliquer dans l'éducation de leur enfant, c'était pour éviter qu'il ne revienne dans sa vie. Elle ne voulait pas de lui, chose qu'elle lui avait clairement fait comprendre en refusant de l'accompagner à Athènes.

Un goût de cendres lui emplit la bouche.

Elle veut être libre, et je ne peux pas en lui en vouloir. Elle a attendu ce moment trop longtemps.

Non, il n'avait pas le droit de lui refuser une liberté qu'elle avait méritée, pas même au nom de l'enfant qui grandissait dans son ventre.

D'une main mal assurée, il tira une chaise et s'y installa. Puis il prit une profonde inspiration, cherchant les mots justes maintenant qu'il avait compris ce qu'elle essayait de lui dire, et pourquoi elle avait essayé de lui cacher sa grossesse.

— Je t'aiderai, quoi qu'il arrive, Mel. Tu n'auras

jamais à t'inquiéter pour l'argent. Je veillerai à ce que tu ne manques de rien. Tu peux donc vivre où tu en as envie, tant que c'est dans un environnement propice à l'éducation d'un enfant, bien entendu.

Chaque parole de Nikos donnait l'impression à Mel de recevoir une flèche en plein cœur. Elle l'écouta, la mâchoire serrée, la main toujours posée sur son ventre. Elle avait eu raison de ne rien attendre de lui. Au moins, comme ça, elle n'était pas déçue. Oh, bien sûr, il lui offrait un soutien financier. Mais son argent, elle s'en moquait. Elle ne s'y était jamais intéressée.

— Je sais à quel point ta liberté est importante à tes yeux, poursuivit-il pendant ce temps. Je ne ferai rien pour l'entraver. Je ne te demanderai rien de déraisonnable, tant que tu me laisses… que tu me laisses…

Il s'interrompit, incapable de continuer.

Tant que tu me laisses voir mon bébé, mon enfant. Tant que tu me laisses te voir, de temps en temps. Je m'en contenterai…

Il se racla la gorge et, au prix d'un effort surhumain, reprit d'un ton parfaitement neutre :

— Tout ce que je te demande, c'est de ne plus disparaître sans crier gare. J'ai des responsabilités, Mel. Envers toi, envers le bébé.

Le mot sonna le glas des espoirs de Mel. Des *responsabilités*. Oui, c'était tout ce qu'elle serait jamais, à ses yeux. Une simple *responsabilité*.

— Je… je ne veux pas devenir un poids, Nikos. Je peux très bien me débrouiller seule, même financièrement. La maison de mon grand-père me garantit un revenu, et une fois en Espagne je trouverai du travail. La vie n'est pas très chère, là-bas. Et je peux prétendre à des aides, la conseillère de l'association m'a tout expliqué.

466 Des retrouvailles bouleversantes

— Mel, c'est de notre enfant que nous parlons. Tu ne seras jamais un poids pour moi. Et il va sans dire que je m'occuperai de tout.

Mel secoua farouchement la tête et grimaça lorsqu'un début de migraine lui enserra les tempes. Elle se força à l'ignorer.

— J'aurais vraiment préféré que tu ne saches rien. Rien du tout. Je sais à quel point tu as souffert de la relation de tes parents. Je comprends parfaitement pourquoi tu ne veux pas courir le même risque et je comprends que tu n'aies aucune envie de reproduire le même schéma de couple, de mariage, de famille... Crois-moi, je ne voulais pas te piéger. Je ne voulais pas que tu te sentes obligé de devenir père. Voilà pourquoi je ne t'ai rien dit. Si tu n'avais rien su, nous aurions tous les deux été libres.

La voix de Mel était angoissée, à peine plus audible qu'un murmure. Le silence tomba entre eux, interminable, pesant.

— Libres ? répéta-t-il.

Le mot résonna d'une manière étrange. Ce mot n'avait aucun sens ! Abruptement, Nikos repoussa sa chaise et se mit à arpenter la chambre, poings et mâchoires crispés.

— Tu aurais été libre de découvrir le monde après avoir passé des années à t'occuper de ton grand-père, reprit-il, la voix brisée. Et j'aurais évité de me retrouver prisonnier d'une relation comme celle de mes parents. C'est ça ? C'est ta logique ?

Une expression étrange brillait dans ses yeux quand il se retourna, et Mel le fixa en fronçant les sourcils. Elle ne comprenait pas où il voulait en venir. Sans attendre sa réponse, il enchaîna :

— Toute ma vie, j'ai fui. Oui, j'avais peur de finir comme mes parents : misérable, aigri, malheureux.

Des retrouvailles bouleversantes 467

Il s'interrompit, respirant lourdement, avant de continuer.

— Je me suis juré de ne jamais répéter leurs erreurs. Je me suis juré de ne jamais m'engager dans une relation de longue durée qui ne pouvait mener qu'au désastre que j'essayais d'éviter. Ma vie a été une succession d'aventures sans lendemain. Et c'était aussi ce que tu voulais, quand je t'ai rencontrée. D'une certaine façon, nous essayions tous les deux de protéger ce que nous avions de plus précieux : notre liberté.

Il se tut, fourra ses mains dans ses poches et dévisagea intensément Mel. Puis, tout d'un coup, son expression et sa posture changèrent. Elle eut l'impression de le voir grandir et s'épanouir à vue d'œil.

— Mais aujourd'hui je veux une autre forme de liberté, déclara-t-il. Je veux être libre de l'influence de mes parents. Libre de cette peur qui m'a toujours paralysé. Libre de te dire ce que j'aurais dû te dire plus tôt.

De nouveau, il s'arrêta et inspira profondément, comme un homme qui s'apprêtait à sauter dans le vide. Le silence s'étira, presque étouffant. Mel voulut lui répondre mais sa gorge était si nouée, sa poitrine si oppressée qu'elle en fut incapable.

— Me… me dire quoi ? parvint-elle enfin à articuler.

— Que je ne veux pas vivre sans toi. Quand j'ai vu cette voiture te percuter… J'ai cru t'avoir perdue à tout jamais.

Bouleversée et stupéfaite, Mel le regarda sans prononcer une parole. Il hésita un instant, avant de continuer.

— J'espère contre tout espoir que… que, malgré tout ce que tu as dit, tu me feras une place dans ton existence. Aussi petite soit-elle, je m'en contenterai. Mais au fond, mon rêve, c'est de faire ma vie avec toi.

Voilà, les mots avaient été prononcés, son cœur était

468 Des retrouvailles bouleversantes

à nu. Si elle le rejetait, si elle le regardait avec pitié après cette confession, il le supporterait dignement. Il avait dit ce qu'il avait à dire, et c'était une victoire. Au moins, il ne vivrait pas avec des regrets.

— Je veux être libre de t'aimer, Mel, conclut-il d'une voix rauque. Libre de prendre soin de toi et de notre enfant jusqu'à la fin de mes jours.

Ces mots semblèrent ramener le calme dans la pièce. Nikos inspira profondément. Le monde entier semblait désormais concentré dans cette chambre d'hôpital, suspendu aux lèvres de la femme qu'il aimait. Il attendit qu'elle parle mais elle continua de le dévisager, muette et blanche comme un linge.

Puis des larmes apparurent dans ses yeux et débordèrent sur ses joues. En un instant, il s'agenouilla près d'elle pour prendre ses mains dans les siennes.

— Mel ! Ne pleure pas, ma chérie. Je n'aurais pas dû venir t'ennuyer avec tout ça.

Mais ses sanglots s'accentuèrent, et il l'attira pour la serrer contre lui. Elle pleura sur son épaule, mouillant sa chemise d'un flot de larmes que rien ne semblait pouvoir arrêter. Après un long moment, il l'entendit murmurer quelque chose d'une voix étouffée.

Avec d'infinies précautions, il la redéposa sur son lit. Mais elle ne le relâcha pas.

— Moi aussi, Nikos, je veux la liberté de t'aimer, hoqueta-t-elle. La liberté de te dire que je t'aime. Tu m'as manqué, en Amérique. Où que j'aille, tu me manquais… J'aurais voulu voir le Grand Canyon avec toi, découvrir New York à tes côtés. Mais tu n'étais pas là, et c'était ma faute. Si j'ai fait ce choix, c'est que… c'est que…

Un sanglot l'interrompit, suivi de nouvelles larmes. Nikos lui embrassa la main et lui caressa doucement les cheveux, attendant le cœur battant qu'elle retrouve son souffle.

— C'est parce que j'avais peur de ne plus pouvoir te quitter..., avoua-t-elle enfin.

Mel poussa un long soupir, puis s'essuya les yeux.

— Quand j'ai découvert que j'étais enceinte, j'ai paniqué. Je m'étais occupée de quelqu'un pendant trois ans et voilà qu'il me fallait recommencer. Mais ça n'a duré que quelques minutes. Tout d'un coup, je me suis sentie envahie d'une joie immense à l'idée d'avoir un bébé... un bébé de toi. Mais je ne voulais pas t'enchaîner. Et puis partir sans rien te dire me permettait de t'aimer à ma façon, sans avoir à lire de la condamnation ou de la haine dans ton regard.

— Comment pourrais-je te condamner ? Te haïr ? Je t'aime plus que tout au monde !

— Mais... tu es sûr ? Tu as parlé de... de responsabilités, fit valoir Mel ne reniflant.

— Parce que j'avais peur de t'effrayer ! Je ne voulais pas te forcer la main ou te mettre la pression en t'avouant ce que je ressentais pour toi. Je redoutais de t'effrayer en te disant que je voulais t'épouser et regarder grandir notre enfant.

Cette fois, le visage de Mel s'illumina. Entre deux sanglots, elle se mit à rire.

— Quels idiots nous sommes... Nous avons tourné le dos à ce que nous désirions le plus au monde.

Nikos aurait voulu répondre, mais l'émotion l'en empêcha. Il serra la jeune femme dans ses bras avec un soupir d'aise.

— Ce sont des larmes de joie ou de tristesse ? demanda l'infirmière qui entra au même moment.

— De joie, répondirent-ils de concert.

L'infirmière baissa les yeux sur leurs mains entrelacées, puis acquiesça.

— Bon. Mais pas d'émotions fortes, ce n'est pas bon pour le bébé.

Elle prit la fiche de Mel pour l'étudier, la parcourut et annonça :

— Nous vous gardons en observation pour la nuit.

Puis elle se tourna vers Nikos.

— Je suis désolée, mais nous sommes en dehors des heures de visite. Revenez après 6 heures. Mais, comme je ne suis pas cruelle, je vous accorde cinq minutes de plus avec votre...

— Future femme, répondit Nikos, souriant à Mel.

— Future femme, répéta l'infirmière. Cinq minutes, pas une de plus !

Nikos attendit son départ et se tourna vers Mel, le cœur léger comme une plume.

— Cinq minutes, c'est trop court, soupira-t-il.

— Ne t'en fais pas, nous avons la vie entière devant nous, répondit la jeune femme en riant.

— C'est vrai, répondit Nikos, posant sur elle un regard brûlant. Mais je ne suis pas sûr d'avoir assez d'une vie pour te prouver à quel point je t'aime...

Épilogue

La cérémonie de baptême, dans la nouvelle villa de Nikos et de Mel en dehors d'Athènes, fut un véritable succès. Les invités se pressaient pour faire connaissance avec la septième merveille du monde, Nikos Stephanopoulos Albert — Nicky, pour ses parents. L'enfant était endormi sur les genoux de sa mère, resplendissant dans sa robe de baptême immaculée.

— Il est magnifique, s'exclama Stephanos Parakis avec affection.

— Il vous ressemble, ajouta sa femme — sa *nouvelle* femme.

Nikos s'arracha un instant à la contemplation béate de son fils pour étudier sa belle-mère. Adela Parakis était une femme d'une quarantaine d'années, intelligente et posée, bien différente des maîtresses habituelles de son père. Elle avait été le catalyseur qui avait enfin provoqué le divorce de ses parents.

L'un des catalyseurs, corrigea-t-il en tournant le regard vers l'Italien élégant, aux cheveux grisonnants, qui se tenait près de sa mère. Cette dernière était tombée amoureuse de lui lors de son séjour à Milan et était désormais la principessa Falesi. Elle avait perdu du poids et il était facile de reconnaître, en la regardant, la beauté qui avait fait sa réputation. Même si Nikos soupçonnait qu'un chirurgien esthétique était passé par là, il appréciait son bonheur retrouvé. Il était heureux pour elle — heureux pour ses parents. C'était la première fois que les deux se trouvaient dans la même pièce sans se disputer.

— Il a mes yeux, observa la principessa avec un brin de complaisance.

Mel, qui s'était fait d'elle une amie, décida de ne pas la contrarier et acquiesça. Nul besoin de lui préciser que tous les bébés avaient les yeux bleus. Quant à Nikos, il se retint de rétorquer que son fils avait les yeux de Mel, les plus beaux yeux du monde.

— Il faut absolument que vous nous rendiez visite à Milan, renchérit sa mère en prenant le bras de son nouveau mari. Nous serons ravis de vous recevoir.

— Nous n'y manquerons pas, répondit Nikos. Vous partez déjà ?

— Hélas, il le faut. Nous reprenons l'avion ce soir.

Déjà, les invités commençaient à se disperser. Peu après le départ de sa mère, le père de Nikos et Adela partirent à leur tour, non sans les avoir eux aussi invités à venir leur rendre visite. Nikos les raccompagna jusqu'à leur voiture et trouva Mel dans l'entrée quand il retourna dans la maison. Elle souriait à leur fils, qui s'était réveillé entre-temps.

— Il faut que je le change. Tu me donnes un coup de main ?

— Je ne manquerais ça pour rien au monde. Euh, par changer, tu entends lui remettre des vêtements normaux, ou tu parles de sa couche ?

— Les deux. Mais pour te récompenser de ta bravoure, une fois qu'il aura dîné, nous pourrions le laisser à sa nounou et sortir manger un morceau.

— Excellente idée. Il est grand temps que je t'aie un

peu à moi tout seul. Au fait, ajouta Nikos tandis qu'ils montaient l'escalier menant au premier étage, nous sommes invités à un mariage.

— Lequel ?

— Tu ne vas pas le croire. Fiona Pellingham et… Sven ?

— Magnus, corrigea Mel en riant. C'est formidable. Je suis vraiment contente pour eux.

— D'autant que c'est grâce à tes talents d'entremetteuse.

— Nous lui devons, nous aussi, une fière chandelle. Sans Fiona, rien de tout ça ne serait arrivé.

— Oh ! j'aurais trouvé une autre raison de te revoir, ne t'inquiète pas. Je ne pouvais pas m'empêcher de penser à toi.

— C'était réciproque.

— Le coup de foudre, en somme.

Mel se mit à rire, se remémorant les circonstances de leur première rencontre.

En parlant de la boutique de sandwichs, j'ai entendu dire que les franchises de Sarrie avaient beaucoup de succès. C'est grâce au prêt que tu as accordé à Sarrie. Il t'en est très reconnaissant.

— Je t'avais dit que je financerais son expansion si le succès était au rendez-vous.

— Quelqu'un d'autre t'est reconnaissant : ce bon vieux Joe. Son traitement anti-addiction fait des merveilles.

— Je lui devais bien ça. Quand je lui ai donné toute la monnaie que tu m'avais rendue, j'ai compris que je m'étais comporté en véritable goujat, et je t'ai fait envoyer des fleurs. C'est aussi un peu grâce à lui que nous sommes ensemble.

Mel déposa leur fils sur sa table à langer en riant, puis se retourna vers son mari.

— Si tu veux te faire pardonner de t'être conduit en goujat, tu peux changer ton fils.

— Je ne pourrais pas me contenter de te tendre une couche propre, par hasard ? demanda Nikos, une lueur amusée dans le regard.

Mel croisa les bras et tenta de conserver son sérieux.

— Non.

Avec un soupir résigné, son mari l'embrassa.

— Très bien. Si c'est le prix à payer pour un mariage heureux…

Mel se dressa sur la pointe des pieds pour prolonger leur baiser et ajouta :

— *Un* mariage heureux ? Le mariage le plus heureux du monde, tu veux dire ?

— Tu as raison, comme toujours.

Puis Nikos redressa les épaules et entreprit d'aider sa femme. Sous leurs attentions communes, l'enfant qu'ils avaient conçu gazouilla, étudiant avec ébahissement ces deux géants qui débordaient d'amour l'un pour l'autre, et qui l'aimaient plus encore.